GUILLERMO STOLTZMANN CONCHA

De
Santiago Concha

Rescate ancestral

Comarca de Narradores

De Santiago Concha, Rescate Ancestral

Jorge Stolzmann Concha

©Derechos Reservados

2024 – A-12028

Sello Editorial: Comarca de Narradores

Año Edición: 2024 Editado en Amazon por Comarca de Letras

Dedicatoria

Dedico este trabajo a mis amados hijos:

Guillermo Hugo Stoltzmann Tabilo y Diego Ignacio Stoltzmann Sánchez, para que conozcan sus orígenes, antepasados y una apasionante historia familiar comprendiendo que ésta, se escribe con las virtudes y defectos de sus protagonistas. Espero que además, concluyan en tal afirmación, cuando juzguen mi historia. Bajo esa premisa, todos sus parientes han escrito alguna página en el relato de esta aventura familiar, que ha definido sus vidas y sus destinos, sean éstos como sean.

Mis queridos niños, es altamente probable que cuando ustedes lean este compendio, ya sean muy mayores. Y con toda seguridad yo seré un anciano, existiendo la eminente probabilidad de que ya no esté entre los humanos. Pues, solicito a ustedes que revisen estos escritos y los finalicen, si es que ello lo amerita. Solo así podré gozar su final, como si estuviera entre ustedes. Los amo con toda el alma y han sido la razón de mí existir. Para mi esposa Jacqueline, por soportar largas noches de insomnio, y escuchar muchas veces de madrugada, mis descubrimientos en ocasiones incomprensibles.

Me inspiró en estos relatos, mi amada abuela: Adriana Bertrand Concha: porque de ella recibí las primeras revelaciones de esta abigarrada y dispersa familia, cuando aún era muy pequeño. Pero ella, con su sabiduría y amor, supo entregarme la información de tal forma, que quedé prisionero de esas historias hasta el día de hoy.

Finalmente, deseo consagrar esta investigación para honrar a mi familia y antepasados como Diego de Santiago y Santiago hasta mis amados nietos Antonia Paz, Pablo Emilio, Agustín Guillermo y Guillermo Enrique, que son los protagonistas de nuestros días. Y los invito a conocer a personajes apasionantes como José de Santiago Concha y Salvatierra, José de Santiago Concha y Lobatón, Pedro de Santiago Concha y Cerda, Mateo de Santiago Concha y Moreno, María Luisa Concha Quezada, Hernán Concha Basaure, Adriana Bertrand Concha, Friedrich Stoltzmann Dietrich, Friedrich Stoltzmann Koosch, María Silvia Concha Bertrand, Guillermo Hugo Stoltzmann Manzor y Guillermo Stoltzmann Larrieu. Pido a mis familiares que sobrevivan a esta obra, que juzguen con altura de miras sus episodios discordantes con su parecer. Algunos nombres fueron cambiados para no ofender a nadie con mi óptica.

Ahora, los invito a empaparse de esta historia, y a través de sus personajes, sumergirse en todas las vivencias, cuyo comienzo, desarrollo y epílogo, forjó esta familia con sus defectos y virtudes, con sus aciertos y errores, con sus lealtades y traiciones, con sus amores y desamores. En síntesis, con sus éxitos y fracasos.

Deseo cerrar este escrito dedicatorio, evocando una acertada frase de mi Tatarabuelo Mateo de Santiago Concha y Moreno: La memoria es frágil, la tradición se pierde, por eso confío a un libro lo que una y otra no pueden conservar.

Guillermo Stoltzmann Concha

Prefacio: Una novela casi histórica

La historia nos enseña que hay que conocerla con la mayor certeza posible, discernirla con pareceres de valor en el entendido que se debe tomar en consideración el contexto, para emitir juicios que no escapen de la realidad histórica del momento; soslayar la tendencia a ser benevolente con las afinidades políticas, religiosas o familiares, y, por último, tratar en lo posible de no eternizar las malas prácticas en que hubiesen incurrido nuestros antepasados, perfeccionando los procederes y las conductas de acuerdo con la moral y la ética en las épocas en que nos haya tocado vivir.

Esta historia que voy a relatarles, tiene todos esos componentes. Es la historia de la familia de Santiago Concha, que desde mediados del Siglo XIX pasó a ser sólo Concha. Los distintos episodios de enlaces matrimoniales o no, de primos, sobrinos, sobrinos nietos, cuñados y hasta hermanos, así como las extremadas diferencias etarias entre los contrayentes, aclarando que en el cien por ciento de los casos el varón ostentaba la mayor edad, hicieron posible que, desde la aparición de José de Santiago Concha y Salvatierra hasta el que suscribe Guillermo Stoltzmann Concha, se haya conservado el apellido Concha considerando que mi bisabuela, abuela y madre llevaban este apellido. Conservar esta denominación sólo fue posible gracias al enlace matrimonial entre mi abuela Bertrand Concha con su primo hermano Concha Basaure hace apenas un siglo. Las familias aún más antiguas veían este proceder como una conservación de la alcurnia que cada familia había arrastrado de sus antepasados, sólo que el ejemplo de mis abuelos es mucho más reciente. Otro aspecto, pero más periférico, era que los varones se casaban generalmente en dos ocasiones y la segunda esposa siempre era muy novel, catalogando esta acepción en torno a los trece años hacia arriba pasando pocas veces las veinte vueltas al sol. Esto provocaba la visualización de parejas muy disparejas, pero lo que era más grave, era causal de múltiples infidelidades y adulterios, que en casos legales terminaban con penas de presidio hasta la violenta muerte en la guillotina.

Las mujeres de la época colonial, no lucían mucho carácter ni tampoco gozaban de espacios donde pudieran expresar sus malestares e insatisfacciones, razón por la cual era frecuente que estas afligidas dueñas de casa encontraran consuelo en algún mayordomo o sirviente, llegando incluso a intimar con asesores de su propio marido o de otras autoridades afines.

En los episodios que mi abuela materna Adriana Bertrand Concha me relataba cuando yo era muy pequeño, estos aspectos no estaban del todo presentes, y menos los hechos aún más recientes que involucraban a familiares a los cuales yo ya conocía, pero a medida que fui creciendo, las historias entregadas por mi abuela fueron adquiriendo un tinte de crudeza que despertó en mí, las ansias investigativas con respecto a estas historias familiares ocultas.

Todo lo demás ya está supuesto, con excepción del detalle de que desde las revelaciones de mi abuela hasta que me decidí a escribir algunos episodios de la familia, pasaron muchos años, y mi trabajo se redujo a la redacción de cuentos de mi niñez y escaramuzas de mi ciudad.

Este libro lo comencé a escribir en el año 2009 y diez años más tarde, mis logros se traducían en cuentos esporádicos, dos de ellos premiados, y el comienzo de este trabajo alcanzando los cuatro o cinco folios.

Pero hubo un hecho histórico que me entregó la oportunidad y el tiempo, no sólo para escribir, sino para investigar y leer muchos textos donde obtuve reveladora información de la historia de Chile y su relación con parte de mi familia. Esta fue la pandemia. En el año 2020 el confinamiento de mi trabajo hizo que realizara una inteligente inversión, adquiriendo el computador con el que trabajo hasta el día de hoy. Aquellos libros, con la ayuda de internet, lograron involucrarme profundamente con mi familia antepasada y trasladarme mentalmente a las épocas pretéritas con emoción y pasión, viviendo cada episodio como si estuviera presente en aquellos lejanos siglos de costumbres tan diversas a las actuales.

Creo que hoy, conozco muy a fondo a José de Santiago Concha y Salvatierra, mucho más que algunos familiares contemporáneos, y su figura de Presidente de la Real Audiencia de Lima, Gobernador de Chile, Marqués de la Casa Concha y Fundador de Quillota, me cautivó en la mayoría de sus acciones, sin perder el sentido común al descubrir los hechos reñidos con los valores con que debe contar una autoridad, reconociendo sus errores más marcados de su agitada vida.

El carácter de estadista que confluye en una acertada toma de decisiones es un aspecto a valorar si consideramos establecer un parangón con los tiempos modernos o actuales.

Los relatos de mi abuela Adriana realizados en frías tardes de invierno, pero con la tibieza del calor del brasero y sus ardientes trozos de carbón, que además iluminaban lúgubremente el ocaso de la tarde en la Casa Concha del Pasaje Bruhn de Quilpué, se constituyeron en detonantes, una chispa que encendió una hoguera de inquietudes y ansias de conocimiento de esta historia que hoy pongo en vuestro conocimiento.

Si alguien cree por desventura que en esta narración sólo encontrará una historia familiar, lo desafía a descubrir episodios de la historia de Chile y del Virreinato del Perú, seguramente desconocidas para el común de los lectores. Esa es la mayor fortaleza de esta narración. Que los episodios históricos deambulan entre los cuentos familiares, pero muchas veces mis ancestros son los protagonistas de epopeyas en la vida de este joven país llamado Chile. No me declaro con esto un escritor, pero creo que con este primer trabajo, inicio un pedregoso pero apasionante camino que no tiene vuelta atrás.

Esta saga de cuatro libros tiene en sus dos primeros, esa característica de flirteo con las grandes proezas históricas de la región y del país. No todo lo que se dice se apega estrictamente a la realidad histórica en este dosier, ya que se ha enriquecido su relato con aspectos de la imaginación del autor para darle ese componente de intriga y expectación que toda historia debe tener. Además, pido disculpas si inescrupulosamente exalto episodios que son dramáticos y en donde la tragedia se superpone a la emoción. Ahora pues, los invito a gozar de esta historia que espero colme sus expectativas por mí provocada.

Finalmente deseo señalar que esta es una novela, que contiene diálogos extraídos de los relatos de mi abuela y también de la fantasía imaginativa de su autor.

Y como dice la definición de este género literario, la novela es una narración muchas veces imaginativa en parte de ella, que busca causar el placer estético a través de las descripciones de personajes y situaciones que contengan lances interesantes, donde el lector sienta algún grado de identificación o simplemente adversidad.

Ahora los invito a leer.

Guillermo Stoltzmann Concha

Estructura de esta Novela

En esta novela fluye la vida de una familia que se va formando en función prioritaria de alcanzar poder y riqueza, participando como parte de la organización que el imperio español va desplegando sobre los territorios en dominación. Servir a los Reyes como eficaz brazo de control y gestión, logrando reconocimiento de la realeza por los objetivos encomendados, es el norte que orienta el desarrollo de funcionarios esmerados, padres de familias numerosas, que aseguran una participación nepotista en el aparato público de la Colonia, ganando influencias en los principales espacios de poder de la monarquía en las colonias, lo cual determina matrimonios concertados y un doble rasero entre los principio invocados y las prácticas ocultas como secretos de familia.

Para lograr un ascendiente en el sistema imperial, las familias deben tener esa vocación de convertirse en protagonistas de las principales variables en que se sustenta el poder: la burocracia imperial, la Iglesia y la economía, fundamentalmente extractiva, con ocupación de la tierra, la explotación de la minería del oro y la plata; y el comercio monopolizado por la corona.

El autor reconstruye un árbol genealógico cruzando 3 siglos, relevando las carreras políticas que tuvieron en el período colonial los ancestros del autor. Lo impactante es cuando la independencia de las colonias cruza las vidas de los protagonistas y todo su mundo se desploma, sin sentido.

La historia se remonta a la carrera esforzada de José De Santiago Concha y Salvatierra, remontándose al Marquesado de la Casa Concha, título nobiliario otorgado por el Rey y detentado con tanto orgullo por José y sus descendientes, como blasón que se va traspasando en línea de primogénitos, cuya misión es seguir engrandeciendo el poder del clan familiar, con sacerdotes, militares y empresarios confluyendo en castas privilegiadas y burocracias de alta confianza de los monarcas.

Con esta vocación de poder, esgrimiendo su inteligencia, su mérito reconocido, y desplegando su talento jurídico, el heptabuelo del autor, llega al reino de Chile desde el Virreinato del Perú, como Gobernador interino, con la misión de ordenar las arcas reales, menguadas por la corrupción, y fundar ciudades para ir consolidando el gobierno monárquico con beneficios en calidad de vida para los habitantes del reino.

Se funda así la Ciudad de Quillota en el valle del Marga Marga, respecto a lo cual, el autor despliega un relato de realismo mágico, que da cuenta de una extensa investigación, que pasa a ser el contexto de las historias humanas, relaciones de familia, que permiten hurgar el alma humana en toda época, con episodios de amor y desamor, pasiones, instintos, logros y yerros . Sin lugar a dudas, una novela que atrapa y que se percibe casi contemporánea.

1. ¿Quién era don José?
2. Sus esposas: María Teresa Juana Oyagüe Beingolea, de Pablo. Ángela Roldán Dávila y Solorzano, de José
3. La familia Errazquin y la gestación de su hijo Melchor

4. El nacimiento de Melchor

5. Desenlace de su primer matrimonio.

6. El matrimonio con Inés de Errazquin

7. El viaje al Reino de Chile

8. La llegada a Valparaíso y el traslado a Santiago.

9. Asunción del mando.

10. Obras del Gobierno de José en Chile.

11. Fundación de Quillota y término del mandato.

12. Regreso a Lima y designación de cargos.

13. Investidura de Marqués de la Casa Concha.

14. Su vida en Huancavelica y retorno a Lima.

15. Muerte de José de Santiago Concha.

16. Melchor viaja a Chile

17. Casamiento, Obras y cargos en Chile

18. Nacimiento de José de Santiago Concha.

19. Oidor de la Real Audiencia y casamiento.

20. José y el nacimiento de sus hijos.

21. José Gobernador del Reino de Chile y el nacimiento de más hijos.

22. El Cabildo Abierto y la partida de Pedro

23. Revolución de 1811 y el destierro a la Chacra de Ñuñoa.

24. José en la Reconquista

25. Derrota Realista. Sufrimiento y destierro a Rio de Janeiro.

26. Regreso a Chile y muerte de José de Santiago Concha y Lobatón

Comarca de Narradores

Guillermo Stoltzmann Concha

1. ¿Quien era don José de Santiago Concha y Salvatierra?

La lluvia caía copiosa sobre el carromato que transportaba la comitiva gubernamental. Trasladarse de Lima a Santiago no era fácil y la travesía que comenzaría en el Callao, presentaba su primer tramo para llegar al incipiente puerto del Virreinato. En el carruaje, el séquito estaba compuesto por el futuro gobernador del Reino de Chile don José de Santiago Concha y Salvatierra y sus colaboradores, que se embarcarían para comenzar este nuevo desafío que le encomendó el Rey Felipe V y que lo llevaría a ocupar el sillón de Gobernador del Reino de Chile, tras el nombramiento que Su Majestad había decretado, el domingo 6 de diciembre de 1716.

Un interinato no exento de dificultades, ya que el actual gobernador don Juan Andrés de Ustáriz, a pesar de haber realizado importantes obras como El Hospital San Juan de Dios, la Cárcel de Mujeres y las Ampliaciones y remodelaciones de los edificios de la Real Audiencia y el Palacio de Gobierno, recibía constantes denuncias de corrupción, por los conflictos con los huilliches y su gobernador en Chiloé, que se declaró en rebeldía. Esto le valió problemas con la justicia, al punto que se le realizó un Juicio de Residencia, que consistía en una especie de auditoría a los funcionarios que se desempeñaban en cargos importantes y merecían alguna duda, por no poder justificar el desmedido enriquecimiento personal y haber abusado del nepotismo.

Todo lo anterior se agravó con las acusaciones de ser el caudillo de una red de contrabando ilegal en Concepción en alianza con sus hijos, por lo que fue dictaminada su destitución el 4 de Noviembre de 1716. A pesar de esto el Rey Felipe V recién el 6 de Diciembre nombra a su sucesor quien después de una travesía por las costas del Océano Pacífico, tendría que atracar los primeros días de marzo de 1717 para relevar a su interino. Por esa razón, el viaje era de suma urgencia y se debía zarpar a la brevedad.

Atrás, queda su esposa Inés de Errazquin Torres, al cuidado de su pequeño Melchor de 5 años, Juana de 2 años y su recién nacida Rosa, que acababa de salir del vientre, Ellos permanecieron en Lima, ya que por razones obvias, una mujer tan joven, que contaba apenas con 22 años, (pues se casó a los 18) con dos hijos pequeños y una recién nacida, más los otros hijos del anterior matrimonio de don José, Pedro de 11, Tomás de 9 y Manuel de 8 años, no podría realizar un viaje tan venturoso y arriesgado. Él era mi tátara tátara tátara tátara   tátara-abuelo, o heptabuelo como se conoce hoy, que además de ser unos de los primeros en llevar el apellido que ostento hoy, (sin el de Santiago, que se lo quitó algún imbécil que no tenía historia) fue el primer Marqués de la Casa Concha y Caballero de la Orden de Calatrava, así también fue príncipe de Santo Buono, títulos que le fueron concedidos por los mismísimos Reyes Carlos II y Felipe V.

José de Santiago Concha y Salvatierra era un hombre seguro de sí mismo. Sabía lo que quería en la vida. Nació en el corazón mismo del Virreinato del Perú, el 30 de Octubre de 1667. Hijo de una familia acomodada cuyo padre, don Pedro de Santiago Concha y Santiago nacido en Santander el 4 de julio de 1608, era Proveedor General de la Armada del Sur. Sus constantes viajes por el Pacífico para abastecer de comestibles a todo funcionario que dependiera de la Corona, lo hacían un hombre duro y trabajador. Además, dueño de un áspero carácter, que lo alzaba como un personaje de mucho respeto. No sé si hablar de coincidencias o transmisiones orales de costumbres, pero la vida de don Pedro era, por decir lo menos, audaz en su aspecto familiar. Por las características de sus viajes, no tardó en establecerse en Lima. El año 1650 solicitó la autorización para fijar residencia en el Virreinato. A los pocos años de estar en tierras del sur, cuando aún no cumplía los 36 años, conoció a una joven llamada Luisa Mayor de Salvatierra y Cabello de tan solo 16 años, a la cual desposó con el total beneplácito de sus padres. Tres años después, se casaron. La Imponente Catedral de Lima fue testigo de un gran acontecimiento el 24 de Enero de 1653 ante una enorme cantidad de amigos de la familia Salvatierra, ya que gozaban de un particular prestigio en la sociedad limeña, contrajeron nupcias la joven Luisa y el no tan joven Pedro, que le llevaba 20 años por delante. El feliz matrimonio adquirió una gran casa en las cercanías del centro limeño desde donde se podían realizar caminatas hasta la Plaza y admirar las hermosas estructuras arquitectónicas del Virreinato, que eran características de la Ciudad del Rímac. Y llegaron los hijos. Desde el año 1662 comenzó la cosecha siendo Pablo el afortunado primogénito. En él, estaban puestas todas las expectativas. ¿Y por qué lo digo? Era usual en la época, que los segundos hijos varones de las familias numerosas, fuesen clérigos. En toda casta o linaje de sociedad, debía haber un cura. Y esto no era para estar bien con Dios. La razón se fundamentaba en que por aquellos años, el poder de la Iglesia era importante en las decisiones del reino y en temas económicos. Cada año nacía un nuevo hijo. Vinieron Pedro Fernando y Tomás todos religiosos de distinta índole. Uno presbítero, el otro jesuita y el último fraile capuchino. No lograba reponerse del último alumbramiento, cuando embarazó por quinta vez. En esta ocasión nació Gregorio, que no se apegó a sus hermanos clérigos. Finalmente la hermosa niña Isabel, vino a cerrar esta perfecta familia. Pedro continuó realizando sus viajes como proveedor de la Armada, teniendo también a su cargo, los insumos fundamentales que necesitaba la prisión de Lima.

La joven y hermosa Luisa, a quien apodaban Méndez, por la popularidad y simpatía de su madre, Isabel Cabello (que contaba con el mismo apodo, y que a sus 58 años aun despertaba la admiración de todo su círculo de sociedad) a pesar de contar sólo con 29 años, se había prometido no tener más hijos, pues bastaba con el genio de Pablo, los tres futuros curas, el carácter de Gregorio, e Isabel, que estaba recién nacida. Pero la vida del marino Pedro de Santiago Concha y Santiago, que recalaba en el Callao cada ocho meses, tenía preparada una sorpresa. Luisa enfermó del estómago con muchas molestias y cuando se le comenzó a ver abultado el vientre, se dio cuenta que estaba embarazada otra vez y que iba a tener 7 hijos en 5 años. Pero los hijos, eran una bendición de Dios, y había que recibirlos con alegría y mucho deseo. El 30 de Octubre de 1667 la casa Concha de Lima era todo un alboroto. La totalidad de la servidumbre corría, mientras Pablo gritaba en los pasillos que el bebé llegaría en cualquier momento. Al atardecer, nació José de Santiago Concha y Méndez de Salvatierra, mi heptabuelo. Y no sería cura por ningún motivo. El mismo Dios lo quiso así.

Su vida transcurrió en una graciosa y espaciosa niñez. Mientras su hermano Pablo se lucía en el Colegio Real de San Felipe (en honor al Rey Felipe III), José comenzaba a destacarse desde pequeño por la facilidad que tenía para desarrollar temas de interés. Pero habría algo, que los de Santiago Concha no esperaban que ocurriera. La rivalidad de sus hijos Pablo y José, se fue acrecentando con los años y no se circunscribió sólo al ámbito del Colegio. Pablo, fue pronto a la Universidad de San Marcos y se doctoró en leyes, mientras que detrás venía su hermano José, quién se tituló en leyes con dos doctorados. A los 22 años ya era abogado y Alcalde del Crimen de la Real Audiencia de Lima. Su carrera fue siempre en ascenso. A tanto llegó la disputa, que Pablo decidió entrar a Los Fusileros de la Reina, un ejército real muy importante, constituyente de orgullo para cada miembro de él, donde alcanza el grado de teniente coronel y se va a pelear a un importante frente, en la Guerra de Portugal. Jugó un rol muy importante en la Guerra de la Restauración, por lo que fue condecorado. Al regreso, su padre le ofreció ser Proveedor de la Armada, (el cargo que ostentaba él) pues se retiraría. Aceptó a regañadientes, pues con ese trabajo jamás superaría a su hermano José, que a esa altura ya era Alcalde de La Real Audiencia de Lima. José también era Juez de Alzada del Consulado y lo más importante, es que se había constituido en un valorado y notable consejero del Virrey Melchor Portocarrero. Políticamente, todo indicaba que en un futuro no muy remoto, podría don José convertirse en Virrey del Perú. Sin embargo, el parecido insondable con su padre, y el rumbo propio que tomaría su derrotero, conspiraron para que José, el gran abogado con dos doctorados, pudiera llegar a escalar a cargos impensados. Su gran trabajo le valió ser nombrado en 1695 por el Rey Carlos II Caballero a la Orden de Calatrava y gracias a la gestión de José y la de su padre, también nombraron a su hermano Pablo. Y como si esto fuera poco, también lo hicieron con su hermano Gregorio. La invitación del Rey Carlos II estaba cursada y debían viajar pronto a España, para recibir tan alta distinción. Pablo, como proveedor de la Armada, realizó los preparativos del viaje, que para su padre Pedro, era un sueño. Viajar con sus tres hijos que no eran clérigos a España y ser investidos por el Rey, no estaba para nada en sus más optimistas sueños y fantasías. Sería como el cierre de su vida, ya que contaba con largos 77 años.

El zarpe de la Carabela estaba programado para el 16 de junio, suponiendo un arribo a España para la Navidad. Los barcos españoles podían desarrollar altas velocidades si el tiempo era favorable. Comenzaron los preparativos y zarparon el día indicado. Pedro se aferró al viaje aunque fuese lo último que hiciera, a pesar de los consejos de Luisa y sus hijos. El primer hito del viaje fue el cumpleaños número 78 de Pedro, que los sorprendió llegando el 4 de julio al Puerto de Jurado en el Virreinato de Nueva Granada, gracias a los 100 km por día alcanzado por el galeón. Se voltearon varios toneles de mosto para celebrar al querido Pedro de Santiago Concha y Santiago, no sólo por sus hijos, sino que por toda la tripulación, entendiendo que muchos de ellos habían recorrido esos mares en muchas oportunidades con él. Al día siguiente de la fiesta, hubo que espabilar la resaca con fuertes dolores de cabeza y aprontarse a una larga y dura travesía a caballo que demoraría muchos días, hasta llegar a Cartagena de Indias, donde tomarían el barco que los llevaría a Málaga, Puerto principal de España.

Cartagena de Indias era uno de los puertos principales de América, ya que de él salían y llegaban todos los productos que venían de España y de otros imperios. Su tráfico era intenso y cientos de barcos estaban a la gira en la bahía esperando atenderse para luego zarpar. Es así, como los Santiago Concha tuvieron que esperar dos días en ese maravilloso puerto del Mar Caribe, para que pudieran abordar el navío que los trasladaría a Málaga y luego a Madrid por tierra. Por las noches pudieron verificar, que aquel panorama de diversión, distaba mucho de la realidad que se vivía en Lima, donde todo era tranquilidad y paz. Acá había muchos corsarios que se mataban en las noches cartageninas, por un trago o por el amor de una mujer. Al fin llegó el día del zarpe y se dirigieron a Málaga. Después de unos meses le tocó celebrar el cumpleaños a José el 30 de Octubre de 1695. Cumplía 28 años y era presa de las burlas de sus hermanos, pues dudaban de su virilidad, al no estar casado ni comprometido con alguna hermosa dama limeña, e insinuaban que era probable que en España, encontrara a su amada. José los miraba sonriendo, pues sabía cuál era su realidad con las mujeres. Su estampa varonil, decidida y recia, era conocida entre las damas de la alta sociedad limeña, quienes lo catalogaban de Don Juan y le entregaban provocadoras miradas.

El 20 de diciembre de 1695 llegaron a Málaga y se trasladaron de inmediato a Madrid. Dos días tardaron en llegar y por invitación del Rey, se alojaron en el mismo palacio para pasar la navidad con la Familia Real. El Palacio Alcázar. El hogar de los reyes de España Carlos II y su madre Mariana de Austria. También se encontraba la actual esposa del Rey, Mariana de Neoburgo, segunda esposa, que se había casado con el Rey Carlos II el 28 de Agosto de 1689 en Ingolstad Alemania, sin la presencia del Rey. Sólo cuando viajó a España el 14 de Mayo de 1690, se pudieron conocer y contrajeron nupcias en Valladolid. Era usual en la época, establecer vínculos matrimoniales a distancia sin conocer a la, o el cónyuge, ya que en estos matrimonios, predominaban intereses que nada tenían que ver con el amor de los cuentos de príncipes y princesas. Muy por el contrario, la motivación por la unión iba por el sendero de la guerra y de la ampliación de los territorios dominados. El Palacio de Alcázar en Madrid, se comenzó a construir en el año 880, y a pesar de que se concluyó en 1500, se habitaba constantemente. En este lugar recibieron los reyes a la familia de Santiago Concha para investir a sus hijos Pablo, Gregorio y José, con la Orden de Caballero de Calatrava.

En la noche del sábado 24 de Diciembre de 1695, mis ancestros compartieron con la familia real. El Rey Carlos II estuvo unos minutos con ellos y se retiró a su habitación real. El aspecto del Rey era macabro. Parecía un anciano a pesar de sus 33 años. Un tipo de feo rostro, bajo de estatura, con una mandíbula deformada y caminando siempre doblado, como jorobado. Pero no aparentaba ser una mala persona. Muy por el contrario, era amable y cordial con sus invitados y en el trato hacia la familia y servidumbre. A pesar de su largo pelo rubio y de sus ojos muy azules, no se le podía calificar de bello. No mostraba la inteligencia de sus antepasados los dotados, y se veía que no tenía ningún don de mando. Su madre, aunque enferma y cansada, era la que daba las órdenes y llevaba la iniciativa. Luego se retiraron a sus aposentos, don Pedro y la Reina Mariana, la madre del Rey. La reina esposa de Carlos II Mariana de Neoburgo, se quedó con los invitados a compartir algún instante más por lo entretenida de la velada, en que José relataba sus andanzas en las tierras del virreinato y las peripecias vividas en los tribunales limeños. La reina Mariana era joven y bella, cosa que no pasó inadvertida para el joven José, que no le sacaba la vista de encima. Era secreto a voces que el Rey Carlos II no funcionaba en las lides de la intimidad, por lo que no fue de extrañar, la complicidad que se dio entre mi ancestro y la hermosa figura real. Por acción del vino o de la tertulia, nadie sabe en qué habitación del inmenso y majestuoso palacio se quedó esa noche José, pero lo concreto es que la reina Mariana y el joven abogado, tenían una viveza chispeante a la hora del desayuno a la mañana siguiente.

Justamente debido a que los matrimonios se transaban en la bolsa económica de la época, es que las escapadas de los cónyuges que terminaban en deslealtades o adulterios, eran muy frecuentes, La mayoría de ellas eran sabidas por las víctimas, que tenían conocimiento de las andanzas o existían pseudos acuerdos de no agresión entre los esposos, para poder escaparse y satisfacer la lujuria ausente en el falso matrimonio. Pero eso, no significaba que en muchas ocasiones, los deslices de infidelidades no terminaran en la guillotina, decapitados o en la horca. Era un riesgo que los amantes sabían que tenían que correr, para ver satisfechos sus instintos sexuales y deseos morbosos, mezclado con el ansia de saciar su feroz apetito carnal.

Rey Carlos II Salón de Espejos Palacio Alcázar Reina Mariana de Austria Madre de Carlos II

Y llegó el gran día en que se realizarían las investiduras de los de Santiago Concha. Pedro, su padre, aunque orgulloso se veía demacrado. Como que esta locura del viaje a sus tierras natales, había sido demasiado para él. Por eso, quería gozar este momento. Una delegación cortesana, fue a buscar a la familia para acompañarlos al Salón de los Espejos, el lugar más importante del Palacio, donde se realizaban las ceremonias reales. Allí se encontraba en su trono el Rey Carlos II, a su derecha, su Madre Mariana de Austria que lucía muy desmejorada y pálida, y a su izquierda, su joven esposa, que había tenido un dulce despertar, la reina Mariana de Neoburgo. Se procedió a una formación militar y al son de los clarines hacen ingreso los tres jóvenes limeños que iba a ser distinguidos por la corona. El Rey habló, y señaló que se les concedía la Orden de Caballero de Calatrava a los jóvenes de Santiago Concha por su dedicación, entrega y lealtad a la corona del rey y toda su dinastía. Luego siguió hablando la reina madre, quien hizo una reseña de la vida, estudios y obra de los distinguidos, mientras el presuntuoso padre, no se perdía detalle de la ceremonia con evidentes señas de orgullo. Finalmente el Rey Carlos II les hizo entrega de la Espada Real a cada distinguido y los nombro Caballeros de la Corte del Rey.

También entregó una espada más pequeña a Pedro a modo de recuerdo y reconocimiento.

Los de Santiago Concha deseaban regresar cuanto antes a Lima. Pero la familia real, los invitó a quedarse unos días. Además, la salud de Pedro empeoraba y no querían someterlo a un agotador viaje aún. Mientras pasaban las semanas, los jóvenes se encontraban en la disyuntiva de viajar o no, pues veían que la salud de su padre Pedro de Santiago Concha y Santiago, se deterioraba día a día. Enviaron noticias a Lima y con el apoyo real, decidieron quedarse hasta que él mejorara. Transcurrieron los meses y ya sólo se esperaba el desenlace fatal. Este ocurrió el domingo 29 de abril de 1696, cuando los ojos de un ejemplar padre, se cerraron para siempre. El Rey Carlos II, le realizó un funeral de noble y prometió embalsamarlo, para que sus hijos pudieran llevárselo a Lima con su espada. Pero no era la única partida, ya que la reina madre Mariana de Austria, también había sufrido un menoscabo en su salud y se esperaba un desenlace fatal por esos días. La Reina Mariana de Austria dejó de existir el miércoles 16 de Mayo de 1696 y los jóvenes asistieron invitados por el Rey Carlos II, a un funeral Real, que fue digno de la investidura de la reina y en el que se congregaron miles de fervientes adeptos a la corona en los jardines del Palacio Real Alcázar. De ese modo, el 25 de Mayo emprendieron su viaje de vuelta, con la alegría de lo vivido y con la tristeza de regresar con su padre en el sarcófago. Ocho meses de viaje transcurrieron debido al recorrido. Esta vez se regresaron por el peligroso Estrecho de Magallanes y finalmente llegaron a Lima, habiendo antes pasado por Valparaíso.

2.- Sus esposas. María Teresa Juana Oyagüe Beingolea, de Pablo; Ángela Roldán Dávila y Solorzano, de José.

Si alguien piensa que los problemas de envidias entre los dos hermanos habían concluido, estaban muy lejos de la realidad. Pablo y José nunca volverán a ser amigos como en este viaje. La muerte de su padre los separó para siempre. Y su vida posterior ahondaría las diferencias en torno a Pablo, que se sentía inferior a José, a pesar de ostentar ambos la Orden de Caballero de Calatrava, que los distingue como miembro de la Nobleza con todos los honores y con alto rango militar y religioso. Pero la razón ahora no serían los títulos nobiliarios. Muy por el contrario, la causa de sus rencillas tomarían ahora el rumbo muy distinto que se relacionaba con los asuntos del amor, o más específicamente, con las mujeres que rodearían su agitada y problemática vida. Todo se resumía en aquello.

Pablo era un joven, que a pesar de no contar con la posición que él quería, poseía un buen trabajo con una alta dosis de poder jerárquico en la Armada Real. No obstante aquello, no despertaba simpatía entre las damas limeñas, ni las españolas, pero tampoco las criollas. Pablo no era gracioso, tampoco simpático, ni menos atractivo. Flacuchento y tradicional en su vestimenta, no provocaba ningún suspiro de las féminas. Y no fue hasta cumplidos los 45 años que conoció a la hermosa señora doña María Teresa Juana Oyagüe Beingolea de tan solo 17 años, pero ya estaba viuda y con tres hijos. El matrimonio de la adolescente con Juan de Traslaviña Garay y Otáñez, caballero nacido en Arcentales, Vizcaya en España, que se realizó cuando había cumplido recién 13 años, fue muy comentado en la alta sociedad limeña, ya que la diferencia de edad era manifiesta considerando los 50 años de Traslaviña. Así y todo, la dispar pareja, procreó a tres hijos, María Josefa de Traslaviña y Oyagüe que nació a los seis meses después que sus padres se casaron; José Clemente de Traslaviña y Oyagüe; María Teresa de Traslaviña y Oyagüe.

De las oscuras sombras salían los rumores bastante fundados, de que el maduro Pablo era un poco fino y amanerado. Por supuesto que, aunque su relación terminó en el altar, no hubo descendencia, y la pobre María Teresa se quedó sólo con los tres hijos que le había consumado su difunto marido, que en uno de sus viajes a su patria real, naufragó en el galeón que dirigía, cuando recién había abandonado las costas de Perú. Su cuerpo nunca apareció, y aunque la corona lo dio por muerto, María Teresa siempre temió un desenlace sorpresivo. Él podía estar vivo en un país vecino o en una isla del Pacífico con palmeras, nativas y esas cosas. No obstante los temores de María Teresa y Pablo, los enamorados contrajeron nupcias el 23 de abril de 1707 en la Parroquia de San Sebastián en Lima. José no estuvo presente, pues se hallaba en el reino de Chile enviado por el Virrey, solucionando algunos problemas de la Real Audiencia. Los novios se mudaron después de la boda, a la mansión que la viuda había heredado en la exclusiva localidad de Jirón Cailloma en la capital del Virreinato. Allí, la dispar pareja vivió con sus... bueno. Con los hijos de ella. María Josefa, que estaba por cumplir cuatro años, José Clemente de dos y María

Teresa de algunos meses. Pablo nunca volvió a la arena política y terminó sus días como proveedor de la Armada. Fue como un padre para los tres hijos de María Teresa. Se emocionó mucho con el matrimonio de su primera hija María Josefa el año 1722, pero sufrió bastante cinco años después, cuando se la llevó la peste. Fue una muerte lenta y dura. Eso lo llevó a la tumba el año siguiente. Pablo murió en Lima, el año 1723.

La vida conyugal de José fue absolutamente distinta. Conoció y cortejó a muchas hermosas mujeres en la ciudad de los virreyes. Asimismo, se convirtió en un soltero muy codiciado, ya que a su edad, la mayoría de los hombres importantes del reino estaban casados. Y José era muy importante y contaba con un poder omnímodo. Era consejero personal del Virrey Melchor Portocarrero. También actuaba como Juez de la Real Audiencia de Lima y asesoraba al alcalde en temas legales. Contaba ya con 37 años cuando conoció a Ángela en una de las tertulias en casa de los Roldán Dávila. Juan Nicolás Roldán Dávila y Quesada era un noble caballero y muy adinerado de Lima. Su ligazón con la corte, había hecho posible continuas visitas de José a su enorme casa. Y considerando como era José, no causó sorpresa a los visitantes y dueños de casa, la afinidad entre Ángela y el Juez. No pasó mucho tiempo para que el casi cuarentón hombre de leyes, desposara a la veinteañera Ángela Roldán. Y se casaron en la misma iglesia que lo hizo su hermano. José de Santiago Concha y Salvatierra y Ángela Roldán Dávila y Solorzano se juraron amor eterno el 14 de diciembre de 1705 en la Parroquia San Sebastián de Lima. Se trasladaron a vivir a la Casa Concha. Allí nació Pedro

José Rafael de Santiago Concha y Roldan el 2 de Septiembre de 1706 y fue el primogénito de José, que por supuesto no iba a ser cura.

Pronto José iba a tener su primer viaje a Chile para supervisar el trabajo de la Real Audiencia en el lejano reino. Al regreso de su viaje, en diciembre de 1707 seguramente en el fragor del reencuentro, José embarazó a Ángela de Tomas, que nació en 1708 y Manuel, que nació en 1709. José tuvo poco contacto con sus hijos, ya que comenzó a tener una vida muy agitada con mucho trabajo. Además, una vida política y social. Este ritmo, hacía que llegara muy tarde por la noche y saliera muy temprano en las mañanas. Además, los dos embarazos que tuvo Ángela, de los que nacieron sus hijos Ignacio y José, que podrían haber reunido nuevamente a la pareja, fueron determinantes al morir aquellos niños a poco de haber nacido. Sin duda, después de este episodio, el futuro del matrimonio quedaba en una incertidumbre de dudas. Claro está, que eso desgastó la relación con Ángela, que se sentía cansada de cuidar y educar a sus tres hijos, que a pesar de la servidumbre y las damas de compañía con que contaba el matrimonio, le provocaban mucho que hacer. También, el recuerdo constante de sus otros dos hijos que habían muerto, Ignacio y José, no la dejaba en paz. Sus signos eran desalentadores para una muchacha de 26 años. Mientras José a sus 43 se veía muy bien, buen mozo y fuerte, Ángela parecía ir apagándose día tras día, a pesar de su juventud. Cuando José comenzó a visitar la casa de los Irrazquín y a frecuentar a Inés específicamente, la vida de Ángela se comenzó a apagar. Ella presentía, evocando aquella comentada intuición, que su esposo José, rehuía del alborotado hogar, que además, siempre estaba desordenado, sin encontrar en la servidumbre, el timón que los guiara por el orden y el decoro que requería una casona. También influía la gran cantidad de familiares de Ángela, que ociosos se paseaban por la Casa Concha, sin tener nada que hacer durante todo el día.

Si comparamos la vida de ambos hermanos, después de estos detalles que hemos analizado, podríamos concluir que Pablo guardaba un dejo de envidia con respecto a su hermano menor, por los éxitos de éste y porque además no era fino, por decirlo de manera ortodoxa, ya que los modales de Pablo, lo habían perseguido durante toda su juventud y ahora, en la adultez, se había vuelto insostenible, debido a que era manifiesto que no estaba feliz con su vida. Aunque por aquellos tiempos nadie iría a desenmascararlo, ni a enrostrarle que era homosexual o por lo menos lo parecía. La fama del primogénito era casi bufonesca, ya que el comidillo susurraba que Pablo había escogido a una hermosa mujer, pero con las labores ya encaminadas, o mejor dicho, cumplidas. Si a eso agregamos que el infortunio siempre persiguió sus pasos, tenemos un panorama desolador del que cualquiera quisiera escapar. Pero al final, tuvo una vida digna, y era un buen hombre. Lo de la envidia, lo carcomió lentamente y se podría decir que frenó su desarrollo humano y laboral. En el lado opuesto esta José, avasallador con sus interlocutores y poseedor de un carácter que sometía a quien se pusiese por delante de él. Las mujeres lo adoraban y todas deseaban a un hombre así. De hecho los Roldán le sirvieron en bandeja de plata a su hija, que era bastante joven para el avezado José. Sin contar con la dote que recibió y los favores políticos, considerando que los Roldán estaban muy bien relacionados con sus familiares en cargos importantes.

3.- La familia Errazquin y la gestación de su hijo Melchor

Inés de Errazquin Torres, era una muchacha muy hermosa, joven e inocente, que comenzó un secreto romance a los 16 años, con un maduro juez, don José de Santiago Concha, que ya era un caballero de 44 años, además de estar casado con Ángela Roldán, quien años más tarde sufriría una repentina muerte que solucionaría los problemas de la dispar pareja que a esa altura, ya contaba con un hijo. Hija del noble navarro Don Pedro Matías de Errazquin e Ilzarve, Caballero de la Orden de Santiago, y su mujer Doña. Josefa de Torres y Zavala. Este matrimonio de la nobleza, se lucía con la belleza de su hija al pasear por fuera de la catedral, en frente del edificio de la Real Audiencia en Lima, donde José era Alcalde del Crimen. El maduro galán, puso sus ojos en la inocente muchacha, a quien comenzó a cortejar sin dejar de lado por supuesto, los agasajos a sus futuros suegros. El poder político que ostentaba el juez era mayúsculo y si a eso agregamos la consideración que le tenía el Rey Felipe V y por qué no decirlo, el virrey del Perú, el obispo Diego Ladrón de Guevara, lo hacía acreedor a ser un extraordinario partido para la jovencita, que según el parecer de sus padres, no había tenido novio aún.

Con su labia y desenvoltura, el abogado, comenzó a visitar continuamente la casa de los Errazquin Torres y Zavala, quienes ante tan connotado e ilustre invitado, no podían sino mostrarse muy complacidos. En las reuniones sociales que se organizaban en la casa de los padres de la hermosa muchacha, ésta deleitaba a los invitados tocando el clavicordio. Sus miradas siempre estaban dedicadas al hombre de derecho. Sus padres optaron por no oponerse al romance, ya que no pretendían contrariar al juez, ni mucho menos adjudicarse sin motivo, un problema con el Virrey. Don Pedro siempre era enfático en señalar a su esposa doña Josefa, que José era un ahijado de Su Excelencia y que incluso lo había asesorado en materias relacionadas con las colonias de la nueva tierra. Replicaba, que nunca deberían ahuyentar al distinguido Alcalde, ya que gran parte de sus problemas financieros y de sociedad, podrían verse sobreseídos ante tan magna figura. Es así, como le permitían visitar a Inés después del té, donde tertuliaban de temas triviales al son de la música que interpretaba la talentosa y bella joven. La familia Errazquin estaba dichosa con lo que ocurría y se estaba urdiendo una trama cuyo desenlace era insospechado. Así pasó el tiempo, hasta que una tarde doña Josefa pidió que invitaran al Alcalde para tomar el té y celebrar los 16 años de la Joven Inés, que seguro querría estar en compañía de tan distinguido amigo de la familia. Era el 20 de septiembre de 1710 y participaron de esta conmemoración algunos miembros de la alta sociedad limeña. En la fiesta, José se ofreció para enseñar a Inés lo que era el Palacio de la Real Audiencia en Lima y también la sede del Virreinato, dos edificaciones que estaban marcadas por el secreto y la reserva de estos misteriosos lugares, que si bien estaban enclavados en el centro mismo de Lima, no disponían de acceso para ningún mortal que no tuviese rango militar o autoridad civil de jerarquía. Al fin, la niña Inés ya había cumplido 16 años y era toda una mujer para la época, pudiendo incluso tocarse el tema de una futura pedida de mano por parte de los pretendientes hacia los padres.

Allí comenzó todo. Pasaron largos meses en ese tenor y las visitas se sucedían una tras otra, muy a menudo. Los paseos a distintos lugares de la ciudad, se hicieron continuos y se les otorgaban los permisos correspondientes para efectuar caminatas al lado del Rímac o deambular por las alamedas y plazas centrales de la capital del virreinato. Una tarde de enero de mucho calor, los amigos, como se hacían llamar, regresaban a casa de la joven, después de su habitual paseo vespertino por los lugares ya nombrados. Al llegar a destino, Josefa invita a José a acompañarlos en el té en uno de los comedores. José acepta con gesto de decencia y cortesía, observando lo hermosa que estaba dispuesta la mesa. Al pasar algunos minutos, Josefa manifiesta sentirse indispuesta y que la jaqueca no la dejaba compartir. Fue entonces cuando don Pedro se ofreció para llevarle el té a sus aposentos y acompañar a la descompuesta dueña de casa a su despacho. De hecho se despidió de su hija y estrechó la mano de José, disculpándose por su descortesía, pero tácitamente le estaba transmitiendo que jamás lo juzgaría por lo que se vendría en los minutos postreros.

Una vez a solas, el avezado abogado que había recibido su título y dos doctorados en la Universidad de San Marcos, filial a semejanza de la prestigiosa

Universidad de Salamanca en España, volcó en la ocasión, los otros saberes. Esos que no requieren estudios universitarios, pero que de haberlos precisado, José seguramente sería portador de un Honoris Causa. Se dispuso con mucha cautela detrás de la joven, y mientras ésta se regocijaba con los acordes, como suspendida en la estratósfera del éxtasis musical, el cuarentón juez le susurraba al oído el deleite que le producía la melodía que estaba escuchando. Esto despertó en Inés, una satisfacción, que lentamente iba mutando hacia el bochorno que la sofocaba, y no por el calor de enero. El galán seguía hablándole y cada vez más cerca de su oído, sus labios casi tocaban la oreja de la infanta, que se dejaba llevar por la música que provocaban sus manos en el clavicordio. El lugar se desoló. La servidumbre se había retirado y sus padres yacían en el lecho por la contrariedad de Josefa. La noche ya había extendido su manto de fragor y de lujuria en la ciudad de Lima y particularmente en aquella habitación de estar, de la casona de los Errazquín. De pronto, la música cesó abruptamente. La mano ajada del Alcalde, se deslizó por el suave y largo brazo de la inexperta adolescente, hasta rozar su blanca mano. Un espasmo de excitación invadió su cuerpo. Lentamente, José comenzó a trasladar los susurros hacia el cuello. Y luego de besar sus suaves y gráciles mejillas, se dispuso a lanzar el zarpazo final, como el puma lo hace con la liebre. Sus fuertes brazos levantaron a la núbil joven con fiereza, pero con pasión, para apoyarla en el mueble del clavicordio, que pasó de inspirador de melodías a sostén de impudicias, que Inés no pudo contener. No se pregunten como los amantes se despojaban de los atuendos femeninos porque eso es tema de otro estudio. Las vestimentas de la época en cuestión, no facilitaban esta sibarítica y epicúrea tarea. Basta sólo repasar las prendas usadas, por las damas más que por los varones, para vislumbrar las dificultades en el arte de desvestirse. Sólo les puedo asegurar que ello, no era obstáculo para desarrollar las acciones más amatorias y eróticas que un encuentro de este rótulo puede provocar.

Al pasar a valores, los dos disímiles protagonistas perdieron todo decoro y pundonor. La pasión y el ardor del momento, se traducía en violento impulso con susurros y quejidos silenciosos que ameritaba la ocasión. Al paso de la copulación, apretones y rasguños encontraron su estabilidad en el clímax, y el fuego comenzó a descender, hasta el punto de extinguirse. Luego de un instante, sólo se percibían las agitadas respiraciones que denotaban el acto concluso. No hubo actitudes acusadoras, ni pensamientos de culpa. Solo se traslucía la mirada de Inés, que atisbaba la incrédula escena. El ajuar femenino quedó esparcido por el piso de la sala de estar y algunas prendas íntimas rasgadas, servían de testigos mudos y tácitos de los acontecimientos. El salón completamente oscuro, llamó a la cordura y regreso a la razón. Todo ya se había consumado y no cabía espacio al arrepentimiento. José se debatía entre el placer de lo logrado y la lujuria en que había caído.

El edil permaneció algunos minutos meditando todo lo ocurrido sin siquiera medir éticamente lo ocurrido. En la oscuridad, no pronunció palabra y trató de desviar la mirada acusatoria, según él, de la joven adolescente Inés quien no vivía los acontecimientos de la manera que lo hacía José. El juez se vistió lentamente, como realizando pausas entre prenda y prenda hasta que concluyó la postura de sus atuendos. Luego se puso de pie y beso tiernamente la frente de la muchacha que yacía en las nubes y quien sólo atinó a levantar el rostro y darle una mirada dulce, y se retiró triunfante asemejando un triunfo en una importante batalla, regresando a su hogar donde lo esperaban una enferma esposa y tres hijos muy pequeños.

4.- El nacimiento de Melchor

Ángela no pudo levantarse esa mañana. Su cuerpo le pesaba mucho. Escalofríos recorrían su humanidad y su consistencia se reducía al mínimo a la vez que su ánimo descendía. Tenía un semblante de color blanco invierno y sus manos resaltaban por las protuberancias de los huesos sobresalientes. Su figura angelical de antaño, hoy lucía deprimente, como si su piel, sólo tuviera el mérito de envolver la estructura ósea. Solía pasar días completos en su habitación y jamás se acercaba a los lugares álgidos de la casona, como la cocina o el comedor. El médico de la familia la había visto muchas veces y su diagnóstico era el mismo:

-La niña Ángela no está enferma. Sólo tiene una sugestión mental y sus males son psicosomáticos. O sea, la cruda enfermedad está en su mente que se va apagando poco a poco, exclamo el confundido doctor, que la conocía desde pequeña

Y dentro de todo, estaba tranquila. La servidumbre y sus damas de compañía, le proporcionaban todo lo que ella necesitaba. Cuidaban y enseñaban muy bien a sus hijos pequeños Pedro, Tomás y Manuel, pues se veían niños muy felices y la preocupación por ella era constante. Tenía a dos plebeyas dedicadas únicamente y exclusivamente a servirla y a entretenerla. La vestían y desvestían, dándole sus baños diarios, llevándole sus alimentos a la habitación, leyéndole, sacándola a los ventanales y balcones para que tomara el sol y muchas otras acciones. Ellas dormían en un compartimiento contiguo a la habitación de la señora, pero ante cualquier ruido o movimiento, aparecían en su lecho.

Claro está, si el señor don José no estaba allí con ella. Pero eso no ocurría hace mucho tiempo. Cuando venía el Gran Caballero, era sólo para revisar algunos papeles y trabajar en su despacho. Además, tenía otro cuarto para descansar y dormir. La Casa Concha era enorme. Casi tres mil metros cuadrados de salas de estar, biblioteca, despachos, comedores, servicios y dormitorios. En esta mansión vivían algunos parientes de Ángela, que eran todos mantenidos por José. Bueno, casi todos. Algún sobrino, hijo de su hermana María Josefa que le cuidaba y educaba a los niños, trabajaba en la Real Audiencia, no como juez claro está. Lo hacía en servicios menores. Pero una hermana y dos primas, sólo se dedicaban a acompañar a Ángela. Y con mayor razón ahora, que ella estaba tan sola y desfalleciente. A veces hablaban en susurros de lo que estaba ocurriendo con José, ya que todos y todas, por las razones antes señaladas, temían que el dueño de casa se enfadara y los expulsara de la mansión. Más aún, si hablaban de sus correrías con sucias acciones que todos conocían y chismeaban en secreto de su comportamiento. Mientras tanto, José continuaba con su vida ordinaria y su agenda de hombre público e inmerso en una sociedad que lo reclamaba. Como era su costumbre, por las tardes se reunía con la realeza y luego se dirigía a casa de los Errazquín, donde ya tenía una aventura secreta con Inés. José se sentía feliz en aquella casa, donde doña Josefa lo recibía muy bien y le ofrecía los más exquisitos manjares para su deleite. La conversación con don Pedro era siempre interesante, pues su secreto suegro, era un hombre de mundo y dominaba todos los temas de la economía, a pesar de su decaimiento de los últimos años sobre todo económicamente. José no hallaba la hora de que llegara la tarde, y dirigirse a la tertulia de los Errazquín, tan amena y con Inés interpretando aquellas mágicas melodías al clavecín.

Cierto día de fines de enero, y ya finalizando la agradable reunión social, Inés pidió autorización a su padre, para poder dar un paseo a orillas del Rímac con su conocido amigo. Tomó del brazo a José, quien le replicó, estar muy audaz al atreverse a solicitar algo así. El rostro de felicidad de José, sufriría un abrupto cambio. Inés le hizo saber, que era altamente probable que estuviese embarazada, después de aquella noche de pasión y lujuria, que no relaté con detalles por ser estos un tanto impropios. El rojizo semblante de la faz de don José de Santiago Concha y Salvatierra varió a pálido desvaído. Su piel perdió el color y su alma siempre alegre, resulto carente de exultación. Pensó, que todo estaba tan bien así, y que con esto, la vida se complicaría enormemente. Hubo un momento en que las dos almas sólo se miraron sin pronunciar palabra. Inés, era muy segura de sí misma, pero por su mente se atravesaba la posibilidad de que el juez rehuyera. Traspuesto el trance de comunicación, por fin se rompió el hielo, y José preguntó si eso era posible, mientras Inés le explicaba que las mujeres sabían cuando entraban en estado de consideración, De igual manera, pidió unos días para estar segura. José le señaló que estuviera tranquila, y que todo estaría bien. Seguramente es un atraso de esos, y si no es así, habría que esperar la confirmación para tomar las medidas del caso. Medidas que él no se atrevía a aventurar, ya que sabía que a don Pedro no le iba a agradar la situación con un escándalo de tal magnitud. El regreso a casa, no resultó ser lo que habituaban, sino un regreso pausado y reflexivo, con pocas o casi nada de palabras. Al igual que todo el episodio, la despedida fue tensa y distante, sin los coqueteos de siempre, ni las caricias en su rostro, ni el beso en la mano que acostumbraba a dar el hombre de la justicia.

Luego de la despedida, José se retiró a su hogar muy contrariado. Pensaba en su reciente regreso de Chile y si esto podía perjudicarlo en su carrera tanto política como judicial. Y por supuesto que pensaba en Ángela. Como se lo diría, justo ahora que se encontraba tan delicada de salud y cuando aún no dejaba de llorar por sus hijos Ignacio y José, que habían fallecido y porque ella se culpaba de esa tragedia. Esto sería un golpe muy duro para ella. Pero debía pensar muy bien en cómo iba a proceder. Tal vez otro viaje a Chile podría enfriar la situación. O trasladarse por algún tiempo a España. Al fin y al cabo, el nuevo Rey Felipe V, era primo de Carlos II, que había fallecido ya hace un año y lo conocía perfectamente. Pero no debía apresurarse. Esperemos que Inés al percatarse de la realidad, desmienta lo que dijo y al final todo sea un mal entendido. Esa noche José durmió en el dormitorio pequeño donde solía permanecer y descansar cuando trabajaba hasta tarde. No podía conciliar el sueño y las horas sin dormir se le hacían eternas.

Diez días después, don Pedro lo visitó en el despacho de la Real Audiencia y le preguntó porque no había ido durante tantos días a su casa. Le consulto si tenía algún problema y si podía ayudarlo. José le respondió que no, y que sólo era exceso de trabajo. Además, le contó que su esposa estaba muy delicada de salud. Pedro insistió en que por la tarde, fuera a tomar el té.

Doña Josefa estaría feliz de verlo y la niña Inés también. José le señaló que se haría un tiempo. Por la tarde, José llegó a la casona de los Errazquin, quienes lo recibieron con los brazos abiertos. Doña Josefa le había preparado los panecillos que más le gustaban a José, y también un queque de frutas de la estación, ya que corría el mes de febrero, mes rico en aquellos productos vegetales tan variados en nuestra tierra. Hacía muchos años que no se presentaba un verano con tanto calor, pero doña Josefa se encargaba de tener el jugo helado recién sacado de la noria. También le habían preparado un poco de mistela con picardía como decía don Pedro. Pero la única que no presentaba ese estado de regocijo, era Inés. Ya no era portadora de esa sonrisa juvenil, casi adolescente, que solía mostrar en su rostro. Algo le consternaba y José presentía que podía ser. Durante el té, los varones que casi eran de edades símiles, conversaron de la situación limeña y de la marcha económica del Virreinato. Cuando la lumbre comenzaba a desaparecer del cielo del Rímac, los esposos Errazquín se retiraron a sus aposentos y permitieron que la apócrifa pareja, conversara de sus temas. Apenas quedaron solos, y ante el pavor que sentía, tan solo por la posibilidad de ser escuchada, Inés le confesó a José que efectivamente, ya era un hecho. Estaba embarazada. Ella calculaba que si en febrero no había tenido regla, la criatura nacería a comienzos de octubre. Hubo un instante de silencio entre los interlocutores que parecieron horas, hasta que José sacó su labia y desenvoltura, aplicando la facilidad en la expresión del don de la palabra, y le dijo a Inés que era una situación muy embarazosa, si es que ese término era atingente. Pero que él iba a solucionar todo. Sólo tenía que darle algún tiempo para solucionar algunos aspectos familiares y luego de eso, hablaría con don Pedro. Le haré algunas propuestas que no perjudiquen a nadie y nos den la tranquilidad de poder recibir a ese retoño, que no tiene responsabilidad en los hechos ocurridos. En ese sentido, José le dio mucha tranquilidad a Inés, aunque comprendía la compleja situación por la que ambos estaban atravesando. Pero principalmente, ella ahora debía enfrentar a sus padres y contarles lo sucedido o sus consecuencias, por decirlo de alguna manera.

Y llegó el otoño a la capital del virreinato. El calor disminuía y las tardes se sentían más frescas. Lima era una de las ciudades más hermosas e importantes de la Nueva Tierra. América, que lleva ese nombre debido a los mapas que el navegante, comerciante y cartógrafo Américo Vespucci diseñó para comprobar que la tierra descubierta por Colon nunca fueron las Indias, sino que un nuevo continente, que él llamo América, en Honor a su Nombre. Américo era agente bancario y fue quien apoyó a Cristóbal Colón en su empresa para poder viajar y dar la vuelta al mundo como él creía, y así probar que la tierra era redonda. Al producir su segundo y tercer viaje, Américo se impregnó de lo que era el trabajo de descubrir nuevas tierras, y comenzó a estudiar los viajes, para así, poder realizar algún día uno de ellos, pero con él al mando. Este mapa que ustedes tienen a la vista, es el primer mapa en la historia de la humanidad en que aparece la nueva tierra. Fue diseñado en 1502 por Américo Vespucci. Aún no se llamaba América. Fue luego, en sus dos viajes a las nuevas tierras, que premunido de un espíritu científico, donde el centro de sus metas y logros estaba la investigación de una nueva forma de vida, sus relatos, muchas veces fantasiosos, lo llevaron a determinar que se había descubierto una nueva tierra y que llevaría por nombre América en su honor. Américo Vespucci o Vespucio como se le castellanizó después, murió el 22 de Febrero de 1512 a la edad de 57 años, a causa de la Fiebre Malaria que afectaba al trópico y al Caribe ubicado en la nueva tierra.

Eso ya había ocurrido hace largos 200 años. Mientras tanto, aquí en América, específicamente en Lima, la vida transcurría de forma normal en esta parte del Reino de España. Y con ello, los problemas de José de Santiago Concha y Salvatierra e Inés de Errazquín y Torres, debían tomar un cauce de resolución, pues el tiempo pasaba y ya transcurría el mes de marzo de 1711 por lo que muy pronto, comenzaría a notársele el abultado abdomen a la niña Inés, en su señorial figura. José ya había tomado una decisión, que debía comunicársela a Inés y luego proceder a sostener una conversación con don Pedro, la que seguramente requeriría de todo su ingenio y destreza en la elaboración de discursos y argumentos, para que el compungido padre no entre en cólera. La visita de José quedó fijada para la semana próxima y tenían autorización para dar un paseo por la ribera del Río Rímac, lugar al que tanto ansiaban ir siempre. José, por estos días, aprovechaba el tiempo en acompañar a su desventurada esposa, que padecía mucho con su desgastadora enfermedad. Le había pedido que no tuviese tanta gente en su séquito, ya que por el bien de ella y el desarrollo de su presunta mejoría, era mejor que estuvieran a su lado sólo aquellos que le reportaban un bienestar y la ayuda necesaria para que pronto se recuperara.

Solapadamente, el juez pretendía ir deshaciéndose de algunos de los parásitos parientes de Ángela, que vivían sin sobresaltos en la Casa Concha. Apenas dejaría a las dos primas y a su hermana, que claro está, contarían con un buen número de esclavos que les satisfarían todos sus requerimientos y necesidades. También dejaría al hermano mayor, que era asistente de José en la Real Audiencia. Se le venían tiempos difíciles y todos sus pasos deberían ser analizados con mucha minuciosidad. Ángela sólo se levantaba por las mañanas y se asomaba al balcón que tenía su habitación en la gran casona de Lima. Pero su salud se debilitaba constantemente, a tal punto que José le ofreció realizar un viaje a España para distraerse y que tal vez pudiera atenderla un médico de Europa, que tenían mucho prestigio.

José sabía que este día sería crucial en su vida. Desde temprano se paseaba por los pasillos de la Real Audiencia de Lima ensayando, no lo que le iba a decir a Inés, sino que la propuesta que le formularía a don Pedro, y que ojalá la recibiera con tranquilidad y aceptación. Eso era lo fundamental. Cuando hubo llegado la hora, se dirigió a la vereda de la ribera del Río Rímac, en donde había quedado de encontrarse con Inés. A lo lejos, de entre los árboles que adornaban la ribera del río, apareció ella. Inés de Errazquín, una adolescente, pero de una belleza que no pasa desapercibida. Como no observar sus blancas mejillas, esos bellos labios rojos y aquellos verdes ojos. Una figura angelical, que de seguro, a José le perturbaba la mente y el corazón. La tomo entre sus brazos y no le importó uno que otro transeúnte que los miraba, la miró y la besó como nunca había besado. Fue un beso de alivio y tensión, de entusiasmo y paz. La joven, después de los segundos de pasión, zafó de la cómoda posición y le pregunto a José que ocurriría con su vida. En esos momentos sólo quería morir. Pero en brazos de su amado. Comenzaron a hablar de otras cosas, sin embargo no podía distraerla. Ella volvía a consultarle lo mismo. José le pidió que fueran a casa y que hablaría de hombre a hombre con su padre. Pensaba, que puede ser peor que hablar con el difunto Rey Carlos II. Y trataba de relajarse, pero no podía con sus nervios. Tengo que ser astuto para tratar este tema con don Pedro, de lo contrario se me irá de las manos, se arengaba mientras caminaban a casa de los Errazquín. Llegando al hogar, apretó fuerte ambas manos de la hermosa niña, que aún no cumplía los 17, pero que los cumpliría antes de tener al bebé. Entraron a la casa y los recibió doña Josefa, quien de inmediato noto algo tenso en la mirada de su hija y de su acompañante. Le pidió a José que por favor entrara y que don Pedro bajaría de inmediato, para que sostuvieran una amena conversación, mientras tomaban el té.

La espera se hizo eterna. Mientras tanto Inés se retiró a su dormitorio y no participó, como era obvio, de la conversación de los Caballeros. Pedro llegó al salón y estrechó con cariño las manos de José, quien pidió tomar asiento y comenzó la exposición. Al comienzo, le señaló el cariño que sentía por su familia y en especial, por su hija, con la que lo unía una gran complementación de amistad y cariño, muy difícil de obtener en estos tiempos. También le agregó que se sentía muy bien en su hogar y que era tratado como un verdadero rey. Luego se levantó del sillón y expresó que lamentablemente lo había traicionado, pero que esa nunca fue su intención. Le hizo saber que siempre había actuado conforme a las normas de decoro y respeto, conforme le enseñaron sus padres a quienes les debe todo. Pero hubo un momento en que se dejó llevar por el entusiasmo y ardor del instante. La pasión lo consumió y no pudo dominarse, demostrando que era un ser carnal y dejándose llevar por el momento de fracciones de minutos, le había arrebatado la inocencia a la niña Inés, que tanto quería y que la acción traería consecuencias pues la niña había quedado embarazada. Le pidió por favor, que no se alterara, y que conversasen como seres civilizados, para encontrar una solución al problema contingente, y que él estaba dispuesto a cualquier acción, que fuera beneficiosa para Inés. Señaló que la situación tenía un agravante, pues él era un hombre casado y con tres hijos vivos y dos fallecidos, pero que todos en la ciudad sabían, que no se hallaba junto a su mujer y que ni siquiera compartían habitación. El hecho más lamentable que le plasmó, era que la salud de su esposa era paupérrima, por lo que solicitaba que las acciones que concordaran no pasaran por la rendición de cuentas a la señora Ángela. Con la frente empapada en sudor, las manos pegajosas por la refriega y la espalda fría por el miedo, junto al temblor de sus manos, pidió la venia para tomar asiento.

Don Pedro estuvo varios minutos frente a la ventana. Era como si esperara ver algo a través de ella, que le permitiera huir de esa escena pavorosa, digna de algún libro de Shakespeare. Se volteó lentamente y casi al borde del llanto, le dijo que él lo había decepcionado profundamente, Y luego de mirarlo fijamente le apuntó:

- Un varón de su altura jerárquica, Caballero de la Corte, respetado en todo el virreinato, no puede hacerle eso a una niña. Inés tiene dieciséis años y usted 43. ¿Consideró la confianza que mi esposa y yo, le dimos en esta casa? Además, casado y con 5 hijos, lamentablemente no todos vivos. Una esposa desvalida a la que todo Lima quiere. Una posición envidiable.- Pedro ni siquiera estaba analizando lo que para su hija significaba la precoz maternidad. Le hizo saber que no imaginaba ninguna salida decente para tal bochornosa situación. Y sabía que en los próximos minutos venía un relato que los iba a degradar como familia. ¿Cuál sería la salida? ¿En que consistiría la propuesta con que el afamado juez pretendería solucionar el conflicto? No le quedaba más remedio que escucharlo y espantar de su mente, medidas más drásticas como el enfrentamiento a espada en un duelo.

José tomó la palabra. Le recalcó lo respetuoso que había sido en su análisis. Dijo lo siguiente: - Las soluciones dependen de las situaciones. Aquí hemos expuesto ambas. Tomando en cuenta la realidad de las dos familias y dándose por entendido que yo quiero a su hija y deseo desposarla en un futuro que dependerá de cómo de desencadenan los hechos, y considerando la edad de ella, que cuando engendre, ya tendrá diecisiete años, creo que esta situación merece un compás de espera. Mi propuesta es que nuestra querida Inés, permanezca en esta casa hasta que nazca el retoño, y que se crie aquí hasta que yo pueda desposarla. No puedo asegurar en qué momento será aquello. Su sola elucubración, me llena de culpa y resentimiento, pero deseo que la insensibilidad no haga presa de mí. Tengo que pensar en una solución que no dañe a quienes dependen de mí, por eso es que debo fijarme en las acciones para que ello ocurra. Tengo tres hijos pequeños y no los voy a dejar abandonados a su suerte. Siempre estarán y contarán conmigo. Pero le aseguro don Pedro, que su hija será mi esposa y que nos uniremos tarde o temprano. Entre nosotros nació un amor, y no morirá por este acontecimiento, que si bien es trascendental, no nos privará de estar juntos para toda la vida y criar en pareja, éste y todos los hijos que la providencia nos entregue. Mientras tanto, yo me ocuparé de su cuidado y traeré servidumbre para que, aparte del amor de sus padres que ya lo tiene, no le falte cuidado ni atenciones. Yo podría partir al reino de Chile pronto, pero no creo que esa sea la forma de sobrellevar este momento crucial de nuestras vidas y de estas dos familias. También podría aconsejarle que la llevara fuera del virreinato, como para ocultarse. Pero tampoco creo que sea aquella una solución acertada a lo vivido. Me gustaría proponerle también si es que su merced así lo considera, la posibilidad de visitar periódicamente a Inés para poder así darle el cobijo y la atención que ella necesita y se merece. Le reitero el otorgamiento del perdón y cuente con mi arrepentimiento de por vida por la ofensa que he causado a su histórica familia, pero le aseguro que esta historia tendrá un final feliz. Pedro se puso de pie, y caminó de un lado a otro de la habitación. Traspuesto el trance le señaló:

Lo conversaré con mi esposa y tomaremos una decisión. Es muy difícil analizar lo que usted me propone, así a la ligera. No es momento de apresurarse sino de meditar muy bien los caminos a seguir- Esta es una familia respetable y lo ha sido así por varios siglos. Pero también espero que lo siga siendo, y que no sea yo, ni nadie de mi núcleo familiar, quien provoque la decadencia.

Pasaron algunas semanas y a mediados de abril Pedro visitó a José en la Real Audiencia para invitarlo a su casa a discutir los caminos a seguir en esta tragedia familiar que los estaba aquejando a todos. Por lo que le solicitó que fuera temprano, ya que no habría ni agasajos ni embelecos. La situación no ameritaba tertulias ni menos convivencias, considerando que los parroquianos tienen temas pendientes. Así es que, le pidió con encaro que estuviera a las 5 en punto en su casa para darle a conocer las decisiones adoptadas. Además, lo instó a aceptar lo que la familia decida y no ahondar el conflicto con actitudes en rebeldía, o tomar determinaciones apresuradas con el futuro de la niña, ya que eso sólo provocaría el empeoramiento de quien ahora debe ser nuestra principal preocupación. Mi hija Inés. Como lo pidió Pedro, José se acercaba a la casa de los Errazquín a las cinco en punto. El mismo lo recibió en la puerta de su casa y lo hizo pasar a su despacho. Ya en la intimidad de un espacio que le daba confianza a Pedro, éste le señaló a José:

A pesar de que usted me ha decepcionado profundamente como hombre de palabra y como Caballero, al reflexionar, he tratado que en mi análisis de la situación y en las acciones que llevaremos de aquí en adelante, no se perjudique sin más motivo que el de defender a toda costa el nombre y futuro de mi hija, a su merced en sus labores profesionales y familiares. Pero comprenderá usted también, que mi mayor preocupación, es la salud física y mental de mi Inés, y que la protegeré de todo atisbo de discriminación o ataque que manche su honra. Soy capaz de matar por eso. Anoche, conversando con mi esposa, la madre de Inés, quien ha sufrido mucho por este lamentable episodio, logramos esclarecer nuestros anhelos en los siguientes términos. A fines de Mayo o a más tardar a comienzos de junio, enviaremos a Inés a casa de los Messía de Zúñiga en Trujillo, tíos de Inés y primos de doña Josefa, una familia muy cercana y con la cual nos une un gran cariño mutuo. Allí tendrá nuestra Inés a su descendiente natural, y conforme a lo que vaya ocurriendo con los acontecimientos, programaremos su regreso. Usted, como responsable principal de esta tragedia, tendrá que costear toda su estadía, el parto y los elementos de cuidado que de él se desprendan. No se le estará permitido visitar a la niña Inés a no ser que las circunstancias cambien la óptica de esta situación. Usted tendrá que tomar las medidas para que a más tardar, al cumplir 18 años, mi niña Inés, pueda contraer nupcias con usted y normalizar su vida. De no ocurrir así, vaya usted olvidándose que tiene un hijo y prepárese para encontrar en esta familia y amigos, un frente enemigo. Quien habla, ya no le pedirá más explicaciones y su merced queda en libertad de acción. Será usted quien tendrá que venir a entregar la dote mensual de lo que hemos acordado y si es de su interés, podrá preguntar por la salud de la niña Inés y de su hijo. De lo contrario aquí en este hogar, cariño no le va a faltar. En este instante le entrego las letras con los documentos que usted debe firmar, para asegurar la dote que su merced entregará mensualmente por dos años a esta familia para el alumbramiento de su hijo y la buena crianza de la futura criatura.

José, aún pálido por todo lo escuchado, se puso de pie, y dándole un leve vistazo a los documentos que don Pedro le había entregado, los firmó y le hizo entrega de la primera remeza mensual de la dote. Al terminar la transacción, no se dieron las manos, como en tiempos de la malaria, pero asintieron con una leve inclinación de la cabeza, como diciendo que era un justo acuerdo. Pedro lo acompañó a la puerta y estando en el umbral presto a salir, José le dijo:

Voy a volver a esta casa a pedir la mano de su hija, pues nos casaremos pronto. Y usted y yo tendremos, no tan solo, la relación de yerno y suegro, sino que la de dos amigos como lo éramos hasta hace poco. Y así le daré la vida que ella se merece, ya que mi amor por Inés es infinito. Además quisiera si usted y doña Josefa lo tienen a bien, poder verla antes de su viaje, ya que deseo expresarle mi amor, las disculpas por lo ocurrido y asegurarle que todo esto es pasajero. Y que muy pronto estaremos en nuestra casa, ocupándonos del hijo que viene en camino.

Pedro asintió con la cabeza hacia abajo y sentenció que después de conversarlo con su esposa, le llevaría una razón a su trabajo. Él esperaba que no existieran excusas para tener que reunirse con el juez, que aunque hoy se sentía engañado por él, no podía negar el aprecio y simpatía que le causaba el jerarca. Al día siguiente, Pedro pasó por la Real Audiencia, y conversó con José. Le señaló que ellos no tenían inconveniente en que él se fuera a despedir de la niña Inés, pero que tendría que hacerlo en frente de ellos, o sea, delante de sus padres. A comienzos del mes de mayo se fijó el acuerdo para la visita tan extraña a casa de los Errazquín Torres.

Aquella tarde era muy especial para José. De nada le servían sus doctorados ahora en la situación que se encontraba. Los Errazquín lo recibieron en la puerta y lo hicieron pasar a la sala. Se sentó en el sofá en el que solía hacerlo y meditó un instante en que se encontraba solo. Pensó que no tenía ya edad para estas cosas y que la escena lo ponía muy nervioso. Ingresó en primer lugar don Pedro, quién se dirigió hasta la ventana y encendió una pipa. Luego entró a la sala de estar doña Josefa, que ya no reía con José como lo hacía antes. Finalmente ingreso la niña Inés, que venía radiante y hermosa. Su figura engalanó la sala y lleno de frescura el ambiente. José, se acercó levemente y tomando una de sus manos, la beso con mucho cuidado pero con ardua pasión. Entonces ella tomo asiento al lado de su madre. José solicitó autorización para dirigirse a la adolescente. Ambos padres se lo otorgaron asintiendo afirmativamente con la cabeza. Entonces José le comenzó a hablar a la muchacha:

Querida Inés. Le he rogado a sus padres que me concedieran esta oportunidad para entregarle mi visión de los que nos ha ocurrido. Ellos, con su bondad infinita, me han concedido este honor. Nada debo reprochar de sus padres. Ellos han hecho lo que tienen que hacer. Cuando comencé a visitarla, lo hice guiado por lo hospitalario de su familia y los temas que con su padre nos unían. Pero después de conversar con usted y de ver la amistad y complicidad que se puede dar entre dos personas, mis visitas a esta casa tomaron otro cariz. Siempre deseaba estar con usted y entablar las conversaciones que tuvimos y jamás olvidaré. El amor llegó a mi puerta como a un niño le ocurre. Yo ya no podría vivir sin usted dulce Inés. Lo que ocurrió, no me lo perdonaré jamás. Ya que puse en peligro todos mis anhelos de pasar mis días en su compañía. Pero mis afanes no han claudicado. Sólo espero solucionar algunos temas que usted conoce y voy a volver como un caballero, a pedir humildemente a su padre, que me otorgue su mano, si es que él lo tiene a bien, ya que mi fin último es que usted sea mi esposa y éste sea el primero de nuestros hijos. De modo que, de no escuchar preceptos negativos ante mí, ese va a ser el motivo de mis días venideros. Ahora me retiraré y respetaré la voluntad de su padre, que es muy respetado por mi persona. Hasta pronto mi querida Inés.-

José tomó su mano nuevamente y la besó con el alma. Sentía que no podía dejar que la bella Inés no estuviera con él. Con el consentimiento de los Errazquín, esbozó una venia y se retiró del lugar muy emocionado y compungido. Su caminata se hizo muy larga bordeando el rio y no podía pensar en otra cosa sino en lo sucedido en casa de los Errazquín y lo maravilloso que lucía la niña Inés. No se imaginaba lo que iría a ocurrir con la situación que acababa de protagonizar, es decir, el futuro de lo que había expuesto don Pedro y lo que realmente iba a ocurrir. Su vida transcurriría entre su trabajo de juez, las extensas jornadas laborales de sus distintos trabajos y su vida familiar junto a sus tres hijos y a Ángela, que lleva consigo la tremenda carga de su enfermedad. Se abocará a la mejoría de ella y una vez que esté completamente sana, podrá revelarle la cruda verdad de lo que está viviendo con Inés y del futuro que le depara ambos. Será un tiempo de decisiones y de volver a la familia, a los hijos y a la cordura. Pero, de igual forma, la figura de Inés, le revolotea en la mente y en el corazón. Al llegar a la Casa Concha, la servidumbre que atendía a Ángela, le informó a José, que la señora había pasado una buena tarde, se asomó por el balcón y compartió un momento con sus hijos. Raudamente, se dirigió a sus aposentos, pero al ingresar pudo comprobar que ya se encontraba dormida, suponiendo que sería por lo agitado de su día. Aprovechó de reunir a la servidumbre y acompañantes de Ángela y les reiteró que los cuidados para la dueña y patrona de la Casa Concha, deben ser los máximos y además, el acompañamiento por horas, no le debe provocar soledad en ningún momento del día ni de la noche. Les informó, de igual forma, que él mismo la acompañará por las tardes cuando regrese de la Real Audiencia o de sus otras labores. Y así transcurrieron los meses de aquel complicado año 1711 para el Juez del Crimen del Virreinato del Perú y de la Real Audiencia José de Santiago Concha y Salvatierra, que entre la situación de su esposa Ángela con su enfermedad y sin saber que ocurría con Inés y su bebé, no sabe cómo no perdió la razón, se colgó de un gran árbol o se volvió loco de desamor.

La niña Inés viajó a Trujillo, una importante ciudad casi bicentenaria, en el norte del Perú, que contaba por esos días con 8500 habitantes y un gran tráfico de encomenderos. Esta localidad fue descubierta por Diego de Almagro el 6 de diciembre de 1534, que al ver la planicie y el lugar, se imaginó la ciudad y la denominó: Villa de Trujillo en honor a la ciudad natal de Francisco Pizarro, descubridor del Perú. A los tres meses, fue el mismo Francisco Pizarro quien realizó la Fundación del villorrio llamándole Trujillo de Nueva Castilla. Su padre y don José se habían encargado de que su viaje fuera lo más placentero que se pudiera, y que no le faltara nada de sus servicios. José había ordenado que un carruaje real del virreinato la llevara junto a su madre y que luego trajera a doña Josefa de regreso. El Landó lentamente se detuvo en la plaza de Trujillo y al abrirse las puertas del carro, aparecieron los felices parientes de doña Josefa, don Diego Messía de Zúñiga y su extravagante esposa, doña Margarita de Zavala y de la Maza, quien evidentemente era mayor que Diego. Se diría que unos 15 años mayor. Los parientes quedaron admirados con la belleza de la niña Inés, que a pesar del viaje, lucía radiante. Rápidamente rompieron filas hacia la casa de los Massía, que estaba ubicada en la zona céntrica de la ciudad. Al llegar a casa, doña Margarita, le mostro su habitación a la niña Inés, quien estaba feliz con el lugar. Una vez acomodada la adolescente, Doña Josefa y Doña Margarita se instalaron en la sala para sostener una larga conversación que explicara en parte lo sucedido. Aunque sin muchos, detalles como lo había solicitado don Pedro. En lo fundamental, le contó que la niña Inés estaba embarazada y que por el momento no podía contraer nupcias, pero que más adelante lo haría. Le señaló que el padre de la criatura, era un famoso Juez de la Real Audiencia, que asesora al Virrey Portocarrera en los temas legales y además, es un conocido y favorito del Rey Felipa V. También le mencionó doña Josefa que el bebé, por lo que ella pensaba y había observado, más lo que la niña Inés le había confesado, estaría llegando a comienzos de Octubre.

Dos días después, doña Josefa se embarcaba en el Carromato que la traería de regreso a Lima para dar el informe de lo acontecido al nervioso padre, don Pedro.

Se despidió de su adorada hija Inés asegurándole que todo saldría bien y que permaneciera tranquila. Luego habló largamente con sus parientes y les rogó que le tuvieran paciencia a la niña Inés, ya que ella había sufrido mucho con esta situación y sólo contaba con 16 años. Les confirmó que regresaría a Trujillo a mediados de Septiembre y me haré cargo de los cuidados de Inés en los momentos más críticos. Doña Josefa emprendió así el viaje de regreso a Lima. Transcurrida una semana, Josefa le contaba a don Pedro, la experiencia del viaje y como quedó su pequeña Inés en casa de los Massía y lo cordiales que habían sido con ellas. Agregó que estábamos en deuda con ellos. Al día siguiente, Josefa visitó a José y le comentó detalles del viaje y lo bien que se encontraba la niña Inés. Le transmitió los saludos de la adolescente y confesó que la atendería ella misma en su alumbramiento, ya que viajaría a Trujillo a mediados de septiembre. José le pidió autorización para estar presente en la casa de sus parientes en Trujillo el día del nacimiento y así poder darle apoyo a Inés y además, conocer a su hijo o hija. Prometió que podría conseguir una embarcación que realizara esa ruta y así poder tener un viaje mucho más cómodo y que podría ir con don Pedro, ya que ambos tendrían que regresar al trabajo. El viaje podría durar tres días si abordamos un veloz galeón. Josefa le prometió conversarlo con su esposo y traerle una respuesta pronta. A los 10 días apareció doña Josefa en el despacho de Juez de don José y le comentó, que con su esposo Pedro habían analizado la propuesta de él y determinaron que doña Josefa viajara en carromato, a comienzos de septiembre hacia Trujillo y Pedro y José lo harían en barco hacia fines de septiembre. La idea era que ambos estén en

Trujillo el 2 o 3 de octubre. José estaba feliz y le hizo saber a doña Josefa que jamás olvidaría este gesto de parte de ellos. Apenas doña Josefa abandonó el despacho, comenzó a imaginar cómo lo iba a recibir Inés y de qué manera se produciría aquel encuentro de los enamorados.

Septiembre era un mes caluroso en Lima. El borde del Río Rímac estaba totalmente florido y las aguas alcanzaban gran nivel con un torrentoso caudal. Los casi cincuenta mil habitantes que tenía el virreinato, hacían de Lima una de las urbes más poblada de la nueva tierra, pero con unos paisajes idílicos y con la belleza propia de Sudamérica. José de Santiago Concha y Salvatierra estaba ansioso. Quería saber cómo había llegado doña Josefa a Trujillo, mientras los días transcurrían lentamente con el fin de concretar su viaje a las tierras del norte. Visitaba a menudo a don Pedro para recordarle que el 29 de Septiembre a la medianoche zarparían rumbo a Trujillo. Que se preparara y que ya le tenía el mejor camarote dispuesto especialmente para él. Pedro le respondía que si lo tenía bien presente y que ahí iba a estar en el Callao el día y hora indicado. También se había despedido muchas veces en la Casa Concha y allí utilizaba el pretexto que debía supervisar los tribunales y a los jueces de Trujillo, ya que necesitaban orientación y el Virrey se lo había solicitado. Les encargó a todos que cuidaran muy bien a Ángela y que le dieran todos los servicios que ella necesitaba. La hermana de Ángela quedaba a cargo de esa tremenda empresa que era la Casa Concha.

Y llegó el día del viaje. José se apercibió con cuatro horas de antelación a la embarcación en el Callao. Don

Pedro apareció cuando restaban 30 minutos para el zarpe. Se acomodaron en los camarotes y luego el capitán trato de calmarlos y sugerirles que durmieran, ya que había mucho viento y el viaje era largo. El Capitán ordenó que los remeros sacaran el barco del atraco. Al salir de la Bahía, se desplegaron las velas de manera perpendicular a la brisa, de forma que el viento de septiembre llevara la embarcación a toda velocidad. Los vientos fueron favorables y el galeón era pequeño, pero que alcanzaba gran velocidad pese a tener 20 remos que fueron poco utilizados. Esto hizo posible, que la embarcación tocara el incipiente puerto de Trujillo el dos de octubre de 1711 a las cuatro de la tarde. Un viaje en tiempo récord que cualquier otra embarcación lo hubiera hecho en 80 u 85 horas. José desembarcó feliz y ayudó a Pedro a abandonar el barco. El carro de la familia Massía los estaba esperando para llevarlos a casa de Inés. Es decir, no quedaba más de 20 minutos para reencontrarse con su amada Inés, a quien amaba y además lo haría padre por sexta vez.

Al llegar a casa, la servidumbre salió a recibirlos y después de los saludos y las presentaciones protocolares, le indicaron a José cuál sería su habitación para que pudiera descansar. Luego lo llamarían para cenar y para que pudiera ver a la niña Inés. Después de asearse y dormitar un instante, un esclavo de color lo invito a pasar al comedor, pues la cena estaba servida. Al bajar al salón, la vio sentada en un cómodo sillón. Caminó hacia ella y tomando su mano muy finamente, la beso con un suave posar de labios y le dijo.

Es un verdadero honor verla doña Inés. Su estado le asienta mucho y se ve esplendorosamente bella. Esperaba con ansias este momento y le he traído algunos presentes para usted y para el bebé. Si la providencia lo permite, quisiera hablar con usted mañana por la mañana en algún momento. Quedo completamente a sus órdenes para lo que estime conveniente.- exclamó el nervioso juez.

Para no ser mirado a menos por la familia de doña Josefa, abrió su baúl y entregó obsequios a ella misma, a doña Josefa y a don Diego, a quien le traía una espada que había sido del Virrey Portocarrero. Todos estaban felices y a la mesa. El banquete fue muy fino, abundante y exquisito, atingente a la calidad y rango de los visitantes, especialmente Don José, que era allegado al Virrey y al mismísimo Rey Felipe V. El despliegue de la servidumbre y lo ceremonial del servicio fue algo que llamó la atención del Juez del Crimen. Luego de la glamurosa y excitante cena, los invitados pasaron al salón para beber algún licor o un té de hierbas, mientras Diego aprovechaba de conversar de política con José para enterarse de los últimos acontecimientos de Lima y de sus leyes, aprovechando el conocimiento y la experiencia de tan distinguida y famosa visita. A las diez de la noche, todos se retiraron a sus aposentos y dormitorios para un merecido descanso.

Al día siguiente y después del desayuno, José pidió la venia a don Pedro, a don Diego y a doña Josefa, para salir a dar un paseo por la ciudad y poder conversar con la niña Inés. Hace mucho tiempo que no hablaba con ella. Los autorizantes asintieron, pero con la condición de que si Inés se cansaba, tendría que traerla en un carro. Pero la suerte de José no estaba presente el día de hoy. La niña Inés no se sentía del todo bien y la visitó un médico. También la examinó la partera y le dieron dos días de descanso tomando unas hierbas y otros jaropes bebistrajos que ahuyentan los malos síntomas y los dolores. Los especialistas recomendaron que el fin de semana podría volver a las caminatas. Aunque suene paradójico, el domingo siete, por fin Inés y José pudieron dar su anhelado paseo por la plaza de Trujillo. Una de las familias de mayor renombre que habitaban Trujillo, eran los Roldán Dávila, Marqueses de Bellavista de una tremenda alcurnia. Ellos o alguno de ellos, ya se habrían enterado de la visita de su pariente político y esposo de doña Ángela Roldán Dávila, y querrían saber cuál era el motivo de ella, para encender la hoguera o hacer correr algún chisme. Al fin, Inés y José fueron a visitar la Catedral de Trujillo, que había sido reconstruida más o menos tres veces por los continuos terremotos que afectaban esa tierra. José la observaba y no podía creer tanta majestuosidad. Le contó a Inés que el mismo Papa Pablo V había ordenado su tercera reconstrucción total, ya que ostentaba el título de Catedral.

Se sentaron al frente al monumento religioso y comenzaron a conversar. José le manifestó sus intenciones de casarse con ella, pero le explicó el calvario que vivían en la Casa Concha, con la enfermedad de su esposa Ángela. Su estado de salud era deplorable y la custodia de ella estaba comprometida a los parientes, que ahora eran sólo cuatro. Le aseguró que cuando ella mejorara, la llevaría de vuelta con sus padres y que su matrimonio quedaría anulado por salud. Así ellos podrían desposarse rápidamente y vivir su vida matrimonial en la Casa Concha de Lima. De aquella forma, procrearían más hijos y vivirían como siempre lo habían soñado. En familia, incluso con los tres hijos mayores de José, ya que Ángela, con su enfermedad, no sería capaz de criarlos y cuidarlos. Inés era tan dulce e inocente, que sólo asentía con la cabeza ante todo lo planteado por don José. Inés ya tenía diecisiete años por lo que podía perfectamente contraer matrimonio, ya que desde los trece, edad en que la mujer podía concebir, que las damas podían adquirir el sagrado vínculo del matrimonio. Recalcó que del modo que fuera, ellos iban a enlazarse en el sagrado vínculo y en el peor de los casos, se irían a vivir al Reino de Chile. Le consultó a Inés cuando creía ella que iba a dar a luz. Inés le contestó que pronto, pues ya sentía dolores y que en un par de días ya estaría entre nosotros el bebé. Inés, dando muestras de su dulzura y sumisión, le consultó cual era el nombre que debía llevar la criatura. José, en forma enérgica manifestó que si era mujer, se llamaría Josefa como su madre, ya que ella era una gran mujer. Si es hombre, le pondremos Melchor. Un nombre de la Realeza, que va a acompañar a nuestro hijo en todas las proezas que lleve a cabo en la vida. La niña le regaló una sonrisa y confirmó que su voluntad sería la que predominaría, agregando que su madre se sentirá orgullosa de tal distinción.

El día había transcurrido apacible en la localidad de Trujillo, en el norte del Perú. Octubre, era una fecha en que el calor no agobiaba, pero si se sentía. Por la tarde de aquel día miércoles 10 de Octubre de 1711 la niña Inés comenzó a tener dolores, por lo que nuevamente se le ordenó reposo y doña Josefa tomo las riendas del operativo, ya que tenía el presentimiento de que el momento había llegado. Instruyó a toda la servidumbre de las tareas en el momento en que se requiera. El cuarto estaba preparado. Los paños blancos ya hervidos y planchados, estaban dispuestos. Los lavatorios con agua hervida se renovaban a cada instante. Los incipientes utensilios que había dejado la partera para la emergencia, se encontraban dispuestos y ordenados. Transcurría la medianoche y los hombres conversaban de leyes nerviosamente y bebían brebajes provincianos. José, Pedro y el dueño de casa Diego, ordenaban las leyes del mundo a su antojo y entregaban orientaciones a los reyes para las futuras invasiones y colonizaciones. Los hombres entretenidos, no se dieron cuenta como pasó el tiempo, mientras la noche se dejaba caer sobre la casona de los Messía en la norteña Trujillo. Los nervios que tenía José no se podían describir, ya que un temblor constante en sus piernas, lo obligaban a permanecer sentado, de lo contrario sería muy notoria su inquietud y tensión. Todos se retiraron a sus alcobas a descansar, menos las mujeres que preparaban el trabajo de parto. Pero aun así, José prefirió permanecer en un sillón de la sala de estar y esperar allí las novedades.

Casi al amanecer de aquel jueves 11 de octubre de 1711, el grito de un bebé despertó a los padres abuelos y tíos que habían desfallecido por causa del alcohol. Josefa bajó a la sala donde sólo encontró a José, ya que los inútiles varones se encontraban con gran resaca en sus habitaciones o aposentos y expresó:

- Es un hermosos y robusto varoncito. Él y su madre, se encuentran en perfecto estado de salud.- exclamó feliz la orgullosa y agotada abuela que ya desfallecía.

- Has llegado a este mundo Melchor. Serás un gran ser humano y hombre de leyes suspiró muy hondo y pensó para sí José, sintiendo un tremendo alivio.

Sus padres se reunieron con Inés y permanecieron un largo instante con ella y su nieto. Luego de varias tazas de té, Josefa le pidió a José que por favor subiera a la habitación de Inés para que pudiera conocer a su hijo. José entró a la habitación y un espasmo de emoción recorrió su cuerpo. Nunca había estado en un alumbramiento de un hijo. Inés le pasó a la criatura y le dijo que tomara entre sus brazos a Melchor, ya que él le daría grandes satisfacciones en la vida y se convertiría en un orgullo para la familia. José suspiraba, mientras le decía al bebé que se llamaba Melchor porque es un nombre de la realeza, y que su papá iba a estar siempre con él y con su madre. Le nombró a todos sus antepasados comenzando por su padre Pedro, su abuelo Juan y su bisabuelo Gonzalo. También de su Tatarabuelo Diego De Santiago (destilador de Felipe II) que nació en 1540. Su Tátara tatarabuelo Juan De Santiago arquitecto cacereño que construyó la Iglesia de El Toboso, y también su tátara tátara tatarabuelo, marino alavés de Iñigo De Santiago, el cual intervino en el cuarto viaje de Colón, Y el padre de éste el trovador Joan Aíras De Santiago, el primero en ostentar el apellido de la Orden De Santiago y por ende del fundador de la Orden de Santiago. Así estuvo un buen momento hablando y nombrando a los de Santiago Concha. Pensaba en que le gustaría ver a su descendencia y conocer a los que llevarán orgullosos este apellido. Ahí estaba José. Dichoso, mientras mantenía en brazos a mi hexabuelo Melchor de Santiago Concha y Errazquín. Pronto el juez, tuvo que abandonar la habitación. Atrás, quedó la enamorada Inés, que veía en aquel hombre mayor, a un semidiós, a un hombre superior que todo lo conseguía, a un caballero, no sólo de Calatrava con espada, sino a alguien que si sabía hablarle a una mujer. También valoraba la forma de tomarla entre sus brazos con el frenesí que ponía en ello, el hecho de besarla con una pasión que jamás había experimentado y por supuesto que el amor que irradió al tener a su hijo entre sus brazos, ya que no todos los hombres toman al recién nacido y lo arrullan como lo hizo José.

Al bajar José a los salones de la casona, todos le preguntaban cómo había encontrado a Inés y como le pondrían. Que si lo había tomado entre sus brazos y un sinfín de cosas. José les conto que ya estaban de acuerdo con Inés de que se llamaría Melchor si era varón y Josefa si era niña. Pero el nombre de doña Josefa seguro que estaría en su familia, ya que pensaban tener muchos hijos más. Él pidió disculpas a toda la familia, pero aseguró que esta historia tendía un final feliz, por lo menos para Inés. Ella tendrá lo que se merece y lo que le corresponde por que era la madre de su hijo Melchor. Afirmó que otras personas inocentes o no, sufrirán en estas circunstancias, pero que es inevitable para que triunfe el amor. Pidió que ojalá algún día lo perdonen por cómo se fueron desencadenando los hechos, sin embargo todo se fue dando por la trama del amor.

Las horas y los días posteriores al alumbramiento, se fueron volando, pero José gozó cada instante en que podía compartir con Melchor y también con Inés a quien amaba locamente. Pronto ya, el afortunado y orgulloso padre y el ahora dichoso abuelo Pedro, tuvieron que realizar los preparativos para su viaje de retorno y debieron abordar el galeón que los traería de vuelta a Lima. José estaba tranquilo y se pudo despedir de su adorada Inés como corresponde a una pareja. Ya todo estaba definido con su amada para formar una nueva familia. Pero en Lima, le esperaba un problema enorme. Debía tener entereza y analizar los hechos en el viaje de regreso. Pedía a Dios, que le diera la sabiduría y entereza para tomar las mejores decisiones que no dañaran a los que quería y que el desenlace fuera lo menos traumático posible para sus mujeres amadas. En fin, lo importante era que ya se había normalizado su relación con Inés y lo demás se vería en el sur.

5.- Desenlace de su primer matrimonio

La Casa Concha estaba apagada, lucía sin brillo y sus ventanales ya no se abrían como era costumbre. Un cúmulo de razones justificaba ese hecho, cuyo motivo principal era la salud de doña Ángela Roldán Dávila. Luego de continuos viajes por el interior del virreinato, al fin, José de Santiago Concha puede permanecer algún tiempo en Lima y en especial, acompañar a su esposa Ángela, a quien veía cada vez más agobiada por la misteriosa enfermedad que la aquejaba. El médico de la familia de Santiago Concha, le había manifestado de forma insistente y perentoria, que su diagnóstico no era nada alentador, pues sus signos vitales se debilitaban día a día, y su tez, empalidecía con el pasar de las semanas. José enfurecía con esa información y le decía al facultativo que ella tenía que mejorar, al tiempo que exigía a toda la servidumbre y los demás miembros del séquito que la atendían, el mayor de los desvelos. Había parientes de Ángela que vivían en la Casa Concha, sin tener que incurrir en gastos de alojamiento y alimentación. La encargada de proporcionar todos los servicios y atenciones a la dueña de casa era su hermana María Josefa Roldán Dávila y Solorzano, quien había contraído nupcias con un afamado pariente del Virrey Ladrón de Guevara, don Martín Joseph Muñoz Mudarra y la Serna, Ilustre Marqués de Santa María de Pacoyán, pero la suerte no la acompañó, pues su esposo que era militar de alto rango, murió en combate y quedó viuda muy joven y con tres hijos. Uno de ellos fue Jerónimo Muñoz Mudarra y Roldán Dávila, que era el sobrino que trabajaba con José de Santiago Concha en la Real Audiencia, cargo que obviamente se lo había gestionado él. Dentro de todo, el Juez, se llevaba bien con Jerónimo e incluso en ocasiones, le conversaba de sus aspectos personales como una especie de consiglieri. José no le tomaba mucho asunto considerando que además de ser joven, Jerónimo no tenía esposa ni tampoco hijos. Ciertamente había algunos consejos que tomaba en cuenta, como cuando le señalaba que debería contarle a Ángela que ya era padre de una criatura fuera del matrimonio. En sus desvelos y noches de insomnios, que eran muchas, José le daba vueltas al asunto de contarle a Ángela del nacimiento de Melchor y su relación con Inés. Es más, como que lo tenía decidido. Le contaría todo a Ángela antes de su próximo viaje a Trujillo, al momento en que le autorizaran ir a visitar nuevamente a su hijo Melchor, y así le llevaría buenas nuevas a Inés, o sólo nuevas.

Las fiestas de fin de año eran muy particulares en Lima. La navidad se pasaba en familia, se compartía una cena y las familias pudientes le entregaban sencillos presentes a sus invitados, mientras los cristianos recordaban el nacimiento de Jesús en la misa del gallo. En cambio, para el año nuevo, según la tradición española, los habitantes de un territorio se abrazaban para celebrar el término del año vencido o acabado, y la llegada del nuevo año con sus esperanzas y anhelos. Antiguamente, se celebraba el nuevo año en marzo, hasta que en el año 1582, el Papa Gregorio XIII, instauró el Calendario Gregoriano, instrumento en que se establecía que el año comenzaba el 1° de Enero de cada vuelta al sol, en honor a Jano, el Dios de los Principios y los comienzos. Y fue así como José comenzó a vivir ese año 1712, que comenzaba con sensaciones nuevas y con un hijo de apenas dos meses y medio, el que le había traído consigo la ilusión de un nuevo y tierno amor y lo tenía entusiasmado como adolescente. Él no sabía qué le deparaban los futuros meses de ese año en lo familiar, en lo amoroso. Tampoco en lo social y político y menos en su trabajo, aunque se sentía muy seguro. José sería alcalde del Crimen de la Real Audiencia pase lo que pase. Y si todo iba de mal en peor, vislumbraba un futuro en el Reino de Chile. Todas estas reflexiones y conjeturas se debían a que pronto le rebelaría a Ángela lo sucedido con Inés y sus planes de formar una familia con ella en algún tiempo.

Naturalmente debía mencionarle la procreación de Melchor y que debían tomar decisiones para enfrentar estas realidades. Corría el domingo 13 de enero de 1712 y la mañana transcurría como cualquier jornada dominical. La familia de Santiago Concha salía de la Casa Concha para dirigirse a la Parroquia San Sebastián de Lima, donde asistirían a la misa dominical que era oficiada por uno de los tantos curas de la familia. Posteriormente, el acostumbrado paseo por la ribera del Rímac, también un relajante instante en la Plaza de Lima para la correspondiente vida social y finalmente caminar a casa, como era la rutina de todos los domingos.

Una vez en casa, José se preparó para dirigirse a los aposentos de su esposa, mientras ordenaba a sus lacayos que nadie los interrumpiera. Jerónimo en la sala, sabía lo que ocurría y aunque su relación parental lo unía a Ángela, siempre se ubicaba donde marchaban los ganadores, y él presentía que ése iba a ser José. Otra circunstancia que podía incidir en su preferencia, era la necesidad de conservar el buen empleo con que contaba, y eso era gracias a José. El juez subió a los aposentos de Ángela y solicitó su permiso para entrar. No había ningún intruso en su dormitorio. Es difícil la convivencia cuando en tu casa viven siete u ocho familiares de tu esposa, que están constantemente acompañándola y que no reportan ni un solo real, ni tampoco piezas de plata para el sustento de ese abultado número de personas. José se sentó en un sillón, que se ubicaba al costado de la cama, miró a Ángela por un instante y reflexionó en cuanto había cambiado. Su belleza ya no era la misma. Había tristeza en su rostro y no lucía esa sonrisa que la caracterizaba cuando la conoció. Estaba además, muy delgada, casi desnutrida debido al poco alimento que ingería. Su pelo negro intenso se había entre caído y más bien lucía como casi calva. Pensó en cómo iba a reaccionar ante una realidad desconocida que le sería revelada. Pero era mejor comenzar y acabar cuanto antes con el calvario que se avecinaba. José inició su proceso de confesión:

- Espero que su salud esté mejorando mi Ángela querida. Pedí que nos dejaran solos para poder conversar de lo que está ocurriendo- comenzó señalando el oidor.

- La verdad es que no estoy muy bien ni me siento con ánimo- replicó la aún joven dama de 28 años. Entonces José comenzó su alocución:

- Siempre en mi vida he tratado de darle lo mejor de mí, para usted y también para toda su familia. También entiendo que la muerte de nuestros amados hijos haya causado un hondo deterioro en su salud, ya que por un momento usted perdió el amor por la vida. Pero de eso, han pasado algunos años y veo que su espíritu no se levanta, considerando que tiene otros tres hijos por los que velar y educarlos para llevarlos por el camino del bien y de las leyes. Yo lo hice así. Me consumió el trabajo y los viajes hasta aturdirme laborando y cumpliendo las expectativas cifradas en mi por sus eminencias el Rey Felipe V y el Virrey Portocarrera, que es muy allegado a su familia. Pero de igual forma atendí a nuestros hijos y me he preocupado de su crianza, alentando en los estudios a los mayores. A usted, le entregué el mejor equipo de servidumbre que podía encontrar y permití que sus parientes cercanos, incluso vivieran en esta casona. A su sobrino lo tengo como asesor en la Real Audiencia. Pero lo lamentable de esta realidad, es que eso no ha servido de nada en relación a su recuperación y responsabilidad de, no sólo criar y educar a nuestros pequeños, sino que llevar las riendas de la Casa Concha como el ama de casa y la encargada de toda esta servidumbre, y considerando también a sus familiares. Todos debían rendirse ante usted y obedecer los lineamientos que determine. Nada de eso sucedió. Y creo que no sucederá querida Ángela. Me he encargado de trabajar duramente para mantener el nivel de vida digno de la nobleza de esta casa y preservar las relaciones sociales que nos permitan mantener esta vida de lujo que llevamos. Asisto solo a las reuniones a las que todos asisten con esposa. Las mujeres me miran como si fuera soltero, como si no tuviera esposa. Y en realidad no la tengo. Y la situación va más allá. Algunos caballeros me presentan a otras mujeres, creyendo que yo soy soltero, pero no conocen mi realidad. Y en estos entreveros se hace difícil saber cuándo estoy solo y cuando estoy comprometido, pues las reuniones sociales son muchas, y el poder político, social y autoritario, es un aliado para las oportunidades de la vida sentimental Hace un tiempo, en mis constantes reuniones de carácter social allanando caminos para los entendimientos y fomentando los negocios de la corona, conocí en casa de unos nobles, a una joven que se constituiría en una especie de aliada para la problemática que estoy planteando-

A esas alturas Ángela ya estaba llorando, pues no era difícil elucubrar los párrafos venideros y la conclusión de la historia.

- ¿Podría ser más concreto por favor? sentenció la malograda esposa. Ante lo que el Juez del crimen respondió nervioso y titubeante en sus palabras:

- Bueno, para ser lo más explícito posible, puedo señalarle que con la joven se creó una especie de entendimiento y complicidad que redundó en una relación que fue creciendo en intensidad y dependencia. Las cosas pasaron a mayores cuando la niña me confidenció, que era probable que estuviera embarazada de algunos meses y que debido a su edad, que en ese instante era de 16 años, no se atrevía a decírselo a su padre. La problemática se tornó dramática al no poder yo plantear que nos traeríamos el bebé a casa y lo criaríamos como si fuese nuestro, ya que su merced no estaba apta ni siquiera para criar a los suyos. Entonces no tuve más remedio y salida que hacerme cargo del recién nacido. Si bien es cierto que no me lo quedé, pero tuve que darle todo para cubrir sus básicas necesidades, en cuanto a su embarazo y nacimiento. Pero ahora, una vez nacido, no estoy seguro que irá a ocurrir en el futuro con el desafortunado crío.- agregó el oidor de la Real Audiencia para no guardar secretos con su esposa.

Ángela no sabía que decir. José era un maestro en el arte de negociar y se la había planteado de manera genial. Ella sintió que el mundo se le venía abajo y repasó sus acontecimientos que habían debilitado su vida estos últimos años. Recordaba a sus hijos fallecidos y no podía imaginar a José creando bebes y procreando criaturas por doquier, considerando que ella estaba desmejorada a raíz de las pérdidas de los hijos que había sufrido. No podia ser tan desconsiderado. Ni tampoco endosar la culpa de lo sucedido a ella, cuando el único culpable en realidad era él, pues no había sabido guardarle fidelidad y comportarse como un verdadero hombre en los momentos en que la situación problemática de una pareja, la hace dudar en la lealtad que se deben guardar ante los ojos de Dios y ante la moral de una conducta familiar intachable. Sólo esperaba que la expiración y fin de la existencia, le quitara todos los dolores y el sufrimiento que le había provocado el devenir de la vida en estos últimos años. En esos momentos sólo sentía una tremenda decepción por el compañero de su vida y comenzaba a entender su actuar claramente en los últimos años de su existencia. Antes de darse vuelta en su lecho hacia la muralla, ella expresó todo lo que sentía en ese crucial momento de su vida:

- Ya no me queda vida, ni voluntad de torcer el destino que nos aqueja. Haga usted lo que crea conveniente- finalizó la aquejada esposa en tono de desilusión.

Entonces José abandonó la habitación, dejando a Ángela en su lecho de padecimiento, que había sido su hogar los últimos meses posteriores a la muerte de sus hijos. Salió de ese calvario y se encaminó hacia el despacho. Pronto llegaría Jerónimo, quien le preguntaría como le fue en la conversación, a lo que José respondió que fue lo más terrible que le ha tocado vivir. Pero dentro de todo, siento un alivio en mi conciencia y era gracias a Jerónimo, que lo había aconsejado para que le confesara todo a su tía Ángela. Le pidió por favor al sobrino político, que abandonara el despacho para analizar lo sucedido y meditar los pasos a seguir. La cuestión era, que hacer ahora que ya todo se sabía y que mañana lo sabría toda la familia de Ángela. Traer a Inés a la Casa Concha no era una buena idea. Menos con el bebé a cuestas. ¿Cómo lo explicaría? Sería el hazmerreír del pueblo. Todos comentarían lo audaz de la decisión. Tal vez sería prudente esperar. Por el momento, las relaciones con los Errazquín eran estables y sin vaivenes, pero eso podría cambiar de un momento a otro. Incluso Inés podría cambiar de opinión y en el día de mañana, ya no sentirse tan enamorada o embobada de su veterana pasión. Las mujeres son volubles y pueden resolver situaciones de la manera más inesperada.

Cierto día, sostenían una conversación con don Pedro en el despacho de la Real Audiencia, y el potencial suegro deslizó la pregunta o sugerencia de que a él le preocupaba; el futuro de la niña Inés, y que le gustaría verla transitar por la vida de manera más segura. Casada por ejemplo, y que sólo podría desposarla don José, del que además, lucía un retoño. Ningún hombre de bien querría entablar alguna relación seria con la hija, si es que tenía un hijo de otro partido anterior. José le explicó la delicada situación que estaba viviendo su esposa Ángela y que no podía separarse de ella en estos críticos momentos, ya que no sería bien visto por la poderosa familia Roldán Dávila, que la abandonara mientras ella desfallecía. Tampoco sería bien visto que el juez se llevara a Inés a vivir a su casa con el retoño de ambos. Eso acabaría con la reputación de las dos familias involucradas en el conflicto, que se verían seriamente afectadas con un escándalo de tamaña magnitud. La sociedad de aquella época, castigaba férreamente a aquellos servidores del Rey, que no actuaban con decoro y por conductas erradas, desviaban su camino. Eso estaba reservado tan solo para la realeza, que se podía dar aquellos lujos haciendo y deshaciendo en cuanto al comportamiento, la moral y las buenas costumbres, ya que a ellos, jamás nadie podría cuestionarlos en su proceder. En tal sentido, sólo había que evocar la figura del Rey Carlos II y todo lo que encerraban sus desvíos morales y su vida llena de desaciertos y malas costumbres, teniendo muchas esposas y viviendo la promiscuidad que lo llevó a ser poco respetado por sus amigos y por sus familiares directos incluyendo a su joven esposa. Ella, decepcionada de su rey, busca placeres ajenos.

Corría julio en el virreinato, y cierto día en la Casa Concha la servidumbre se preparaba para la celebración del cumpleaños de doña Ángela y sus parientes más cercanos estaban en casa. Paralelamente, el doctor de la familia, se encontraba allí para realizarle algunos exámenes de rigor, centrando su preocupación en el grado de fiebre que tenía el ama de casa. El doctor pidió hablar con don José inmediatamente, pues su diagnóstico no era bueno. Le avisaron a través de un servidor, y José llegó de inmediato a la casa. Al verlo, el doctor pidió que conversaran en el propio despacho de José. Le señaló, que el estado de salud de doña Ángela, no era lo que él esperaba. Se le deben suspender todas las visitas y ver un posible aislamiento. El facultativo le manifestó a José que ella tenía los síntomas de una fiebre, que podría ser la Fiebre Amarilla, que había azotado al Cuzco y a las zonas selváticas del Virreinato este año. Debe suspender cualquier celebración y nadie de la familia puede estar presente en la habitación. La fiebre Amarilla es una peste letal y había matado muchas personas en la selva amazónica. No podían cometer errores con sus cuidados y hierbas medicinales. Se contrató a dos esclavas para que la atendieran y cuidaran día y noche. José no escatimó en recursos para ella y para su recuperación. Y prohibió la presencia de sus familiares y amigos, que de seguro habían traído la fiebre desde el Cuzco. Aquella ciudad era muy visitada por los españoles y criollos, ya que se hablaba mucho que el virreinato en un plazo mediano, se trasladaría a la ciudad de los emperadores incas, a fin de llevar la conquista a los territorios nativos.

Una semana después, la situación empeoraba. La fiebre alta ahora se acompañaba de vómitos y el color de su rostro presentaba un aspecto amarillento. Tenía grandes dificultades para respirar, a la vez que se quejaba constantemente de dolores a los brazos y a las piernas. Ángela Roldán Dávila y Solórzano y Velasco estaba al borde de la muerte. Ella pidió despedirse de su esposo y se tomaron todas las medidas de higiene para que ello se pudiera concretar. Al entrar José a la habitación de su moribunda esposa, la escuchó hablar, y aunque no le podía entender todo lo que le decía, si le comprendió el mensaje que ella deseaba dejarle a su esposo y padre de sus cinco hijos de los cuales dos habían fallecido, situación que nunca pudo superar y que finalmente la llevaría al encuentro con sus ancestros. Le pidió que cuidara mucho a sus hijos, ya que estos eran especiales. No tenían grandes caracteres para seguir los pasos de su padre en las leyes, a excepción de Pedro que se veía con más personalidad. Salieron algo delicados y debiluchos como su madre. Finalmente Ángela solicitó a José que se fijara muy bien al elegir a la madre de sus hijos, para que no hiciera pasar malos ratos a sus desdichados niños y también a él. José se despidió de ella rogándole que se fuera tranquila, pues él se encargaría de todo y nada les faltaría a sus niños. Le agradeció todo el cariño brindado por ella y los bellos hijos que le había dado. Le recalcó que siempre estaría presente en su vida y que jamás la olvidaría.

Al salir de la habitación, algunas lágrimas brotaron de los ojos de aquel estricto juez, que lamentaba que la situación hubiera tenido un desenlace de tamaña envergadura, pero que se tornaba muy favorable para él por lo demás. Nadie lo decía, pero esa era la realidad. A las dos horas de la conversación, se acercó el doctor de la familia y le comunicó a José, que su esposa Ángela, había fallecido apenas una semana después de cumplir los 29 años, una edad para estar en la plenitud de la vida, no para morir. La noticia produjo un hondo pesar entre los familiares de Ángela y por supuesto que la desolación, se hizo presa de sus desdichados hijos. Jerónimo abrazó a José, expresando tácitamente que estaba con él. Ángela se había ido y tal vez se llevaba con ella todas las influencias que llevaron a José a lo más alto de la política y aristocracia del virreinato limeño. Su familia, era una de las más influyentes en la vida política de Lima y sus conexiones la hacían acreedora de un estatus inigualable. Y Ángela le había hecho un último favor a José. No había revelado la noticia del oscuro y clandestino amor del Juez con Inés, ni mucho menos revelar que de ese idilio, había llegado un bebé. Eso hacía que el juez estuviera aún bien relacionado con la familia de su suegro. Ella lo habría blindado, para que la aristocracia no lo desechara, ya que las castas reales eran implacables con los desvíos de la moral y las leyes.

El domingo 27 de julio por la mañana se realizaron las exequias de doña Ángela Roldan Dávila y Solórzano, al que asistió el mismísimo Virrey del Perú Diego Ladrón de Guevara y toda su comitiva Real. Incluso don Pedro de Errazquín acompañó a don José en este difícil momento. La familia volvió a la Casa Concha muy apesadumbrada y nada podía cambiar eso, ya que doña Ángela era muy querida y siempre estaría en el corazón de los que en ella habitaban. Los familiares de ella sabían que más temprano que tarde ellos deberían abandonar la casona, ya que su parentesco había concluido. Pronto José haría una restructuración en el orden jerárquico de la servidumbre y las damas de compañía. Algunos parientes anunciaron que ya pronto se irían de la mansión y que sólo necesitaban un poco de tiempo. Dos semanas después de la muerte de Ángela, José se reunió con los parientes y les agradeció que se hubieran sacrificado tanto por su esposa y que los llevaría siempre en el corazón. Despidió a las damas de compañía, reasignó los oficios de los esclavos y pidió a su cuñada María Josefa Roldán Dávila y Solorzano que, si lo tenía a bien, se quedara con él en la casona para ocuparse del cuidado y educación de los pequeños hijos, Pedro de 6, Tomas de 5 y Manuel de 4 años, ya que él necesitaba contar con alguien de confianza en una tarea tan importante. María Josefa, a pesar de su viudez, era una joven y hermosa mujer, muy fina en sus modales y de buen trato, valores heredados de su época de realeza. Recordemos que estuvo casada con don Martín Joseph Muñoz Mudarra y la Serna, Ilustre Marqués de Santa María de Pacoyán, quien además, era pariente del Virrey Ladrón de Guevara. Ella encantada aceptó el desafío, sin considerar lo mucho que le atraía seguir viviendo rodeada del lujo de la Casa Concha. Cuando Ángela ya no salía de su cuarto, María Josefa se sentía el Ama de la casona, dándole las órdenes a la servidumbre, pero ahora, todo sería diferente ya que el propio juez y cuñado, la había confirmado en el cargo que le asentaba muy bien a sus dotes. También pidió José a don Jerónimo Muñoz Mudarra y Roldán Dávila, el sobrino de Ángela e hijo de María Josefa, que se ocupara de los asuntos de la administración de la Casa Concha, trato con los esclavos, distribución de las tareas, contratación del personal de servicios de la casa y que se encargara de ver y ordenar la documentación de su despacho en su ausencia. Además, le aseguro que el trabajo que desempeñaba en la Real Audiencia, lo seguiría ejerciendo. Jerónimo por supuesto, que aceptó de inmediato la propuesta del Juez del Crimen. En seguida, permaneció sólo con ellos dos y les recalcó, que el hecho de que siguieran viviendo en la casona, no les daría derecho a entrometerse ni menos intervenir en sus asuntos personales, y que si estaban de acuerdo, podrían desde ya ejercer sus nuevos deberes, derechos y privilegios. Ambos, por cierto que aceptaron las últimas condiciones impuestas por José, recientemente viudo pero con una vida por delante.

6.- El matrimonio con Inés de Errazquín

Pedro y José concordaron en que estarían dos meses sin visitarse con Inés y luego irían a buscarla ambos a Trujillo y se la traerían a casa junto a Melchor. También acordaron que se casarían, pero no antes de un año a contar de la fecha de muerte de Ángela, ya que la legislación era muy clara en esos aspectos. José tendría que esperar hasta septiembre de 1712 para ver nuevamente a su pequeño Melchor que a esa altura, le faltarían algunos días para cumplir el año, y además, debería aguardar hasta fines de julio del año 1713 para desposar a la joven Inés. Todo era muy confuso para Pedro, que no era tan erudito en materia legal como José, Él deseaba que todo se realizara con prontitud, pero José lo hacía entrar en razón, explicándole que todo tiene su ordenamiento en el terreno legal. Lo más urgente, era planificar el viaje a Trujillo para traer de regreso a Lima a Inés y a Melchor. Acordaron con don Pedro, que el viaje a Trujillo se realizaría el 12 de septiembre a la medianoche, para estar arribando a Trujillo el 17 de septiembre por la tarde si es que el viento y el clima los acompañaba. Esta vez el pequeño galeón los esperaría pasados algunos días, para traerlos de regreso el día 24 de Septiembre y así a fin de mes, ya estarían de regreso en Lima, todos los componentes de su nueva familia. Esencialmente, la joven Inés, su nueva amada y futura esposa, que a esa altura, ya estaría a punto de cumplir los 18 años, con su hijo pequeño Melchor, con quien pronto esperaba compartir sus espacios y familia. Junto con ellos, Pedro, el padre de la joven y abuelo de la criatura.

La llovizna caía sobre el puerto del Callao mientras se realizaban los preparativos para el viaje de don José de Santiago Concha y Salvatierra y don Pedro de Errazquín e Ilzarve, hasta el floreciente Puerto de Salaverry, que en realidad era un incipiente pero creciente sitio de atraque, ya que la ciudad crecía con gran potencial. Actualmente es un gran puerto que además sirve de entrada a la hermosa ciudad de Trujillo. Zarparon, como estaba establecido y planificado, a las 23 horas del 12 de Septiembre de 1712 y al contrario del viaje llevado a cabo hacía ya un año, éste se caracterizó, por lo distendido e incluso divertido, ya que el capitán en la segunda noche de viaje, después de la cena, los invitó a beber algunos fuertes tragos propios de los marineros de alta mar de la época. Las bebidas alcohólicas en los barcos eran manejadas clandestinamente por los custodios. En las raciones alimenticias de sus marinos estaba incluido el bacalao, las carnes charqueadas con sal y las verduras secas. Había que pensar que los alimentos deberían conservarse en buen estado y eso dependía de lo prolongado de la travesía. El vino dulce o mistela española, se servía en porciones que acompañaban al menú alimenticio. Por esos años, la cerveza era sólo privilegio de los ingleses. El trago fuerte de los españoles era el aguardiente. Pero éste se servía sólo a aquellos marinos que cumplían idealmente sus obligaciones o que se destacaban en terreno. También la usaban como anestésico para los heridos en trayecto o en los combates. Algunos capitanes más osados, tenían entre sus tesoros algo de ron traído especialmente de Panamá y Cuba cuando pasaban por Cartagena de Indias. El consumo de alcohol en las embarcaciones había que manejarlo con sumo cuidado, ya que algunos marinos eran poco tolerantes al brebaje, y las jornadas sociales de convivencia solían terminar en peleas y en violentas grescas, que dejaban heridos e incluso hasta muertos. De modo que el capitán, que era la máxima autoridad y los oficiales que le seguían en rango, iban dosificando la entrega de los licores fuertes a marineros y astilleros. A los grumetes o niños aprendices, no se les daba alcohol y solo bebían agua. El capellán era un tripulante fundamental para bendecir los alimentos y pedir a Dios que se llegue a salvo a puerto. En algunas embarcaciones, había además, un alférez de guerra, ya que en todos los barcos españoles viajaban tropas armadas por si eran atacados o se producía alguna sublevación en algún puerto. Pero no era el caso de este pequeño galeón, que hacía el trayecto en tres, cuatro o cinco días. Recordemos que la Santa María, carraca en la que Colon realizó su primer viaje, estaba equipada para doscientos cincuenta hombres, que además tenían sus camarotes, bodegas y comedores. Las carracas eran naves de gran capacidad que se utilizaban en largas travesías, como las de Colón. Pero volvamos a nuestro pequeño galeón de veinte remos y sólo 30 tripulantes, que además, alcanzaba una velocidad máxima de 12 kilómetros por hora en óptimas condiciones climáticas, a pesar de que los famosos pasajeros lo encontraban de una comodidad extrema.

El viaje demoró cuatro días y medio y los ya casi parientes arribaron con una resaca poco usual en ellos. Pero ninguno mencionaba el tema, menos delante de la comitiva que los fue a buscar al puerto de Salaverry. Cuando llegaron a casa de los Massía, todos estaban esperándolos y por supuesto que eso incluía a Inés, quien tenía al pequeño Melchor en sus brazos y se manifestaba feliz de ver a su padre y también a José. Todos entraron a la casona y fue entonces que José pudo tomar a su hijo y apreciar lo bien cuidado que estaba y lo grande que se veía. Saludó también a Inés con su acostumbrado saludo y le beso suavemente su blanca y rejuvenecida mano. Inés se veía muy hermosa y además, lucía una silueta muy ceñida y acorde con las bellas jóvenes que abundaban en la sociedad limeña. Después de la siesta por la tarde, los sirvientes llamaron a todos al comedor, ya que la mesa estaba dispuesta para una ocasión especial y la cena servida. Durante el banquete, los Massía entablaron conversaciones relativas al progreso de Trujillo y como se estaba transformando en una ciudad de tribunales de justicia. Antes de pasar a fumar al salón, José pudo entablar una lacónica pero concisa conversación con Inés, para invitarla a dar un paseo con Mateo al día siguiente por la mañana recorriendo las calles de Trujillo. La niña Inés respondió inmediatamente de forma afirmativa y le pregunto cómo había encontrado a Melchor. José le respondió que lo había encontrado muy robusto y sano. Y le hizo ver que ella sería una excelente madre de todos los hijos que fueran a traer al mundo juntos.

Al día siguiente, salieron los enamorados, evidentemente con la venia de don Pedro, don Diego y doña Josefa, y se dirigieron a un lugar de paseo que había en la Alameda. Y mientras Mateo estaba sentado en sus cojines, jugando con todos los entretenimientos que su padre le había traído de Lima, los enamorados pudieron comenzar su conversación, su plática. José le contó a Inés todo lo que había sucedido con Ángela en Lima. Su larga enfermedad y su fallecimiento. Después de eso, hubo un breve momento de silencio, que fue roto por Inés expresándole su más profundo pesar por la muerte de su esposa e indicándole que ella no quiso que las cosas fueran así. También se enteró por boca del juez, que ella antes de morir, se había impuesto de la situación de ambos e incluso de la existencia de Mateo. José la hizo partícipe de las determinaciones que había tomado en cuanto al cuidado de sus hijos y sobre todo de la designación de María Josefa Roldán Dávila y Solorzano, hermana de Ángela, como la encargada de la servidumbre, los lacayos y los esclavos, como así a Jerónimo Muñoz Mudarra y Roldán Dávila, el sobrino de Ángela e hijo de María Josefa, que se encarga de la administración financiera y del personal que trabajaba en la Casa Concha. Finalmente le consultó si ella aceptaba casarse con él y así sellar esta relación de enamorados que tenían hace ya largo tiempo. Le señaló una salvedad eso sí. Era una dificultad de tipo legal que pesaba sobre ellos, ya que por las disposiciones legales vigentes en el virreinato, no podrían contraer nupcias hasta un año después de fallecida Ángela. Esto es, a fines de julio de 1713. Inés le hizo saber que todo estaría bien. Claro, para una mujer de 18 años, esperar un año no es nada, en cambio, para un maduro señor juez de 45 años, que tendría 46 al casarse, si es un problema. Inés le hizo saber que a ella le habría gustado estar con él antes, pero que entendía las dificultades y además, ello era bueno por el respeto a la difunta.

De regreso en la casona de los Massía, José se entrevistó con su futuro suegro don Pedro y lo invitó a dialogar al salón, mientras fumaban un buen cigarro. Lo primero que hizo fue pedirle la mano de su hija Inés, para contraer matrimonio a fines de julio próximo o comienzos de agosto. El dichoso padre, le respondió afirmativamente y expresó sentirse feliz y orgulloso de formar una familia con él. José le explicó todo lo del duelo oficial y la espera que deberían tener. También concordaron que la niña Inés se trasladaría en esa fecha a la Casa Concha, pero que en ocasiones podría quedarse en el palacete si ellos así lo disponían. Se pusieron de acuerdo en la dote, que jamás iba a ser la que los Roldán Dávila ofrecieron por su hija Ángela, (18.000 reales en monedas, más 24.000 en lingotes de oro y muchas tierras fundos y propiedades, sin contar la posición social y política a la que llevaron a José), pero que a José no le preocupaba en lo más mínimo, debido a que su futuro y el de su familia, estaba ya asegurado. Superaron rápidamente ese obstáculo y a la hora de la cena, se lo comunicaron a todos. Había una alegría enorme en esa celebración que los involucraba a todos. Excepto a los Massía. A ellos no les causo mucha gracia el anuncio, ya que perderían las dotes que José les enviaba por tener a la niña Inés y a su hijo Melchor en su casa. José muy educado, les ofreció seguirle enviando aquellos recursos que mucha falta le hacían a la familia anfitriona. Luego de los brindis y algunos abrazos, José e Inés se fueron a sentar al salón ya como novios oficiales y con el consentimiento de don Pedro y doña Josefa. Allí comenzaron de inmediato a preparar el viaje de regreso.

María Josefa quería recibir a José como él se lo merecía. La Casa Concha no era lo mismo sin la presencia del hombre de leyes. Pronto lo nombrarían Alcalde del Crimen de la Real Audiencia de Lima y María Josefa le tendría una cena de celebración por estar de retorno en Lima y por alcanzar un importante logro más, en su afamada carrera. Ella era una joven y hermosa mujer, a pesar de ser viuda, se veía muy bien, aunque, al haber transcurrido mucho tiempo, ya no recordaba la vida íntima con un hombre. Su esposo, el héroe, le llevaba muchos años de diferencia. Recordemos que se casó a los trece años y a los diecisiete ya tenía tres hijos. Cuando José le pidió que se quedara en la casona, ella se ilusionó un poco y sufrió más de algún sueño en que era raptada a caballo por el caballero José. Todo podía ser, pensaba ella. Yo viuda y el viudo. Y ambos viviendo en la misma casa. Y en este regreso del juez a casa, ella se quería hacer notar con atenciones, para que José se fijara en ella. Quien mejor que una tía para criar a sus pequeños hijos. Pensó que debería considerar que ella es su cuñada y pertenece a la familia. Todo lo que tendría que hacer es atenderlo de manera preferencial y provocar encuentros a solas. También mostrarse mucho y que la vea guiando a sus hijos y que no tenga nada de qué preocuparse. Es más, sería conveniente hablarle mucho de ellos y contarle divertidas anécdotas de lo ocurrido con sus hijos durante el tiempo que el juez estuvo ausente.

El galeón de José atracó a las ocho de la noche del sábado 27 de septiembre y dos coches esperaban el muelle de atraque para llevar los baúles de la niña Inés con muchos bolsos donde seguramente traía la ropa del pequeño Melchor. Los carruajes estaban dispuestos de tal manera que los abordaron y unos esclavos acomodaron su equipaje. Llegaron a casa de los Errazquín y colocaron las cosas en la habitación que le habían adecuado y habilitado para estar cómoda con su hijo. Al fin, ya estaba todo dispuesto para que la niña Inés descansara del largo y agotador viaje en Galeón por la costa del Océano Pacífico. José le prometió a la niña Inés que al día siguiente sin falta, vendría a saber del estado de ella y de su hijo Melchor. Se despidieron afectuosamente los dos pretendientes y el juez se retiró a su hogar. Al llegar a la Casa Concha se encontró con una morada distinta a la que había dejado. La mansión había recobrado la vida, había más luminosidad, colores, menos personas pero más vida, y por supuesto que todo ello era responsabilidad de María Josefa, la que lo estaba esperando con un rico banquete. Los esclavos tomaron sus cosas y las llevaron a la habitación del juez, mientras que ella ordenó que le sirvieran la comida con un vino especial que le había conseguido, y se sentó junto a él para acompañarlo, según argumentó. Mientras José se devoraba la cena, le comentaba a María Josefa detalles de su viaje, obviamente sin mencionar los aspectos relacionados con los Errazquín. Su cuñada le indicó que le tenía preparado un baño espacial para despojarse del viaje y pudiera conciliar el sueño después de tan agotadora travesía. Al mismo tiempo que José tomaba el baño, le ordenó todas sus pertenencias del viaje y preparó su habitación, con el fin de que el magistrado tuviera el mejor descanso. Además, le solicitó autorización para realizar un pequeño ágape en la tarde siguiente, para celebrar su regreso y sus nombramientos como alcalde del crimen de Lima y otros. José aceptó la proposición de su cuñada y pensó que al día posterior tendría una dificultad para ver a su hijo Melchor y participar del agasajo que le iba a tener preparado doña María Josefa.

Al día siguiente, se retiró temprano de la Real Audiencia y dirigió raudo a la casa de los Errazquín para ver a su hijo Melchor y conversar de las futuras acciones con la niña Inés. Ahora era muy bien recibido en aquella residencia, comparando claro está, con la etapa posterior al embarazo de su ahora prometida. Era como una especie de segundo hogar. No obstante las atenciones de su hermosa cuñada ahora le habían provocado un apego mayor a la Casa Concha y sus aposentos. Se retiró pronto de casa de su novia y arribó muy puntual como le había solicitado María Josefa. Esto es a las seis de la tarde. Su casa estaba muy adornada y en ella se veía mucha gente. De lejos observó al Virrey del Perú, don Diego Ladrón de Guevara, como el invitado estelar de la tarde. Los esclavos se veían muy elegantes y servían los más exquisitos manjares. De pronto doña María Josefa, se dirigió a todos los presentes señalándoles que se encontraban en la Casa Concha, debido a un agasajo que la familia le había querido brindar a Don José por su pronta nominación como Alcalde del Crimen de Lima y agradeció al Virrey Ladrón de Guevara, aquella justa nominación y el haberse dado la molestia de acompañarlos en esa tarde-noche. Todos estaban felices y bebiendo los mejores brebajes del virreinato con un gran banquete. Quien no se despegaba de él, era Jerónimo, preocupado de todos los detalles y sin perder oportunidad de acotarle lo bien que se veía y que bella estaba la mansión. De los coqueteos de su madre, mejor no opinaba, ya que conocía toda la historia de don José con Inés y sabía cuál era la realidad. Sin duda alguna, María Josefa sabía manejar la Casa Concha y darle un toque de distinción y elegancia a todo detalle de prerrogativa con respecto al juez. El resto de la noche charlaron de política con el Virrey, que en un momento le comentó a don José, los problemas que estaba teniendo en el Reino de Chile y que su gobernador no encontraba el ancho para desempeñarse eficazmente en sus labores y funciones. Ya tenía varias acusaciones y eso no era bueno para la corona, ni menos para el virreinato. José entregó su opinión y agregó que jamás se iría al sur. No lo haría ni por todo el oro del mundo. Pero el Virrey, lo miró como diciendo,

- Esto no se decide aquí y todos sabemos quién manda-. Al fin, ya casi a la medianoche, todos los invitados se habían retirado de la casona y María Josefa tenía las dependencias correctamente ordenadas. Los sirvientes empleados y esclavos, se retiraron a descansar y José, aún extenuado del agotador viaje, también se dirigió a su habitación.

Los días pasaron raudos en el virreinato y pronto Melchor cumpliría un año de vida. Inés se estaba preparando para celebrar a su primogénito. Faltaban sólo dos días para el sábado 11 de octubre de 1712. Ese día se estaba preparando un gran encuentro familiar en casa de don Pedro y doña Josefa. José se acercó al hogar de sus futuros suegros y así pudo platicar con su prometida en torno a los planes a futuro. Inés le recordaba esa promesa que había hecho José de que ella podría visitar su futura casa durante algunos fines de semana. El Juez, con mucha sutileza, la convenció de que eso no era factible por el momento, ya que su cuñada vivía en la Casa Concha y no estaba enterada del desigual romance. Y agregó que él creía que el próximo año no habría ningún problema en que ella fuera a quedarse a su casa. Y le recordó que el próximo año contraerían nupcias seguramente en agosto para cumplir con la norma, y cualquier quebrantamiento de ésta, podría significar que la justicia no autorice el matrimonio. Finalmente, Inés aceptó los términos planteados por José y se dedicaron a planificar el cumpleaños de Melchor. Y al fin llegó el día. Sin muchos invitados, ya que José se opuso a ello, se realizó esta celebración familiar en donde el único invitado de la familia de José, fue Jerónimo, cómplice en las andanzas del magistrado y conocedor de todas sus aventuras. José compartió mucho con Melchor y se lo mostraba a Jerónimo mientras mantenía una actitud de desapego con los demás invitados. A pesar de la insistencia de Pedro en solicitar que se realice el bautizo del pequeño, José hacía oídos sordos, pues lo que él deseaba, era que el cumpleañero recibiera el sacramento una vez que la pareja hubiera contraído vínculos. A la posteridad, se cumplía siempre la voluntad del caballero y no había dos discursos. Poco antes de las ocho de la noche, la celebración llegó a su fin y los dos varones emprendieron el retorno a la Casa Concha, que ahora era un lugar de descanso y relajo perfecto.

José comenzó a visitar con más distancia a su hijo Melchor y a su prometida. Una razón era para que sus conexiones e influencias, no se llevaran una mala impresión de su actuar y de su moral. La otra razón, solo la conocía él, y se vinculaba al nuevo rostro que tenía la Casa Concha y al trato deferente que le brindaba su cuñada con todas las atenciones y el esmero que ponía en su persona. Eso antes nunca lo había vivido. Todas las noches, al llegar de su trabajo o salidas sociales, María Josefa le tenía el baño preparado a José con sus paños y atuendos que él necesitaba para esos efectos. Y el trato de José hacia ella era muy cordial y suave. Con María Josefa, el juez dejaba de sentenciar, pues no tardaron mucho en crear lazos afectivos y el dueño de casa pasó a depender en demasía de su ex cuñada, la viuda. Y no fue hasta las fiestas de fin de año, considerando que el juez regresó de su visita a la casa de los Errazquín, donde estuvo jugando y compartiendo con su hijo Melchor, cuando al ingresar a la Casa Concha, se encontró con su ama de casa y ex cuñada, que lo recibió con un pequeño ágape y le conversó todo lo que realizaba en la casona, donde aparte de cumplir con sus deberes y todas las rutinas detalladas con anterioridad, se había preocupado de esos pequeños detalles que tenían sorprendido al dueño de casa. Hicieron los brindis correspondientes, conversaron de lo que esperaban del año venidero, situación que la viuda aprovechó para realizar algunas insinuaciones al oidor. La improvisada pareja, al primer trago, sintió enturbiar un poco sus mentes, pero se quedaron ambos bebiendo mistela hasta altas horas de la noche y fue ahí, que al retomar la costumbre del baño y todo el ritual, sucumbieron ambos ante la tentación y terminaron en el lecho de José, tras una noche de lujuria que abarcó más de una dependencia. Al despertar, María Josefa se alarmó por encontrarse desnuda en lecho de su cuñado, con el peso de haber cometido un desatino y una falta grave. También pensaba en su hermana Ángela y si es que la estaría mirando del purgatorio. Aún no pasaban seis meses de su defunción y sentía que había cometido pecado venial por su conducta carnal vejando a su ex esposo. Se retiró de la habitación y tratando de no ser vista por la servidumbre o los esclavos, reintegrándose a su función habitual de dirigir las labores y actividades de esa extraña mañana lujuriosa.

José llegó al mediodía de esa tarde a casa de Inés y llevaba una expresión en su rostro que denotaba satisfacción y alegría. Por fin ya tenían fecha para su matrimonio. Contó que había hablado con su hermano Pedro, el presbítero de la Parroquia San Sebastián, al que le había hecho entrega de la documentación correspondiente hace algunas semanas, la cual se recibió conforme, emanando el sacerdote, un decreto episcopal que permitía a José de Santiago Concha y Salvatierra, contraer vínculo matrimonial por segunda vez. Inés era la que demostraba mayor felicidad, pero la cara de satisfacción de don Pedro y doña Josefa, no podía ocultar su dicha. De modo que el domingo 30 de agosto de 1713 en la Parroquia San Sebastián de Lima, contraerían matrimonio el Juez del Crimen José de Santiago Concha y Salvatierra de 46 años, con Inés de Errazquín Torres de 19 años con un hijo de ambos de 1 año y 10 meses que era Melchor. La felicidad de esa familia era completa. Y comenzaron a realizar los preparativos para tan magno evento. Don Pedro le reiteró a José, que no se preocupara por nada ya que él mismo se haría cargo de tomar el control de la celebración y que sería inolvidable. José, ya camino a casa, pensó en ocultar la noticia a los familiares en el hogar, pero luego reflexionó y creyó conveniente decir todo, ya que sus hijos no merecían una mentira de esa magnitud. A María Josefa también debía decírselo. Aunque no tenían nada serio, era conveniente que lo supiera y así libremente podría determinar las acciones a seguir y lo más seguro es que en un par de días ya lo habría olvidado.

Cuando llegó a casa, llevó el amén en la rutina que todas las noches le tenía preparada María Josefa.

Primero la cena, donde no probó mucho alimento, y luego el baño y la escena de los paños, que cada cuanto, terminaba en una desenfrenada pasión en el tálamo de José. Todo eso ocurrió esa noche. Luego de los actos, un silencio profundo invadió la secuencia. Y ante ese escenario, José rompió la quietud e inició el drama. Finalmente le contó la historia que tenía con Inés, con todos los detalles que la hicieron única y también mencionó la existencia de Melchor. Finalmente, le aclaró que se casarían el 31 de agosto del año en curso. María Josefa se quedó un momento pensando, mientras un par de lágrimas bañaban su pálido rostro y también las mejillas de José. El enjuiciador esta vez, había dictado sentencia y esta era inapelable. Por último, le sugirió que se quedara en la Casa Concha, pero si rehusaba, podría irse a algunos de los fundos o haciendas que él tenía en varias regiones del virreinato. A María Josefa le preocupaba también su hijo Jerónimo, pero el juez de inmediato le respondió que Jerónimo se quedaba con él. Ella no sabía qué hacer. No conocía a la tal Inés, no sabía cómo era y de qué forma la trataría. De todas formas, de lo que estaba segura, era que José extrañaría el orden y la disciplina de la Casa Concha. Ella era una mujer madura, y no podría soportar que una adolescente de 19 años le dijera como administrar la casona. O como dar las órdenes a la servidumbre y tratar a los esclavos. Entre sollozos y lamentos, María Josefa le dijo a José, que se quedaría hasta fin de año y que en esa fecha, evaluaría su respuesta final. Sentenció que si no se sentía cómoda, le pediría a él que la enviase a la Hacienda de Los Álamos en Huancavelica. José no pudo conciliar el sueño esa noche. Pensaba que había actuado mal con alguien que todo le dio. María Josefa hablaba de la hacienda muy en propiedad. Recordemos que las haciendas de José de Santiago Concha fueron adquiridas a través de la dote. Esto significa, que el día que él desposó a Ángela Roldán Dávila y Solórzano, sus arcas crecieron copiosamente a la usanza de la época, llegando a recibir 64.000 pesos en tierras y títulos. Se dice que para ser Alcalde del Crimen de Lima, José pagó la dote de 30.000 reales. Es por esto que María Josefa Roldán Dávila y Solórzano se sentía muy confiada al solicitar ser llevada a la Hacienda de Los Álamos, ya que ella se sentía dueña de esa propiedad, pero en realidad y conforme a la ley, no lo era ni lo sería.

Y llegó el esperado día. Todo era alboroto en la mansión de los Errazquín aquella mañana del domingo 30 de agosto de 1713. Se preparó todo con varios días de antelación. El banquete, para lo cual don Pedro no había escatimado en gastos y desembolsos, contaba con los mejores cocineros de Lima. Los costureros afinaban los detalles de los vestidos de las damas para que lucieran lo más bellas posible. Los caballeros, ya contaban con su vestimenta de frac o gabán desde hace largo tiempo y no perderían el tiempo en esas nimiedades. Contextualizando el acontecimiento debo narrarles la realidad de los hechos. Esto distaba mucho del banquete que preparó María Josefa para celebrar el nombramiento de Alcalde del Crimen de Lima de don José. Aquí no asistiría por nada del mundo, el Virrey Diego Ladrón de Guevara, ni había nadie del virreinato ni jueces y tampoco ningún invitado contaría con títulos nobiliarios. Esto era algo meramente familiar, con muy pocos invitados de la familia del Juez. Incluso María Josefa traería a los niños sólo un momento y luego se los llevaría de regreso a Casa Concha. A decir verdad, lo verdaderamente emocionante, estaría en la Parroquia con la ceremonia. En la Casa Concha la situación era muy distinta. Se vivía un día absolutamente normal, a tal punto que los niños fueron al Colegio en la mañana. La servidumbre trabajaba de la misma forma en que acostumbraban. José se vistió, con la ayuda de María Josefa, con su túnica calatrávica, (los caballeros de la Orden de Calatrava deben usarla en las ocasiones que así lo amerite) a pesar de no ser una ceremonia Real. Él no estaba acostumbrado a estas jornadas. Sus salidas eran siempre a ceremonias reales con el Virrey y en ocasiones con el mismísimo Rey. A las dos de la tarde lo pasó a buscar el carruaje que habían dispuesto para el ceremonial. Lo acompañó en el coche Jerónimo, que a esas alturas no quería quedar fuera de la nueva familia del juez, ya que eso podría derivar en un alejamiento del trabajo que realizaba en la Real Audiencia. Él se había transformado en una especie de asesor o de consiglieri del juez, si es que se me permite el término. Y no tan sólo de los aspectos legales, sino más bien íntimos, e incluso personales. Tras un par de vueltas por los lugares emblemáticos de Lima, el carruaje se posó en la entrada de la Parroquia de San Sebastián, donde lo esperaba su hermano, el Presbítero Pedro de Santiago Concha y Salvatierra, quien lo recibió con un fervoroso abrazo fraternal, deseándole la mayor felicidad del mundo.

Dentro de la Iglesia, ya se encontraba la mayoría de los familiares de la niña Inés, que desde hoy ya no se le llamaría así. Ahora la nombrarán doña Inés de Errazquín y Santiago Concha. Por supuesto que en las primeras filas se hallaban los de la Massía, quienes habían viajado desde Trujillo, no sólo con la intención de disfrutar la boda, sino que vislumbrando la posibilidad de cobrarle al flamante novio algo de la dote por los cuidados prestados a la niña Inés, cuando fue a parir a su hogar. El cura los invito a ingresar a la iglesia y José le pidió a Jerónimo que no se moviera de su lado, ya que esta situación le parecía muy embarazosa. Tras la solemne caminata hacia el tabernáculo presbiteral, José pudo observar un sinnúmero de personas a las que él no conocía, al tiempo que sentía la notoria ausencia de María Josefa y sus hijos. Luego se calmó deduciendo que no era tan grave, pues aún eran pequeños. Pasaron varios minutos hasta que un pequeño alboroto en la puerta de ingreso le indicó que su futura esposa ya estaba allí. Al son de los clarines y con la melodía de las voces de unos monjes, hace entrada la niña Inés que lucía preciosa, Su belleza era comentario de todos los presentes y un liviano pero tupido traje la hacía verse aún mejor. José era un hombre de suerte, ya que no podía quejarse de la belleza de sus dos esposas. Ángela poseía una hermosura fuera de lo habitual, además de la juventud que siempre la acompañó incluso hasta su muerte. Inés también era muy hermosa y se le acentuaban los 19 años de vida en su juvenil rostro, que ese día lucía radiante. El pequeño Melchor también hizo su ingreso al templo en brazos de su orgullosa abuela. Doña Josefa no cabía de gozo llevando al pequeño hijo de ambos que lucía angelicales prendas de vestir, que lo resaltaban más aún. Cuando José pensó que ya todo estaba dispuesto, aparece en la puerta María Josefa con sus tres hijos mayores. Pedro de 7, Tomás de 5 y Manuel de 4 años, fueron por unos momentos los receptores de las más profundas miradas, ya que no todos conocían la historia de esos niños como tampoco la de Melchor. Ella tomó asiento en los lugares posteriores para pasar desapercibida, mientras el sacerdote y hermano del novio Pedro, se dispuso a comenzar la ceremonia que pondría fin a la viudez de José.

Al preguntar el religioso si habría algún impedimento para consumar la boda, a José le corrió un frío por la espalda y sus manos se tornaron sudadas y aceitosas. Miraba a su hermano como suplicándole que prosiguiera. En su delirio, escuchaba voces que gritaban: asesino tú la dejaste morir cometiste adulterio con esa mujer ella te ayudó a progresar etcétera, pero Jerónimo le tomó de un brazo y lo hizo reaccionar. Entonces el cura culminó la ceremonia. Varios carruajes esperaban fuera de la Parroquia San Sebastián de Lima para llevar a los invitados a la casa de los Errazquín. María Josefa se excusó, le llevó a los niños para que se despidieran de su padre y le pidió autorización para llevarlos de regreso a casa. José asintió y se retiraron. Ella no podía borrar de su mente aquellas noches de juegos de baño que culminaban en el lecho de viudo de José. Se había forjado tantas esperanzas, pero jamás se imaginó este desenlace. Esa joven podía ser su hija. En cambio con ella, todo era diferente. Conversaban de distintos temas, lo consentía en todo y la casa marchaba como nunca antes lo hizo. Además, junto a ella volvería a relacionarse de óptima forma con la realeza para sus ascensos y progresos. Si hasta Virrey podría haber sido, si se hubiera quedado con su vida de viudo. Para qué casarse. Si con hacerse cargo del hijo habría bastado. María Josefa ya no se martirizó más. Entró a la Casa Concha con los niños, sus niños, dejando todo a Dios y al destino. Y se prometió que permanecería con ellos hasta que su tolerancia se lo permita. Después, nadie sabría que iría a ocurrir.

El banquete fue todo un éxito y, después de varias horas. los esposos recién casados se trasladaron a la Casa Concha dejando a Melchor con su abuela Josefa. Allí, la servidumbre le tenía alhajada una habitación para el deleite de los recién casados. Al día siguiente, José presentó a Inés ante toda la familia, servidores y esclavos. Les dijo que ella sería la nueva ama de casa y que se encargará de Melchor que es hijo de ambos, pero Jerónimo seguiría siendo el administrador. Mientras que doña María Josefa se encargará de todo lo concerniente a los niños de Ángela y de él. Aseguró que todo tendría que continuar de similar forma, ya que no había motivo para que su sistema de vida cambiara. Y así transcurrieron los días posteriores al casamiento. Los esposos visitaron a los padres de Inés y se llevaron a Melchor a la Casa Concha. Después de eso José tuvo muy poco contacto con la familia de Inés, a tal punto que don Pedro y doña Josefa dejaron de ir a la Casa Concha para siempre. Años después, ellos murieron y José se hizo cargo de la casa de los Errazquín, y se hizo pago así de la baja dote que había recibido de sus padres por Inés. Así su fortuna iría creciendo y su ambición también, ya que en sus planes políticos estaba una futura gobernación. Ese era su norte ahora. Sus cuatro haciendas en Huancavelica y en el sur de Lima, su Casa Concha y contaba con una mansión en Huancavelica y dos casonas en importantes barrios limeños. A eso le sumamos la Casa de los Errazquín y caballos de transporte en el Callao.

A comienzos del año 1714, Inés estaba embarazada nuevamente y si todo marchaba de manera normal, serían padres por segunda vez en octubre de ese año. José se dedicó a aumentar su riqueza y ya no permanecía tanto en casa, mientras que Inés se posesionaba de su rol de ama de casa. Todo lo que él deseaba era ser gobernador. Pero Diego Ladrón de Guevara sólo le había hablado de Chile aquella vez cuando María Josefa le realizó el reconocimiento, y en esa oportunidad él se negó a ir al Reino de Chile, pero ya no estaría tan seguro de repetir la respuesta. Pasaron dos años de esa rutinaria vida hasta que un buen día, Diego Ladrón de Guevara sería cesado en su investidura de Virrey del Perú. Todos sabían que eso iba a ocurrir, pues ya había trascendido que en el año 1713 el Rey Felipe V había nombrado en su reemplazo, por primera vez, a un italiano. Se trataba de don Carmine Nicolao Caracciolo, un príncipe napolitano de noble familia que desertó del ejercito Austriaco y realizó su carrera en España. Pero este noble se tardó tres años en viajar a las tierras de América. Por tal motivo, los nobles y gobernantes de virreinato, dudaban de que tal nombramiento se fuera a hacer efectivo. Llegó al Callao el 5 de octubre y el mismo día asumió sus labores como Virrey. Y la primera tarea que efectuó, fue la de pedir que se presentara de inmediato el Juez del Crimen de Lima don José de Santiago Concha y Salvatierra, quien, sin vacilar, se dirigió caminando hacia el palacio del Virreinato. Cuando éste se presentó en el despacho, Caracciolo lo atendió al instante. El Virrey lo saludó y le dio a conocer las referencias que de él tenía y le hizo ver lo feliz y orgulloso que estaba por conocerlo. También agregó que su majestad el Rey Felipe V lo consideraba en demasía y le tenía preparada una destinación después de algunas diligencias que le encargó realizar en relación al gobernador del Reino de Chile. Así es que le manifestó la idea de prepararse, ya que ese cargo podría llegar a ser del juez en cualquier momento.

Inés le comentó a José que era probable que estuviera embarazada. Si todo se enrielaba por los cauces de la normalidad, el alumbramiento se tendría que estar gestando alrededor de fines de abril o comienzos de mayo de 1717. José le manifestó su preocupación por la llegada del nuevo Virrey Caracciolo, pues notaba que no le agradaba su persona y que podría tener cierta animosidad en contra de él. También aprovechó la ocasión para poner al tanto a Inés, de lo que estaba ocurriendo en el virreinato en relación a la entrevista que había tenido hoy, con el recientemente asumido Virrey, donde el monarca deslizó la posibilidad de que José se hiciera cargo de la Gobernación del Reino de Chile. Inés lo interrumpió de inmediato, dejándole claro que ella no iba a viajar con él a Chile ni a ningún lugar, pues no estaba dispuesta a trasladarse con sus tres hijos putativos, más Melchor, que ya estaba por cumplir 6 años y su pequeña Juana Rosa que en algunas semanas contaría ya con tres añitos. Descontando que ahora nuevamente presentaba el estado embarazoso, todo lo anteriormente argumentado, bastaba para concluir que ella no podía viajar en los incómodos galeones, que en variadas oportunidades terminaban en combate con los corsarios y piratas que rondaban el Pacífico Sur. José respondió acatando la determinación de su esposa, que obviamente no era Ángela, ya que contaba con un fuerte carácter. El juez no iba a discutir con ella, pero debido a las constantes rencillas, rebeldías y faltas de obediencia por parte de su joven mujer, no cumplía cabalmente con el noveno mandamiento, es decir, no respetaba a la mujer de su prójimo ni tampoco a la criada. Y entrando a refinar los detalles, no veneró antes, ni tampoco respetó en la actualidad de la época, a la cuñada. Pero bueno, no corresponde ahora analizar ese aspecto sumergido en el pecado culposo que consumía a José. Ante todo lo dicho, determinó que iría con Jerónimo, pues necesitaba un colaborador de suma confianza, aunque luego pensó que tal vez eso no ocurriría. El nuevo Virrey encontraría a alguien de su círculo para que no tuviese que enviarlo a él. En otro tenor, el verdadero motivo por el que llevaría consigo a Jerónimo, era porque su figura le provocaba desconfianza en el terreno de las fidelidades. Es decir, él joven, y su esposa Inés muy joven, y esto podría desencadenar una dramática historia que el juez, ya no quería sufrir a los 50 años. Sin embargo, don José no veía con malos ojos el viaje al Reino de Chile. Sabía por experiencias y relatos de contemporáneos suyos, que de regreso, iría a obtener un importante ascenso.

Corría la última semana del mes de noviembre de 1716 y José cargaba con la preocupación del embarazo confirmado de Inés, que daría a luz su tercer bebé a fines de abril en consideración que hace poco tiempo que había cumplido los 24 años. Un emisario real llegó esa mañana a la corte donde se encontraba el juez del crimen de Lima y le entregó un mensaje del Virrey don Carmine Nicolao Caracciolo. Al abrirlo, pudo constatar que todos los augurios de recapacitación por parte del monarca, no fueron tales. Lo citaba para una audiencia oficial el lunes 2 de diciembre a las 8 horas en el despacho del Virrey. Esta es un concilio oficial por lo que debe presentarse con tenida formal. Esto significaba que debía ir a esa junta con su túnica de Caballero y el resto del ajuar. Aquel sábado, José llegó como de costumbre veinte minutos antes a la antesala donde se debía permanecer de pie, ya que no contaba con asientos. La razón es obvia. No querían mucha gente mayor o de avanzada edad en vestíbulo, ya que en ocasiones discutían con la guardia y la antecámara estaba situada adyacente al despacho del Virrey. Cuando hubo transcurrido el tiempo, en el momento exacto de la audiencia, apareció un súbdito que hizo pasar al juez del crimen. José le presento sus respetos a la alta autoridad real, nombrándolo como su eminencia. El Virrey, lo abrazó y le dijo que sólo lo llamara Carmine, o Caracciolo si prefería. El Virrey comenzó su alocución:

- Usted tiene muchos pergaminos para ocupar este cargo don José. Y ha recorrido un largo trecho con misiones complejas que le ha demandado la corona. De modo que soy yo, quien se siente complacido de tenerlo en mis dependencias. Tanto su majestad el Rey Felipe V y también este humilde servidor tenemos la certeza absoluta de que usted está más que preparado, y cuenta con una vasta experiencia en relación a ello, para acceder a un cargo que requiera mayor responsabilidad, audacia, carácter e inteligencia. Y esos son sus atributos don José. Es hora de que usted reciba lo que merece y obtenga el nombramiento de Gobernador. Y qué mejor oportunidad que el Reino de Chile. La verdad es que el Rey está muy molesto por las continuas quejas y denuncias que tiene en sus hombros por causa del comportamiento del Gobernador don

Juan Andrés de Ustáriz, que ha sido deplorable. Es por ello, que si usted lo acepta, el viernes 20 de diciembre lo nombraremos Gobernador del Reino de Chile y se embarcará el 2 de enero de 1717. Pero antes de arribar a Valparaíso, usted tendrá la misión de realizar un desembarco en Arica, ya que es preocupante la mala gestión que se está realizando con la articulación del circuito de la plata, pues es el deseo del Rey ver con qué eficacia está funcionando el puerto del sur del Perú. Es probable que usted deba permanecer un mes allí, para dejar un recorrido establecido para la plata, enviar un emisario que nos informe de la situación anterior y actual y reembarcarse a Valparaíso cuando el problema esté solucionado. De modo que, calculamos que usted arribará a ese puerto a comienzos de marzo. La idea de la corona es que usted permanezca a lo más un año en Chile, donde además de poner orden en los sucios negocios de su antecesor, realice un par de obras y funde alguna ciudad para legitimar la política de la corona que establece la creación de ciudades para que la gente se vaya aglutinando. Luego que usted emprenda el regreso, el Rey Felipe V desea que usted viaje a España durante el año 1718 donde tiene la intención de crear el Marquesado de la Casa Concha del cual usted sería el primer Marqués. También pretende el Rey darle un impulso a su principado de Santo Buono que se encuentra inactivo. Finalmente, después de todo aquello, usted será designado Gobernador de Huancavelica donde también oficiará de Juez del Crimen y tendrá un muy buen pasar. ¿Qué le parecen las novedades señor Juez?- consultó escuetamente el Virrey Caracciolo, sin dar pausas al interlocutor.

José quedó estupefacto. No sabía que decir, pero de lo que estaba seguro, era que le esperaban grandes desafíos y mucho trabajo. Por fortuna tendría unas maravillosas fiestas de navidad y fin de año para luego comenzar su largo viaje. Estudiaría todo lo relacionado con las tareas que le dio el Virrey para desempeñarse de la mejor forma, pensando en dejar un gran legado a su familia, que por cierto era numerosa y un tanto abigarrada. El Reino de Chile, estaba un tanto alejado del centro neurálgico y político del virreinato, pero ser gobernador, lo valía todo.

En los días previos al viaje, José se sentía presa de extremo nerviosismo. Era demasiado tiempo el que José estaría afuera y muchos detalles deberían tenerse en cuenta para la gran travesía. Lo primero era ordenar la casa y dejar establecidas las tareas que deberían efectuar los administradores. María Josefa se quedaría para ayudar en el cuidado de los niños y también en algunas labores realizadas por Jerónimo. Un aspecto sumamente prioritario, era el nombre que llevaría el bebé que nacería en mayo. Si era hombre se llamaría José. Y si nace una dama, llevaría por nombre María Josefa. En un comienzo, a Inés no le causo gracia alguna el nombre, pero después José le explicó que el nombre obedecía a una promesa que él había hecho a su madre Josefa, y ya era hora de cumplirla. Y María, debido a que hoy en día se utilizan los nombres compuestos y ese nombre de la madre de Dios, es el que se utiliza con mayor frecuencia. Todo esto no le agradaba a Inés, pero prefería aceptar antes de polemizar y discutir con su esposo, ya que esa práctica se producía muy a menudo. Hay una historia oculta que se comentaba en los pasillos de la Casa Concha y era que la pareja de esposos gozaba de continuos desencuentros, riñas y pendencias, que eran escuchados por todos los que servían en la mansión. Las razones de los habituales altercados solían ser las continuas infidelidades del Juez, sobre todo aquella que se convertía en peligrosa para la niña Inés y que era la relación oculta y llena de amor que mantenía con su cuñada doña María Josefa Roldán Dávila. Las perversas habladurías señalaban que de ese idilio, María Josefa había quedado embarazada y que la familia con tal de no sufrir un vergonzoso bochorno, acordó en conjunto, que el bebé nacería en la Casa Concha y que sería bautizado como de Santiago Concha Errazquín y pasaría a ser hijo o hija del matrimonio establecido. Hay dos hechos que avalan esa teoría. Uno, es el viaje realizado por José al Reino de Chile justo cuando el bebé estaba gestándose. Y la otra, que María Josefa se fue a la Hacienda Los Álamos justo posterior al parto. Lo cierto es que al nacer, el bebé fue llamado María Josefa de Santiago Concha y Errazquín y fue una hija exitosa en la vida que le devolvió a la familia esas conexiones que tanto le faltaron en un tiempo. Estas son sólo elucubraciones ya que no están cien por ciento confirmadas.

Y llegó el día 20 de diciembre de 1776. Una jornada crucial era la que se esperaba en el Palacio del Virreinato del Perú. Todos los preparativos se planificaron con mucha acuciosidad y el Palacio de los Virreyes lucía majestuoso para el desarrollo de una ceremonia tan importante. Los invitados comenzaban a llegar y se notaba una diferencia con los actos de antaño. No hay familia Santiago Concha entre los invitados, sólo el presbítero Pedro de Santiago Concha y

Salvatierra está presente por ser el capellán oficial del virreinato. No hay Errazquín, ya que no tienen relaciones sociales con la corona y jamás eran invitados a los actos que tenían relación con el Virrey, y menos en los banquetes o festividades en el palacio real. Excepto Jerónimo que es asesor de José y viajará con él al Reino de Chile, y goza de un gran prestigio en las lides reales. Hace ingreso al salón principal el nuevo Virrey del Perú don Carmine Nicolao Caracciolo, quien a nombre de Dios, dio por abierta la sesión:

- Estamos reunidos hoy en el palacio real para honrar a un servidor de su Majestad el Rey Felipe V. Se trata de don José de Santiago Concha y Salvatierra, Caballero de Calatrava, Juez Oidor de la Real Audiencia de Chile y Alcalde del Crimen de Lima. Ha trabajado por la corona española durante muchos años y el Rey Felipe V ha ordenado un importante nombramiento para él. El decreto dice así: *POR ORDEN DE SU MAJESTAD EL REY DE ESPAÑA FELIPE V SE DECRETA QUE A CONTAR DEL DIA 20 DE DICIEMBRE DE 1716 SE NOMBRA COMO GOBERNADOR DEL REINO DE CHILE A DON JOSÉ DE SANTAGO CONCHA Y SALVATIERRA CABALLERO DE CALATRAVA ORDENADO POR EL REY CARLOS II Y JUEZ DEL CRIMEN DE LIMA. EN 1718 SE LE CONCEDERÁ EL TÍTULO DE PRIMER MARQUÉS DE LA CASA CONCHA Y PRÍNCIPE DE SANTO BUONO, EN FECHA A CONVENIR. Y DESDE EL AÑO 1720 ASUMIRÁ COMO GOBERNADOR DE HUANCAVELICA Y SUPERINTENDENTE DE MINAS.* Se le hizo pasar al estrado y el juez agradeció al Rey Felipe V y al Virrey Caracciolo la confianza depositada en él, y juró trabajar por la corona de España con esmero y pasión, como ha sido su costumbre, y dar la vida si es necesario. Además, señaló que en él, se podían depositar todas las confianzas, ya que la honestidad y la transparencia serán su sello en la gestión encomendada por sus eminencias en el cargo de Gobernador del Reino de Chile, y los que no actúen de acuerdo a su mandato, quedarán marginados de la tarea de representar a la corona en aquel lejano lugar, más aún, contando con el poder brindado por el Soberano Felipe V y el Virrey Carmine Caracciolo.

Se retiró con su asistente Jerónimo, mientras los invitados lo aplaudían a rabiar. Camino a casa, comentó con su ayudante, que las circunstancias no eran las más favorables, pero de igual modo, tenemos que destacarnos en esta tarea ya que oportunidades como la de hoy, no se repiten fácilmente en la vida, de modo que daremos lo mejor de nosotros y tendremos que trabajar duro para conseguir el éxito de nuestro cometido. Pensó que se jugaba la etapa final de su vida en esta expedición y se imaginaba el viaje a España recibiendo el nombramiento de Marqués de la Casa Concha de manos del Rey Felipe V y que sólo sus descendientes familiares directos obtendrán el codiciado título nobiliario. La familia tenía su futuro asegurado. Sólo le preocupaba la actitud de su esposa Inés, quien en el último tiempo, había estado un tanto esquiva y desobediente, ya que ella debió haber apoyado el nombramiento de su esposo y disponer acompañarlo a su misión en el extremo sur de las nuevas tierras. Esa actitud voluntariosa pero sin lealtad, era un mal signo para José y se presumía que la joven era una mujer que no caería en otro tipo de conductas impropias y reñidas con el sagrado vínculo del matrimonio, pero al final, uno nunca puede asegurar la marcha normal de las situaciones. Su consiglieri Jerónimo, le aconsejaba que no desviara su atención del principal objetivo de este momento y éste no era otro que cumplir los mandatos y pedidos del Rey Felipe V. Al llegar a casa José, se vio sorprendido por Inés quien le comentó que María Josefa le había solicitado poder realizar una cena en honor al viajero y que también sirviera de despedida, ya que había decidido viajar a Huancavelica y dejar para siempre la Casa Concha y con ello por supuesto que no vería a su hijo Jerónimo en mucho tiempo, del que también quería despedirse. Inés le relató esto a José con un dejo de aire triunfalista que se le notaba en el rostro.

José aceptó gustoso y le argumentó a su esposa Inés, que estaba muy agradecido de ella, ya que fue un pilar fundamental para la educación de sus hijos del matrimonio con Ángela. La cónyuge, lo observó con la mirada penetrante dejando en claro que dudaba de la pulcritud de ambos cuñados, y dio paso a lo que sería la despedida de los amantes, donde a través de los chismes de la servidumbre, ella se había enterado de que hubo un fugaz romance entre ellos con algunas actuales recaídas, mas no tenía la certeza de cuán profundo y duradero había resultado. Al fin y al cabo, la hermosa pero madura cuñada, se retiraba de sus vidas para siempre, y ya no sería jamás obstáculo para los esposos De Santiago Concha.

7.- El viaje al Reino de Chile

Después de dos horas de viaje, la comitiva llegó al Callao, donde la esperaba un galeón de dos mástiles, con las instalaciones adecuadas para que un personero del rango de don José, viajara cómodo durante poco más de un mes, para llegar a ocupar el sillón como primera autoridad de la más que bicentenaria Colonia de Chile. Antes. El destino sería Arica, donde tendría que ejecutar una difícil misión que le demandaría mucho tacto y manejo dada la compleja situación. José se había hecho acompañar por el Joven Jerónimo Muñoz Mudarra y Roldán Dávila, quien se había convertido en un importante asistente del juez en su labor. José debía estar llegando alrededor del 10 de marzo de 1717 al Puerto de Valparaíso, ya que su asunción en el mando, estaba fijada para el 20 del mismo mes, aunque para todos los efectos legales y de salarios, bonos y sueldo, el cargo se habría comenzado a ejercer desde el nombramiento de la alta autoridad el 20 de diciembre de 1716. Hoy, emprendía el viaje recién a dos días de haber comenzado el año 1717 esperando estar en Arica el 12 de Enero. El Callao era a comienzos del siglo XVIII un puerto con atracaderos de madera, donde los barcos de la época, debían esperar mar adentro en la bahía para poder recibir y dejar a sus pasajeros y cargamento. Pocos años atrás se había amurallado la ciudad puerto, pues muchos de los enemigos de España atacaban sus colonias para debilitar a la monarquía. También existía el temor a los maremotos, que ocurrían con cierta frecuencia en los países adyacentes al océano Pacífico. El equipaje de José, era muy abultado y numeroso. Traía una colección importante de libros para ejercer e interpretar de mejor manera las leyes del Reino de Chile. Tampoco faltaban los apetecidos toneles de linfas y brebajes que les harían falta durante la travesía, la cual era larga y no exenta de riesgos o peligros, y que hacía del mar, un escollo a veces insuperable. Un bote de cuatro remos lo llevaría hasta el Galeón. A la medianoche precisa, zarpó la galera a una velocidad de 110 kilómetros al día pudiendo en las horas de ventisca, alcanzar su mayor velocidad. La tripulación se componía de un capitán, un alférez, un contramaestre, un cirujano, un trompeta, un despensero, un alguacil de agua, 40 tripulantes guerreros o marinos o grumetes y unos tres pajes o niños aprendices.

¿Pero, se han preguntado ustedes cómo era la vida a bordo de un barco, con tantos días sin relacionarse con otros seres humanos y sin tocar tierra? Podría decirse que los momentos vividos en una travesía en barco eran casi insoportables para una persona común, que no fuera marino. En un estrecho espacio, se disponía la vida cotidiana. Los camarotes de los pasajeros tenían una litera y algún pequeño lugar para guardar los baúles. El capitán tenía su cabina en el Castillo de popa y los oficiales se ubicaban junto a ésta, pero todos juntos con el capellán. La tripulación en cambio, disponía de un espacio entre la popa y el palo mayor, con un voladizo, que servía de cobija y los protegía. Allí, cada guerrero se ubicaba con su cadalecho, es decir, su tejido a telar y sus pieles. En la tripulación, también existía jerarquía, ya que los más avezados elegían los mejores lugares. Hay que detallar, que todos los galeones llevaban guerreros en sus viajes, pero que estos coincidían con la tripulación en los casos de los barcos pequeños. En el barco asimismo, viajaban animales. Lo común, eran cabras, cerdos, ovejas y gallinas. Su razón de ser, no era precisamente entretener o acompañar a la tripulación, sino servir de reserva por la potencial escasez de alimento. En los galeones grandes se transportaba igualmente caballos y mulas. Pero este no era el caso, ya que José prefería comprar y después las revendía. En un viaje corto raciones alimenticias eran abundantes. La cocina que era pequeña, tenía unas bodegas donde se guardaban los alimentos. Las ratas se sentían como en su casa y deambulaban por las bodegas de entrada y salida. El que mataba una rata, tenía un cuarto de litro de vino extra. Se consumía principalmente tocino y queso. También biscocho y pan con abundante agua y un litro de vino por persona. El aceite también se racionaba y solo comían el almuerzo caliente, que se faenaba en un gran fogón que se ubicaba en cubierta. Junto con ello, se cocinaba pescado dos veces por semana. Por la noche comían el charqui y el queso, pero eso les provocaba mucha sed, razón por la cual en ocasiones, se bebía más de la ración entregada. Los huevos solían ser igualmente una buena alternativa. Después del quinto día, la putrefacción no era sólo vegetal, sino que provenía de la falta de aseo de la tripulación. Cuando además había mar gruesa, marejadilla o marejadas, el ambiente no se prestaba para escrupulosos. La pestilencia desatada por los vómitos de los pasajeros o tripulantes, era nauseabunda. Si a ello agregamos el tema sanitario, cuando la digestión hacía su natural trabajo, los retretes colapsaban y aunque el personal encargado los evacuaba, de igual forma nadaban algunos ejemplares por la borda causando asco entre los que los avistaban o incluso, pisaban. Los retretes estaban cubiertos de un material parecido al de las velas, pero el viento reinante, que a menudo soplaba en alta mar, levantaba estas colgaduras y las convertía en telón, por lo que después de aquello, el fétido espectáculo hacía que todos observaran lo que el individuo estaba evacuando. Dejemos este repugnante y nauseabundo tema para revisar otros aspectos del viaje, menos repulsivos que el recientemente narrado y que a pesar de la incredulidad que despertaba su revelación y los rechazos que provocaba, era verídico.

Las peleas de gallo eran la máxima diversión de los tripulantes, pero también de los oficiales y pasajeros, ya que se realizaban apuestas y también se bebía mucho licor durante los torneos. Siempre viajaba con la tripulación alguien que interpretara algunos temas musicales en violín o en vihuela. Ambas estaban en proceso de transición de modo que sería difícil precisar cuál de ellas era. Pero el intérprete aprovechaba su acompañamiento para entonar algunas canciones, sobre todo, por la noche. El tema sexual era importante en los barcos, ya que había que solucionarlos de alguna manera, para así evitar las conductas homosexuales. Generalmente el capitán los proveía de una o más esclavas que circulaban entre la tripulación, dejando siempre a la más bella y limpia, para la oficialidad. En ocasiones, se les permitía llevar prostitutas, pero era peligroso porque algunos se enamoraban y luego se batían a duelo por los derechos sobre la desdichada. A otros capitanes, o representantes de la oficialidad, les importaba un carajo la sexualidad de los guerreros y sólo amenazaban con echar por la borda a quien incurriera en conductas homosexuales. José en cambio, prefería leer un buen texto y luego entregar relatos a los marinos a base de la lectura, generalmente por la tarde. A esta tripulación le fascinaban los relatos del juez porque eran muy instructivos y él les permitía beber después, algún vino extra de aquel que estaba prohibido. A cierta hora, el trompetista les entrega a los navegantes algunas piezas conocidas por todos, que algunos entonan, otros balbucean y la mayoría lloraba de melancolía. Los marinos en ocasiones se ausentan un año completo de su hogar, por lo que el tema emocional era primordial para muchos en el manejo de la disciplina y el orden de la tripulación a cargo. Luego de algunas melodías, el artista toca la retirada al descanso. Es un momento solemne en el barco y todos deben ir a dormir, pues desde ese momento impera la ley marcial, es decir, nadie que no esté autorizado, puede pasear por el barco.

Otro tema importante es el fallecimiento de un pasajero o de un tripulante de una embarcación. Debido principalmente a las ratas, a la prostitución y a la falta de higiene, las enfermedades infecciosas eran habituales en un galeón que circunda los mares fríos. En esos casos, entraba a gravitar el capellán, que debía realizar un responso y después de encomendar su alma al santísimo, tendría que ser arrojado al mar, sin más remedio. No había otra opción, excepto que el fallecido fuera el futuro gobernador del Reino de Chile. En ese caso, se debía embalsamar y llevarlo a tierra lo más pronto posible. Los enfermos eran tratados por el cirujano que diagnosticaba la dolencia y dictaminaba si estaba apto para el trabajo o no. En muchas ocasiones se lanzó al mar a un enfermo, ya que significaba redoblar la labor de otros y seguirle pagando su dieta, junto con alimentarlo. Difícil fue controlar ese exabrupto, ya que ningún marino se atrevía a denunciar a un capitán, considerando que se les cerraban las puertas a futuras embarcaciones. Los últimos días de viaje, hasta el morapio escaseaba, más aún, si todas las noches los relatos del juez viajero entretenía tanto a los marinos, que se bebían todo el aguachento vino. Ya la noche anterior al arribo a Arica, el Capitán le ofreció una cena al futuro Gobernador del Reino de Chile y su equipo de cuatro personas. Se conversó distendidamente de variados temas y el alférez aprovechó la situación para informar de la programación de la segunda etapa del viaje que los llevaría al Puerto de Valparaíso. Luego del gran banquete, los ilustres pasajeros se retiraron a descansar agradeciendo a los oficiales, especialmente al capitán, por el banquete ofrecido en su honor y le recalcó que si atracaban en el puerto de Valparaíso, lo visitaran en la capital de Chile.

Arica era un emergente Puerto, cuya única función era articular y completar el Circuito de Circulación de la Plata que provenía de Potosí. Es por ello que esta pequeña ciudad puerto, estaba adquiriendo importancia desde el punto de vista del comercio que favorecía el desarrollo del virreinato. Esto era fundamental para solventar el comercio de todas las nuevas metrópolis que pretendían ser el centro de la Economía de la nueva tierra. La ciudad de Arica crecía vertiginosamente y si a esto, le agregamos la cantidad de etnias locales que se habían asentado en el territorio, que aunque árido, contaba con el afluente de los ríos Lluta y Azapa. En este pujante pueblo de embarque minero, la autoridad era un delegado del Virrey Caracciolo, que se encontraba al tanto de la visita del futuro Gobernador de Chile, de modo que seguramente, había escondido la basura debajo de la alfombra. Juan de Loayza era el corregidor de Arica y además, era sindicado como el culpable de los desaciertos que habían provocado un desmedro en la producción, faenamiento y acuñamiento de las monedas y lingotes de ese preciado metal. Al recalar el galeón de José en la rada de Arica, un bote a remos fue en su búsqueda para llevarlo a tierra con sus tres acompañantes, uno de ellos Jerónimo por cierto. Bajaron con un par de baúles y cuando tocaron tierra, de inmediato se les presentó Juan de Loaiza, el Corregidor de Arica, para no mencionarlo como delegado. Eran las cinco de la tarde y el corregidor le mostró el lugar que habían destinado para el alojamiento del gobernador y sus asesores. Una vez acomodados los nobles, un sirviente les avisó que la cena estaba servida y que por favor acompañaran al corregidor Loaiza, las distinguidas visitas. Durante la cena no se tocaron temas relacionados con la problemática. Fue un momento de conversación informal y de camaradería. Pero si se elogió el avance en el progreso de la ciudad. El lugar en el año 1717 contaba con 18.000 habitantes la mayoría dedicados a la minería de la plata para ser precisos. El corregidor le insinuó al gobernador que podrían reunirse por la mañana a eso de las diez horas. José frunció el ceño y eso significaba que estaba furioso. Le respondió afirmativamente que estaría en su despacho pero no a las diez, sino a las siete. Los emisarios se fueron a descansar y analizaron en la habitación de don José como iban a enfrentar la contingencia que se les presentaría a la mañana siguiente. José hizo los arreglos necesarios y preparó los documentos que tendría que utilizar en dicho cónclave con Loaiza.

Faltando poco para las siete, el futuro gobernador se encontraba en el despacho de Loaiza. Cuando éste apareció a las siete, su rostro empalideció. No se esperaba a un hombre ya cincuentón, tan temprano en su dependencia. José le pidió pasar a la oficina de trabajo y de inmediato le planteó la problemática que debía tratar:

- Señor Loaiza. Es muy agradable el lugar en el que usted desempeña su labor diaria. O sea su trabajo. Pero lamentablemente no he venido a dar un paseo, ni a ser atendido por usted ni por nadie que trabaje con usted. Yo no sólo soy el futuro Gobernador del Reino de Chile, sino que en estos momentos emisario del Rey Felipe V y con todos los poderes. ¿Sabía usted Loaiza, que yo podría acusarlo, porque además soy juez del crimen, de corrupción y apropiación de recursos de la corona y colgarlo del palo mayor de esa mísera plaza que tiene en esta próspera y bullente cuidad? Y si cree por un momento que no puedo hacerlo, le pido que mire hacia afuera y vea los 50 hombres guerreros de su Eminencia el Virrey Carmine Nicolao Caracciolo, que están esperando mi orden, o la de mi asesor Jerónimo, que se encuentra afuera de su despacho, para apresarlo y dejar a uno de mis hombres a cargo del negocio de la plata. Los embarques, son cada día más escuálidos y la plata se está desviando no sabemos dónde, pero a Lima no llega. ¿Está usted al tanto de lo que se está decidiendo ahora? Porque le voy a ofrecer cinco minutos, para que usted de explicaciones lógicas de lo que ha ocurrido y podamos llegar a un acuerdo. De lo contrario, Chile va a tener que esperar, pues yo me haré cargo de este congal, y traeré mi gente para que comience a funcionar como su Majestad lo desea. Al llegar aquí, pensé que usted iba a estar preparado para rendir estas cuentas de negocios, y por el contrario, me encuentro con un despacho vacío. Escucharé atentamente y con respeto su minuciosa defensa, pero antes, hare ingresar a mi asesor para que tome nota.

José hace pasar a Jerónimo, quien ya lo tenía todo claro y después de saludar a la cuestionada autoridad, tomó asiento y se dispuso a llevar registro. Cuando ya hubo de estar listo, le pidió a Loaiza que comenzara su defensa. El hombre transpiraba, más que un ternero que va a ser degollado, y entre titubeos informó:

- Creo que usted está equivocado su eminencia. Debido a los continuos ataques piratas y robos por parte de los malhechores e indígenas, el negocio de las minas de plata se fue deteriorando. Debido a los controles que hemos dispuesto en el camino a Potosí, los pirquineros fueron mermando y algunos muriendo ante la obligación que se les impuso para traer el material. Pero una comisión que formé, para levantar este comercio y mejorar el tráfico de la mercancía, está trabajando duro por restablecer cuanto antes los despachos normales al virreinato. Mi hijo Bartolomé, está empeñado en solucionar pronto este inconveniente. Hemos encontrado, una mina de plata mucho más productiva que las de Potosí. Pero aún no comienza su explotación. Al momento de entrar en faena, se normalizará la entrega y los cargamentos de plata hacia el virreinato. Puede usted contar con eso.-

José miró a su sobrino asesor, y le enfatizó a Loaiza:

- Ya he escuchado sus excusas. No me queda claro por qué no han comenzado las faenas. Pero bueno, todo tiene remedio, ¿No es así Loaiza?- consultó el juez

- Así es su eminencia.- respondió el corregidor.

- Lo que haremos es lo siguiente. Yo me quedaré aquí en Arica, muy a mi pesar, el tiempo que sea necesario para regularizar los envíos y embarques a Lima.

- ¿Cuándo va a entrar en funciones la nueva mina, a la que llamaremos San Simón? Y en base a aquello, ¿cuándo comenzarán los envíos de plata a Lima? Y finalmente ¿Cuántas onzas llevará cada cargamento a Lima y cuantas se enviaban antes de esta crisis?- consultó José.

- Cuanto antes mi señor don José. Creo que en un mes podremos iniciar las faenas, para así en dos meses estar efectuando los envíos con unas 500.000 onzas por cargamento de barco una vez al mes. De tal manera que a mitad de año estaríamos normalizados.- propuso el corregidor

- Es encomiable su disposición. Pero aqui no valen sus propuestas. Usted comenzará las faenas de la mina pasado mañana. Para ello le ofrezco a mis hombres con el fin de que tenga más mano de obra. Así, el viernes 15 de enero de 1717 comenzarán las faenas en la nueva Mina San Simón y el lunes 25 de enero se irá el primer cargamento de 500.000 onzas de plata a Lima. Y el 1° de febrero tendríamos que estar enviando el segundo cargamento y el 8 de febrero el tercero y el 15 de febrero el cuarto. Y allí normalizaríamos la pérdida. Mientras la situación no se regularice, no hay salario, ni para usted, ni para su hijo. El día 16 en la noche zarparé a Valparaíso. Si usted no cumple con la entrega, dejaré a mis dos asesores a cargo del negocio y usted y su hijo, se vienen conmigo a Chile. ¿Está claro?- ordenó De Santiago Concha

- Está claro su eminencia. Haré todo lo posible para cumplir con el compromiso.- tartamudeó el corregidor

- Bueno hombre, dese prisa. Ya son las ocho de la mañana y todavía no hace nada. Así ninguna tarea puede ser cumplida. Debe levantarse a las cuatro y ponerse a trabajar a las seis. Así tendrá tres horas más de trabajo cada día. Y por cierto que cumplirá las metas impuestas. Ah. Y retome las faenas en las minas de Potosí- ordenó el poderoso emisario del rey.

José tomó su bastón y se marchó de la oficina de Loaiza, pensando en que el hombre habría recapacitado y que por esta vez, los tiburones no comerían carne humana un tanto raquítica. Entonces el juez del crimen se dedicó a pasear y les ordenó a sus tropas que ayudaran a los Loaiza en la habilitación y funcionamiento de la Mina San Simón. Mientras él le pedía a Jerónimo, que lo llevara a San Pedro de Tacna, ya que un tío de él, Melchor Méndez, había construido una gran Parroquia hace algunos años en honor a San Pedro. El asesor trajo un carruaje y enfilaron hacia San Pedro de Tacna. Mientras tanto en la mina San Simón, Loaiza tomaba todas las medidas para que las faenas comenzaran el día viernes, como lo había exigido el juez. Su hijo Bartolomé, un poco más rebelde, le hacía ver que él no temía a las amenazas de don José. Pero Loaiza le rebatía acotando que el juez tenía mucho poder y que podía en cualquier momento cristalizar sus amenazas. En el valle de Azapa vivían alrededor de 10.000 indígenas, evidentemente pacíficos, cuyas covachas se podían observar desde el camino. A José le emocionó conocer la iglesia construida por su tío y durante el regreso, le estuvo contando historias familiares a Jerónimo, de esas que contaba en el galeón durante el viaje. Al día siguiente fueron a conocer las cabilas de los indígenas que poblaban distintos sectores interiores de Arica. Llevaron un intérprete para poder indagar si es que Loaiza les respetaba como pueblo o los maltrataba y violaba sus derechos. Al regresar, y después de la cena, se retiraron a sus aposentos, ya que temprano les esperaba un duro día con la inauguración de las faenas de la mina.

A la mañana siguiente, José y Jerónimo se encontraban en las afuera del despacho de Loaiza a la seis y media, pero no había señas de Loaiza ni de su repelente hijo. Al aparecer al corregidor, don José le preguntó a qué hora concluía su jornada de trabajo, a lo que el delegado contestó, que a las cinco de la tarde. Entonces José replicó que debía sumarle el retraso de hoy, así es que su jornada concluiría a las seis. Bartolomé, un tanto ofuscado, pretendió encarar al enviado del virrey, pero su padre, más viejo y con mayor experiencia, no se lo permitió. Además, Jerónimo le consultó a Loaiza, a qué hora se realizaría la inauguración de la mina, considerando que era viernes 15. A lo que Loaiza replicó que no se preocuparan, ya que ellos mismos le avisarían, pero que esperaban que se efectuara a la brevedad posible. No fue sino hasta las cuatro de la tarde que los invitaron al carruaje para dirigirse a la Mina San Simón. Después de 15 minutos llegaron al lugar que lucía como una mina que iban a inaugurar. Tomo la palabra el corregidor Juan de Loaiza y saludó a los presentes indicándoles que a contar del lunes 18 comenzaban las faenas en la Mina San Simón y que se esperaba cumplir con la primera meta de 500.000 onzas de plata solicitadas por el gobernador, el día 25 de enero. De igual manera hemos reactivado las extracciones desde Potosí, esperando pronto llegar a los estándares de esta mina ariqueña. Invitó a don José a dejar algunos mensajes, y el juez aceptó, pero solo se refirió al buen trato que se les debe dispensar a los mineros e indígenas que laboraban en San Simón y en Potosí. Luego sentenció que se verían el lunes 25 de enero en el sitio de embarque del puerto acordado, y ahí les entregaría una buena noticia.

El lunes 18 de enero el juez y su ayudante se trasladaron hasta el epicentro de las maniobras de la Mina San Simón, y verificaron que efectivamente las extracciones de la mina estaban comenzando. Luego viajaron a Potosí, durante tres días e hicieron lo mismo en las minas de ese territorio. De regreso, aprovecharon de viajar con los muleros y su cargamento de plata, de modo que el viaje fue lento y agotador. A José le pesaban sus 50 años sobre todo, para estas lides. Finalmente el día 25 de enero se reunieron con Jerónimo, Loaiza, Bartolomé y algunos más, y despidieron el barco pequeño que llevaba la plata al virreinato de Lima. José sabía que aquel, era un paso para el logro que aún estaba lejano, pero que demostraba su sapiencia y severidad en los temas donde el carácter y autoritarismo eran la base del éxito. Finalmente el barco llevo 550.000 onzas de plata y de seguro que el Virrey Caracciolo estaría feliz. El siguiente cargamento debería llevar unas 600.000 onzas el 1° de febrero. Todos esperaban que así ocurriera para poder viajar tranquilos a Valparaíso. Pero lo que José y su comitiva no sabían, era que en esa semana comenzarían los problemas. En primer lugar avistaron un barco pirata que rondó la bahía de Arica y que se aprestaba a atacar por la noche. Estos asaltos eran frecuentes en estas latitudes, ya que los bandidos sabían que los puertos no contaban con mucha defensa, pero en esta ocasión, contingencia con la que no contaban los bandidos, no se habrían percatado de la presencia del galeón real en la bahía que contaba con 50 guerreros bien entrenados y armados y a quienes la corona no les perdonaba las derrotas. De modo que escondieron a los marinos y esperaron. José no sabía si estos marinos aventureros eran corsarios o piratas. Y aprovechaba de contar que en un día como hoy, hace ocho años, dos barcos piratas, uno de ellos el Duke, recogieron a un náufrago de unas islas desiertas en las costas de Chile y lo llevaron a Valparaíso. El malogrado marinero, era tripulante de la embarcación Cinque Ports de la Armada Inglesa y cuyo capitán, a modo de castigo, lo dejo abandonado en la isla chilena en octubre de 1703. Allí estuvo por largos cinco años y aprendió el arte de la supervivencia extrema, alimentándose de lo que la naturaleza le proveía. Luego este individuo que se llamaba Alejandro Selkirk, y que era un marino escocés, navegó con los piratas del Duke por el lapso de dos años, e hizo una importante fortuna. Nadie sabe si esa fortuna fue producto del saqueo o la obtuvo de otra forma. Más tarde, Selkirk regresó a Inglaterra, donde fue condecorado y se le concedió el grado de teniente, al tiempo que se embarcó en el Weymouth, un gran barco de la armada inglesa, con el que realizó travesías por otros continentes, incluyendo el africano que era desconocido. En uno de esos viajes, poco antes de la navidad de 1721, contrajo la peligrosa fiebre amarilla, que finalmente lo llevó a la tumba.

Pero no nos apartemos de nuestra realidad. José ordenó a sus hombres, capturar esa pequeña embarcación pirata que merodeaba la bahía. Llevaron el galeón real hacia el norte mientras los piratas tomaban confianza y se decidieron en la madrugada, a atacar el incipiente puerto. Al desembarcar, se encontraron con un fuerte contingente de marinos guerreros reales y profesionales, que después de una corta batalla, redujeron la lucha a un par de prisioneros. Mientras tanto el galeón, no tuvo ninguna dificultad para deshacerse de los pocos piratas que permanecían a bordo y se adueñaron de la nave. Los prisioneros fueron ejecutados al día siguiente en la plaza de Arica, ante el impacto en la mirada de los habitantes de aquel puerto. José, le comentó a Jerónimo y a sus otros dos asesores, que con este acto, Loaiza no va a dudar en cumplir el acuerdo que suscribimos, ya que de no hacerlo, correrá la misma suerte de los piratas. Ahora el juez, contaba con un barco más para su travesía. Y efectivamente Bartolomé, le comentó a su padre que al parecer, De Santiago Concha no era un amenazador, muy por el contrario, se mostraba como un severo verdugo de los que lo contrariaban. Como si todo esto no fuera suficiente, el embarque del 1° de febrero de 1717 no cumplió con el estándar acordado y sólo llegaron 490.000 onzas al cargamento. José furioso increpó a Loaiza y restregó por su cara el hecho de que faltaban 110.000 onzas y que tenía dos entregas más para equiparar lo acordado, de lo contrario, iba a conocer Chile con su hijo. La paz rondó el apacible pueblo esa semana y se cumplió con la meta de 640.000 onzas para embarcar el día viernes 8 de febrero de 1717. De igual forma, José le hizo hincapié a Loaiza de que aún le debía 70.000 onzas del cargamento del 1° de febrero. Jerónimo comentaba al gobernador que el corregidor y su hijo, ya tenían parte del acuerdo en reserva por lo que esta semana el trabajo sería más aliviado. Cuando llegaron al famoso día crucial del viernes 15 de febrero, la balanza le jugó una mala pasada a Loaiza y también al gobernador, que pensaba zarpar mañana sin novedad ni contratiempos. Las 600.000 onzas de la semana se habían cumplido, pero del resabio de las 70.000 sólo se habían extraído 45.000. Por lo tanto, el déficit era de 25.000 onzas. Entonces José de Santiago Concha fue tajante:

- No se cumplió la meta por lo que usted y su hijo, viajarán conmigo a Chile. De modo que tendrán una escolta a contar de este momento hasta el zarpe de mañana por la noche. Y yo dejaré a cargo a mis dos hombres de confianza para que enmienden lo que ustedes, inútiles, no lograron cumplir.- A lo que Loaiza replicó en tono de súplica:

Pero su eminencia, solo nos faltaron 25.000 onzas. Las cubriremos en el viaje de la próxima semana. José estaba enardecido y dictaminó:

Mire Loaiza. Usted y su terco hijo, sólo me han causado molestias y malos momentos en este viaje. Me voy a dormir y me llevo a mis hombres. Su escolta, la mantendré. Y como yo me despierto a las cinco, vendré al puerto y veré zarpar a nuestro barco con el cargamento de Plata. Si a esa hora usted llega con las 25.000 onzas, podré meditarlo. De lo contrario, vaya llenando el baúl. Acompáñeme, ahora Jerónimo. Gacitúa y Fernández, quedan a cargo de la mina, a menos que este problema se solucione en los términos planteados.- gritó enfurecido el juez.

A las cinco en punto, el gobernador estaba junto al liviano muelle de madera, esperando la llegada de los Loaiza. Pasadas las cinco, llegaron con los guerreros que los custodiaban y una mula con las 26.000 onzas de plata para embarcar a Lima. José le restituyó el sueldo a Juan de Loaiza y a su hijo Bartolomé, y los dejó a cargo de las faenas, dejándoles en claro, que sus asesores estarán más pronto que tarde de vuelta en Arica, y que no se les va a permitir más retrasos en las entregas. La cuota serían 400.000 onzas a la semana por la mina San Simón y 150.000 por la mina de Potosí. Tendrían que ser estrictos en el trabajo y tratar bien a los mineros, no abusando de los indígenas ni de los esclavos. Le dio estrictas instrucciones a Loaiza por la hora de comienzo de las labores y lo instó a levantarse más temprano. Y le señaló que el domingo, que es el día de Dios, pueden descansar. Cuando hubo terminado, instruyó a Jerónimo para el zarpe lo más pronto posible. Él ya no quería estar más allí, ya que la situación lo tenía harto. Hasta Jerónimo tuvo que escuchar exabruptos del juez en contra de todos.

Por la noche, después de haberse despedido de algunos de los amigos que había hecho en Arica, el juez se dispuso a abordar el galeón real que lo llevaría a Valparaíso, y destinó a algún contingente de marinos y guerreros a que llevaran la embarcación capturada detrás de la comitiva real. Es así como justo a la medianoche del sábado 16 de febrero de 1717 zarparon rumbo a Valparaíso. A lo lejos, después de varias horas, divisaron el puerto de Iquique, donde antiguamente embarcaban la plata extraída de las minas de Potosí. Era un hermoso lugar para fundar una ciudad. Por las noches, José relataba a sus hombres, que más al sur, se encontrarían con el Reino de Chile. El Gobernador de Nueva Extremadura Pedro de Valdivia, conquistó el territorio chileno a partir de Copiapó. Pero aquella ciudad no cuenta con puerto, ya que es mediterránea. Pero más al sur, se encuentra La Serena. Una ciudad fundada por el caballero Juan Bohón en 1544 pero refundada por el conquistador Pedro de Valdivia quien ordenó a Francisco de Aguirre que la reinaugurara.

A esta ciudad pasaremos en algunos días a abastecernos de agua y a ver la posibilidad de vender el barco que capturamos. Estaremos dos días allí y descansaremos para arribar definitivamente a Valparaíso el 8 o 9 de marzo- vaticinó el futuro gobernador.

Todas las noches José les hablaba a sus hombres del lugar donde se situaba el barco y qué territorio específicamente era donde se hallaban. La noche del 21 de febrero, les señalaba que a esa altura del territorio del Reino de Chile, se encontraba Copiapó. Y les relataba historias de los mineros de esa localidad y también mencionaba a los descubridores y conquistadores con su gallardía y valentía, cuando combatían frente a los indefensos indígenas del norte de Chile. Obviamente que el episodio en que los araucanos le comen el corazón a Pedro de Valdivia, fue olvidado o intencionalmente obviado por el gobernador. Narraba las epopeyas de los antiguos conquistadores que vinieron del Virreinato del Perú y la situación en que muchos de ellos perdieron la vida con Diego de Almagro, al ingresar a territorio chileno por los faldeos de la Cordillera de Los Andes, muriendo muchos de ellos congelados, sin haber soportado las bajas temperaturas de los sectores nevados.

En las noches posteriores, para ser más exacto, el lunes 25 de febrero, el juez relataba a los tripulantes interesados, algunas narraciones ocurridas en La Serena ante la proximidad que se encontraban ambos barcos del gran puerto nortino del Reino de Chile, sobre todo relacionadas con piratas y corsarios como el mismísimo Drake, que convirtieron al puerto de Coquimbo en uno de sus preferidos. Pero la guardia armada de La Serena nunca permitió que se saqueara su hermosa ciudad, ni tampoco su vecino puerto de Coquimbo, que más aparentaba ser un villorrio que una ciudad. El Rey de España Carlos I le confirió a La Serena el título de ciudad el 4 de mayo de 1552. Todos estos relatos provocaban entusiasmo en la tripulación y en los guerreros de don José, pues ya se imaginaban lo intrigante de una antigua ciudad (la segunda ciudad de Chile fundada por los españoles, y con tantas historias de piratas y corsarios. El capitán pidió a sus hombres que se alistaran para desembarcar y también a sus pasajeros invitados que alistaran algún baúl para bajar a puerto. El miércoles 27 de febrero de 1717 la comitiva del gobernador de Chile, tocó puerto en La Serena y fue recibido con honores, como merece un gobernador de un importante reino. El corregidor de La Serena, don Joseph Morales de Herrera (Lucas de Traslaviña), lo recibió personalmente en la capitanía del atracadero y lo invitó como huésped a alojarse en los dormitorios que la sede del corregidor tenía preparado para los más ilustres visitantes, al tiempo que le consultó por los días que duraría la visita de tan alta jerarquía. El gobernador de Santiago Concha le informó que no se quedaría más allá de tres días, por lo que el 3 de marzo a las 00 horas, debería estar zarpando rumbo a Valparaíso. Morales de Herrera le solicito, si es que su eminencia lo tenía a bien, que le pudiera brindar un par de horas para mostrarle la ciudad y alguna que otra necesidad, ya que será muy difícil que un gobernador pueda visitarlos nuevamente. Don José aceptó encantado. Mientras el capitán se disponía a realizar las gestiones para abastecer de alimentación al galeón, José se dispuso esa tarde, a tratar de vender el pequeño barco que les había ganado a los piratas y también vender una bolsa de 1000 onzas de plata que le había regalado Loaiza en Arica. Además, hizo llevar todos los objetos de valor que venían en el barco pequeño, incluido un pequeño cofre con oro y esmeraldas, a su camarote en el galeón. El puerto de La Serena era pequeño y todos ya hablaban de la venta del barco pirata que traía el gobernador. Al llegar a su habitación y antes de la cena, los asesores del corregidor, ya le tenían varias ofertas de los potenciales marinos que aspiraban a tener su propio barco. Finalmente José se deshizo de las chatarras y engrosó su alcancía con 12.000 reales por el barco y 1200 más por la bolsa de plata. La cena que le ofreció el corregidor Morales de Herrera, fue muy sobria, ya que le prometió que el día anterior a su partida, le tenía preparada una sorpresa, considerando que él sabía lo que era estar lejos de casa tantos días en un barco, sin sentir las caricias de una fémina.

Al día siguiente el Corregidor con su comitiva, y su honorable invitado, recorrieron la ciudad de La Serena, mostrándole los puntos en que su ciudad había logrado un importante desarrollo, pero también le hizo saber, aprovechando que el gobernador era una eminencia en su función de juez, que el aparato judicial de la ciudad, estaba muy trabado y los litigios junto con los juicios civiles, llevaban mucho tiempo archivados y algunos de ellos ya ni siquiera se encontraban en etapa de investigación. José le propuso reunirse con algunos de los jueces y oidores al día siguiente, durante toda la mañana y tal vez logremos destrabar algunos conflictos, sobre todo aquellos de propiedades, que eran los que más afectaban la buena convivencia. El corregidor quedó gratamente sorprendido por la empatía del gobernador para con ellos, y esperaba poder resolver los conflictos de propiedad de algunas importantes familias serenenses, como la de la descendencia del fundador Francisco de Aguirre. José quedó gratamente sorprendido con el progreso y la modernidad de esa desconocida ciudad y prometió ayudarla desde su alta investidura.

El viernes 1° de marzo José se preparó para asistir a la jornada judicial que le habían preparado para revisar los casos de las familias acaudaladas que tenían mucho poder económico. Durante el día se revisaron quince casos de los que requerían mayor dedicación y justeza por su complejidad. Pero a José le llamó la atención un litigio que se disputaba por una gran cantidad de tierras en el sector de Limarí. Una viuda, doña Bartolina Gallardo, heredó unas tierras de su malogrado esposo, el Maestre de Campo Francisco de Aguirre y Silva, y del hijo de ambos, el también Maestre de Campo Francisco de Aguirre y Gallardo, pero no ha logrado ejercer su propiedad, ya que los acaudalados señores, el Maestre de Campo don Juan de la Bega y don Joseph de la Bega, declararon que la propiedad les pertenecía y que hubo un acuerdo de palabra con don Francisco de Aguirre su entonces propietario. Un juez ya había dictaminado la devolución de la hacienda, pero el general Marcelino Guerrero, que además es pariente de los usurpadores, aplazaba la ejecución de la sentencia y no permitía ejecutoriarla. José pidió a los oidores que pudieran presentar todos los considerandos, diligencia que demoró por lo menos dos horas y ante la cual se derivó una áspera discusión, pero que posterior a la presentación de los alegatos, el juez encontró la razón a la viuda y al final dictaminó, que las numerosas tierras de Limarí, deberían ser restituidas a doña Bartolina Gallardo. La sonrisa regresó a la faz de la bella y trabajadora mujer de los viñedos. Era heredera de una legendaria tradición de producción de vino y aguardiente, a los que se les llama los descubridores del pisco. Vasco Hernández Godínez pionero del cultivo de uva comenzó la tradición. Luego el Maestre de Campo Antonio Gómez de Galleguillos, nieto de Vasco Hernández, se destacó por el carácter exportador que les dio a sus vinas, llevando el vino y el aguardiente a toda la costa del Pacífico Sur, al Alto Perú (hoy Bolivia) y también al virreinato de La Plata. José encargó al Juez Gerónimo de Roxas, Alcalde del Cabildo de La Serena, que ejecutoriara la sentencia a favor de la propietaria en el plazo de un mes. Limarí era el lugar de Chile donde nacían el mayor número de bebés naturales y esto era debido a que las mujeres doblaban en cantidad a los hombres y se practicaba la panmixia. Que no era otra cosa sino el apareamiento al azar. Es decir, nadie podía elegir su pareja. La Viuda estaba tan agradecida de don José, que posterior al proceso civil, lo fue a saludar y besó sus manos, tratándolo de su eminencia y de gobernador. Fue tan notorio lo que impresionó la actitud de José a la viuda, que el corregidor Joseph Morales de Herrera invito a doña Bartolina Gallardo a la cena y fiesta con que La Serena despediría al gobernador de Santiago Concha en la noche del día siguiente.

Cabe destacar que el juez Gerónimo de Roxas Alcalde del Cabildo de La Serena, no ejecutorió la sentencia a favor de la propietaria en el plazo de un mes que le estableció el improvisado tribunal presidido por el Juez del Crimen de Santiago Concha. Muy lejano a ello, el facultativo se dilató en la redacción de la sentencia y esta llegó sólo por allá en el año 1723, o sea, seis años después de la ejecución del juicio de José. Fue hasta ese año que Bartolina no pudo disfrutar de sus tierras que con tanto ahínco forjaron sus difuntos esposo e hijo. Su agradecimiento hacia José, se tradujo en ira al comienzo, que se fue acrecentando con los años, y que perdió un poco de energía cuando el juez desalojó a los Bega de la litigante hacienda. Este fue un buen desenlace, ya que posteriormente, cuando hubo transcurrido muchos años, los descendientes de Bartolina y sus difuntos, fueron los más portentosos exportadores de pisco, que ya no sólo se envió al cono sur, sino que a toda América y más tarde a Europa.

Todo estaba reluciente en la casa del corregidor de la Serena donde Morales de Herrera se luciría con la cena y fiesta que le tenía preparada a la distinguida visita de la Capitanía de Chile. Los invitados comenzaron a llegar, mientras lucían sus mejores atuendos. La viuda Bartolina Gallardo se distinguía por el traje que vestía y la belleza que le era natural. En sus ojos profundos detentaba la historia de los fundadores del norte de Chile y su temple no lograba disminuir el deslumbrante foco que provocaba. Por supuesto que durante la cena el corregidor la sentó junto al gobernador, que sólo utilizó la palabra para agradecer a los serenenses tanta amabilidad y cortesía, además de felicitar el progreso de aquella escondida ciudad. Cruzó dos palabras con la viuda y luego compartieron algunas piezas de baile que interpretaban los músicos locales. Por supuesto que en aquel distinguido escenario no hicieron cantar a su compañero de viaje que los entretenía. Era obvio, que doña Bartolina deseaba agradecer a José de manera mucho más íntima la sentencia dictada. Pero José no estaba seguro de complacer a la dama. A pesar de todo, iba a beber algunos vinos y piscos de más, para paliar lo que para él era una falta a la ética. Si se emborrachaba, se iría a dormir, ya que su cuarto estaba allí en el palacete de gobierno. Pero después de varios exquisitos aguardientes, José entabló una amistad más profunda con la viuda Gallardo y se les vio felices, no sólo bailando, sino que hablándose en el oído de forma muy cercana, y en ocasiones perdiendo el control debido al alcohol. Se debe tener en cuenta, que la viuda Bartolina Gallardo vivía en Limarí y que no era posible que viajase por la noche hasta su hogar, razón por la cual debería buscar pronto un albergue donde pernoctar. Conociendo a José, se sabía que él, no iba a permitir que una dama tan distinguida, con la que ahora lo unía una gran amistad, sufriera un desaire de tal magnitud.

El capitán trabajó todo el día para que el itinerario programado por el gobernador, no tuviera contratiempos. El zarpe se realizaría a la medianoche del domingo 3 de febrero de 1717 y llevaría por fin al gobernador de Chile a Valparaíso, donde lo esperaría la comitiva gubernamental. Su dotación estaba nuevamente completa debido a la venta del pequeño barco pirata, del que ya se había deshecho. Pero también era cierto que llevaban más peso del que traían, ya que algunos baúles que no formaban parte del equipaje del gobernador, fueron instalados en su recámara con un peso significativo. Eran en total cinco baúles y tres cofres que hacían ver el camarote de su eminencia, como el de un corsario. Mientras tanto el corregidor don Joseph Morales de Herrera, trabajaba arduamente en su despacho y en el cabildo, los consejos entregados por el gobernador de Santiago Concha en relación al desarrollo público de La Serena y en la corrección de todas aquellas observaciones que el juez le pudo haber dejado en el libro de observaciones. Y con la misma gente del cabildo, pensaban ir a despedirlo al muelle demostrándole todo su cariño y el agradecimiento por la visita real. Es así como por la noche, llegaron con antorchas a despedir a la ilustre visita. Uno a uno le fueron extendiendo su mano y besándosela las damas, incluida la viuda doña Bartolina Gallardo. Subiendo a bordo, José les prometió que los ayudaría con proyectos para la zona y que volvería algún día. Finalmente el galeón zarpó y dejó atrás un territorio exclusivo del Reino de Chile, que se encaminaba por la senda del progreso y que era el único en Chile que podía decir que habían derrotado a los piratas usurpadores.

En medio de la tormenta de viento y las marejadas, José se reunió con la tripulación en sus acostumbradas noches de relato y se dirigió a ellos con la sabiduría de siempre:

Hoy les voy a hablar de los valores de los valientes marinos españoles que habían venido a conquistar estas nuevas tierras dejando sus esposas y familias en España. Todos ellos mostraron su gallardía y proeza al combatir por la corona, por el Rey Felipe V, por los reyes católicos y todos los soberanos que han reinado nuestras tierras. Hoy, les quiero agradecer esa valentía y lo bien que han hecho su trabajo, cuando tuvieron que bregar con las frías noches y el calor del día, cuando se enfrentaron a peligrosos corsarios y piratas, cuando tuvieron que trabajar en la mina San Simón, para que nuestro monarca hoy esté contento, y ahora que deben luchar contra esta extraña tormenta que nos acecha. Por todo aquello, les voy a entregar a cada uno de ustedes valientes luchadores, cien reales y una moneda de oro para que puedan divertirse y llevar obsequios a sus familias en el regreso a Lima. Dios quiera que el destino nos vuelva a reunir y si es así, nos estrecharemos en un fraternal abrazo por los viejos tiempos.- concluyó su épica intervención que fue aplaudida a raudales.

Luego de un silencio posterior, algunos marinos tímidamente se acercaron al gobernador y le insinuaron abrazarlo. Otros sencillamente lo tomaron y le agradecían con lágrimas en sus rostros aquel hecho, que no era usual entre los jerarcas de la época. Hasta el capitán, acostumbrado a suculentas recompensas, se emocionó.

8.- La llegada a Valparaíso y el traslado a Santiago.

Los roqueríos y acantilados de la costa irregular, indicaban que ya estaban cerca de Valparaíso. Era la tarde del miércoles 5 de marzo de 1717. La emoción de la tripulación que, aunque acostumbrada a ello, de igual forma se conmovía con los paisajes costeros que denotaban la existencia de una nueva geografía. Esto no era el mar del Caribe, plano con mucha playa y aguas transparentes. El panorama de Chile, relucía con una costa de mucha playa, pero angosta y de irregular topografía, con muchas rocas, incluso dentro del mar; sin contar con la exquisita fauna marina, cuyos productos se presentaban en las mesas de los mejores comedores. A lo lejos, se divisaba Valparaíso, con sus variados cerros y sus empinadas mansiones, que hacían imaginar un mundo irreal de hechiceros y brujos. Una enorme cueva adornaba su marítimo paisaje mientras que algunos botes circundaban entre los galeones, carabelas y carracas que giraban por la inmensa bahía a la espera de un lugar en el muelle. Ese muelle, el mismo donde recaló el Santiaguillo a fines de Septiembre de 1535 a la espera de Diego de Almagro, para abastecerlo de víveres y ropaje de guerra, que necesitaban los descubridores por la cantidad de tiempo que llevaban en busca de las vetas de oro, que se verían a simple vista en este rico valle. Al cruzar la Cordillera a la altura de Copiapó, lo que se completó a comienzos de abril de 1536, llegan a Copayapu como se denominaba Copiapó, donde Diego de Almagro toma posesión de Chile, denominándolo Valle de la Posesión, a nombre del Monarca Carlos I. Allí aprovechó de recuperar a alguno de sus soldados y guerreros, y una vez hecho el conteo, envió de avanzada, con el barco que les había traído víveres y ropas, al experimentado hombre de mar, el Capitán Juan de Saavedra, que destacaba por su valentía, rudeza e inteligencia y que había llegado con Hernán Cortés al virreinato, atraído por su fama y buena reputación, junto a una treintena de guerreros, para que ubicara un lugar adecuado en el centro del nuevo territorio, que sirviera de asentamiento a los súbditos por algún tiempo.

Juan de Saavedra llega a la bahía que buscaban a comienzos de septiembre y en recuerdo de su ciudad natal, la denominó Valparaíso. Luego enviaron algunos hombres hacia el encuentro con Almagro, quien pronto se reunió con la avanzada. Finalmente los españoles a cargo de Almagro, hicieron campamento en la bahía del océano Pacífico, que en aquel día hizo honor a su nombre, mostrando playas con pocas olas y una mar muy rizada. El descubridor, quien autorizó el nombre asignado por Saavedra, no sólo se quedó varios días en aquella novel bahía, sino que hizo de ella, su centro de operaciones, organizando expediciones al sur, que en su totalidad fracasaron. Y siendo más profundo aún, todas las empresas de Almagro tuvieron saldo negativo, ya que su fin último era volver al Cuzco con una importante partida de oro y piedras preciosas. Pero nada de eso encontraría en Valparaíso, ni tampoco en el Valle de Marga-Marga. Según cuenta la historia, solo consiguió algunos gramos extraídos de la arenosa ribera del estero. Desolado y fracasado, el descubridor de Chile, Diego de Almagro, decidió regresar al Cuzco con los hombres que aún le quedaban vivos después de su travesía por la Cordillera de Los Andes. Por supuesto que su leal Capitán Juan de Saavedra se marcharía con él hacia el norte, sin tener conciencia, que había dejado un legado de historia para un lugar, que se transformaría en uno de los puertos más importantes del Océano Pacífico y del mundo. Los dos fieles oficiales, marcharon al norte dejando atrás una estela de destrucción y de muerte, ya que saquearon a muchos asentamientos indígenas de la zona, robando todo el alimento y los bienes de los nativos, e incluso se llevaron algunos indígenas, para usarlos como esclavos.

Diego de Almagro regresó al Cuzco donde pretendió limar asperezas con Francisco Pizarro y en buenos términos acordaron la cesión de esta ciudad virreinal para Almagro con la condición de que liberara al hijo de Pizarro. Pero este último le tendió una trampa y no respetó el acuerdo y lo atacó cerca del Cuzco el 6 de abril de 1538, tomándolo prisionero y decapitándolo en la Plaza Pública el 8 de julio de 1538. En cuanto a Juan de Saavedra, una vez en el Cuzco, combatió junto a los hijos de Francisco Pizarro, quienes se rebelaron en contra el recién designado Virrey del Perú, Blasco Núñez Vela, ya que antes de aquella fecha, se denominaban Visorrey. Juan de Saavedra intentó jurar lealtad y unirse a las fuerzas de Blasco Núñez Vela, pero su decisión, no tuvo credibilidad entre los oficialistas de Pizarro y fue apresado y ahorcado en un árbol de la plaza del Cuzco donde también había muerto Almagro. Triste final para dos importantes descubridores que en nuestro territorio dejaron huella y son recordados hasta el día de hoy.

Hasta del centenar de barcos que esperaban a la deriva en la bahía de Valparaíso, le llegaban vítores al nuevo gobernador de Chile José de Santiago Concha y Salvatierra, mientras esquivaba embarcaciones para posarse sobre los maderos que esperaban en los modernos muelles del puerto. Él saludaba sin conocer a nadie, pero suponiendo que todos sabían que en esa pequeña embarcación, venía el supremo juez que dirigiría los destinos de Chile. La administración del próspero y desarrollado puerto, se designaba según mandato real y la figura de mayor rango o jerarquía de este muelle embarcadero, era el gobernador. Justamente era aquella autoridad, que esperaba al Gobernador del Reino de Chile que estaba arribando al puerto, el Capitán Juan Bautista Tobar del Campo, gobernador del puerto de Valparaíso, como lo había sido Juan de Saavedra, el primero y luego Juan Bautista Pastene y así hasta nuestros días. Bueno, en realidad hasta que se terminó esa figura en 1825 cuando el gobernador Coronel José Ignacio Zenteno, cumplió su mandato en el momento que comenzó a regir los destinos de Chile, una nueva Constitución. El gobernador del puerto de Valparaíso Capitán Juan Bautista Tobar del Campo se encontraba en el muelle esperando la llegada de José de Santiago Concha, acompañado de una nutrida comitiva de nobles y aristócratas del bicentenario puerto, que añoraban conocer al Gobernador de Chile antes que las máximas autoridades de Santiago. Recordemos que Santiago fue fundada por Pedro de Valdivia en 1541 y Valparaíso por Juan de Saavedra en 1536, pero en rigor el fundador intelectual había sido Diego de Almagro, ahondando la rivalidad de estos disímiles conquistadores.

Con respecto a eso, José pensaba que él debía fundar alguna ciudad, ya que las órdenes emanadas del Rey Felipe V, eran las de reunir en los territorios poblados a la mayoría de aquellos que vivían en la periferia, y así tener ciudades más compactas y seguras. Algo como lo que se estaba realizando en Valparaíso con el barrio El Almendral, que estaba tipificado como rural y donde habitaba gente de bajos recursos, pero que ahora se trasladarían a sectores ubicados en los cerros, para así crear un polo de casonas de familias aristocráticas con algunos servicios que le den otro estatus al sector. De todos modos el juez encontraba rudimentario el puerto a simple vista y añoraba su Lima querida con sus anchas Alamedas y la ribera del rio Rímac para pasear con sus enamoradas. El barco de sus felices marinos se acercaba suavemente al muelle y al situarse a unos 50 metros, un bote se acercó hasta la embarcación y el gobernador lo abordó. Al esquivar los barcos, la gente saludaba a José y le deseaban suerte en su cometido. De Santiago Concha esperó que el pequeño bote atracara en el muelle y al dar un salto, subió la escalera que estaba afirmada de un pilote, accediendo así al tablero o plataforma que lo conduciría a tierra firme. Una vez allí, el primero en saludarle fue el Gobernador de Valparaíso Capitán Juan Bautista Tobar del Campo, quien con un fuerte abrazo lo hizo sentir más a gusto. Él mismo le presentó a su comitiva donde destacaban soldados, marinos y civiles, que en su mayoría eran empresarios y comerciantes. Algunos de ellos se presentaron con sus esposas y otros, como la mayoría, estaban solos. Juan Bautista Tobar le comunicó al gobernador, que le tenían preparado un recibimiento con banquete incluido, y en el día de mañana se realizaría un recorrido por la ciudad, por la tarde una reunión con personalidades del comercio, de la iglesia y de la educación. El viernes 7 de marzo, le presentarán la remodelación del sector El Almendral y se realizará una cena en su honor por parte de los futuros habitantes del sector. Por último el sábado 8 se le enseñará la industria pesquera de Valparaíso y presenciará una ceremonia con bailes de los changos, para finalizar por la noche con una manifestación de despedida. Luego del descanso correspondiente se trasladará en carruaje a la

Capital Santiago el sábado 8 de marzo, donde será recibido por las altas autoridades del Reino y se le preparará para el acto de investidura que se llevará a cabo el 20 de marzo.

Santiago Concha llegó a Chile el miércoles 5 de marzo de 1717 y debía encontrarse en Santiago pronto para asumir oficialmente el poder el 20 del mismo mes. De modo que presidió todas las ceremonias que el Gobernador de Valparaíso le tenía programadas, y se dispuso a viajar a la capital el sábado por la tarde

9. Asunción del Mando

El viaje de Valparaíso a Santiago en carruaje, era muy romántico. Pasaba por Viña del Mar y luego se internaba en el Valle de Marga-Marga. Por ahí los viajeros se trasladaban bordeando el estero de su mismo nombre, donde los antiguos lavaderos de oro servían de adorno señero y paisaje cultural desgastado, que mostraba cómo la avaricia del hombre transformó esa bellísima postal, en un horizonte árido, con un entorno sobreexplotado, que traslucía a simple vista el deterioro de la panorámica natural. En cada detención, los caballos descansaban y se acercaban a la orilla para beber la cristalina agua, vertiendo de las lagunas que formaban los recovecos del pequeño río. Posteriormente, seguían su camino en caravana con ágiles caballeros que tenían la misión de resguardar la integridad de todas las personas que viajaban en el convoy. Pero, sin duda, la mayor preocupación era la seguridad de la máxima autoridad del Reino de Chile, su gobernador. José bajaba de su calesa en cada detención y se fijaba en aquellos lugares donde los pobladores se encontraban viviendo a menor distancia. Esto, debido a las peticiones del Virrey Caracciollo, quien solicitó al gobernador, que fundara ciudades que produjeran comunidades en la población y más tarde se convirtieran en grandes ciudades. Las detenciones eran prolongadas a tal punto que algunos hombres se divertían con juegos de entretención en los que seguramente no sólo estaba el honor y las ansias de victoria, en juego. Ya reanudado el viaje, José tomó nota de lo conveniente que le había parecido el Valle de Marga-Marga para una futura concentración de población y levantar alguna ciudad en él.

La próxima detención se realizó en el Valle de Limachi por donde también fluía el Estero Marga-Marga. Lugar que por cierto también fue del agrado de José y que estaba poblado de indios, que vivían alrededor de los fundos y las quintas que concentraban alguna población. Pero, algunos kilómetros hacia Santiago, descubrieron el Valle de Quillota, que lucía muy poblado y era portador de cierta fama, ya que había sido la capital de uno de los territorios ganados por el Imperio Inca antes de la llegada de los conquistadores peninsulares. Este territorio formaba parte de la Cultura Aconcagua y dejó gratamente impresionado al Gobernador de Santiago Concha, y pensado para la fundación de una ciudad en el futuro. Pernoctaron allí y por la noche José salió a caminar por el valle que lo dejó prendido a la idea de levantar allí una gran ciudad. Recordó también a su familia y especialmente a su hijo preferido Melchor, de quien esperaba grandes logros.

Sin darse cuenta, llegó a su lado Jerónimo Muñoz Mudarra y Roldán Dávila, su sobrino político, y hasta su hijo putativo, si el romance con María Josefa Roldán Dávila, hubiese prosperado. Pero la divina providencia quiso que los acontecimientos se desarrollaran de otra forma. El muchacho, que le tenía mucho afecto, le posó su palma en el hombro y le brindó algunas palabras de consuelo en el momento de soledad que estaba viviendo. José le agradeció su apoyo y le transmitió la visión de que allí se levantaría una gran ciudad que, probablemente, podría llegar a ser la capital de Chile, teniendo en cuenta su cercanía con el puerto de Valparaiso y la extensión del valle. A su vez, le confidenció que soñaba con que su hijo regalón Melchor, llegase a ser Gobernador de Chile como su padre y se asentare en aquella bella tierra. El reino de Chile era un buen lugar para vivir y formar una familia. Pero, para eso faltaba mucho. Melchor era un pequeño niño aún.

Santiago de Chile era una ciudad creciente, pero pequeña si la comparamos con Lima. La casa de los gobernadores de Chile estaba ubicada en la Plaza de Armas, donde hoy está el edificio de Correos de Chile y la Municipalidad de Santiago. Esta casa fue construida por el conquistador don Pedro de Valdivia y en 1553, luego de la muerte del gobernador, se le realizaron remodelaciones que la adaptaron y le dieron utilidad para tres usos. Uno, para que pudiera albergar a la Casa de los Gobernantes, otra sección fue para la Real Audiencia y la tercera parte para los Tribunales de Justicia. Era en el primero de ellos, que había sido inaugurado hacía tres años solamente, en donde se iba a realizar la refinada, galana y distinguida ceremonia en que asume el mando del Reino de Chile, el afamado juez del crimen de Lima, José de Santiago Concha y Salvatierra. Sus pasillos se asemejaban al Palacio Real Alcázar de España, en las afueras de Madrid, con sus alfombras de colores fuertes y mucho lujo en las paredes que tenían incrustaciones de mármol. El juez del crimen y ahora gobernador tuvo por momentos recuerdos de su viaje al viejo continente cuando fue investido como Caballero de Calatrava por el Rey Carlos II. Sólo se diferenciaba en sus jardines exteriores, ya que en Santiago no existía espacio para el adorno del vergel, donde el populacho tuviera acceso al esparcimiento en un parque. Aunque no era lo mismo, la plaza mayor le daba un atisbo de semejanza a los jardines reales de España y el glamur necesario. Enfatizando que era considerablemente más pequeña, esta plaza construida por Pedro de Valdivia, era del agrado de todos los santiaguinos, que gustaban de los paseos vespertinos acompañados de las damiselas que orgullosas los llevaban prendidos del varonil brazo. La ceremonia debería realizarse el jueves 20 de marzo de 1717, pero en la realidad José ya estaba al mando dictando decretos y dando órdenes para estructurar el reino que se había desestabilizado notoriamente. Todos los habitantes de Santiago ya le reconocían en las calles centrales de la capital del nobel país, incluso a las féminas les provocaba hondos suspiros el sólo hecho de verlo, ya que era un hombre guapo, maduro pero atractivo. Además, los transeúntes comentaban positivamente que la máxima autoridad de la joven nación, se movilizara sin escolta militar y tan solo acompañado de Jerónimo y algún otro funcionario. Así entonces, la gente se acercaba a saludarlo y expresarle sus buenos deseos de éxito en la conducción del país, mientras aprovechaban de realizar alguna suave y disimulada crítica al gobernador saliente, del que tantos errores se habían conocido.

Al pasar de las horas y los días, José no se dio ni cuenta que ya estaba encima el 20 de marzo, que sería un momento significativo para su carrera profesional, política y militar. De igual forma, algunos sediciosos le gritaban ciertos insultos de carácter nacionalista, instándolo a volver a su país, pensando erróneamente que era español. No todos sabían que había nacido en Perú y que por lo tanto, era criollo. Luego de realizar algunas tareas e inspecciones, lo trasladaron al palacio donde le explicarían el modo en que se realizaría la ceremonia de asunción del mando. Se podría suponer, que el Gobernador saliente don Juan Andrés de Ustáriz de Vertizberea, que culminó su período al mando del reino el 12 de diciembre de 1716, investiría a José de tan alto cargo, pero aquello estaba alejado de la realidad. Ustáriz estaba relegado a su hogar, ya que se le estaba investigando un cúmulo de irregularidades tanto en Concepción como en la capital del reino. El Virrey había dado la orden de llegar al fondo del asunto y comunicárselo para poder tomar una decisión, aunque ésta fuera drástica o fatal. La casa del Gobernador (actual edificio del Correo) era el lugar donde José iba a vivir con su sobrino político Jerónimo Muñoz Mudarra y Roldán Dávila, ya que no contaba con más familiares que aquel joven en Santiago y en todo Chile. Su casa en Lima era muy bella, pero no podía haber punto de comparación con el lujo de aquel palacio encantado que invitaba a soñar con una vida real y muy glamurosa. En su inmenso y espacioso cuarto de descanso, José se reunió con Jerónimo, e intercambiaron opiniones sobre el Presidente de la Real Audiencia de Chile, cargo que le era muy familiar a José. Ambos discutieron y concordaron en que no había motivo para remover al actual Presidente Miguel Gomedio. Tras aquello, barajaron nombres para enviar a Concepción y hacerse cargo de las investigaciones y audiencias en contra de Juan Andrés de Ustariz, ya que si las pruebas de sus malos manejos eran contundentes, le correspondería a José condenarlo y dictar sentencia. Una vez tomadas las decisiones y revisados los manuscritos, ambos cófrades se dirigieron por los pasillos sombríos del palacio del gobernador, con paso cansino pero seguro, hacia la puerta que los conectaba a los despachos del Cabildo Colonial, lugar donde solían realizarse estas encopetadas ceremonias para recibir nuevas autoridades.

Los solitarios parientes peruanos, ingresaron por un costado recorriendo otros oscuros pasillos, hasta llegar al salón de Honor del Cabildo Colonial de Santiago. Este salón formaba parte de la casa habitación del conquistador Pedro de Valdivia y que a la muerte de éste, después que Lautaro y sus guerreros comieran sus órganos vitales en el día de Navidad de 1553, durante la Batalla de Tucapel, decidieron dividirla en tres para que allí, sólo un tercio de ella fuera el lugar de habitación de los gobernadores y en los otros dos tercios funcionaran La Real Audiencia y el Cabildo Colonial. Y era precisamente en este último, donde los inseparables parientes se encontraban ahora saludando a todos aquellos encopetados servidores de la corona española, que querían conocerle. Un parco asistente llamo a todos a reunirse en el salón y tomar asiento a la espera de la ansiada investidura. El presidente de la Real Audiencia Miguel Gomedio, una vez que supo que iba a ser confirmado en su cargo, tomó posesión de la testera y se aprontó a anunciar a su gobernador, que además le había entregado un voto de confianza. Saludó a los presentes y les solicitó tomar asiento. Por uno de los pasillos laterales que ya conocía, comenzó a avanzar lentamente hasta que un edecán, lo conminó a ingresar al salón de reuniones del Cabildo Santiaguino. Al aproximarse al aula, la gente que copaba todos los asientos disponibles, comenzó a vitorearlo y aplaudirlo. Mientras José asentaba la cabeza en son de agradecimiento, Gomedio les solicitaba a los presentes que tomaran asiento y que guardaran silencio. Luego le hizo un ademán a su secretario, quien a nombre de Dios dio por abierta la sesión:

Los hemos convocado a este hermoso lugar de reunión de nobles, para presentarles al nuevo gobernador del Reino de Chile. Un hombre muy cercano al Virrey del Perú don Carmine Nicolao Caracciolo, una persona de leyes que está acostumbrado a trabajar por la justicia de quienes habitan en los reinos, defendiendo por supuesto el legado de nuestros reyes de España. También él proviene de una hermosa familia con muchos hermanos, una bella esposa y varios hijos, personas de leyes bien consideradas, que por sus oficios están ligadas al estado y a la iglesia. José de Santiago Concha y Salvatierra es el hombre ideal para dirigir y gobernar los destinos del reino de Chile. Se sabe que él viene con una misión que se las va a explicar cuando lo presentemos y lo recibamos en este estrado para ser investido con el cargo de Gobernador del Reino de Chile.- subrayó Gomedio.

José de Santiago Concha se levantó de su asiento real donde esperaba que lo llamaran y avanzó hacia el estrado, mientras lo esperaba el presidente de la Real Audiencia de Chile para investirlo de su alto cargo. Al arrimarse frente al presidente, puso una rodilla en tierra y fue ungido con la espada de Pedro de Valdivia, o más bien dicho una réplica, ya que la espada de Pedro de Valdivia desapareció después de la Batalla de Tucapel, cuando los guerreros araucanos le comieron el corazón y se quedaron con su arma guerrera. En medio de la solemne ceremonia, José empinó su cabeza y recibió la armadura, que es característica de los gobernadores de Chile y de los reinos donde lleva la batuta el Rey Felipe V. Enseguida, el presidente de la Real Audiencia le pidió a José que tomara posición en el estrado y se dirigiera a los presentes. José caminó lentamente, subió al estrado y miró a los más de un centenar de personas que se encontraban en el edificio del Cabildo y en el salón de las reuniones esa mañana. Con voz serena pero de firmeza implacable, dio una mirada al abigarrado grupo de nobles y les dijo:

Pueblo de Santiago. Me encuentro en vuestras tierras, que ahora también son las mías, enviado por el virrey del Perú don Carmine Nicolao Caracciolo, para realizar tareas específicas que él me ha encomendado. Soy una persona muy afable, a la cual es fácil llegar y acercarse, con la cual ustedes podrán conversar en buenos términos. Pero así mismo, soy muy firme en mis ideas, principios y en mis propósitos, sobre todo en los cometidos fundamentales que me encargó el virrey del Perú, que le dedicara mi tiempo y esfuerzo. Comenzaré a trabajar en primer lugar limpiando las finanzas de este reino, cuyos libros en sus cuentas y balances no han obtenido el visto bueno y no han sido aceptados por el virrey del Perú. Además, vamos a proponer a nuevos personeros para que se hagan cargo de las finanzas del reino, capaces, con experiencia al servicio de los bienes reales y que sean buenos administradores. Vamos a solucionar el problema de Concepción, donde las autoridades a cargo de esa provincia no han dado el ancho y se han perdido entre negocios oscuros con corsarios y vándalos de aquel pueblo del sur, arrastrando a notables comerciantes y nobles al fracaso financiero. Y también, siguiendo las instrucciones del monarca, voy a fundar alguna ciudad para mostrar el camino que deben seguir los urbanistas en el sentido de que las personas tienen que reunirse en los centros neurálgicos de las ciudades, para dar un impulso a aquellas actividades fundamentales para el desarrollo de los poblados y así a los gobernantes les sea más fácil llegar con sus discursos y sus acciones a toda la gente de esas aglomeraciones. Si la vida me da fuerzas, energía, vigor y valentía, podré culminar esas tareas en este difícil año. El destino siempre estará en manos de nuestro soberano Felipe V y recuerden que todo se logra y se realiza en nombre de él. Y ahora amigos, van a gozar del agasajo que el presidente de la Real Audiencia de Santiago les tiene preparado a ustedes, a mí y a mi comitiva. Y si es posible, brevemente conversaremos, nos conoceremos y nos iremos a trabajar, ya que hay mucho que hacer y estamos atrasados en nuestras tareas. Pronto partiré a Concepción con mi comitiva, para solucionar el problema administrativo y judicial que hay allá. Muchas gracias. Buenos días y que a todos los bendiga Dios.- señaló el nuevo gobernador de

Chile, dejando gratas impresiones en la mayoría de los presentes.

José compartió un instante con los invitados, quienes ansiaban conocerlo, y luego de hacerle un guiño a Jerónimo, se dirigieron a su despacho en donde luego se les unió Juan Andrés de Ustáriz de Vertizberea y el Capitán Juan González-Barriga y Villaseñor. José le hizo algunas preguntas y de ello descubrió que Ustáriz no solo fue gobernador de Concepción destacándose por sus malos manejos, sino que dejó a su hermano Pedro de Ustáriz de Vertizberea como gobernador de Concepción. Eso a José le olía muy mal. Fue en ese momento en que les comunicó a ambos personeros que el lunes 24 de mayo a las 16 horas, emprenderían rumbo a Concepción. Ustáriz se extrañó mucho y le preguntó a José si era realmente necesario que él viajara. El gobernador le respondió con una pregunta:

- ¿Quiere que le envíe un propio a comunicárselo?-

En ese mismo instante Jerónimo comenzó a preparar la comitiva y la logística mientras José reunía la documentación que trabajarían en Concepción y los documentos que les presentaría a los comerciantes del sur. Prácticamente, ambos parientes o ex parientes ni siquiera durmieron del sábado para el domingo, trabajando arduamente en esas tareas. El lunes por la mañana Jerónimo le indicó a José, que ya estaba todo preparado para el trayecto y que viajarían en dos carruajes. En el más cómodo iría su eminencia, con Jerónimo y el Capitán Juan González-Barriga y Villaseñor. En el otro viajaría el sospechoso Juan Andrés de Ustáriz de Vertizberea y dos altos oficiales que lo acompañarán, pero a la vez lo custodiarán. Una vez que se alimentaron bien, José abordó el carruaje que tenía las mejores comodidades y la comitiva tomo rumbo al sur con cerca de cincuenta hombres bien armados, ya que había que tomar las precauciones a pesar de que en el sector, los aborígenes no presentaban conductas bélicas. Todo indicaba que el primer alto se haría en Rancagua. Y así se hizo, ya que los carruajes fueron aseados y los caballos lavados y alimentados. Luego prosiguieron viaje sin descanso, ya que José tenía previsto arribar a Concepción el miércoles por la mañana. A excepción de unos aborígenes comerciantes de comida y mantas, a los cuales José compró algunas mercancías, el viaje se desarrolló según lo planificado y el miércoles por la mañana se dejaron caer en la ciudad, a orillas del río Bio-Bio, llegando a la Plaza y desembarcando ante la curiosidad de la gente que circulaba en esos momentos. Salieron de los edificios algunos uniformados y, transcurrido un instante, apareció Pedro de Ustáriz de Vertizberea, que oficiaba de gobernador, a pesar de que el titular era el Comisario General José de Mendoza Saavedra. Ustáriz saludó a su hermano y preguntó a que se debía esa sorpresiva visita. Juan Andrés le respondió con un gesto en la cara a tal punto que a su hermano le cambió el semblante inmediatamente. Las calesas fueron guardadas y los soldados se apostaron en la vereda afuera del palacio del gobernador. Pedro trató de hacerse el gracioso y preguntó si íbamos a alguna guerra. José se presentó diciéndole que era el nuevo Gobernador del Reino de Chile y que venía en visita oficial, por lo que las bromas podían esperar un instante más adecuado. Y preguntó si podían pasar al despacho del gobernador. El ambiente estaba tenso como un elástico estirado al máximo. Cuatro soldados se encontraban dentro del despacho por si la conducta de las cuestionadas autoridades sufría alguna alteración o intento de fuga, poder neutralizarla de inmediato. Mientras tanto José se sentó en el asiento de la autoridad, con Jerónimo siempre a su lado y sacando unos papeles, comenzó a hablar:

- Don Pedro. ¿Usted sabe que se realizó un juicio en contra de su hermano y donde se comprobó todos los ilícitos que ustedes cometían y cometieron por muchos años? Por ejemplo, el contrabando, las extorsiones a los comerciantes honrados de esta ciudad, el nexo con los piratas que perjudicó, no sólo al reino de Chile, sino a la Corona de España también. Su enfermiza relación con los aborígenes del sur de Chile y tantas otras cosas que se descubrieron en la investigación que realizó su majestad el Rey Felipe V. Y en nombre de su majestad, le comunico que está usted arrestado por corrupción, contrabando y robo, de modo que será trasladado de inmediato a un calabozo de máxima seguridad.-

Y haciéndoles un ademán a los custodios, estos raudos lo cogieron y lo llevaron a un calabozo en el mismo palacio. Juan pregunto qué le iba a ocurrir a su hermano y quien sería el gobernador ahora, a lo que José le respondió que él no sería, ya que también estaba detenido. Y muy pronto llamó a algunos personeros locales y les comunicó que se acabó la fiesta y que el Comisario General José de Mendoza Saavedra, quedaba destituido de su cargo que, además no estaba ejerciendo, y el Capitán Juan González-Barriga y Villaseñor era el nuevo Gobernador de la Provincia de Concepción. Juan González-Barriga agradeció a José por el nombramiento y de inmediato tomó posesión de su cargo. A trabajar le ordenó José y su familia llegará en barco muy pronto. Mientras José se reunía con los comerciantes penquistas, quienes le agradecieron temerosos por las decisiones adoptadas. Jerónimo realizó todos los arreglos para que regresaran por la mañana del jueves 27 de marzo a eso de las 10 de la mañana. La razón, Pedro sería decapitado en la Plaza de Concepción a las 8 horas y su hermano Juan Andrés regresaría con la comitiva, pero en calidad de prisionero con un carruaje ad hoc. Por supuesto que el nuevo gobernador González-Barriga le preparó la mejor habitación que tenían para que el gobernador de Chile, que ya contaba con 50 años, durmiera muy placenteramente. Al día siguiente, todo estaba dispuesto para la horrenda ejecución y antes de ello José dijo que esta determinación se había adoptado por las constantes faltas intencionadas de los dos hermanos y que el otro, iba a ser ajusticiado en Santiago. Entonces dio la orden y todo el mundo presenció el ruido del sable que cercenó el cuello de Pedro de Ustáriz de Vertizberea hasta que su cabeza rodó por el suelo cogiéndola el verdugo y depositándola en un saco. Su hermano Juan, clamaba por clemencia, pero por él, ya que presentía que correría la misma suerte. Luego de ese macabro hecho, la gente de Concepción se acercó a despedir al Gobernador sabiendo íntimamente que lo más probable era que no lo volviesen a ver. En el viaje de regreso la comitiva se dio el tiempo para visitar Chillán y Santa Cruz, con la doble intención de presentar al nuevo Gobernador de Chile y también el poder demostrar que ya no iban a tolerar más desvíos en el proceder de las autoridades de cada localidad, ni de cualquier persona que no cumpla con las leyes y normas del reino de Chile.

Como estaba previsto en el atardecer del sábado 29 de marzo de 1717 la comitiva gubernamental de Chile regresó a la capital y fue la primera señal de que este gobernador no era temeroso de tomar decisiones, cuando la situación así lo requería. Juan Andrés fue llevado a un calabozo con guardia especial donde quedaría a la espera de la ejecución cuando el Rey Felipe V lo indicara. En la parte administrativa su gobierno había partido con el pie derecho y la gente ya lo miraba con más confianza en sus procederes. José le agradeció la colaboración y dedicación a Jerónimo, ya que todo salió como se había trazado y planificado, sin contratiempos que pusieran en riesgo el éxito de la campaña. Después de transcurridas las álgidas primeras horas en el Reino de Chile, el gobernador meditó sobre lo ocurrido y se fue a dormir con la satisfacción del deber cumplido. Al día siguiente, en sus despachos, comunicó a su círculo más cercano, que durante la semana llegaría un emisario del Rey Felipe V, que daría la venia para la ejecución de Juan Andrés de Ustáriz de Vertizberea, y si no fuera de esa manera, el hermano del ejecutado en el sur, permanecería en una mazmorra por mucho tiempo. En seguida se reunió con el cancerbero del sitio de reclusión femenina, que albergaba unas cincuenta mujeres en Santiago y otro tanto en Coquimbo y Concepción, la mayoría de ellas apresadas por ladronas, meretrices, proclives al libertinaje, esposas infieles o aquellas damas que en espera del divorcio, sucumbieron a la tentación de lo prohibido. Don Francisco de Lozano se presentó y besó la mano derecha del gobernador. Después de saludarlo, le hizo saber de inmediato, que el Virrey del Perú don Carmine Nicolao Caracciolo, estaba muy preocupado por los centros de detención de mujeres, ya que se enteró de que los lugares eran indignos, sucios y mal olientes, incluso para los animales. Y el autoritario gobernador se puso de pie, y le ordenó de inmediato al insignificante funcionario:

- De modo que usted me llevará en este preciso instante a conocer ese lugar y a presentarme un plan de humanización del lugar.

Una vez que arribaron al pecaminoso sitio, Francisco comenzó a detallar uno a uno el prontuario de las internas que eran celadas por unas monjas muy corpulentas, pero que no requerían de mucha fuerza para su labor, ya que las desgraciadas llevaban pesados grilletes en sus extremidades. Le llamó la atención a José, una mujer madura de nombre Manuela, que había sido acusada de adulterio, cuando su esposo era un conocido juez don Baltazar de Lerma y Salamanca. José se acercó a ella y se dio cuenta que era extremadamente bella, y hablándole en voz muy baja, le preguntó si era verídica la acusación, a lo que la desdichada, pero traicionera mujer, contestó negativamente. Le confesó a la autoridad, que fue su esposo el que la engañó, y para deshacerse de ella y con el poder que un juez tiene para ser verosímil, no tuvo oportunidad de defenderse y nadie creyó en sus argumentos. De inmediato, dio la orden de que le permutaran la prisión y los grilletes, por trabajo alternativo y propuso su casa, para que cumpliera la reclusión en labores de sirvienta, teniendo a su cargo la limpieza del sector del palacio, que corresponde al hogar. La perturbada prisionera, no sabía qué hacer, ya que hacía más de tres años que se encontraba en esa situación. Francisco desencajado, y recordando el degollamiento de Ustáriz en el sur, optó por no rebatir la orden del nuevo gobernador, ya que a todas luces era un despropósito y un error.

10.- Obras del Gobierno de José

José de Santiago Concha y Salvatierra ordenó a Francisco de Lozano que adaptara un buen lugar para llevar provisoriamente a las prisioneras y que les pidiera a los arquitectos del reino, que pronto diseñaran una futura cárcel de mujeres. En el intertanto, las reclusas serían llevadas a una especie de Convento con pocas puertas y alto muros para que puedan prescindir de los grilletes y caminar sin ellos por el lugar escogido. José deseaba dejar este legado a nombre de los monarcas, pero con la satisfacción de cumplir con las tareas encomendadas por el rey y el virrey. Con un dejo de preocupación José se mantuvo atento a cualquier atisbo que pudiere indicar una equivocación en su decisión. Manuela llegó a trabajar al palacio sin recibir sueldo, por supuesto, ya que era parte de la sentencia, pero con todas las comodidades de una alcurnia de ese nivel. La alimentación por ejemplo, era la de la servidumbre y dormía en una cama aunque con un grillete más cómodo que le permitía descansar de manera plácida y tranquila. Su agradecimiento a José sería de por vida, ya que además de entregarle beneficios en la comida y la pernoctación, él era muy amable con ella, lo que provocaba que Manuela se sintiera comprometida con el buen trato que le brindaba el acaudalado gobernador. José trabajó arduamente junto a Francisco y a Jerónimo para concretar un mejor lugar para aquellas reclusas que en su mayoría era delincuentes del sexo y del amor. Un número reducido había cometido algún robo, con afán de alimentarse, y solo había dos asesinas para las cuales debía tener celdas de alta seguridad. La idea era convenir con Las Domínicas de Santa Rosa o con Las Clarisas de nuestra Señora de la Victoria, ambas órdenes de Religiosas dedicadas a misiones caritativas y a acoger a las desposeídas, que, con una pequeña ayuda material y de infraestructura de parte del reino y sus gobernantes, ellas se pudieran hacer cargo de las mujeres que habían cometido faltas morales. Para las demás, sólo habría cárcel como la de los hombres. Paralelamente se comenzarían a elaborar estudios y proyectos para la construcción de una cárcel de mujeres definitiva.

Orgulloso, José le hablaba a sus amigos y colegas del palacio los planes de aquellos delicados temas del quebrantamiento de la ley por parte de las mujeres, recalcando que su meta era la reinserción a la sociedad, y mostraba con satisfacción la incorporación de Manuela a su plantilla de sirvientas. Después de algunas mistelas, los más confianzudos bromeaban con la sirvienta de José y elucubraban con los servicios que le prestaría cuando ellos se hubieren ido. A José no le hacía gracia aquella presunción y llegaba un instante en que se aburría de los excesos y les pedía de no muy buen modo que se retiraran, acotándole a Jerónimo que no había que darles confianza a esos harapientos. Jerónimo se disculpó por ellos y prometiendo que les iba a hablar, se excusó para retirarse a sus aposentos. El gobernador le hizo un guiño que significaba que, se lo permitía. De Santiago Concha miró a Manuela sin todavía entender cómo esa bella mujer madura estaba en aquella pocilga pagando culpas que no correspondían y cómo ahora que estaba aseada y con ropa medianamente buena pero limpia, lucía aún más hermosa. Manuela se acercó y le preguntó a la autoridad si deseaba algo más o se retiraba:

- Sí, Respondió José. - Trae un vaso y sírvete lo que quieras. Te lo mereces después de trabajar tan duro como lo hiciste hoy.

Manuela retiró alguna vajilla que estaba sucia, y llevó todas esas cosas a la cocina donde le pidió a una sirvienta que las lavara de inmediato y que el señor gobernador las había autorizado para retirarse a descansar después de concluir sus tareas. Entonces, tomó un vaso, se sentó al frente del juez y bebió un poco de mistela muy suavemente y con mucha delicadeza, tratando de dar una buena impresión a su patrón. Fue en aquel momento que José se manifestó, entre balbuceos y pensando en voz alta:

- Yo reconozco a una dama donde la vea, y eso me ocurrió contigo. Yo me di cuenta que no eras una delincuente y que no deberías haber permanecido en aquel deplorable lugar. Si bien es cierto, aquí eres una sirvienta, pero creo que es mejor que estar en una cárcel para mujeres con grilletes.- manifestó el gobernador.

Manuela, que solo tenía palabras de gratitud hacia el Caballero de Calatrava, y no deseaba perder esa magnífica oportunidad de contar con una vida menos castigada, expresó:

- Estoy tan agradecida de usted por su compasión y bondad. Si su eminencia me lo permite, quisiera relatarle los hechos tal y como ocurrieron, para que así no se forme una opinión errada de mi persona.- José hizo una venia con la cabeza a modo de afirmación.

- Mi Historia es muy desgraciada. Yo me casé en Javier España, con el Juez don Baltazar de Lerma y Salamanca, y tuvimos una hermosa hija Micaela. En 1707 viajamos a Chile y él tomó posesión de su cargo el 1° de octubre. Se convirtió en el mejor amigo de don Juan Andrés de Ustáriz, pero éste era un hombre malvado que no lo consideraba su amigo y solo pretendía poseer a su esposa, es decir a mí. Es por ello, que en 1713 lo envía al norte de Chile, con mi hija Micaela, mientras él trata a través de mentiras y extorsiones, de hacerme su mujer. Yo me negué rotundamente y en reiteradas ocasiones me forzó, llegando al extremo, de darme golpes de pies y manos en mi cara y cuerpo, que por un tiempo no me permitían salir de casa. Ante mis negativas, dictó una orden para que Baltazar tuviera que volver a Santiago y retomar sus labores como fiscal de la Real Audiencia de Chile. Pero sus intenciones eran otras y muy malévolas y malintencionadas. Al llegar Baltazar a Chile con mi hija Micaela, imagínese mi felicidad y la de ella. Pero no alcanzamos a permanecer mucho tiempo juntas, ya que de inmediato fui acusada de infidelidad y adulterio en ausencia de mi esposo y fui condenada a 10 años de prisión, por un juez que era muy amigo de mi esposo. Tras aquello, el gobernador Juan Andrés de Ustáriz, lo trasladó a Potosí y a mí, me propuso que fuera su dama de compañía, es decir, ¡una vulgar prostituta exclusiva para él! Al negarme, y estando en mi hogar, que posteriormente supe, que se lo había adjudicado don Juan Andrés, me apresaron y me llevaron al lugar donde usted me encontró y donde permanecí un poco más de tres años, finalizó sollozando la infortunada María Manuela de Hermosilla y Velasco, pero sintiéndose afortunada por el momento que estaba viviendo después de tantas penurias. Entre lágrimas repetía.

- Nunca terminaré de agradecerle. Nunca.-

José de Santiago Concha, conmovido con la narración dramática de Manuela, estiró su brazo y ésta se abalanzó en su regazo, buscando el refugio y el cariño que hace tantos años no encontraba. Su frágil cuerpo se mimetizo con el del gobernador y permanecieron varios minutos envueltos en un ovillo de ternura, que se cubría con el manto de la noche y el ocaso de los candelabros. Cuando recobraron el sentido común y quisieron normalizar nuevamente el encuentro, pero la oscuridad hizo presa de ellos, ya que el único vestigio de luminosidad que los delataba, eran unos trozos de leña seca, que ardían como sus cuerpos en la hoguera. El momento no podía ser aún más mágico, y sólo sombras se reflejaban en las paredes, con la tenue luz que provocaban las brasas, que ya se apagaban. Ninguno de los dos protagonistas de la escena, deseaba romper la magia que se había producido, y ambos en su mente desafiaban la conciencia con las distintas cavilaciones que no los hacia discurrir, ni discernir, de lo que estaba ocurriendo. Las miradas de memoria se comenzaron a encontrar y a pesar de que la llama disminuía, el calor los agobiaba y el candor del sudor de sus cuerpos los abrumaba, mas todo fue encendiéndose hasta que la tiniebla los envolvió y sucumbieron.

Ya no había sombra ni reflejo rojizo en las paredes, sólo la sensación de que aún estaban estrechados por el momento de deleite y júbilo del que estaban siendo víctimas. Los abrazos, que dieron paso a la reflexión y a los cuestionamientos morales, se transformaron en caricias y los ovillos se desmadejaron, tornándose enmarañados con asomos de manos en la solapa y piernas en su cintura. Poco quedaba a la reflexión o a la conciencia después de lo vivido. Manuela pensaba, que a los muchos sufrimientos había que entregarles un merecido y breve descanso, mientras que José, razonaba en la soledad, que siempre es dañina, pero nunca es eterna ni definitiva. La hoguera se había extinguido y los vidrios pudieron desempañarse al tiempo, que el frío comenzó a asolar el álgido salón del palacio, que mudo aparecía impertérrito ante lo ocurrido. La alborada trajo consigo los primeros visos y destellos que permitieron apreciar algunas prendas sin sus dueños y medianas copas vacías con escarcha de la mañana. Salió el sol y se ocultó el pecado, llevándose consigo la culpabilidad y dejando en evidencia la debilidad de los seres vivientes que en distintas situaciones, encuentran caminos y senderos para la lujuria, con variados apellidos y justificaciones. Por la mañana, la servidumbre estaba completa y preparada para iniciar una nueva jornada de trabajo habitual con las rutinas que a cada vasallo le corresponde, para servir al señor Gobernador Don José de Santiago Concha y Salvatierra.

El 10 de mayo de 1717, se procedió a la firma del contrato de la remodelación del Monasterio, para acoger a las mujeres que vulneran la justicia y darles un lugar menos deplorable, José pensó que sería aplaudido, pero no contó con los chismes de aquellos poderosos e incluso, de los mismos sirvientes del palacio, en el sentido de que no era bien visto tantos beneficios o privilegios para las pecadoras, más aún, sabiendo o intuyendo los empleados que José mantenía un secreto amorío con la sirvienta, debido al flirteo que se delataba entre ambos, que acusaba una aventura, aunque no alcanzaba para un romance. Algunos de los comerciantes de Santiago, no vieron con buenos ojos que De Santiago Concha hubiera degollado a su socio Pedro de Ustáriz de Vertizberea en el sur, y tampoco les hacía gracia que mantuviera en cautiverio al ex gobernador Juan Andrés de Ustáriz de Vertizberea, que no sólo había hecho muchos negocios con varios de ellos, sino que a los que participaron en las turbias transacciones, los favorecía constantemente. Esos mercaderes importantes, pedían continuamente audiencia con el gobernador, pero este se excusaba de contar con poco tiempo para todas las tareas que le había encomendado el Virrey del Perú don Carmine Nicolao Caracciolo. Reuniendo todos esos antecedentes, la clase acomodada comenzó a instalarle piedras en el camino a José, pero por otra parte, la gente común y los trabajadores, sirvientes y colaboradores lo endiosaban muy a menudo. De modo que el proyecto siguió el rumbo que se había trazado, tomó alas y se puso en marcha, con todas las indicaciones que su eminencia les había ordenado.

Fue así como las primeras órdenes fueron cumplidas y los proyectos indicados por el Virrey se fueron concretando, y sin importar lo que los pudientes acaudalados comerciantes santiaguinos pudieran murmurar, el virrey y su majestad estarían muy contentos y complacidos. Otro de los proyectos monumentales de José, fue allanar el camino a Valparaíso que pasaba por la Cuesta La Dormida, llamada así por la cantidad de posadas y paradores de distinto nivel que existían en el pedregoso pero importante paso. José llamó a Jerónimo y le dio instrucciones para que trabajara con el gabinete ese proyecto urgente, programando pronto un viaje al lugar para observar y determinar cuáles son los pasos a seguir. Los encomenderos se quejaban de lo pedregoso de la cuesta y lo que sufrían los caballos, que hasta perdían sus herraduras al galopar. Jerónimo le sugirió que pernoctaran en alguna posada que él podía reservar exclusivamente para él y otro parador para las escoltas y los sirvientes. De inmediato José pensó que Manuela debería ser incluida en esa lista, pero como hacer que ella pudiera permanecer algún instante con él, en la posada. Finalmente, el regente le dio el nombre de Manuela a Jerónimo para que la incluyera en la lista de servidumbre exclusiva de la jefatura, que acompañaría a la comitiva en la larga gira. Se fijó el viaje para fines de mayo, ya que en junio y julio la cuesta estaría cubierta de nieve, lo que agregaría un innecesario obstáculo que les podría causar muchos inconvenientes.

Jerónimo planeó y programó todo para que el viaje y la estadía fuera cómoda para su eminencia, pero no contó con la primera nevazón que cayó justo a fines de mayo considerando que tampoco era mucha la nieve caída, pero al final el viaje se realizó de todas maneras, ya que no significaba un duro impedimento. Cuando llegaron a Tiltil el 1 de junio, los carruajes y la calesa del gobernador subieron con dificultad, ya que el terreno estaba resbaladizo con la poca nieve caída en el pedregoso lugar que se convertía en barrial. Al llegar a la cumbre, entre los Cerros Las Vizcachas y El Roble, la vista cautivó a José, quién escuchaba de Jerónimo la descripción de lo que era Quillota. Encandilado por la belleza del paraje, le ordenó a su colaborador que comenzara a trabajar en la futura fundación de una ciudad ahí en aquel valle que parecía un paraíso. Luego tendrían que trabajar en ello, ya que el regente no sabía hasta cuando poseería tal investidura, de modo que todo lo que decía, llevaba implícita una urgencia perentoria. Avanzaron hacia el valle y José le indicó el lugar exacto donde fundarían la ciudad, que además ya contaba con casas y chozas rodeadas de algunos asentamientos indígenas. Más tarde, regresaron y pernoctaron en la posada que Jerónimo había reservado para él exclusivamente, derivando a los guardias y soldados a las posadas adyacentes. La servidumbre real, entre las que se encontraba Manuela, debió preparar la cena del gobernador y ordenarle sus aposentos para que durmiera muy plácidamente. Instruyó José a Jerónimo para que, una vez servida y acabada la cena, llevara a los sirvientes a su habitación en el parador correspondiente, pero que Manuela permaneciera en la posada hasta más tarde, ya que se le podía antojar algo de comer o de beber antes de dormirse. Jerónimo ordenó a Manuela que permaneciera en la posada hasta que su eminencia se durmiera. La posada no contaba con muchos lujos ni comodidades, pero tenía un brasero que a ambos, les hacía recordar la noche aquella en el Palacio de Santiago. Narrar lo que allí ocurrió esa noche, sería redundar en una historia que ya estaba escrita y destinada, pero que nadie sabía cómo iría a finalizar.

A regresar de La Dormida, cruzaron por el asentamiento de la Quebrada de Til-Til, donde se encontraban algunos mineros artesanales que vivían de esa pobre extracción de oro, la que no llamaba la atención a los españoles, por ser insignificante. Siguieron camino a Santiago donde llegaron por la noche. José se despidió de su comitiva, señalando a sus más cercanos, que la orden para mañana era reportarse a las siete de la mañana en el salón de reuniones, para comenzar a planificar la reubicación urbana de los aborígenes que se ubicaban en los alrededores de Quillota, lugar donde fundarían la ciudad Villa San Martín de la Concha, que se levantaría en una gran explanada, por lo que las expectativas de crecimiento de la villa, serían enormes. Agotado por la extensa jornada, el gobernador se sentó en uno de los imponentes sillones del palacio y expiró el aliento para lograr reponer las energías a su quincuagenario cuerpo, que aunque muy bien conservado, se comenzaba a percibir agotado y desmejorado. En ese preciso instante, apareció Manuela, como si él la hubiera estado llamando y acercándose a su cuerpo, le sacó los zapatos y calcetas procediendo a masajear sus adoloridos y maltratados pies. José la tomó por la cintura y comenzó a acariciarla deslizando sus dedos por la delgada y bien formada figura. El silencio habló por ellos encaminándose a rememorar esa primera noche de pasión hace ya algunos meses. Traspuesto el romanticismo, José le dijo a Manuela:

- No creas que sólo tú me vas a extrañar, porque yo también lo haré. Estos días de arduo trabajo, se han hecho más llevaderos con tu sola presencia y en ocasiones, el solo mirarte me daba la tranquilidad y serenidad que un gobernante requiere para su correcto proceder. En muchas circunstancias no era necesario el contacto carnal para sentir tu cariño y dedicación hacia mí. Créeme que eso no lo olvidaré en la vida. Has sido mi pilar y mi sostén en esta difícil misión que me encomendó el Virrey Caracciolo, pero debes saber que después de la Fundación de Quillota, llegará al Reino de Chile otro Gobernador y yo deberé regresar al Perú con mi comitiva y lamentablemente no te veré nunca más. En Lima, deberé rehacer mi vida familiar con mi esposa Inés, que cuida de nuestros hijos y además, resguarda a los tres hijos que tuve en mi anterior matrimonio con Ángela Roldán, que Dios la tenga en su Santo Reino, ya que murió muy joven de una extraña y desconocida enfermedad. De modo que no puedo escapar de mi destino, mis hijos mayores están en su etapa de formación como clérigos, al igual que sus tíos que cuidan de ellos, pero debo preocuparme de Melchor que tan solo tiene 6 años y recuperar mi relación con Juana y Rosa a quienes ni siquiera conozco. Es muy difícil esta situación, ya que contigo me he sentido realmente a gusto, también apoyado e incentivado para levantarme cada mañana a realizar de la mejor forma mi trabajo. Ayer por la tarde, sostuve una reunión con el Presidente de la Real Audiencia Miguel Gomedio, a quien solicité instrucciones para dictar un decreto de indulto hacia tu injusto proceso que se te ha seguido. Así quedarás libre y podrás rehacer tu vida y reunirte con tu hija Micaela y estar juntas para siempre. Gomedio se comprometió a agilizar los trámites y tener todo en regla antes que yo me marche de regreso a Lima.

Manuela se colgó de su cuello y no cesaba de repetir que él era un santo que lo había enviado Dios desde el cielo. José se la llevó a sus aposentos y disfrutaron de alguna de sus últimas noches que les quedaban para vivir experiencias carnales juntos. El Gobernador seguía así con su rutina de los últimos meses y se preparaba psicológicamente para afrontar sus últimos días en el reino, que con toda seguridad serían los más complejos de este período.

A la mañana siguiente, el 4 de julio de 1717, José de Santiago Concha se encontraba en su despacho a las 7 ante meridiem, trabajando arduamente con la Junta de Poblaciones del Reino de Chile, en la planificación de Quillota, ya que ello traería progreso y tranquilidad al lugar, a la vez que vislumbraría una ciudad de insospechada proyección que podría constituirse en una de las más importantes de Chile. A eso de las 9 de la mañana, un secretario avisó a Jerónimo que el Gobernador tenía una solicitud de entrevista de la máxima urgencia e importancia. Jerónimo le susurró a José el recado al oído, y de inmediato declararon un receso para dar paso a la importante visita. Se trataba del presidente de la Real Audiencia Miguel Gomedio, quien además, no venía solo. Le acompañaba, Sebastián Antonio Rodríguez de Madrid, a quien José conocía del Virreinato en Lima. Se saludaron amablemente mientras Miguel Gomedio le presentaba sus cartas credenciales.

- El señor Rodríguez, viene encomendado por el Virrey Caracciolo para tomar posesión de la Gobernación del Reino de Chile, Claro está, una vez que concluya el interinato de su Merced. Eso sería posterior a la Fundación de Quillota en el lugar in situ el día 17 de Noviembre del año en curso. O sea, en diciembre probablemente.- comunicó el juez al gobernador. José de Santiago Concha y Salvatierra, como buen abogado, le pidió las cartas al juez y las revisó minuciosamente. Después de unos minutos, señaló:

- Correcto don Sebastián. Faltan varios meses para que eso ocurra. ¿Tiene pensado realizar alguna labor productiva en Santiago? ¿O trae suficiente dinero para vivir? Esta es una urbe de las más caras de estas nuevas tierras. Y antes de su investidura, el reino no puede proveer recursos financieros a personas que no estén contratadas por la corona. Piénselo y me comunica su decisión. Ahora, si me disculpa, tengo asuntos que tratar con el juez y se me viene la reunión de las diez para cerrar el complejo tema de la Fundación de Quillota. Así es que...- y haciendo un elegante ademán con su mano abierta, indicó la puerta de salida del despacho. Cuando la visita hubo salido, el gobernador se dirigió al Juez Gomedio:

- Pero que sucede Miguel. ¿Qué significa esto? ¿Acaso tú crees que mi sacrificio y trabajo, será en beneficio de este charlatán?- manifestó con violencia José, golpeando varias veces con su puño en el macizo escritorio.

- Este pelafustán es poco para barrendero. ¿Quién selecciona a estos especímenes? No creo que Caracciolo. ¡Dios mío! ¿Y qué ocurrió con el inútil de Gabriel Cano y Aponte, que testó ante su majestad en 1715 y fue nombrado por Real Célula Gobernador de Chile? ¿A dónde se encuentra ese mentecato?- mientras miles de moléculas salían de su deformada boca y su cara se transformaba en cada cuestionamiento. El juez, que jamás había visto así de furioso al tranquilo gobernador, trató que lo escuchara, temiendo que sus argumentos iban a echar sal a la herida. De todos modos sentenció:

- Señor Gobernador. Contrariamente a lo que su merced está esperando, voy a acotar dos razones para agravar lo que en estos momentos está sucediendo. La presencia del señor Sebastián Antonio Rodríguez de Madrid, es sumamente peligrosa para la estabilidad del Reino, ya que él es un incompetente mayor y además, se rumorea con mucho asidero, que el futuro gobernador traería al Juez don Baltazar de Lerma y Salamanca, ex esposo de la señorita María Manuela de Hermosilla y Velasco, que usted rescató tan valientemente de las garras de la injusticia más severa, para ocupar el cargo de Presidente de la Real Audiencia de Chile, o sea, el cargo que hoy ostento gracias a la bondad de su merced. Ello significaría un serio riesgo para la señorita Manuela, que se ve tan feliz en su nuevo trabajo en el palacio. Con el respeto que me merece su merced, creo que debiésemos tomar cartas en el asunto y analizar algunos pasos a seguir, de modo que este señor no estropee todo lo que se ha logrado en este período. No deseo esbozar ideas pero deben ser soluciones definitivas y sin derecho a réplica. Pero lo dejo todo en sus manos gobernador. Dios le ha dado la sabiduría de poder darle efectiva solución a este trance.

Dicho esto último, el Presidente de la Real Audiencia de Santiago de Chile se retiró y de inmediato entró Jerónimo al despacho de José, notando de inmediato su semblante desmejorado y trastocado con los últimos acontecimientos e informaciones. De momento sólo recibió órdenes en torno a vigilar a Sebastián Rodríguez y averiguar todo lo que se pueda de su figura y actuaciones. Era imperativo demostrar, que las cartas credenciales que poseía para ser Gobernador de Chile, eran falsas. También le ordenó que ubicaran al General Gabriel Cano y Aponte, para que asuma como Gobernador del Reino de Chile cuando José y Jerónimo vuelvan a Lima. Ese paso era parte de la solución del gran problema. No podían permitir que el contrabando, la corrupción y el nepotismo, que tanto les había costado erradicar del territorio, incluso con derramamiento de sangre, se apoderaran de nuevo del reino y dejaran un opaco reflejo de su gestión.

A las 10 horas, ya más tranquilo, José volvió a la reunión donde se sentaban las bases de lo que sería la fundación de Quillota. El Gobernador propuso que la nueva ciudad fuera fundada con el nombre de Villa San Martín de Concha de Quillota en honor al Santo que en el año 360 Después de Cristo, cuando era soldado, regaló la mitad de su manto a un mendigo y ese mendigo era Dios. También recalcó, que se le debe nombrar como Quillota, para realzar el trabajo realizado con los aborígenes y las buenas relaciones que se logró mantener con ellos, especialmente en el terreno del comercio. Todo esto debía estar preparado de aquí a comienzos de agosto, para poder realizar la visita del proceso administrativo y la verificación del cumplimiento de lo solicitado para llegar a ser comuna, dentro de la primera semana de ese mes. Finalmente, ordenó a la comisión de sus asesores, que la ciudad debía edificarse en los terrenos adjuntos a la Iglesia y Convento de San Francisco, desde donde se levantaría la iglesia parroquial, la casa de cabildo (actual Ilustre Municipalidad de Quillota), la cárcel y la plaza central; conformándose, de esta manera, las principales arterias de la naciente comuna. Al mediodía de aquel frío domingo 4 de julio de 1717 quedaría sellada para la historia, la Fundación de la ciudad de Quillota y sentadas sus bases.

11.- Fundación de Quillota y término del mandato

El Jueves 19 de agosto de 1717 se congregaron las autoridades del Reino de Chile para firmar el Acta de la Fundación de la Villa de San Martín de la Concha del Valle de Quillota, por medio de un procedimiento administrativo bajo la validación de las autoridades de la Real Audiencia y el Obispo de Santiago Monseñor Luis Romero.

En el acontecimiento de esa fecha, el Gobernador de Chile visitó el valle junto al obispo Luis Romero para hacer vista de ojo, vale decir, verificar que la zona cumplía con las condiciones para fundar una villa. Las autoridades estuvieron observando las obras, que debían realizarse tanto en la Plaza de Armas como en los edificios a su alrededor. También aprovecharon de conversar con los indígenas que vivían en la periferia y se trasladaron al radio urbano para darle el carácter de ciudad a la villa. No todos aceptaron y sólo un puñado de aborígenes acató las instrucciones de las autoridades, mientras la mayoría optó por permanecer en los alrededores en sus tierras que habían conservado de sus ancestros y que no deseaban abandonar. Pero debo aclarar que, con posterioridad, los de la etnia Aconcagua, en su mayoría se asentaron en el radio urbano. Finalmente, la conclusión fue que el lugar era óptimo para fundar una gran ciudad y que las obras se irían concretando a medida que los hombres de José iban terminando las construcciones. De modo que la comitiva gubernamental dio el visto bueno para que el cronograma de actividades continuara, para así cumplir con lo pactado y proceder a la fundación de Quillota en la fecha que estaba estipulada con anticipación. José ponía mucho empeño en que nada retrasara el cronograma y todos los plazos se fueran cumpliendo según lo planificado. La comitiva se reunió con las fuerzas vivas de la futura ciudad y compartieron por la tarde, mientras José explicaba todo el funcionamiento de la urbe. Luego las autoridades encabezadas por el gobernador, regresaron de madrugada para estar en Santiago por la mañana.

Para el jueves 11 de noviembre de 1717, en el Valle de Quillota, y en la recientemente construida Plaza de Armas se procedió a fundar la Villa San Martín de la Concha, día en que se celebraba al Patrono del Valle, San Martín de Tours, todo el proceso estaba finalizado y se celebró la fundación, quedando dicha fecha en la historia, más aún porque los documentos firmados en Santiago estuvieron perdidos durante decenas de años y, en definitiva, los datos allí contenidos se desconocían.

Acta de fundación de Quillota.

Santiago, 19 de agosto de 1717

En la ciudad de Santiago de Chile, en diez y nueve días del mes de agosto de mil setecientos diez y siete años. Los señores presidente, obispo y oidores de esta Real Audiencia, presente el señor fiscal de su majestad; en Junta formada en virtud de real cédula de once de mil setecientos y trece años, para tratar y conferir sobre nuevas fundaciones en este reino de ciudades villas o lugares, es a saber: el señor don José de Santiago Concha, caballero de Calatrava, gobernador y capitán general de este reino; el ilustrísimo señor doctor Francisco Romero, del Consejo de su majestad; y los señores licenciados don Ignacio Gallegos, doctores don Juan Próspero de Solís Bargo; caballero de la Orden de Calatrava don

Francisco Sánchez de la Barreda y Vera y licenciado don Ignacio Gallegos, del Consejo de su Majestad, oidores y alcaldes de corte de esta Real Audiencia. Y presente el señor Miguel de Gomedio, fiscal de su majestad. Habiendo visto la consulta y representación hecha por el comisario general don Pedro de Iturgoyen y Amaza, con los puntos que le parecía conducían al lustre y formación de una nueva ciudad en el partido de Quillota, y respuesta sobre ella dada por el señor fiscal. Dijeron por votos unánimes y conformes haber llegado el caso para mayor honra y gloria de Dios Nuestro Señor, culto del glorioso patrón San Martín, obispo, servicio de su majestad y bien común de sus vasallos; la población que se halla dispersa en el partido referido se haga y erija en ciudad desde luego, y que el señor presidente nombre alcaldes ordinarios que lo sean en el resto de este año y en el siguiente de mil setecientos y diez y ocho, y señale términos a su jurisdicción, y juntamente seis regidores, los tres con los oficios de alguacil mayor, alférez real y alcalde provincial; y los otros tres regulares, y escribano de cabildo, despachando título a todos; y los dichos alcaldes y regidores nombren procurador general, mayordomo y los demás oficios necesarios; y se dé a la dicha ciudad el nombre de San Martín de la Concha, y por armas las que en la Junta se han manifestado iluminadas, que se hayan firmadas por los dichos señores y autorizados por el presente escribano, las cuales se caratulen y cosan originales en el libro de cabildo; y dicho señor ,presidente dará comisión al maestre de campo don Manuel Torrejón y Puente, corregidor actual de dicho partido, para que en nombre de su majestad dé y entregue las varas de su justicia real a los nuevos alcaides ordinarios y alguacil mayor, para que la administren como leales vasallos y como vieren cumpla el servicio de ambas majestades; y se les entregará el real estandarte y libro de Cabildo en la forma y con la solemnidad acostumbrada en casos semejantes. Y, asimismo, pareció a los dichos señores que la fábrica de la iglesia parroquial, casas del cabildo y cárcel, forma y linderos de la plaza principal, con las medidas que dará el señor presidente, se ejecute en el sitio vecino a la iglesia y convento de San Francisco, aceptando la oferta graciosa que hace de dicho sitio don Alonzo Pizarro y Figueroa por su carta escrita al señor presidente, su fecha doce de julio de este año, por ser en beneficio de la nueva fundación y causa pública, por lo que se le dan las gracias. Y, asimismo, pareció que en conformidad de lo dispuesto por leyes de Indias todas las encomiendas de indios que hay en dicho partido de Quillota concurran con la sexta parte de sus indios que cada una tuviera para la fábrica de la parroquia por el tiempo que durare; y que en caso necesario el corregidor de la dicha ciudad les obligue a ello enviando persona a su costa que saque el dicho número de indios de la estancia o estancias en que estuviesen, haciendo la cuenta de los indios de cada encomienda por el libro de visitas I5. Y que respecto de que voluntariamente los vecinos y hacendados ofrecen concurrir al costo de dicha fábrica, por ahora se haga sólo la diligencia de pedirles lo que cada uno espontáneamente ofreciese a este fin; y esto se ejecute en el día de la muestra y alarde general de la gente del partido, que se ha de ejecutar en los días primeros de septiembre; donde en concurso del corregidor, alcaldes y regidores que se nombraren y ejercerán desde luego sus cargos y de los vecinos se leerá la resulta en esta Junta y lo pedido en ella por el señor fiscal, para lo cual se dará testimonio al superintendente general de la obra, los cuales juntos atenderán al bien común de la nueva república y resolverán lo necesario para la fábrica de la iglesia, casas de cabildo y cárcel; y el escribano de cabildo tomará la razón de lo que cada encomendero o vecino diere en dinero o especie, en poca o mucha cantidad, para estas fábricas, y la ponga en el archivo de esta ciudad presidiendo orden del corregidor para ello, para que en todo tiempo conste y pueda sacar testimonio el que le pidiere en orden a representar su mérito ante su majestad o donde le convenga, que siempre será atendido por ser en beneficio común y en servicio de su majestad. Y en las dudas y dificultades que se ofrecieren ocurran el superintendente general y demás justicias al señor presidente, quien dará providencia a todo, y él aperciba a los encomenderos y hacendados de dicho partido que dentro de dos meses tomen sitio en la nueva población; y le convoquen con apercibimiento que serán apremiados según derecho. Y los sitios se comprarán a don Alonso Pizarro por el precio de ciento cincuenta pesos cada cuadra, que es el que ofrece en la carta citada. Y a la misma proporción se tomen los sitios que fueren convenientes y necesarios para la formación de calles y nueva fábrica, y que, desde luego, queden por asistentes continuos para fomentarla y asistirla el corregidor, alcaldes y regidores, turnándose por meses por su orden; y darán cuenta al señor presidente a menudo de lo que se fuere obrando, fuera del cuidado que en este punto debe tener el superintendente general. Y se espera del celo, calidad y méritos de las personas que para los dichos oficios tiene elegidos el señor presidente, que participó a la Junta, satisfarán enteramente la confianza con que han sido elegidos y aprobados; y de todo se dé cuenta a su majestad con autos en las primeras ocasiones que ofrecieren, para que siendo servido confirme lo que de su real orden se ha ejecutado. Y así lo acordaron y firmaron los dichos señores. Y que el presente escribano a continuación de esta Junta copie la real cédula de su real majestad de once de marzo de setecientos y trece años, en cuya resolución se ha resuelto en esta Junta lo que contienen.

Doctor don José de Santiago Concha; el Obispo de Santiago. Licenciado don Ignacio Antonio del Castillo; Doctor don Juan Próspero de Solís Bargo; Doctor don Francisco Sánchez de la Barreda y Vera; Licenciado don Ignacio Gallegos; Doctor don Miguel de Gomendio.

Ante mí,

Juan de Morales. Escribano Público y (de) Real Hacienda

Luego de la ceremonia de la Fundación de Quillota, José se reunió con Jerónimo para programar la cronología de las acciones a seguir, esperando pronto poder realizar el Acto de Fundación en el lugar de los hechos, es decir, en Quillota. Sin embargo, había un tópico que quedó en tabla para cuando se encontraran solos, ya que ameritaba una solución al margen de los procedimientos de estado. Al salir los asesores del salón de reuniones del Palacio, José le pidió a Jerónimo que le detalle lo que él había pensado, con el propósito de solucionar definitivamente el asunto de su sucesor y el peligro que corría su obra. El sobrino le explicó claramente cómo sería el plan y le garantizó la seguridad de que él no estaría involucrado en los hechos. Posterior a la reunión, ambas autoridades se despidieron fraternalmente de abrazo, mientras el subalterno besaba su anillo en alusión a la obediencia que el gobernador inspiraba. Aquella tarde De Santiago Concha, no permaneció hasta altas horas de la tarde en su despacho, y tampoco deambulo por algunos sectores de Santiago dedicados al ocio y la diversión, como lo serían las tabernas y las fondas, incluso hasta alguna chingana habría visitado si contara con buen ánimo. Al llegar a su hogar, José denotaba amargura y pesimismo en su mirar. Temía que lo acordado con Jerónimo, no se enrielara por los cauces de la rectitud y el decoro, y tan cierto era aquello, que su curiosidad no fue saciada en torno a los detalles que su sobrino tenía contemplados en el plan, ya que era consabido que los parámetros que regulaban su probidad eran muy distintos a los del gobernador. Pero su depresión comenzó a disiparse cuando sintió esa mano suave que le quitaba el calzado y masajeando sus pies, los introducía al cántaro con agua caliente, esperando que ese gesto le provocara un término de día más placentero que él que pareciera haber sufrido. Todo esto acompañado de un buen mate y las caricias que no podían estar ausentes de la velada de recibimiento.

- ¿Tuvo un mal día su merced?- preguntó la coima.

- No tiene ninguna importancia. Ya ha pasado- contestó el gobernador dejándose llevar por las atenciones y cariños de la concubina.

Hermosa mañana primaveral la del jueves 14 de octubre de 1717, cuando los tenues rayos solares del alba entibiaban el ambiente en la capital del reino. En los alrededores del palacio, muchos jinetes se preparaban para el viaje oficial de la comitiva de gobierno a la recientemente fundada Ciudad de Quillota. El escaso transeúnte que circulaba por las céntricas calles de Santiago, despedía la comitiva agitando sus pañuelos y deseándole éxito en su misión al querido gobernador, que se veía muy animado subiendo a la calesa y respondiendo los saludos con un agitar de manos. Esta vez, José se hacía acompañar por don Luis Francisco Romero el doctor miembro del Consejo de su Majestad, que daría fe, de la necesidad de contar con la concentración de la población civil y el mundo indígena para bien de la corona y del comercio local. Se extrañaba mucho la presencia del alférez de la merced don Jerónimo Roldán, pero ante las primeras consultas sobre su paradero y el tiempo que no lo veían, fue el propio gobernador quien los sacó de la curiosidad señalando escuetamente que se encontraba en Lima realizando un cometido. Pero los más chismosos susurraban, que ya hacía tres o cuatro semanas que al señor Muñoz Mudarra y Roldán Dávila no se les veía por Santiago. La comitiva enfiló hacia Quillota por el camino acostumbrado, es decir, la Cuesta de La Dormida, pero esta vez no pernoctaron en los tradicionales albergues que abundan en el sector, sino que siguieron hacia Quillota y alojaron allí, donde culminaba su misión.

En la naciente ciudad los esperaba el pueblo alborozado, ya que el progreso y bienestar que obtendrían con la medida era muy significativo, y ellos se sentían privilegiados por obtener el status que sólo tenían Valparaíso, La Serena, Concepción, Valdivia y Castro. Fueron recibidos por don Manuel Torrejón y Puente, corregidor actual y maestre de campo, para que en nombre de su majestad, dé y entregue los cargos de la administración comunal real a los nuevos alcaldes ordinarios y alguacil mayor, con el objeto de que el día de la Fundación, en el terreno mismo, se entregue el real estandarte y libro de Cabildo, con la solemnidad acostumbrada en otros casos. La fecha para tan solemne acto quedó fijada para el 11 de noviembre del año en curso y se comprometió la presencia del Gobernador José de Santiago Concha y Salvatierra. Por la tarde, las autoridades comunales, ofrecieron una cena de honor al gobernador y su comitiva con las fuerzas vivas de la nueva ciudad. Los invitados no cabían de gozo por el júbilo provocado a los habitantes de la ciudad y disfrutaron de lo dispuesto por los anfitriones hasta altas horas de la madrugada. Luego, se retiraron quedando gratamente sorprendidos con lo observado para el levantamiento de la urbe y descansaron en la casa del comendador Torreón y Puente en unos aposentos cómodos y de lujo. Al día siguiente a primera hora, la comitiva tomo rumbo de regreso a la capital con la satisfacción de la labor cumplida.

Otro paso importante para concreción de este megaproyecto ocurrió a fines de octubre, cuando una nueva comitiva, esta vez integrada por algunos comerciantes y empresarios, acompañaron al gobernador para recibir definitivamente estas obras y darle el visto bueno al Acto de Fundación del 11 de noviembre. Lo cierto es que todas las obras estaban concluidas y ya no había que esperar más. La ciudad de Quillota se fundaría en unos días más. Ya no quedaba nada al azar. Esta vez, el viaje de regreso se efectuó al mediodía ya que Manuela le había solicitado a José que regresara temprano, ya que ella le tenía preparada una sorpresa. La comitiva arribó a Santiago pasadas las 5 de la tarde y todos los integrantes se retiraron a sus hogares a refrescarse y tomar algún baño. Manuela estaba esperando a José con el baño preparado y luego le solicitó que descansara una hora durmiendo una siesta. A las 19 horas la muchacha le pide que se arregle y se ponga guapo, ya que hay alguien que desea verlo. El juez le hace caso a la aventajada sirvienta y se viste de gala. Al bajar al piso de la sala de estar, se encontró con muchas autoridades y amigos que se hicieron presentes al llamado de Manuela para que le celebraran el último cumpleaños del Gobernador José de Santiago Concha y Salvatierra que pasaría en Chile. La dama de compañía junto con la servidumbre y los cocineros, se esmeraron en tener los mejores bocadillos y exquisiteces varias para el deleite de quienes asistieron a congratular al Gobernador pronto a dejar el cargo.

Un mes antes, Jerónimo Muñoz Mudarra y Roldán Dávila se hicieron presentes en la discreta posada donde vivía don Sebastián Antonio Rodríguez de Madrid, autoproclamado sucesor de José de Santiago Concha, para conminarlo a que lo acompañe en un viaje a Lima para obtener la venia del Virrey Caracciolo y poder realizar el cronograma del cambio de mando para su investidura. Al comienzo, Sebastián estaba un poco renuente a aceptar tal invitación, pero Jerónimo saco un as de la manga y le enrostro una documentación donde el Virrey requiere su presencia en el Virreinato de Lima. De modo que a regañadientes y muy disgustado, tuvo que improvisar un baúl y salir de madrugada con el asesor gubernamental. Se trasladaron a Valparaíso donde un personero real legalmente identificado, puso a vista del funcionario, la autorización de Caracciolo para viajar. Se dispusieron a abordar el bergantín real de la escuadra que los trasladaría al Callao y posteriormente a Lima. La incomodidad de la embarcación tenía molesto a Sebastián, que apenas podía, expresaba su disconformidad con el procedimiento y las condiciones de la medida. Ya en alta mar, aunque siempre bordeando la costa chilena, el barco comenzó a apartarse del litoral, a tal punto que ya no se podía ver con claridad la costa chilena. Durante el tercer día de navegación, la tripulación se comenzó a ver perturbada y los maestres daban muchas órdenes a gritos. De pronto, una goleta liviana apareció de la nada y abordaron el bergantín real apresando a todos en la embarcación, amenazando con sus peligrosas armas cortopunzantes y algunas de fuego. Sin dudarlo y con poca experiencia, Sebastián enfrento a los piratas y uno de ellos le asestó un vainazo que lo dejó gravemente herido. Al ver eso, los malhechores huyeron con un par de nimiedades y sin un gran botín. Al llegar a Lima el capitán junto a Jerónimo fueron a dar la lamentable noticia al asesor de Caracciolo. Más tarde, Jerónimo se dio a la búsqueda de Gabriel Cano y Aponte. El General de 52 años, que debía asumir la Gobernación del Reino de Chile el 17 de Diciembre de 1717, en reemplazo de José de Santiago Concha. Al comienzo fue dificultoso hablar con él, pero con los contactos familiares de sus tíos Roldan y los hermanos de José, fue cosa de tiempo el poder entrevistarse y convencerlo de los proyectos que cifraban en él la esperanza del Reino de Chile. En su alocución, Muñoz Mudarra le argumentó el plan que tenían urdido don Sebastián Antonio Rodríguez de Madrid, autoproclamado sucesor de José de Santiago Concha, junto con el juez don Baltazar de Lerma y Salamanca, quien asumiría la alta investidura de Presidente de la Real Audiencia de Santiago, y de los dolos que éstos habrían realizado y perpetrado para cumplir con sus oscuros fines. Sin ir más lejos, Baltazar de Lerma le falsificó las cartas credenciales a Sebastián Rodríguez para que este último pudiera asumir la gobernación del Reino de Chile en diciembre.

- Es por ello que don José de Santiago Concha y Salvatierra, que además me confidenció que eran amigos, me envió en cometido, para solicitarle que por favor acepte el nombramiento que se le otorgó en 1715, y asuma como Gobernador de Chile en diciembre del presente año, En el mismo tenor, le solicita que si tiene a bien castigar a los culpables del delito de suplantación de documento real grave, al señor juez Baltazar de Lerma y Salamanca o si su merced lo decide, por lo menos el detrimento de que no asuma su fraudulento cargo mal asignado y permanezca para siempre en Potosí y fuera del Reino de Chile. A su cómplice Sebastián Antonio Rodríguez de Madrid, no será necesario enjuiciar, ya que recayó en él, un divino castigo aplicado por unos malhechores piratas que lo hicieron descansar en el fondo del océano en las costas del sur de Perú. Es de esperar, que al aceptar su merced la proposición del gobernador, asuma usted el día 17 ya que a la siguiente mañana don José y este servidor estaríamos viajando en la comitiva real hacia el Callao, considerando que mi señor desea pasar las fiestas de fin de año con su familia en Lima a la cual no ve hace una año. Bueno, mi señor, Esa es la petición que don José le envió a usted y de la que debo llevar respuesta hoy, ya que luego debo zarpar hacia Valparaíso para asumir mis importantes tareas de dejar el reino en condiciones óptimas para que usted asuma.- concluyó Jerónimo su brillante exposición con la seguridad y aplomo que lo distinguían.

- No necesito más tiempo que este suspiro para acceder a la petición de mi amigo José. Dígale que el 10 de diciembre estaré en Valparaíso para que envíe por mí. Y hablaré con el Virrey Carmine Caracciolo, para que tome una decisión final con respecto a los actos ilícitos cometidos por el Juez Baltazar de Lerma y Salamanca en relación a su castigo.- concluyó el futuro Gobernador de Chile.

Agradecido, Jerónimo salió despacho del General don Gabriel Cano y Aponte, satisfecho de su misión y tranquilo por el deber cumplido. Después de un par de días en Lima, regresó a Valparaíso en el bergantín real recalando el 15 de noviembre, entregándole el informe al

Gobernador De Santiago Concha y recibiendo las felicitaciones por su gran tarea. Ahora, sólo correspondía trabajar en el cambio de mando y preparar todo para el regreso. El trabajo planificado y minucioso de Jerónimo estaba rindiendo sus frutos, producto de todos aquellos años de colaboración con José en las Cortes de Lima y también corresponde mencionar a la distinguida familia Roldán Dávila, que con sus relaciones reales y de alto nivel, aportó en la formación de Jerónimo. Todo esto sumado al carácter fuerte de su madre doña María Josefa Roldán Dávila y Solórzano, quien lo formó como un señor de decisiones, a pesar de que ella no las tuvo oportunamente en su corta relación con José. Este amplio currículo se complementó con sus estudios en la Universidad de San Felipe en el área de la economía. Toda esa asertividad la puso en práctica en la que sería su última gestión en el Reino de Chile, el cambio de mando con la asunción del General don Gabriel Cano y Aponte y el regreso de ambos nuevamente a tierras limeñas. Esto comenzaría con la preparación del viaje a Valparaíso para traer a la capital, al futuro Gobernador. Todo ese espíritu perfeccionista y carácter minucioso, se ve reflejado en la conformación del grupo de soldados realistas que compondrían la comitiva con un alférez de confianza que lo secundaría en las tareas menores y menos relevantes. Entre las virtudes de Jerónimo, se encontraba una que todos le envidiaban, y consistía en la facilidad con que tomaba conocimiento de las características personales de cada miembro de sus dependientes y dirigidos, a tal punto que conocía todos los nombres de quienes estaban bajo su poder, nombrándoles como tal y creando con ello una suerte de complicidad entre él y sus liderados, como también entre sus lacayos y criados.

Consiguió Jerónimo una caballeriza con cómodas instalaciones para la tropa y él con su alférez, se alojarían por dos noches en el Castillo San José, construido en el período del Gobernador José de Garro, que se preocupó de generar una fortaleza en los cerros de Valparaíso, y así, combatir de óptima forma, a los piratas y corsarios que, de cuando en cuando, atacaban el principal puerto del Pacífico Sur. En tiempos de paz, la elegante fortaleza se convertía en el lugar donde habitaban los gobernadores y las visitas ilustres de éstos. El jueves 9 de diciembre de 1717 Jerónimo y su comitiva llegaron a Valparaíso y quedaron maravillados con el hermoso Castillo San Jorge donde alojarían sus comandantes. Era muy lujoso y enorme, con grandes salones y una gran cantidad de servidores tanto varones como damas. Aquí se marcaba una notoria diferencia entre José y Jerónimo, ya que este último, no se mostraba en público acosando a una dama por muy dependiente que esta fuera. Incluso en la cena que les tenían preparada, el representante del actual gobernador, se retiró a una hora prudente de la recepción, sin permitir a los anfitriones, elevar fantasiosas historias de amores fugaces de pasillo en la reunión. A la mañana siguiente, todos estaban preparados para rendirle honores al nuevo Gobernador General don Gabriel Cano y Aponte, cuyo bergantín atracó a las 15 horas de aquel 10 de diciembre en el rústico muelle de Valparaíso. La nueva autoridad del reino, quedó maravillada con las bondades climatológicas de la zona central y le dio el visto bueno a su recibimiento y lugar de descanso. Por supuesto que él también gozaría de una recepción mucho más alegre y abundante en todo sentido, que la experimentada en la noche anterior. Después de la cena y los manjares, se desató el jolgorio, la promiscuidad y desvergüenza total que, por supuesto, Jerónimo no toleró y se retiró a sus aposentos. Pero el bullicio de aquel descontrol, no le permitía conciliar el sueño de modo que procedió a leer hasta que los párpados le señalaran lo contrario. No creo que sea necesario describir la semblanza de los asistentes a la orgía de la noche anterior, aquella tibia mañana. El sol ya alumbraba y calentaba el aire marino del puerto principal de Chile, mientras el tropel alistaba la caravana y los usuarios iban dando forma a la comitiva. Posterior a unos mates bien calientes, enfilaron hacia el Valle de Marga-Marga que los llevaría a La Dormida y de allí a su final destino que era Santiago de La Nueva Extremadura. Jerónimo no quiso más detenciones, pues no quería sorprenderse nuevamente con un cantineo como el de la anterior noche, de modo que a las seis de la tarde no se detuvo en las posadas, temiendo una remolienda, y siguió a paso firme rumbo a la capital. A eso de las 22 horas o más de madrugada, arribaron a Santiago donde José esperaba a su amigo Gabriel Cano.

Usaron ambos amigos, unos ponchos de castilla, típicos de la zona central de Chile y que con las capuchas, podían ocultar sus identidades para poder emborracharse y bartolear con las chicas disponibles. Antes de la borrachera, José le pidió a su amigo que escuchara atentamente lo que le iba a pedir. Le contó brevemente la historia de Manuela, omitiendo algunos detalles que, por lógica, no venía al caso relatar. Tampoco iba a revelar la identidad del Juez Baltazar, pero disfrazó la historia para conmover a su colega. Le pidió que no la alejara de la casa real debido a lo mucho que ella había sufrido en un pasado no muy lejano y que la mantuviera como encargada de la servidumbre.

- Es una buena muchacha y no te va a defraudar. Con ella, no tendrás preocupaciones en torno a la residencia- le comentó José, mientras Gabriel bromeaba con la consabida molestia de José. Y después que instaló a su amigo con algunas damiselas, él se retiró del lugar pues tenía algo muy importante que hacer. Caminó por las oscuras calles del Santiago colonial hasta que llegó a la casa que lo albergaría por esta última noche. El recibimiento fue el acostumbrado y en el fondo de su ser, sabía que extrañaría esas atenciones y sobre todo, las caricias. El quincuagenario juez, quiso enhebrar algunas reflexiones, pero Manuela le pidió que esa noche la pasaran en silencio. Ante la incertidumbre de no saber qué ocurriría en el futuro, la mujer se preocupó de que esa última noche fuera la mejor de toda la vida de José, entregándose en cuerpo y alma a su venerado protector. Todo fue muy romántico y bello, pero en el ambiente se respiraba el aroma a despedida y a un hasta nunca. Por la mañana, los peonetas enviados por Jerónimo, llegaron a cargar las pertenencias de José en una calesa y solo una mirada final se tornó en despedida. Manuela siguió con la mirada a José hasta que lo perdió de vista, sabiendo que ya nunca lo volvería a ver.

Jerónimo perdió de vista a los viejos amigos, pero sabía que el día del traspaso del mando ellos estarían allí. Y así fue, porque todo el mundo se encontraba presente en la Sede de La Real Audiencia el viernes 17 de diciembre a las 10 de la mañana en punto. La ceremonia fue sobria y muy concisa llegando incluso a molestarse el nuevo gobernador, por el poco contenido expresado en su honor. Pasado el mediodía, ambos socios se marcharon de Santiago por el Camino de Tiltil hacia Valparaíso donde arribarían por la noche o madrugada. En la alborada del sábado 18 de diciembre zarparon de Valparaíso para nunca más volver o era lo que ellos creían. Enfilaban rumbo al Callao, con la amenaza de que debían atracar allí el 23 en la noche, de lo contrario, rodarían algunas cabezas. A favor del viento y las corrientes, era seguro que lograrían su anhelo.

12.- Regreso a Lima y designación de cargos.

Los vientos diferentes del Callao, hacían pensar a José que estaban cerca de su destino final. Regresar a la tierra donde uno ha nacido, agrega una emoción especial a un viaje. Al llegar al muelle, en el bote de acercamiento, muchos pensamientos circulaban por la mente de José, pero debían rápidamente disiparse, ya que su joven esposa Inés, de tan solo veintitrés años, lo esperaba junto a sus siete hijos, sintiendo especial curiosidad e ilusión por encontrarse con aquella hija que no conocía. Al atracar la liviana falúa y pisar tierra, los dos colegas se embarcaron en el faetón que los aguardaba y que los trasladaría a Lima y por ende, a su hogar. El incómodo viaje se demoró en demasía, y al acercarse a la Casa Concha en Lima, un suspiro de alivio expiró el juez con la consabida certeza de que había realizado una buena labor y dejado una positiva impresión en el extremo reino. Al bajar de la carroza, Inés se abalanzó sobre él, mostrando gran agilidad que le daban los 27 años de diferencia con su esposo. En sus brazos venía la pequeña Josefa, la hija del matrimonio que José aún no conocía, ya que sólo contaba con siete meses de vida, y al marcharse a Chile el juez vio a Inés de cuatro o cinco meses de embarazo. La emoción lo embargó al tomarla y estrecharla en sus brazos. Era una hermosa bebita como su madre y con mucho parecido a sus abuelas. Era incomprensible tratar de asimilar el hecho de que alguien no conozca a su hija de siete meses, pero así era la vida de patriarca. Al saludar a sus otros seis hijos, José se quedó mirando fija y detenidamente a Melchor, que se había estirado unos buenos centímetros y ya había cumplido seis años. Inés apuntó que era suficiente de saludos en la calle y tomando a su esposo del brazo, lo llevo al interior de la Casa Concha, que también presentaba muchas sorpresas. Como toda mujer dueña de casa, Inés realizó algunas transformaciones que, en un gran porcentaje, fueron del agrado del recientemente llegado esposo. Pero de las otras, guardó silencio, ya que no podía aparecer después de un año, y de inmediato discutir. Además, se presentó todo adornado para las fiestas de fin de año y de reyes, haciendo el clima mucho más acogedor.

Al día siguiente, José de Santiago Concha Méndez y Salvatierra, se dirigió al Palacio del Virreinato, para presentar sus cartas credenciales y dar detallado informe a Carmine Caracciolo de su gestión, y del estado en que se encontraba el Reino de Chile. En la reunión, posterior al informe detallado de su gestión como Gobernador interino del Reino de Chile, presentado por José, el Virrey Caracciolo congratuló al juez De Santiago Concha por su trabajo en Santiago y le señaló que la corona estaba orgullosa de todo lo realizado en el sur, mientras le consultaba como lucían las mujeres realistas y criollas en el lejano reino. Carmine siempre se presentaba así, conversando de banalidades de la vida cotidiana y mostrándose proclive a las situaciones mundanas que, por supuesto, la ocasión no ameritaba. José, tratando de ponerse serio, prosiguió su relato, poniendo énfasis en los logros sociales y de pacificación conseguidos en su corto período gubernamental. Al concluir, su específico expediente que consistía en un dosier voluminoso escrito minuciosamente a mano en español antiguo, acompañado del relato de José con su voz profunda y sonora, el juez creyó que el encuentro ya había finalizado. Entonces Carmine se puso de pie y le ordenó a De Santiago Concha, que tomara asiento en la cabecera y le sentenció la buena nueva:

- El rey Felipe V me comunicó que usted José, va a ser investido como Primer Marqués de La Casa Concha por la notable labor realizada en su trabajo para honrar a la Corona y al Rey. Pero este nombramiento se realizará en el Palacio Real Alcázar de Madrid en la explanada de la colina principal. Hasta allí deberá viajar usted con algún acompañante que su Merced elija, permaneciendo en él, por cuatro o cinco meses, como invitado de honor de nuestro monarca el Rey Felipe V y alojando en el Palacio Real. Luego, a su regreso, se le encomendará un cometido en un lugar cerca de Lima como juez obviamente, para que pueda usted trabajar dignamente en su campo de las leyes, con un buen salario, sus últimos años. El largo viaje, tanto de ida como de regreso, lo realizará en el Navío de Tres Palos Nuestra Señora de Begoña, o La Campanela, como solían llamarlo los marinos españoles. Tiene una capacidad de 70 cañones y la tripulación alcanza los 100 hombres y 10 oficiales. La seguridad es total para usted y la comitiva virreinal. El zarpe se producirá desde el Callao el martes 12 de abril del año en curso y a usted y sus pertenencias lo escotará una comitiva real, que lo llevará hasta el Callao donde abordará el Galeón. Desde hoy José, usted gozará de un merecido descanso recibiendo de igual forma su salario, para que siga gozando de la vida plena que le ofrece el virreinato. Su regreso está fijado para las primeras semanas del año 1719 y al llegar a Lima retomara usted su labor judicial en alguna ciudad donde el virreinato lo destine.- sentenció Carmine Caracciolo.

- No sé qué decir su eminencia. He quedado gratamente sorprendido de lo que usted me ha informado y créame que aún no me repongo del sobresalto, pero estoy muy emocionado. Deseo expresar mi gratitud eterna al Rey Felipe V y a usted por este reconocimiento, que con toda seguridad, no me siento portador de aquellos merecimientos. Estos meses me servirán para estar en familia, ya que nuevamente me separaré de ellos por un prolongado período. Sólo le pido, si es posible que atraquemos en el Puerto de Valparaíso, para saludar al Gobernador y retirar algunas pertenencias que deje olvidadas en Santiago. Con tres o cuatro días creo que es suficiente. Ahora mi señor, si su Merced me lo permite, creo que acudiré a contarle todas estas maravillosas noticias a mi esposa Inés, que se va a poner muy contenta.- Exclamó José, quién no cabía de gozo ante tanta buena nueva para él.

Lo cierto es que más que todas esas buenas nuevas, José de Santiago Concha y Méndez y Salvatierra, sólo pensó en Manuela, en volverla a ver, en estrecharla nuevamente entre sus brazos, en poseerla otra vez, en besarla y acariciarla, en fin, pensó tantas cosas. El juez espera que ojalá todo salga como se va a planificar y pueda ser feliz nuevamente. El doctor regresó a su casa y de inmediato le contó a su familia, que en algo menos de dos meses debería viajar a España, ya que el Rey Felipe V lo había invitado, para investirlo de Primer Marqués de la Casa Concha y además, le estaba solicitando que permaneciera en el palacio Real Alcázar de Madrid por unos seis meses. Sólo había que imaginar la alegría del rostro de José relatando lo que iba a vivir, con la cara desfigurada de Inés, que había estado sola por un año y ahora seguiría en esa situación por otros seis meses, considerando que ella tan sólo tenía 24 años y desde su adolescencia, no había hecho otra cosa que cuidar a sus hijos y a los hijos de Ángela y José. De Santiago Concha se percató de inmediato que la noticia no le causó ninguna gracia a la joven esposa. Muy por el contrario, se retiró de súbito a ver sus quehaceres y la marcha de la casa con la servidumbre. José la buscó, para tratar de enhebrar algunas palabras de consuelo para su novel compañera, que la había tenido difícil con sus cuatro hijos propios y tres del padre, en una crianza de familia de alcurnia, que significa muchas horas de desvelo y también preocupaciones a raudales. Inés se veía fatigada y en ocasiones le recordaba a Ángela, que comenzó de esa manera su calvario, agobio, angustia y desazón por la vida, que finalmente la llevó a la muerte. Todos sus sueños de juventud relacionados con el matrimonio se esfuman, ya que su expectativa se contrapone con la realidad de rutinas y tensiones que no tienen recompensa ni descanso, y que el desarrollo de la vida de sus hijos, no alcanza para saciar esa opresión sofocante. Pero era una mujer fuerte y muy diferente a Ángela, ya que los momentos de fastidio y abatimiento, eran sólo pasajeros y en un instante su personalidad volvía a ser optimista y ligada a la distracción. En fin, ella sabía que esa era su vida y que de no mediar una repentina muerte, su existencia seguiría por esos cauces con la diversión y el recreo que ella se diera. Y en ese tenor, todo es posible. Por lo menos, estaba el joven Jerónimo, que con una edad adyacente a la de ella, parecía tener otra personalidad, cuando tomaban el té o almorzaban los fines de semana. Hablaban mucho y se reían constantemente, situación que con José no ocurría, ya que la seriedad, lo aburrido y apagado de su carácter, siempre era destacado por José, en las pocas ocasiones en que cenaban reunidos. Pero con ella era distinto, seguro que a causa de la edad y la tranquilidad de no estar hablando de trabajo. Lo cierto es que comenzaron a acostumbrarse a beber alguna mistela por la noche, cuando las labores de Inés ya habían finalizado, y en situaciones se sorprendían de lo mucho que reían provocando gran bullicio en la silenciosa Casa Concha de Lima. Esto para Inés era una distracción elemental y esencial para continuar con sus exigentes rutinas al día siguiente.

Una noche, cuando José se hubo marchado, después de la cena y habiendo Inés acostado a todos los hijos propios y ajenos y dado la orden de acostarse a la servidumbre, los jóvenes Inés y Jerónimo se reunieron en el salón a beber un poco de mistela, cosa que no ocurría muy seguido, de modo que se sintieron muy felices por el acontecimiento y bebieron bastante. Jerónimo se mostraba muy distinto a como José lo conocía, y reía bastante relatando situaciones divertidas que eran el delirio de Inés. Cuando ya habían transcurrido un par de horas, Inés le manifestó a Jerónimo que ella se sentía muy bien con él, y que sus tertulias eran importantes para su ánimo y actitud, ya que su vida era muy rutinaria y agotadora y no podía contar con José, debido a que este trabajaba mucho y jamás se encontraba en casa por sus múltiples actividades sociales. En medio de esta confesión y seguramente producto del exceso de mistela, Inés comenzó a balbucear un poco y dijo sentirse mal, un tanto mareada y que necesitaba ir a la sala de baño. Al ponerse de pie, tastabilló un tanto y tropezó con una silla, por lo que Jerónimo, se puso inmediatamente de pie y la sostuvo por la cintura. La trasladó a la sala de baño mientras Inés regurgitaba afirmada del lavatorio, que todas las salas de baño tenían. Cuando se hubo sosegado, Jerónimo la tomó en brazos y la llevó a su dormitorio, mientras Inés le pedía que le ayudara a zafarse de sus atuendos, ya que no podía acostarse vestida. Jerónimo le quito el vestido, que era muy complejo de desabrocharse con todos sus corsés, y lentamente Inés se fue quedando con ropas más livianas, La acostó, y en el momento que la iba a tapar para que durmiera, sintió un impulso en él, que la abrazó y comenzó a besarla y acariciarla. Los jóvenes dieron rienda suelta a sus postergados deseos, el varón por ser célibe y casto y la joven por encontrarse reprimida con mucha abstinencia. La pasión que allí se desató, no es posible describirla con palabras, pero quedó marcada a sangre y fuego en las almas de ambos jóvenes. Estos hechos comenzaron a ocurrir aún con cierta frecuencia, a pesar de que ambos conversaron del tema y lo tildaron de un desenfreno producto del exceso de licor ingerido durante la sobremesa. Sin embargo, Inés se mostraba muy interesada en que los encuentros nocturnos no dejaran de ocurrir y no cesaba de murmurarle en los pasillos durante el día a Jerónimo, que no lo olvidara.

Estos encuentros desenfrenados se volvieron cada vez más frecuentes y considerando que ambos amantes eran muy jóvenes, sobretodo Inés, que sólo contaba con 24 años y una genética muy fértil, la filosa situación no tardó en estallar con un escándalo sin precedentes. Inés se embarazó sin desearlo de Jerónimo, y el o la bebé nacería a fines del mes julio del presente año 1719. La coyuntura de los que estaban viviendo no daba para pasos en falso y debían pensar muy bien en la postura que ambos adúlteros iban a adoptar y las decisiones que iban a tomar, debían ser la adecuadas, ya que la frontera de la vida y la muerte pendían de un hilo muy sensible y delgado. Decidieron finalmente, con paréntesis de álgidas discusiones, que invitarían a una sobrina de alguno de ellos, que José no conociera, y la harían aparentar ser la madre de ese indeseado e inesperado hijo, para que a cambio de un supuesto trabajo de servidumbre, ella pudiera permanecer viviendo en su casa hasta que el retoño estuviera crecido lo suficiente. La dichosa supuesta sobrina, ya que en realidad no presentaba ningún parentesco con ninguno de los infieles, apareció un día en la Casa Concha, y se quedó para consumar la trama que tenían pensado y que nadie sabía si triunfarían con semejante engaño. Se inventó una historia en relación a Inés, que la llevó supuestamente a Trujillo, para ayudar a unos parientes que habían caído en desgracia. Jerónimo quedó a cargo de la casa y la muchacha se ponía cojines en el vientre para simular de mejor forma el vil engaño. Finalmente, a comienzos de julio de 1719 nació la criatura, que trasladaron rápida y secretamente a los salones oscuros de la servidumbre, donde fue posada en el lecho de la falsa sobrina, quien tomó en sus brazos a Francisco y lo depositó en su cuna. Cada noche, Inés iba a visitar a la sobrina para darle leche materna al desgraciado inocente, que a días de haber llegado al mundo, estaba involucrado en tamaña argucia. El ideal, para Inés y Jerónimo, era que nadie se enterara ni sospechara de la situación vivida, pero en una comunidad donde la servidumbre se componía de un par de docenas de criados, era imposible que en los pasillos no se tejieran las más diversas historias conspirativas con algunos agregados que circulaban sólo en la imaginación. Posteriormente, la situación tendió a normalizarse, y ambos amancebados esperaban salir airosos del engaño diseñado, al arribo de José. Ambos acordaron todo lo que iban a develar en esta historia y lo repitieron varias veces, para que José no sospechara acerca de alguna confusión en el descabellado relato. Ellos esperaban al Juez a comienzos de diciembre y a esa altura el niño Francisco tendría casi seis meses.

José de Santiago Concha y Méndez de Salvatierra, sin ni siquiera la más mínima sospecha de los acontecimientos ocurridos en su casa y que continuarían ocurriendo, se hizo a la mar el 12 de abril desde El Callao y viajó por largos días hasta Valparaíso donde, tal como lo había solicitado al Virrey Caracciolo, realizó una escala de cuatro días. Al llegar al importante puerto de inmediato tomó una calesa y viajó a Santiago llegando a casa de su amigo el nuevo Gobernador General don Gabriel Cano y Aponte, quien se sorprendió mucho al verlo y lo estrechó en un efusivo abrazo. José le explicó que sólo venia por una horas y que mañana se debería trasladar a Valparaíso para continuar viaje a España. Durante la cena, José explicó al Gobernador que su idea era que él permitiera que la señora Manuela, lo acompañara a España por seis o siete meses para no sentirse tan solo en tierras reales y poder tener una buena estadía en el reino mayor. Su amigo

Gabriel, accedió de inmediato y le avisó a Manuela que se preparara para la mañana siguiente, para viajar con su ex jefe. Manuela se sorprendió mucho y se emocionó al saber que nuevamente iría a España, su tierra natal, donde tenía mucha familia, incluyendo a sus padres, que no los veía hace muchos años, incluso sin saber a ciencia cierta si se encontraban con vida. Con este viaje, sus perspectivas de la vida futura cambiaban mucho. Los viejos amigos se quedaron por muchas horas conversando de política y revisando la situación del Reino de Chile.

Gabriel le señaló a José, que era muy bien visto que él aún se preocupara de Quillota y que sus cartas enviadas al consejo, al corregidor y al Cabildo de esa hermosa Villa, eran muy bien recibidas, ya que los vecinos se encontraban muy contentos de que aún se acordara de ellos un ex Gobernador del Reino de Chile. Los amigos conversaron hasta altas horas de la madrugada. Ya por la mañana, el gobernador tenía todo preparado para el subrepticio viaje y después de varias despedidas abrazos y recomendaciones, la dispar e improvisada pareja emprendió el viaje a Valparaíso en la Carroza Real junto a un cúmulo de baúles, bolsos y maletas por supuesto. Ambos iban muy felices, aunque seguramente por razones distintas que conoceremos más adelante. Al llegar por la noche, casi de madrugada a Valparaíso, la feliz pareja dio un breve paseo por la bahía y luego abordó de inmediato el Navío de Tres Palos Nuestra Señora de Begoña, o La Campanela, para horas después, zarpar rumbo al viejo continente a la importante investidura de José y al reencuentro de Manuela con su familia en España. En aquel viaje de ensueño, la tripulación les había adaptado una habitación muy cómoda para los enamorados, que hizo del viaje, una verdadera luna de miel durante los casi dos meses que duró la travesía, provocando que los infieles ni siquiera se asomaran por cubierta. Sólo avizoraban sus rostros en el momento que retiraban las bandejas con alimentos que ayudaban a soportar el viaje y los vaivenes de la embarcación. Los atardeceres se convertían en la escena ideal para el romanticismo, que más tarde se transformaban en pasión, cuando los dispares enamorados se retiraban a su nidito de amor adecuado para ellos.

Así transcurrieron los días y las semanas en la opulenta embarcación que los trasladaba a vivir momentos únicos, que aunque dispares, serían vivencias primordiales que cambiarían sus vidas para siempre, Nada importó para los amantes, ni siquiera las inmensas olas del Estrecho de Magallanes que por aquellos días de otoño eran violentas pero no causarían daños, ni menos un impensado naufragio que pudiera poner en riesgo la integridad física de la pareja y menos aún sus vidas. Bueno, al referirnos a integridad, nos referíamos a no sufrir daños en el cuerpo, ya que la integridad moral de ambos concubinos, se había desmoronado drásticamente. El día 23 de mayo atracaron en el Puerto de Cádiz para continuar a Sevilla en una embarcación menor y seguidamente a Madrid en un convoy altamente custodiado por el Ejército Real. Finalmente el 28 de mayo de 1718 José de Santiago Concha de Méndez y Salvatierra, llega a España por segunda vez en su vida, junto a su eventual compañera, que traería más de una sorpresa en su travesía por el viejo mundo.

13.- Investidura de Marqués de la Casa Concha.

El miércoles 8 de junio de 1718 el Rey Felipe V, su Corte Real y algunos acompañantes de José de Santiago Concha Méndez y de Salvatierra, esperaban en el Salón Real, la ceremonia para crear el Marquesado de la Casa de Santiago Concha y así nombrar a su Primer Marqués de La Casa Concha. José tenía una extraña sensación en su mente, ya que sus amigos y compañeros de armas, así como los jueces y comerciantes de Lima, no estarían allí presentes. Tampoco estaría Inés, ni menos Melchor, y eso lo ponía un tanto triste y melancólico. A Melchor, era al hijo que José más extrañaba, ya que para él, el futuro Marqués, tenía un camino trazado, en la misma dirección que el mencionado juez, incluso programando desde ahora su ingreso a un prestigioso colegio de Lima para posteriormente ingresar a la Universidad de San Felipe a estudiar Leyes. Obviamente la tradicional universidad, sentía que su prestigio aumentaba geométricamente por el hecho de contar entre sus alumnos a un hijo de un Gobernador de un Reino y de un doctor en leyes, que además ofició en la Real Audiencia. Y muy a pesar de Pedro José, su hijo mayor, heredero de todos sus poderes y futuro estudiante de abogacía, que contrariamente a Melchor, se inclinaba por compartir en mayor proporción con la familia materna Roldán Dávila. De hecho él no estaba presente en este importante momento familiar, donde se investiría a su padre de un marquesado que en un futuro no muy lejano le tendría que corresponder a él. Se dio la posibilidad de tomar a elección el hecho de asistir al colegio o acompañar a su padre a España a la importante ceremonia real de investidura, y Pedro José tomo la primera, ya que él se destacaba como el mejor alumno de su colegio y su ruta al éxito estaba ya delineada. Tampoco era que hablaba mucho con Melchor, aunque la excusa era siempre la diferencia de edad, aclarando que cinco años a esa altura de la vida, era un abismo. Otro motivo por el que Pedro era distante, tenía relación con Inés, ya que ella quería ser su madre y Pedro no la consideraba. Es más, en ocasiones Inés le imploraba a José, que le exigiera a Pedro llamarla madre como los otros chicos Francisco y Gregorio que eran dóciles y de poca personalidad. Incluso ellos ya tenían su destino trazado y estudiarían para ser sacerdotes. Toda familia de alcurnia debía tener hijos en el sacerdocio, ya que aseguraban la continuidad del poder en la parte eclesiástica y hacían crecer las fortunas de las familias. José no quería que su segunda manada de hijos pasara por lo mismo y aleccionaba muy bien a Melchor, con el que presentía que iba a cumplir todos sus sueños y preservaría la alcurnia y nobleza de la Casa Concha.

El Rey Felipe V, ingresó al salón majestuoso del Palacio Real Alcázar de las afueras de Madrid y todos los presentes se pusieron de pie, pero los más cercanos, incluso besaron su mano, entre los que se encontraba José. La brillantez de sus anillos, reemplazaba a la lucidez de su mente, ya que Felipe V era un tanto retraído. No sería recordado como el Rey más querido e intrépido, pero si como el creador de la Real Academia Española de la Lengua. Le llamaban El Animoso, ya que sus continuos cambios de personalidad, lo hacían ver de modo alegre y a los segundos posteriores, irritable y mal humorado. Su trastorno bipolar, se entremezclaba con la desidia, encaminando su personalidad decididamente a un aspecto maniaco depresivo. Muchas veces creía que estaba muerto, por lo que no le temía a la muerte, ya que no se podía morir dos veces. En largos períodos de tiempo, se creía rana y decía que no tenía brazos ni cabeza. Muchos en el reino lo comparaban o les recordaba a Carlos II. Los diversos delirios que padecía el monarca, eran muy parecidos a los que llevaron finalmente al debilucho Rey Carlos II a la tumba. El predecesor del actual monarca, marcó una época de decadencia en la Monarquía española, a pesar de que los españoles gozaron en su período de gran poder adquisitivo y bienestar, aumentando sus ingresos, ya que el logro de detener el alza de los precios y el costo de los productos alimenticios y de consumos básicos, bajó a niveles históricos. Pero el Rey actual no la tuvo fácil, ya que solo a un año de comenzar su controvertido reinado, estalló la guerra de la sucesión española entre la Corona de Castilla y el Reino de Navarra, que defendían a Felipe V contra la Corona de Aragón que pretendían instalar en el trono al Archiduque Carlos de Habsburgo. Hacía pocos años, cuatro para ser precisos, que se había logrado el reconocimiento del Rey Felipe V cuando las negociaciones de su abuelo Luis XIV dieron sus frutos al cederle a Inglaterra una gran extensión de territorios en la colonia inglesa de Canadá.

La autoridad real caminó hacia José y lo acompañó de un brazo al lugar que se destinó para él en una silla estilo Luis XV a pesar de que su estilo se diera unos años después. Todo el mundo tenía que verlo y apreciar la figura de quien debía ser un ejemplo para todos en el reino. El título de Marqués se entrega a las personas destacadas de familia con alcurnia y se consideran superior a un Conde e inferior a un Duque. Una vez que dejó ubicado a José, el Rey tomo asiento en el trono y precisó a los presentes:

- Esta mañana crearemos, por decisión de la Corona de España, el Marquesado de la Casa Concha, y distinguiremos a don José de Santiago Concha y Méndez de Salvatierra, como el Primer Marqués de la Casa Concha, debido a su lealtad con la Corona de España y la valentía de sus actos en situaciones conflictivas. También es un reconocimiento a la transparencia y honradez de sus actos al desenmascarar a las equivocadas autoridades que lucraron apoyando el contrabando. Además, cortó la madeja del nepotismo que estaba menoscabando la administración de un Reino nuevo y naciente como es el Reino de Chile. Por todo esto, y muchos otros atributos que nuestro juez destacado de hoy tiene, es que como Rey de España, he decidido crear este marquesado para honrarlo a él y a toda su familia con este título nobiliario- señaló tibiamente el Rey Felipe V sin lograr su objetivo de conmover a la distinguida concurrencia.

- Que el distinguido Juez pase al estrado- solicitó el Rey mientras José se aproximaba al tablado donde todo el público presente lo podía ver.

- José de Santiago Concha y Méndez de Salvatierra, juez real y doctor. Por la autoridad que me corresponde como Rey Felipe V de España, vengo a investirte como Primer Marqués de la Casa Concha y a entregarte una espada real en agradecimiento a los servicios prestados a la Corona de España. Recibe esta distinción y que tu familia siempre dignifique este reconocimiento de parte de Su Majestad, con honradez y valentía.- José recibió la espada y el título, evidentemente conmovido y emocionado. Hubo un lapso de silencio, a la espera de que el doctor se repusiera de la emoción y pudiera dirigir algunas palabras a la audiencia.

- Gloria al Rey Felipe V, al Virrey Carmine Caracciolo y a todos los que profesan y expresan lealtad a la Corona de España. Creo que esto es demasiado para mí. Sólo he cumplido con mi deber. Todos debiéramos ser honrados y transparentes en nuestro actuar cuando representamos un pueblo tan digno como éste y a una Corona tan majestuosa como la de España. Este marquesado, sólo provoca más dedicación, más trabajo a conciencia y me obliga moralmente a aleccionar y educar a mi familia en el camino correcto de la administración en representación del Rey. Me gustaría que se encontraran conmigo, mi esposa, mi hijo Melchor, que seguramente seguirá estos principios y se encuentra ausente en sus tareas de estudio, mi hijo primogénito Pedro José, que se está preparando a conciencia para en un futuro cercano, tomar el báculo y reemplazarme en las lides del trabajo y la familia. En fin, me habría gustado que todos mis hijos estuvieran aquí. Nada de esto habría sido posible sin la ayuda, presencia y colaboración de mi alférez Jerónimo Muñoz Mudarra y Roldán Dávila, quien extremó los desvelos y amanecidas para que las tareas por usted encomendadas, su Majestad, fueran cumplidas a cabalidad y con éxito. No estuvieron ausentes las dificultades que nunca faltan, pero en equipo, supimos sortearlas con sabiduría y tacto. Fundamos la Villa San Martin de la Concha de Quillota que estamos seguros será una gran ciudad. Majestad, si usted sólo viera esos parajes con la cordillera nevada de fondo y un hermoso y caudaloso río bañando sus campos y riveras. La zona central del Reino de Chile es un paraíso. Entablamos también buenas relaciones con los aborígenes que habitaban el lugar desde hace muchos años, quienes siempre deben ser respetados, ya que en conjunto con ellos y su arduo trabajo, vamos a engrandecer los reinos del nuevo mundo. Finalmente dejamos el reino en muy buenas manos, ya que convencimos a Gabriel Cano y Aponte de recapacitar de su decisión de no asumir como gobernador. Viva el Rey Felipe V, viva el Virrey Carmine Caracciolo, vivan todos ustedes que hacen grande la Corona de España y Dios los guarde para siempre. Ahora, nos vamos a trabajar por nuestro reino. Gracias- finalizó su intervención el ex Gobernador de Chile juez del crimen con lágrimas en los ojos y evidentes signos de emoción.

La gente estaba enfervorizada lanzando vítores y gritando el nombre de José, y algunos, a los que se les permitió, felicitaron al Marqués. La servidumbre vestida de manera muy elegante ofrecía los más exquisitos manjares a los presentes, mientras todos los invitados deseaban conocer y hablar con el recientemente nombrado Marqués de la Casa Concha. El Marqués, juez, caballero y doctor, se daba tiempo para entablar conversación con todos aquellos nobles que lo requerían y se divertían con los relatos de la forma de vida en las tierras de América. Además, José era un narrador muy ameno y mientras contaba alguna historia, se formaba un ruedo de personas fascinadas con su agradable narrativa. De pronto José se sintió abrumado y hasta un tanto aburrido, de modo que comenzó a esquivar a los soporíferos curiosos y enfiló hacia la salida del salón

Real con rumbo a sus aposentos. No era fácil encontrar el correcto pasillo sin extraviarse en ese tremendo palacio, de modo que tuvo que realizar algunos sondeos y consultas para volver a encontrar el rumbo. Al fin, ya de regreso en su habitación, la sorpresa fue mayúscula al percatarse, que no sólo no se encontraba Manuela, sino que además tampoco se hallaba su equipaje que traía de Chile y venía depositado en baúles. La alcoba era enorme pero no había lugar para buscar a la muchacha. Era un hecho que ella no estaba en la habitación. Al salir a uno de los pasillos, comenzó a preguntar a quien se le cruzara si habían visto a la Señorita Manuela. Nadie sabía de ella y siquiera sospechaban quien era. Habló entonces José con algunos de los asesores del Rey y les dijo que esa mujer le había robado y que debía encontrarla para ser juzgada. El condecorado no permitiría jamás, que una joven prisionera y ahora remisa delincuente, se burlara de él. El juez se recordaba que ella se había casado con Baltazar en Javier, un pequeño sitio feudal con un Castillo que no reunía a más de 50 o 60 personas de un feudo sin mayor relevancia, pero con gente muy acaudalada. Los asesores del Rey, le aseguraron que la maleante no se saldría con la suya y formaron una cuadrilla con un oficial y varios guerreros para descubrir donde se encontraba y darle caza. Con las habilidades investigativas de José y las destrezas periciales del oficial a cargo, decidieron que acudirían a la Villa de Javier en Navarra, para poder determinar si la fugitiva se encontraba allí. De modo que desplegaron la comitiva con rumbo a Zaragoza para pernoctar allí y por la mañana, dejarse caer en Javier para dar el zarpazo final.

Temprano en la mañana, salieron de Zaragoza rumbo a Javier donde llegaron a eso de las 12 del día. Hicieron campamento en las afueras de la ciudad y enviaron al poblado sólo a tres hombres vestidos de civil, simulando ser turistas. Estos fueron a la Iglesia de la Villa y preguntaron por Baltazar argumentando que era tío de ellos. El sacerdote párroco les informó que esa persona no era oriunda de ese pueblo, pero que su esposa, sí que había nacido allí y su familia vivía a tan sólo tres casas de donde se encontraba la Iglesia. Luego preguntaron a unos analfabetos campesinos sobre Manuela y sin sospechar nada, contaron la historia de la sorpresiva llegada de la mujer a su antiguo hogar. Informaron entonces los falsos civiles a sus superiores como se presentaba la situación. Después de observarla por dos días, la vieron salir a tomar un rato el sol, dándose por descontado que era ella. María Manuela de Hermosilla y Velasco. Le preguntaron a José si es que reconocía a la dama que estaban observando como María Manuela de Hermosilla y Velasco y el Marqués hizo un gesto afirmativo con la cabeza. Justo al amanecer del día lunes 13 de junio de 1718 los soldados de la comitiva del Rey Felipe V cabalgaron hasta una hermosa casa en una empinada pradera, que aparentaba poca actividad, como si sus moradores estuvieran durmiendo en ese amanecer. Sin darles la oportunidad de despertar, los guerreros a cargo del oficial real, irrumpieron en la casona e ingresaron para controlar la situación buscando en las habitaciones y llevando de ambos brazos a Manuela, al salón donde se encontraban sus padres y hermanos. Ante la atónita mirada de sus familiares, el oficial a cargo de todos, se dirigió con voz de mando a los presentes para enumerar los cargos de los que era acusada Manuela:

- Esta es una fugitiva de la justicia de la ciudad de Santiago en el Reino de Chile. Está acusada del delito de adulterio y además, de robo a un juez y Marqués en el Palacio Real Alcázar de Madrid. Por ser de nacionalidad española, ya que nació aquí en Javier, provincia de Navarra, será apresada y confinada a la cárcel de mujeres de Madrid por orden de su Majestad el Rey Felipe V. Quien ose interponerse en las decisiones y órdenes que su Majestad indica, será acusado de cómplice y sufrirá los mismos castigos que la acusada. De modo que en estos momentos, la acusada será trasladada a las mazmorras de la cárcel de mujeres hasta que se dicte la sentencia definitiva. Exclamó con mucha vehemencia el imponente oficial a cargo.

Los guerreros la ataron mientras sollozando la infortunada María Manuela de Hermosilla y Velasco, pedía clemencia para no ser apresada nuevamente. Al tiempo que ello ocurría, el juez y Marqués se retiraba satisfecho a la pradera, donde se encontraba el campamento de la comitiva y, con un sabor amargo, disfrutó de la batalla ganada una vez más. Pero en las investigaciones que el oficial llevó a cabo, no sólo averiguó acerca de Manuela, sino que salieron a la luz algunos detalles del Juez Baltazar de Lerma y Salamanca, que nadie conocía, como por ejemplo, que jamás se tituló de abogado, por lo que sólo la voluntad del Rey Felipe V podía autorizarlo a ejercer su cargo de Oidor de la Real Audiencia de Potosí. Había contraído matrimonio en los reinos de España con María Manuela de Hermosilla y Velasco, natural de Javier, enlace del que nació Micaela María Lerma y Hermosilla, natural de Sevilla. Para concluir esta etapa de la vida de José, se dictó sentencia contra Manuela y juntando ambas acusaciones, se la condenó a cinco años en la prisión de mujeres de Madrid para luego obtener una libertad condicional, supeditada a ciertas conductas que se deberían observar para poder cumplirse. Manuela le declaró al Juez Real de la causa, que ella y el Marqués eran amantes en Chile y que vivían juntos, ya que él se había encargado de que saliera en libertad, para poder mantenerla como amante en el Palacio del Gobernador cuando el juez era la primera autoridad de ese reino. Pero el juez del Palacio Real, habiendo escuchado sus dichos, no dio lugar a la declaración de la acusada y la sentencia se mantuvo, trasladando de inmediato a Manuela al lugar de reclusión.

Entonces la vida de José, aunque aburrida y un tanto solitaria, se mantuvo tranquila y sólo se dedicó a conocer las tierras españolas donde sus padres y antepasados, habían nacido. También escribió varios párrafos sobre economía en los reinos y envió cartas aclaratorias al reino de Chile sobre algunos aspectos de la Fundación de Quillota. Contrariamente a lo que se podría suponer, el Rey Felipe V estaba feliz con el hecho de que el laureado juez José de Santiago Concha Méndez y Salvatierra permaneciera por largo período en su reino, y lo alentaba para que se quedara por más tiempo. Pero como todo tiene su fecha límite, en febrero de 1719 el Marqués de Casa Concha, emprendió rumbo a Lima, su ciudad natal, para ver a su familia, especialmente a sus hijos pequeños, y así retomar las labores judiciales que le había prometido Caracciolo. Y fue así como después de cinco meses, considerando que se detuvo varias semanas en Rio de Janeiro y también en Buenos Aires, arribó al Puerto de Valparaíso donde se estableció por un mes y aprovechó de visitar Santiago para reunirse con sus amigos. Finalmente, en el mes de agosto recaló en el Callao viajando de inmediato a Lima donde emocionado se reencontró con su familia. Por supuesto que Inés, fue la primera en acudir a él y abrazarlo, besándolo en la mejilla y repitiendo a cada instante lo orgullosa que estaba de él. Su hijo Melchor, también lo abrazo y se colgó de su cuello, al tiempo que su padre le repetía, que siempre debería honrar este momento y repetir la conducta. Algún día Melchor podría convertirse en Marqués de la Casa Concha, aunque José sabía con certeza, que ese honor le correspondía a su hijo mayor Pedro de Santiago Concha y Roldán Dávila, que a pesar de ser un tanto depresivo y andar continuamente abatido, gozaba de buena salud, y nadie ponía en duda de que su marquesado llegaría tarde o temprano. Pero para que pensar en esas situaciones futuristas y ficticias, lo cierto, era que José sí gozaba de magnífica salud y su marquesado duraría por muchos años. A diferencia de la vez anterior, cuando regresó de Chile, José se encontraba feliz de estar de regreso en su hermosa casa y no notaba ninguna diferencia entre la bienvenida de la ocasión anterior y la presente. Lo cierto es que Inés sabía disimular muy bien lo complejo que era para ella la situación de infidelidad que había provocado su encuentro con Jerónimo, que obviamente no fue el único, ya que se siguieron viendo y lo que es peor, bebiendo alcohol y dejándose llevar por las emociones y sentimientos pasajeros que les podrían acarrear muchas dificultades en el presente y en el futuro. José volvió a su casa a habitar su hogar, sin siquiera sospechar la trama dantesca que se había tejido al interior de su familia durante su ausencia. Tampoco se preocupaba mucho al ver un tanto distante a su joven esposa Inés, que ya no se sentía agobiada ni presionada por las labores de la Casa Concha. Todo parecía normal en la casona, pero había sirvientes que sospechaban de las infidelidades de su patrona Inés con el señor Jerónimo y que tarde o temprano podían esparcirse de boca en boca y llegar a oídos del juez.

Todo momento adverso, se puede perpetuar, o lo que es peor, tornarse aún más siniestro y desfavorable. Y eso es lo que Inés estaba viviendo en aquellos instantes, una verdadera pesadilla. Se sentía bastante mal y con síntomas estomacales que le dieron indicios que la desgracia aún podía ser mayor. Así lo pudo comprobar al percatarse que la regla no se le había presentado posterior al clandestino embarazo. Su semblante empalideció aún más que de costumbre y todo su cuerpo se desvaneció queriendo morir. Fue entonces que apareció Jerónimo y de inmediato se percató de que algo siniestro estaba por develársele. Inés no lo miró a la cara, sólo miró al techo de la casona y derramándole un par de lágrimas a sus rosadas mejillas, le susurró a Jerónimo que había ocurrido nuevamente. Jerónimo empalideció y encogiendo los hombros en señal de consulta, hizo un ademán para saber que ocurría. Inés le dijo que estaba embarazada y el muchacho lanzo un no, por expresión. Porqué tenía que ser todo así. Pero ahora no había motivo para ocultárselo a José. Él iba a pensar que era el padre de esa criatura, ya que después de su retorno de España, la actividad matrimonial de la dispar pareja, se reactivó. Inés, no estaba segura, pero no tenían otra salida, ya que la situación estaba siendo llevada al límite. Inés le aseguró a su amante, que encontraría el momento para engatusar a su esposo con una piadosa mentira que además, no le provocaría el dolor que podría sufrir si es que le develaran la horrenda verdad. Si bien es cierto, los 53 años de José no lo definían como un anciano decadente, ya que era fuerte, fornido, inteligente y con mucho carácter, una develación tan espantosa como la que urdió su esposa, podría tumbarlo definitivamente. De todos modos, encontraría la forma de revelar el embarazo, dejando a un lado cualquier posibilidad de que el Marqués se diera cuenta de que lo estaban trufando o pasando gatos por liebres, y lo que es peor, por segunda vez. Así es que lo esperaría con su cena favorita embelecándolo y dejándolo predispuesto a oír una historia que lo dejaría contento y feliz de ser padre nuevamente.

Después de la exquisita cena preparada por la mismísima Inés, y llegada la noche ya en su alcoba de cónyuges, la joven pero astuta esposa, le comentó a José que estaba impresionada con la actividad colmada de cariños, agasajos y arrumacos con los que su esposo la había halagado y hecho feliz, que tal vez por esta razón, tenía algunos síntomas que le podría indicar que se encontraría en estado interesante, o sea, que estaba embarazada. José se puso muy feliz y le manifestó a su infiel esposa que deseaba una señorita. Y comenzó a soñar con una vida de muchos hijos, todos revoloteando por la Casa Concha y provocando alegría a todos los que en ella habitaban. El juez había soñado toda su vida con una gran familia, que no se dio con la pobre desgraciada de Ángela, pero que ahora si se le estaba dando con esta maravillosa mujer que lo estaba colmando de hijos y seguramente, en un lapso no muy extenso, también llegarían los anhelados nietos. Asimismo el Marqués se proyectó realizando una gran remodelación a la Casa Concha, adaptada a la gran cantidad de pequeños traviesos que correrían por sus pasillos y a su seguro rápido crecimiento. De inmediato se organizó para poder concretar cuanto antes sus buenas intenciones para con la familia. Las obras comenzarían cuanto antes para que estuvieran concluidas al llegar al mundo el hijo que estaban actualmente esperando.

Inés aprovechó un momento feliz de su esposo y le comentó que una sirvienta había parido un varoncito de padre desconocido y que debido a su juventud, aún no se sentía preparada para ser madre y escapó a la sierra, a las tierras altas del Perú. El pequeño Francisco, le afirmó, con cínicas lágrimas en sus ojos, no tiene quien se haga cargo de él y lo cuide y proteja. Continuó dramatizando explicándole que el niño quedaría desvalido y echado a su suerte, sin tener donde vivir, ni familia con quien compartir. José le consultó a Inés cuál era su propuesta y la mentirosa le respondió que deseaba quedarse con el niño y cuidarlo como uno más de sus hijos. El Marqués le respondió afirmativamente con la salvedad, de que ello no signifique un deterioro en su estado de ánimo, que manifestaba una notoria mejoría. De modo que el bebé de seis meses fue incorporado a la familia De Santiago Concha y fue bautizado por su hermano, el sacerdote Francisco, como Francisco José de la Rosa de Santiago Concha y Errazquín. El cura no cabía de gozo al ver que lo nombrarían como a él. La felicidad de José ya no tenía límites. Considerando que al partir al Reino de Chile sólo contaba con dos hijos de Inés y ahora tendría cinco, ya que pronto nacería el hijo que esperaba su esposa y con él serían cinco. Las familias de alta alcurnia deben ser numerosas señalaba a menudo el Marqués en sus alocuciones en el momento de la cena, que era cuando la familia se reunía en pleno, incluso con los curas, y escuchaban al patriarca.

A mediados de mayo de 1720 llegó al mundo en la Casa Concha María Micaela Damiana de Santiago Concha y Errazquín una hermosa pequeña que terminó por completar la familia De Santiago Concha y que provocó la emoción y felicidad del Marqués de la Casa Concha, porque Dios fue benevolente con él y lo había premiado con muchos hijos. Pero no sólo él estaba feliz. Además, los hijos como Melchor, el mayor de los Errazquín, se encontraba dichoso de ser el primer hijo del segundo matrimonio De Santiago Concha Errazquín. La que sufría sentimientos encontrados era Inés, que contaba con un alto grado de sentimiento de culpa, queriendo en cada situación familiar, quedar bien parada y con su conciencia menos sucia. No podía ni siquiera suponer que ocurriría si alguien se llegaba a enterar de todo lo que había ocurrido con sus hijos, el nacimiento y la difusa paternidad de alguno de ellos. Pero no sólo eso la atormentaba, ya que no soportaba la idea de no ver más a Jerónimo y le había manifestado en múltiples ocasiones su intención de reanudar los encuentros nocturnos ya que de seguro, José retomaría su vida social y política que tenía antes de viajar a Chile y España. Pero Jerónimo, a pesar de estar muy conectado con Inés y hasta con algún grado de enamoramiento, no se decidía a dar ese paso, sabiendo que el Marqués se encontraba presente y podía descubrirlos, o lo que sería tan grave como aquello, que algún sirviente o criada le revelara la escabrosa verdad. Esa disyuntiva ya estaba causando algunos conflictos en la clandestina relación, ya que en ocasiones los sirvientes eran testigos de álgidas discusiones, entre los adúlteros que culminaban en descalificaciones, donde no quedaba nada a la imaginación.

En relación a la política, el Rey Felipe V, nombró un nuevo Virrey en reemplazo de Carmíneo Nicolás Caracciolo cuya gestión se encontraba bastante desgastada con un cúmulo de reclamos y protestas de la ciudadanía. De modo que en el albor del año 1720 asumió el nuevo Virrey del Perú, el Arzobispo Diego Morcillo Rubio de Auñón, amigo de los hermanos de José, los curas, y también por ende, de la familia De Santiago Concha, de modo que no tardó mucho en citar a José al Palacio del Virreinato y platicar con él de los viejos tiempos, pero haciéndole una irresistible proposición de trabajo para la Corona, retomar su labor de juez del crimen y reestructurar la funcionalidad de la Real Audiencia de Lima que en tiempos del Virrey Carmíneo Nicolás Caracciolo, se había deteriorado notoriamente. Y fue así como José de Santiago Concha Méndez y Salvatierra, reasumió su plaza de oidor en la Real Audiencia de Lima. Además, en 1721 fue comisionado como Superintendente de la Policía de Lima y en ese cargo, que cumplió por un par de años, se destacó con excelencia. También en 1721, cumplió funciones como juez del monopolio del papel sellado

14.- Su vida en Huancavelica y retorno a Lima.

La familia volvió a estar rebosante de felicidad y por si esto fuera poco, el nuevo Virrey del Perú el Arzobispo Diego Morcillo Rubio de Auñón, le comunicó a José que sería destinado como Gobernador de la Provincia de Huancavelica, para así volver a retomar los cargos políticos de poder de la corona. El Marqués de Casa Concha estaba muy feliz y se dirigió raudamente a su casa para comunicarle a su mujer que pronto ordenarían los baúles para viajar al sur de Lima entre esta capital y El Cuzco, cargado hacia la Cordillera de Los Andes. Era un sitio muy cálido para vivir y se encontraba relativamente cerca del centro político del Virreinato que era Lima. Pero como nada es para siempre, Inés recibió la noticia de la partida de la familia a Huancavelica, donde José recibiría la importante destinación de Gobernador de esa principal provincia del Reino del Perú, y de paso, el mazazo de saber que Jerónimo no viajaría con ellos a esa destinación, pues permanecería en un importante cargo en Lima. La joven mujer supuso que tal vez, José sospechaba algo raro en esa peculiar e insólita cercanía, temiendo que la decisión de su destinación haya pasado por la astucia del Juez del crimen. Inés pensaba en Jerónimo y en lo triste que estaría de pensar que ya no vería a sus biológicos hijos y naturalmente que la extrañaría a ella, así como Inés lo haría con él, ya que el joven alegraba sus tardes noches y también le entregaba la cuota de amor pasional prohibido al que ella hace muchos años, ya se había habituado. Una especie de vicio o droga que necesitaba cada cierto tiempo y que no tenía con José. Al fin y al cabo, la familia se preparó para el sorpresivo viaje, entendiendo por familia a Inés, José, ambos bebés víctimas del engaño humano, Juana y la pequeña María Josefa. Algunos criados también viajarían a Huancavelica para continuar gozando de las comodidades que les proporcionaba la vida real. En la Casa Concha en Lima, permanecería Jerónimo a cargo de todo, Pedro que estudiaba leyes en la Universidad de San Marcos, Tomás y Manuel que se encontraban en el Internado Canónico para ser curas en un futuro cercano y por supuesto Melchor, que no podía abandonar sus estudios altamente capacitados para ser un gran abogado en el futuro.

Fue así que la familia se marchó a Huancavelica pasado el verano y se establecieron en el sudeste peruano habitando una casona, que no tenía parangón con la Casa Concha, pero de igual forma era mucho más vistosa y cómoda que todas las residencias inmuebles del lugar. La gente comenzó a reconocerlo en las calles y lo saludaban afectuosamente. El 26 de abril de 1723 fue nombrado gobernador de Huancavelica en una vistosa y pública ceremonia oficial en el Cabildo del lugar, que se había popularizado por la proliferación de asentamientos mineros que se habían erguido debido a la fiebre del oro y otros minerales. Comenzaron a llegar muchas personas y familias que, atraídos por los diversos trabajos que entrega la minería, se asentaron en los poblados sumando varios miles, dándole vida a una villa que al momento de su fundación siglo y medio atrás, no reunía a más de mil habitantes. Por eso, no fue de extrañar que el hábil juez y Marqués escalara aún más peldaños en su carrera profesional convirtiéndose en Superintendente de Minas de Huancavelica, gozando de un excesivo prestigio del que venía precedido. Además de todo aquello y con la experiencia que traía de anteriores cargos relacionados con la minería en Perú, así como en Chile, y en el ejercicio de su cargo de Superintendente de Minas, dejó varios legados escritos entre los que se cuentan: Una Relación sobre el estado del mineral, también fue autor de una Instrucción sobre el mineral de Huancavelica y de una Memoria del estado y necesidades del Reino de Chile; Junto con ello, el compendio de numerosas cartas enviadas a las autoridades de la recientemente fundada Villa San Martín de La Concha de Quillota en Chile. El Gobernador de Huancavelica y Superintendente de Minas de la provincia, también fue ungido como Asesor del Tribunal de la Santa Cruzada y Juez de Alzadas del Consulado, cargos en los que se mantuvo hasta el 15 de julio de 1726. Pero el colmo de la felicidad de José, se produjo al enterarse por los rumores de pasillo y de los calados contactos que manejaba, que el siguiente Gobernador de Huancavelica podría llegar a ser su hijo Pedro José Rafael de Santiago Concha y Roldán Dávila, su primogénito, quizá el más querido, hijo de Ángela Roldán Dávila y en el que el Marqués había depositado sus máximas aspiraciones de continuidad del linaje y la alcurnia. Seguramente sería el II Marqués de la Casa Concha y su futuro le auguraba hasta un posible Virreinato del Perú debido no solo a los contactos de su padre, sino a lo bien catalogada que estaba en el virreinato la familia Roldán Dávila. Pedro José Rafael de Concha y Roldán Dávila estaba por cumplir 20 años y su brillantez en el Colegio y universidad, le valió el nombramiento de protector fiscal de naturales del distrito de la Real Audiencia de Lima

Al finalizar el mismo año de 1726, José de Santiago Concha Méndez y Salvatierra regresó a Lima para reincorporarse a su plaza de oidor de la Real Audiencia de Lima, en la que despachó definitivamente a perpetuidad. Creyó prudente acelerar el regreso para así facilitar el nombramiento definitivo de Pedro como Gobernador de Huancavelica. Por consiguiente, comenzaron las labores de embalaje, que toman bastante tiempo, y se movilizaron los sirvientes y las criadas en estas tareas. Inés tenía sentimientos encontrados por la partida. Por una parte, vería a su hijo mayor Melchor, con el que no tenía contacto hace más de tres años y lo extrañaba bastante. Pero también sabía que se reencontraría con Jerónimo, quien vivía en la Casa Concha, más no sabía cómo iría a enfrentar el encuentro con su amante, del cual se había separado hace también tres años. La distancia en ocasiones calma las pasiones y devuelve la razón, pero la joven esposa infiel se ilusionaba con volver a las andanzas adúlteras que tanto problema le habían causado. Finalmente dejaron Huancavelica y viajaron por varios días hacia Lima para volver a su hogar de siempre. En su retorno al Virreinato, José retomó sus labores como Oidor de la Real Audiencia de Lima y también se desempeñó como Superintendente de Policía por comisión del Virrey del Perú José de Armendáriz. En 1727, tuvo también a su cargo el asesoramiento profesional de la construcción de las torres y portada oriental de la iglesia Catedral de Lima, concluidas en el año de 1732, y dirigió los trabajos de la fábrica interior del Convento de las Hermanas Trinitarias de Lima.

Pedro José Rafael de Santiago Concha y Roldán Dávila deja su cargo en Lima en 1729 y se casa con María Teresa de Traslaviña y Oyagüe, natural de Lima, hermana del oidor José Clemente de Traslaviña y Oyagüe, su cuñado, que lo avaló y recomendó para ocupar un importante sillón en la Real Audiencia de Lima, donde comenzó su carrera de abogado y Juez. El hijo mayor de José de cortos 23 años, se preparaba para asumir uno de sus mayores desafíos laborales y profesionales a su temprana edad. Luego de las emociones y alegrías del matrimonio con María Teresa, la joven pareja comenzó los preparativos para viajar a la Provincia de Huancavelica donde el novel abogado asumiría la Gobernación. Arribaron a Huancavelica los primeros días de abril mientras se acomodaban a su nuevo hogar en una hermosa casa cerca de la ribera del río Ichu. Pedro se notaba contento y los problemas de personalidad y de depresión parecían ser parte del pasado o haber quedado en el olvido. No obstante, su lejanía familiar con su padre y hermanos no variaría en demasía. Tampoco se alteró notoriamente, la forma que Pedro tenía de relacionarse con su esposa. Muy cariñoso, pero poco fogoso. Más parecía una relación de amigos o de hermanos, que mantener o aparentar un vínculo de esposos. Ni hablar de las relaciones carnales. Estaban reducidas a la más mínima actividad, pero ya había cierta costumbre en los cónyuges, que ya no les parecía extraño actuar así, delante de los amigos y visitas protocolares a las que estaban sometidos por el hecho de ser una importante autoridad de la Provincia. Es decir, ostentaba el cargo de la primera autoridad de la Provincia de Huancavelica.

Y al fin llegó el día. El 28 de abril de 1730, en una sobria pero significativa ceremonia, Pedro José Rafael de Santiago Concha y Roldán Dávila fue investido como Gobernador de Huancavelica, sucediendo a su padre, José de Santiago Concha Méndez y Salvatierra en el cargo. El desempeño de Pedro en este complejo puesto, fue de un brillante cometido, que tenía muy felices a los asesores y al mismo Virrey del Perú en Lima. Cada día que pasaba, se iba asentando mejor en el cargo, mientras gozaba a su modo de una magnífica vida familiar. Pasaba mucho tiempo en su trabajo que le demandaba bastante tiempo, pero también se daba maña para permanecer gran parte del tiempo de ocio en su casa con su esposa y servidumbre. Así pasó el tiempo sin que el transcurso de la vida les deparara situaciones sorpresivas y emocionantes. Los días transcurrían sin sobresaltos y la vida de acomodados y pudientes que sobrellevaban, no tenía como consecuencia la felicidad de aquella pareja. Así pues, pasaron los años y todo hacía presagiar que los esposos De Santiago Concha, llevarían una existencia reposada. Pero el destino les tenía preparada una variación en sus tranquilos pasares. Ya nos estamos situando en el año 1735 donde ambos jóvenes esposos, de no más de 30 años, continuaban su inalterable vida de casados sin hijos, en un matrimonio que no superaba la barrera rutinaria y donde todos los santos días eran parecidos, por no ser más drástico y categórico al catalogarlos como iguales.

Un día de trabajo, cuando ya la jornada estaba finalizando y los esposos, después de la cena, se retiraban a sus aposentos para guardar descanso, María Teresa se posa frente a Pedro y tomándolo de los hombros, le comienza a adornar un relato donde el desenlace al jefe de hogar, no le iba a parecer. Su esposa le comienza a preguntar, que le parecería si la familia creciera un poco, la cara de Pedro lo decía todo. Estaba desfigurado. Le consultó, qué quería decir y si es que podía ser más clara. María Teresa le confesó que al parecer estaba embarazada. Pedro no dijo nada y se dio vuelta a dormir. Desde aquel día la faz, alegría y personalidad del nuevo gobernador, cambió para siempre. Volvieron las sombras y las dudas con sus inseguridades y el fantasma de la depresión estaba más latente que nunca. Todos sabían y notaban que Pedro era un tanto amanerado y fino en sus modales. En ocasiones los sirvientes comentaban, que tal vez el patrón fuera homosexual, ya que nunca se sorprendía a los esposos con excesos de cariño, ni menos escuchar ruidos en su alcoba, que sugirieran algún grado de ejercicio sexual o de perversión, situación que era común entre los patrones de otras familias. En el trabajo, en su cargo de Gobernador, ya no fue nunca más ese alegre jefe que saludaba a todo el mundo y siempre terminaba las llamadas de atención con una sonrisa. Muy por el contrario. Todos se preguntaban, qué es lo que le había ocurrido a su eminencia. Llegó a tanto el desgano de Pedro, que sus asesores y consejeros le recomendaron que se tomara una licencia, es decir, algunas semanas de asueto para reponerse de sus bajones y así regresar como la persona que todos habían conocido. Pedro lo meditó y decidió aceptar tal propuesta para no perjudicar el normal desarrollo de las actividades oficiales de la Gobernación de Huancavelica. De tal modo que habló con su consejo asesor y decidió permanecer algunas semanas en su hogar a pesar de que en el fondo de su ser, el abogado sabía que esa no era una solución viable.

La vida de Pedro y de todos aquellos que habitaban la casona del gobernador, cambió en un cien por ciento. Los sirvientes andaban silentes y ni siquiera conversaban entre ellos. María Teresa, se cobijaba en su alcoba, donde la mayor parte del día se encontraba sola y sin poder conversar con nadie. Entonces decidió tener una compañía, una mujer que supiera lo que era estar en estado de gravidez y que la acompañara día y noche. Ella tomó la decisión ya que Pedro no estaba en condiciones de analizar situaciones y menos resolver los problemas que se presentaban. La joven futura madre, se sintió mucho más segura y acompañada con la presencia de Elvira en su intimidad. Con ella cocinaban, conversaban y salían de paseo por la pequeña pero hermosa localidad donde vivían. Pedro ya no bajaba a compartir los alimentos con su esposa al comedor, por consiguiente le hacían llegar todas las comidas a su solitaria alcoba donde era muy poco lo que comía. En la mayoría de las oportunidades, las criadas debían recoger los cubiertos tal y como se los habían entregado, ya que el Gobernador no probaba bocado. Así fue como un día de mucho calor, en el verano del sur de Perú, María Teresa le pidió a Elvira que la llevara de paseo para estirar un poco las piernas y mover esa prominente barriga que ya tenía movimiento. Salieron las dos mujeres solas y caminaron por las calles de Huancavelica sin ninguna prisa. En su caminata, bordearon la ribera del Rio Ichu y se sentaron en las praderas que estaban a la orilla de dicho río. El paisaje se presentaba muy hermoso y la grata temperatura hacía que ninguna de las dos mujeres quisiera regresar a casa. Pero la embarazada ya deseaba una taza de té y descansar en sus aposentos un instante, de modo que decidieron volver. Caminaron sin apuro por praderas y caminos hasta que se aproximaron a su hogar, ingresando a éste por la parte posterior, como una entrada de servicio. Elvira le sugirió a la mujer preñada que se fuera a descansar y ella le subiría un té con algunos bocadillos. Al llegar con dificultad al piso superior, decidió dar una mirada a su marido para comprobar si se encontraba bien. Al abrir la puerta de su habitación, dio un tremendo y aterrador grito. Pedro se encontraba en el suelo, de cúbito dorsal, con una mano en su vientre y la otra arriba al costado de su cabeza. Elvira llegó rauda a la alcoba, al oír el grito de auxilio de María Teresa, encontrándola hincada al lado de su esposo que yacía en el suelo, aparentemente sin vida. Su cara presentaba un color morado y sus ojos abiertos daban la impresión de que se iban a escapar del globo ocular. Luego llegaron a la habitación otros sirvientes, mientras la desdichada esposa les pidió que lo tendieran en la cama.

Las criadas se preguntaban qué es lo que le había sucedido al señor y nadie conocía la respuesta ni lo que le había ocurrido a Pedro. Pronto comenzaron a llegar sus vecinos, algunos amigos y también los compañeros de trabajo de la Gobernación. Todos estaban impactados con la noticia y eso que no habían visto el semblante de Pedro y el color de su cara. Su tez morada y demacrada se asemejaba a las muertes por asfixia y sus labios tenían el mismo tono pero aún más oscuro. María Teresa pidió que alguien ubicara al doctor de la Gobernación y el facultativo no tardó en llegar. Al hacer ingreso a la casona, María Teresa lo llevó raudo a la alcoba de su esposo y el doctor comenzó a examinarlo. Dijo entre otras cosas que era una muerte extraña, que no había muchos síntomas claros. Entonces María Teresa le pidió, que no fuera a certificar algo de esa envergadura, ya que sus padres y hermanos no lo podrían soportar. Sabiendo cómo eran y cuanto lo amaba su padre, tendrían suficiente pesar con la terrible noticia que les vamos a dar. El médico rezongó un instante largo y al final cedió a la petición de la esposa de su jefe recién fallecido. Y sin dudarlo ni analizar mucho, extendió un certificado, que constataba que Pedro José Rafael de Santiago Concha y Roldán Dávila Gobernador de la Provincia de Huancavelica, había fallecido hace unas dos horas debido a un ataque al corazón. Entonces María Teresa salió de la habitación y bajando a la sala de estar, comunicó a todos los que allí se encontraban que Pedro había fallecido y que un propio debía partir de inmediato raudo a Lima para avisarle a su padre y familia. El cuerpo sería trasladado a Lima para realizar las exequias correspondientes junto a todos sus familiares. Pedro recibió los respetos y la despedida de todos sus amigos y compañeros de la Gobernación esa misma tarde noche, y en general se le hizo sentir todo el cariño de la gente de Huancavelica, que lo quería como un hijo más, aun sabiendo que su autoridad era hijo de otro querido Gobernador de esa estratégica provincia. Toda la noche estuvo el cuerpo de Pedro expuesto en el salón de la que fuera su casa y al alba emprendió rumbo a Lima junto a su esposa.

La noticia golpeó fuerte a la familia De Santiago Concha. José se encontraba en su trabajo como Oidor de la Real Audiencia de Lima cuando su esposa Inés llega muy desmejorada a su despacho y le comunica que su hijo primogénito Pedro José Rafael de Santiago Concha y Roldán Dávila, había fallecido de un ataque al corazón, que lo hizo perder el conocimiento en su despacho, cayendo moribundo al piso, sin que los ejercicios de reanimación surtieran efecto alguno. José se desfiguró. No podía ser que su primogénito hijo, heredero de todos sus contactos y con una carrera brillante por delante, que hasta se pensaba que sería el próximo virrey del Perú, ya no estuviera con nosotros. Todos los planes y proyectos se esfuman en un segundo. Pidió a su esposa Inés, que lo deje solo un momento y procedió a encerrarse en su lugar de trabajo. Se sentó en el bufete y tapó el rostro con sus manos. Alcanzó a inclinar el mentón cuando rompió en llanto desconsoladamente. El hombre del Virreinato del Perú, estaba quebrado y destrozado. Ya no había nada ni nadie que lo consolara con el agravante que, perder a un hijo ya es un hecho insoportable, pero más encima que sea el primogénito, es aún peor. Después de un par de horas en vigilia, meditando y sollozando en su oficina, el Juez del Crimen salió a los pasillos del palacio de la Real Audiencia, recibiendo el cariño de todos quienes allí trabajan con él día a día y en todo momento, gente manifestándole su pesar por tan irreparable tragedia. Él, lo único que quería, era estar en su casa y en su alcoba, ojalá sin mucha luz. Al fin, pudo salir del lugar y enfilar a su casa. En la Casa Concha, el panorama era peor, viendo a todos sus hijos llorando por Pedro, que aunque distante, era su hermano y lo querían mucho. Quizá debo recalcar, que el más pausado, calmado, impertérrito y sin mostrar mucho aspaviento, era Melchor, que sólo miraba la escena observando principalmente a su padre, quien le preocupaba mucho.

El sexagenario Juez, se retiró de inmediato a su alcoba y allí sufrió su duelo con las meas culpas correspondientes a las acciones que no realizó y que podrían haber cambiado el rumbo de los hechos que hoy se estaban consumando. Todo tenía que ver con su madre, Ángela Roldán Dávila y su ausencia. Dejar a un hijo a los 6 años es muy desalentador para un pequeño. De igual forma Pedro se había dado maña para surgir y hacerle honor al hecho fundamental de ser primogénito de tan alta autoridad política y judicial. Pero sus constantes bajones anímicos, por extrañar a su madre y también por ver a su padre con una nueva esposa y que él ya no fuera el preferido, derivaron en esta severa y maldita depresión que fue lo que finalmente lo llevó a la tumba. Aunque no sea lo que aparece en el acta de defunción, José estaba convencido de que ese era el meollo de la partida de su hijo querido. Todos los jóvenes tienen ese ímpetu y ansias de triunfar en la vida, más aún, cuando la nobleza está presente y te obliga a lidiar con ciertos comportamientos acorde a la posición social y política de la familia en cuestión, que en este caso era la familia De Santiago Concha. Fue así que José entre lágrimas contenidas y análisis existenciales de no haber sido un buen padre para su querido Pedro, lloró su duelo y trató de volver a la cordura para enfrentar a todos los amigos de la familia y despedir a su hijo como él se merece. Al fin, nadie como José de Santiago Concha y Salvatierra, siente esta pérdida, ya que sus otros hijos, los curas, son consolados por Dios, a Inés no le importa mucho y sólo sufre por mi tristeza, y los hijos de... ella, tal vez sólo

Melchor tenga algo de congoja, pero ya no la tendrá cuando sepa que heredará todos los títulos nobiliarios y gran parte de la alcurnia que le habría correspondido al querido Pedro.

Es así como José, después de varias horas haciendo su análisis de los tristes acontecimientos, salió a recibir los mensajes de apoyo de los familiares y la gente que lo conocía y tenía aprecio. De pronto, el juez miraba sus caras y movimiento de labios, pero su mente se encontraba en otra esfera y no escuchaba lo que sus amigos y colegas le estaban declarando y exponiendo. Cuando aparecieron sus hijos, los sacerdotes Francisco de Santiago Concha Roldán Dávila, vicario general del obispado de Lima y Gregorio de Santiago Concha Roldán Dávila, el Marqués se sintió mucho más acompañado, estimando de gran ayuda que los clérigos hijos, le hayan ofrecido hacerse cargo de todos los protocolos y ceremonias que dicen relación a las exequias de su hermano Pedro. También, los sacerdotes rezaron varios rosarios en la Casa Concha, donde ya descansaba su hermano mayor Pedro De Santiago Concha y Roldán Dávila y además llevaron algunas lloronas para ambientar el lúgubre escenario. También llegó Jerónimo y su madre María Josefa, familiares directos de Pedro junto a otros integrantes de la familia Roldán Dávila. Esa situación fue un tanto incómoda, principalmente para Inés, que tuvo que hacer un alto en la labor de dirigir a la servidumbre en la atención de los invitados. Miraba a los sirvientes y se imaginaba que todos sabían su historia con Jerónimo.   Y así transcurrió la larga noche de vigilia y espera. Todos los cercanos, en el entendido de familiares y amigos los acompañaron en este especial velatorio. Con la alborada y los primeros rayos de lumbre, la vigilia comenzaba a extinguirse y ya se podía dar paso al sepelio. Salieron de Casa Concha en un cortejo rumbo a la Catedral de Lima donde Francisco y Gregorio se encargarían de despedir mediante una misa concelebrada, a su hermano Pedro. La gente común se agolpó en el frontis de la famosa iglesia y marcó acto de presencia para mitigar el dolor de los deudos.

Al finalizar la misa fúnebre, se realizaron las exequias dando el cortejo una vuelta alrededor de la cuadra principal de Lima. Luego, los más cercanos, despidieron a Pedro que partió a descansar al Mausoleo de la familia De Santiago Concha en los patios de la Catedral de Lima. El Virrey del Perú, José Antonio de Mendoza Caamaño y Sotomayor, se acercó a José y le dio un gran abrazo sentido que reflejaba el cariño que los representantes del Rey Felipe V sentían por el Marqués de la Casa Concha, Tuvo que permanecer por lo menos una hora más en la Catedral, recibiendo el pesar de todos sus cercanos, amigos y colegas de trabajo. Muchos jueces se hicieron presentes en la ceremonia religiosa, tanto de la Real Audiencia, como de Jueces del Crimen, que tuvieron el honor de trabajar con él tanto con el afamado padre y con el promisorio y malogrado hijo. Al mismo tiempo, bastantes administrativos y otros profesionales del mundo político y judicial señalaban en sus conversaciones que habían laborado y compartido faenas con ambos personeros. Un pesar generalizado se apoderó de todos quienes conocían a los de Santiago Concha y sus dramáticas historias de vida que hicieron que las circunstancias tuvieran los desenlaces que hoy culminaban en esta tragedia. Aunque sus protagonistas creyeran que los secretos familiares de ellos yacían ocultos en el baúl del olvido, se permeaban las historias debido a la continua rotación de la servidumbre que no siempre es leal a sus patrones y esparcen los rumores fundados e infundados por todo el vecindario sin medir consecuencias.

Al darse término a esos saludos, los vecinos, amigos y colegas, comenzaron a hacer abandono del recinto eclesiástico dejando a los deudos en la soledad más absoluta. La familia completa se estrechó en un significativo abrazo, es decir, los Roldán por un lado y los Errazquín por el otro, con Melchor siempre solitario como meditando la vida. Las miradas sin carácter a nada de Inés y Jerónimo se cruzaban con muchas interrogantes mientras los hijos de ambos jugaban en el campo santo inocentemente. Este escándalo sólo se propagó por los pasillos de la Casa Concha afortunadamente para los adúlteros, pero Inés tuvo que tratar muy bien a esa servidumbre para que no se supiera lo peor. Y en aquel instante se vienen los difíciles momentos donde había que apoyar a José, ya que sentirse en casa sabiendo que tu hijo mayor no va a llegar a visitarte, a pesar de que muy pocas veces lo hacía, era lo más duro. Francisco y Gregorio permanecieron con su padre un buen tiempo y luego se retiraron, sin antes implorarle a Inés, que no lo dejara sólo, ya que lo notaban muy decaído y sin ganas de realizar ningún trabajo. La esposa los tranquilizó asegurándoles que iba a estar pendiente del longevo juez y lo cuidaría mucho. Al concluir aquella jornada triste, José se volvió a encerrar en su alcoba y no dejaba de pensar en lo que había sido aquel día. El peor día de toda su existencia.

15.- Muerte de José de Santiago Concha.

Así transcurrió el tiempo y José se enclaustró cada vez más en su hogar y sólo salía para atender las sesiones de la Real Audiencia, donde oficiaba de Oidor el septuagenario juez. Inés lo notaba muy decaído y resaltaba el peor síntoma de todos. Ya no quería salir a gozar de su vida social ni tampoco a trabajar. Los que comentaban la situación, aseveraban que después de la muerte de Pedro, su vida cambió para siempre. Los sagaces elucubraban con el fin de la vida disipada y promiscua del Juez del Crimen, que sin duda lo había sometido a un encierro donde de seguro extrañaba el bartoleo. En su casa no puede actuar con la pereza que lo hacía en otros lugares, decía la gente común. Pero los sirvientes y las criadas de la Casa Concha, tejían historietas donde ajustaban las piezas para elaborar las más increíbles narraciones y relatos que susurraban alrededor del brasero cuando llegaba la hora del mate. Ellos estaban seguros que José había descubierto la dura y amarga verdad sobre sus dos últimos hijos y la desgracia que alcanzó a la otrora feliz pareja que seguramente cayó en una debacle al enterarse el patrón de que su inocente doña Inés, lo engañaba con su sobrino por parte de la difunta doña Ángela, quien de seguro se estaba vengando desde el más allá de Don José. De cualquier forma, la gente murmuraba mucho de lo que al Marqués de Casa Concha le podría estar sucediendo. Lo cierto es que se le habían venido los años encima y la apariencia de hoy, distaba mucho de la que el opulento Juez aparentaba hace seis años o más, No fue de extrañar entonces que los amigos y conocidos comenzaran a dejar de verlo caminar a su trabajo en la Real Audiencia y visitar los lugares que antes frecuentaba. Sólo le preguntaban a Inés por el estado de salud de él e Inés contestaba muy educadamente que el juez estaba regular y de cuidado. Pero en los últimos días, su salud comenzó a deteriorarse en demasía y ya casi no se le veía. Cuando estaba por finalizar el verano, los que habitaban la Casa Concha, fueron avisados de que el patrón podía partir ya en cualquier momento.

Era el viernes 8 de marzo de 1741, término de un caluroso verano semi tropical y la Casa Concha estaba muy alborotada. Inés de Errazquín Torres, corría de lado a lado por la casona, e instruía a la servidumbre para atender a tanta autoridad del virreinato, que se encuentran preocupados por la salud del ex Gobernador del Reino de Chile José de Santiago Concha y Méndez de Salvatierra. De todos sus hijos, se extrañaba mucho a Pedro José, fallecido hacía seis años, pero estaban presentes los sacerdotes Francisco de Santiago Concha Roldán Dávila, vicario general del obispado de Lima y Gregorio de Santiago Concha Roldán Dávila, canónigo de la Catedral de La Paz. También se hallaba presente Melchor, aquel que estaba en el murmullo de todos, ya que se decía que de seguro era el preferido, sobre todo después de la muerte de Pedro José. Melchor José era Miembro Oidor de La Real Audiencia de Lima y un hombre de leyes ligado al virreinato, como su padre. La visita más esperada que apareció por la tarde, fue el mismísimo Virrey del Perú Don Antonio José de Mendoza Caamaño y Sotomayor, un segoviano o segoviense como dirían los nacidos en aquella patrimonial y bella ciudad, Marqués de Villagracia y

Caballero de la orden de Santiago. Un verdadero guerrero con varias batallas en el cuerpo, que le ha correspondido defender el virreinato de ataques internos y externos, saliendo airoso de la mayoría de ellos. En esos momentos apareció Inés y les solicitó por favor, a las visitas, que entraran a saludar a José de a uno a la vez, ya que el juez no podía agitarse demasiado. Tienen que hacerlo ya, y de prisa, ya que los deseos de él, son de que los hijos le recen un rosario y permanezcan con él en sus últimas horas.

La gente comenzó a formar una fila para despedirse y seguramente agradecerle al juez por lo benevolente que había sido con muchos de ellos. Lo hicieron de manera rápida como lo había solicitado Inés. Del mismo modo que, transcurrido ya un tiempo largo, Juana Rosa de Santiago Concha y Errazquín, con su esposo, el oidor José Antonio de Villalta y Núñez; María Josefa de Santiago Concha y Errazquín, con su esposo el oidor Antonio Hermenegildo de Querejazu, los dos sacerdotes Francisco de Santiago Concha Roldán Dávila, Gregorio de Santiago Concha Roldán Dávila y Melchor José de Santiago Concha y Errazquín, el hijo mayor del segundo matrimonio de José, entraron a la alcoba de su señor padre y guardaron respetuoso silencio antes de proceder a rezar el rosario y despedirlo. Fueron los curas que cantaron las plegarias y rezaron por largos minutos pidiendo a Dios por el alma de su padre moribundo. Mientras tanto, Melchor que participaba de aquel responso sin mucha convicción, ya que no tenía las creencias de sus hermanos curas, ni de muchos de sus hermanos y hermanas, se notaba un poco tenso y hasta aburrido por la forma en que enfrentaba los salmos que sus medios hermanos curas pregonaban. Melchor ya contaba con 30 años y era un destacado juez de la Real Audiencia de Lima siguiendo los pasos de su honorable padre.

En salón principal del primer piso, los invitados seguían llegando preocupados por el deterioro en la salud del respetado juez que aún estaba activo como Oidor de la Real Audiencia de Lima. Los curiosos visitantes llegaban preguntando donde se encontraban los hijos del Juez, y los anfitriones le respondían que se encontraban en la recámara del juez, rezándole un rosario para que descanse en paz en sus aposentos. Muchos de los curiosos asistían por estar cerca del Virrey Don Antonio José de Mendoza Caamaño y Sotomayor, o con la excusa de visitar al enfermo, pero que te vean sus hijos que son todos muy influyentes. En fin, la Casa Concha era un hervidero humano con gente que entraba y salía constantemente. Mientras tanto, en la alcoba del juez, todo era recogimiento. Inés rezaba el rosario y sus hijos le respondían al unísono. Al concluir el acto religioso, todos se tomaron de las manos y pidieron por el alma de su padre para que Dios lo reciba y le perdone los pecados que eran muchos. La noche transcurrió en el mismo tenor y algunos de los admiradores de su obra, permanecieron cerca de él. La familia esa noche permaneció en vigilia y no quisieron dormir para acompañarlo. Hubo cantos sacros y espirituales de personas que acompañaban a los hijos clérigos y otros que se le acoplaban con sus canciones. A los concurrentes y familiares se les servía sopa de pollo y algún licor a los más osados, Así transcurrió la noche y al llegar la alborada con su lumbre rojiza, los penitentes se quitaban las mantas y los abrigos mientras los más enfervorizados entonaban alabanzas en latín. Inés siempre estuvo con toda la gente, pero luego se retiraba a la recámara para estar con José y sus hijos. El sol comenzaba a alumbrar con fuertes rayos y el calor de verano invadía el sector. Al mediodía Inés apareció en el umbral de la puerta principal de la Casa Concha y con voz entrecortada dijo:

- José de Santiago Concha y Méndez de Salvatierra, Juez del Crimen, Oidor de la Real Audiencia y Gobernador de Huancavelica y del Reino de Chile, siendo las 12 del mediodía, ha muerto. Deseo agradecer estas muestras de cariño con nuestro padre y esposo. Su cuerpo será velado en la Catedral de Lima y sus exequias se realizarán mañana al mediodía en la misma Catedral. Todos sus hijos están muy sorprendidos del cariño que todos ustedes le han manifestado en su último adiós. Los esperamos a todos en la catedral de Lima y ojalá que Dios se apiade de su alma y lo acoja para vivir eternamente a su lado como un hijo de Dios. José de Santiago Concha de Méndez y Salvatierra, Que Descanses en Paz- concluyó temblorosamente la ahora viuda de 48 años de edad. Y al entrar nuevamente en su casa, rompió en llanto que tenía contenido, descargando su tensión acumulada después de tantos pesares. Al verla tan acongojada, todos sus hijos la fueron a abrazar a modo de consuelo y apoyo, permaneciendo junto a ella para darle la tranquilidad que necesitaba. Todos.... Todos menos Melchor, que era algo extraño en esas vicisitudes, ya que sólo contemplaba y al parecer analizaba todo lo que estaba ocurriendo en la casona y el comportamiento de las personas presentes.

Por la tarde, poco a poco la Catedral de Lima se llenaba de fieles, familiares, amigos, colegas y compañeros de trabajo de las distintas reparticiones donde José se había desempeñado, y comenzaba el velatorio para el descanso eterno de su alma. Nuevamente el público se quedó por la noche haciendo vigilia y rezando junto a las lloronas y los clérigos. La Guardia Real apostada alrededor del sarcófago que contenía los restos de José de Santiago Concha Méndez y Salvatierra, le entregaba la solemnidad que el funeral ameritaba, dada la investidura del occiso. Esto se realizaba con muy pocos fallecidos, ya que los honores que vienen de la realeza están reservados sólo para las familias reales y sus deudos. Se realizaba también una guardia de honor, en que las personas elegidas se iban rotando para que todo aquel que quisiera expresarle sus respetos al difunto, pudiera hacerlo. Por la noche se concelebraron varias misas, no sólo ofrecidas por los hijos de José, sino que por otros sacerdotes que viajaron de remotos lugares para poder participar en las liturgias que se iban a suceder durante la noche a modo de homenaje al ex Gobernador de Chile y de Huancavelica. La familia permitió que la servidumbre y las criadas de la Casa Concha estuvieran presentes en la vigilia, y es por eso que en algún momento de la noche, se hicieron presentes Jerónimo y su madre María Josefa, provocando los murmullos de los presentes especialmente de las criadas y la servidumbre que conocían la historia clandestina del difunto y el prontuario de la ahora viuda de 48 años. La situación no llegó a mayores ni se complicó en demasía, ya que algunos vasallos dependientes de la familia De Santiago Concha, estaban acomodando a los deudos en distintos lugares de la Catedral, pero a los implicados en los escándalos, los llevaron a un sector alejado de la familia principal y tuvieron que conformarse con ver de lejos a Inés y no pudieron aproximarse al sarcófago con los restos de José.

Así transcurrió la noche de vigilia del Marqués que estuvo muy concurrida y con altos niveles de conmoción. Por la mañana se retiraron las lloronas y comenzó a prepararse todo para las exequias y la misa que debía comenzar a las ocho en punto. Los feligreses y la familia que permaneció toda la noche en la vigilia, se mantuvo en la Catedral de Lima al tiempo que hacían ingreso altas autoridades políticas y eclesiásticas. La misa fue concelebrada por ambos hijos sacerdotes del juez Santiago Concha con la presencia del Virrey del Perú Don Antonio José de Mendoza Caamaño y Sotomayor junto a los miembros de La Real Audiencia y a los jueces de todos los tribunales de justicia de Lima. La Catedral de Lima se encontraba repleta de gente que lo recordaba y quería. Afuera de la Iglesia, una muchedumbre esperó respetuosamente que el responso finalizara para presentarle sus respetos al conocido Marqués. Una vez concluido el ceremonial, se formó una gran columna que acompañó al juez en la marcha hacia la última morada. El cortejo se detuvo en el Mausoleo de la familia De Santiago Concha, donde fue depositado el cuerpo de José de Santiago Concha Méndez y Salvatierra, para que descanse por toda la eternidad. Inés de Errazquín, la viuda que no cesaba de llorar, pero que además, era protagonista de todos los murmullos y chismes que los fámulos de la Casa Concha susurraban, abrazada de sus hijos, emprendió el regreso a casa donde comenzó su calvario, esto debido a los sentimientos de culpabilidad que adquiría al oír sin querer, las historias tejidas por la plebe. Y fue tan cierto lo de su pecado debido al desliz por todos conocidos, que comenzó a inculparse por el deceso de su esposo, el Marqués, que su perturbación fue en aumento y sus hijos pensaron en que tendrían que internarla para que tuviera la paz necesaria y así pudiera reponerse y volver a ser la de antes. Melchor, su primogénito, se hizo cargo de la Casa Concha, a pesar de no tener aún esposa. No obstante debió tomar las riendas de su administración ante la incapacidad de su madre, que debieron derivarla a una de las lúgubres habitaciones especialmente preparada para los enfermos o parientes desvalidos que llegaban desde los suburbios de la gran ciudad. La cantidad de personas que habitaban la Casa Concha disminuyó considerablemente como era de esperar, ante los matrimonios de las hermanas de Melchor y la reducción del personal de servicio. Recordemos que Melchor de Santiago Concha y Errazquín, era ya un joven pero destacado Juez Oidor de la Real Audiencia de Lima que gozaba de un enorme prestigio.

Inés nunca fue el centro de la atención de sus hijos y menos de parte de Melchor, que tenía una personalidad abstracta y era un tanto retraído. Seis meses después de la muerte de su esposo el Marqués de la Casa Concha, Inés fue internada por Melchor y sus hermanos en un claustro a cargo de una orden religiosa destinado especialmente a personas que presentaban algunos trastornos de la mente, una especie de Casa de Orates que se creó en 1852. Aquel frío y tenebroso espacio, era un lugar donde los familiares dejaban abandonados a padres o abuelos, dementes o quienes padecían delirios y trastornos psicológicos extremos. Algunos de estos huéspedes, se violentaban constantemente y agredían a sus enfermeras y servidumbre causándole incluso heridas de consideración. Posterior a ello, ya nadie quería cuidarlos y los familiares no estaban dispuestos a sacrificar sus vidas y el futuro, por los arrebatos de los orates. Si bien Inés de Errazquín Torres no llegaba a ese extremo, los moradores de la Casa Concha ya no deseaban cargar con esa cruz y la servidumbre había que cuidarla, ya que cada año se hacía más complejo formar un buen grupo de sirvientes, que fueran de confianza honrados y discretos con lo que veían.

Ante ese escenario absolutamente desdichado, Inés sólo esperaba un desenlace que pusiera fin a esa realidad que estaba viviendo. Seguro que su esposo José, no se habría cuestionado los errores cometidos de esa forma y habría seguido con su vida normal. Los rumores de pasillo, indicaban que con toda seguridad, Melchor se habría enterado de los perversos secretos de su madre y que sin dudarlo, decidió darle la espalda para finalizar con decoro su agitada vida. Al llegar a casa en un día cualquiera, Melchor fue requerido por el mayordomo de la casona quien le explicó con mucha cautela, que por la tarde se había presentado un enfermero de aquel claustro siniestro, con la triste noticia que la señora Inés, se había dormido en el sueño eterno y que requerían del primogénito para programar las exequias. Un año después de aquellos acontecimientos, Inés de Errazquín Ilzarbe y Torres, dejaba de existir sin saber a ciencia cierta cuál fue el real motivo de su muerte, ya que sus errores del pasado y sus remordimientos, le habían arrebatado la poca cordura que le restaba. Ella, en sus últimos días, se encontraba absolutamente demente y delirante, ya que hacía un tiempo había enloquecido totalmente, sin conocer ya ni a sus hijos, ni a otros familiares, que al cabo de esos meses, la abandonaron definitivamente, sin siquiera visitarla de vez en cuando.

16.- Melchor viaja a Chile.

Melchor de Santiago Concha y Errazquín, se convirtió en el heredero de la tradición política y social de su padre José, ya que al morir este, Melchor ya tenía 30 años y era el primogénito de Inés y ahora por consecuencia de la muerte de Pedro, el mayor de todos sus hermanos. Los curas no cuentan para las herencias de cargos políticos, de modo que el camino estaba allanado para que pudiera continuar la carrera exitosa de su padre. Debido a que nació en el seno de la influyente familia de Santiago Concha, en el virreinato del Perú, familia siempre ligada al servicio de la judicatura en las Indias y Castilla, es que pudo iniciar sus estudios en el Colegio Real de San Martín donde destacó como estudiante de letras e historia pudiendo de esta manera, continuar sus estudios superiores de abogacía en la prestigiosa Universidad de San Marcos, donde se graduó de bachiller en ciencias jurídicas, Licenciado en Judicatura y doctor en Leyes. Fue en el año 1730 cuando egresó de todos sus estudios y obtuvo el grado de Doctor en Leyes y Cánones, para recibirse más tarde en 1735 como abogado ante la Real Audiencia de Lima a sus 24 años. Desde entonces se convirtió en un magistrado y noble criollo, además de funcionario colonial en el Virreinato del Perú. En 1740, formó parte del regimiento de tropas pagadas en defensa de la Corona Real alcanzando el grado de Capitán mostrando gran heroísmo. Debido a su valentía y coraje, fue ascendido, previo beneficio a la Corona de 19.000 pesos, a un asiento en la plaza de Oidor en la Real Audiencia de Charcas, en el Alto Perú (Bolivia) donde se reencontró con la familia Errazquín y algunos de sus tíos abuelos en 1746, Su título se le extendió por Real Provisión del 25 de noviembre de 1745, cargo en el que se desempeñó hasta 1756. En el intertanto, y debido a las múltiples actividades sociales a las que fue invitado por su familia materna, con la que no había vínculos, conoció a María Constanza Jiménez de Lobatón y Costilla con la que entabló una rápida amistad, que a la vuelta de algunos meses, pasó a mayores. Debido a su prestigio de juez y de hijo de José de Santiago Concha Méndez y Salvatierra, los padres de María Constanza, Nicolás Jiménez de Lobatón y Constanza Costilla y Valverde, no pusieron ningún obstáculo para que los jóvenes se vieran, concretando un apasionado noviazgo y programando su casamiento en una fecha próxima.

La renombrada y respetada pareja de consortes, se casó en Charcas, del Alto Perú en aquel mismo año, pero lamentablemente a Melchor le llegó una misiva del Virrey del Perú José Antonio Manso de Velasco que decía textual: que por haberse casado sin licencia real con María Constanza Jiménez de Lobatón, natural de La Plata, hija que era de Nicolás Jiménez de Lobatón y Hazaña, I Marqués de Rocafuerte y presidente de la Real Audiencia de Charcas y nieta de Juan Jiménez de Lobatón y Morales, oidor en Lima y también presidente de la Audiencia de Charcas, en relación a que las autoridades que representan a la Corona de España, estas deben solicitar autorización de sus majestades para contraer el sagrado vínculo, y en caso de no hacerlo, este quedará nulo y se le castigará a los rebeldes. De modo que Melchor ahora no se encontraba casado con María Constanza Jiménez de Lobatón y Costilla y se exponía a severos castigos, que podrían llegar hasta ser despojado de sus títulos, licencias y doctorados. Pero las autoridades le dieron una salida. Si es que él se trasladaba a ocupar una vacante de Oidor en la Real Audiencia de Chile, podrían autorizar su matrimonio y consumarlo en ese reino del sur y vivir unos años ocupando ese importante cargo en el Tribunal del Reino de Chile. Melchor no lo pensó dos veces y con la venia de su suegro o casi suegro Nicolás Jiménez de Lobatón, emprendieron rumbo a Lima para despedirse de sus hermanos y tíos y trasladarse delinitivamente a Santiago, donde ya había estado su padre y ocupado importantes cargos en varias ocasiones. Finalmente el Virrey del Perú José Antonio Manso de Velasco, le hizo entrega por Real Provisión del 2 de septiembre de 1756, en que se le libró título de Oidor Supernumerario de la Real Audiencia de Santiago de Chile. Y fue así, que Melchor comenzó a trazar su camino a imagen y semejanza de su padre don José. Realizó los preparativos de su viaje con su esposa María Constanza que se concretaría el 20 de noviembre de 1757 para estar arribando a Valparaíso el 15 de diciembre del mismo año. De modo que los futuros contrayentes, ya estuvieron instalados en una cómoda y central casa de la Capital del Reino de Chile, para gozar de las fiestas de fin de año reunidos como familia.

El 12 de febrero de 1758, en medio de las celebraciones de la fundación de la ciudad de Santiago de Chile, Melchor de Santiago Concha y Errazquín juró como Oidor de la Real Audiencia de Chile y comenzó de inmediato a trabajar en los casos que se encontraban archivados en el importante tribunal de justicia. El traía la experiencia de los trabajos del virreinato, que eran mucho más complejos y detallados, de modo que no constituía para Melchor ninguna complejidad ni dificultad, ir resolviendo los casos de la justicia chilena. Y en ese tenor se fue destacando y su nombre, tomando cada vez un prestigio mayor, del cual su honorable padre habría estado muy orgulloso. Pero asimismo, sus superiores lo hostigaban teniendo conocimiento de su situación de rebeldía con respecto al tema del casamiento y le daban trabajos intrascendentes y además, donde no le era posible destacarse. Aun así, Melchor se desempeñó de la mejor forma en su labor diaria y su comportamiento intachable lo hacía diferente a su padre, en cuanto a lo familiar, ya que su relación con su esposa doña María Constanza Jiménez de Lobatón y Costilla, a la cual le era absolutamente fiel en todo sentido, era casi perfecta. Pero Melchor no se dejaba pasar a llevar por nadie y traía la experiencia de haber laborado en uno de los tribunales más complejos que existen en las nuevas tierras, como lo es La Real Audiencia de Lima, en el Virreinato del Perú.

Y de esa manera fue que Melchor se fue abriendo camino en la sociedad de Santiago y también en otras ciudades de Chile. La vida comenzó a ser más amena para los De Santiago Concha y Lobatón, que ahora contaban con muchos amigos y de igual manera había mejor camaradería con los compañeros de trabajo de Melchor, que incluso ya los visitaban en su hermoso hogar. Santiago era una ciudad grande y compleja, no tanto como Lima, pero si en ocasiones, explotaban algunos actos rebeldes de jóvenes criollos que pedían más libertades en el gobierno y proceso administrativo del joven reino. Los manifestantes se parapetaban en el frontis de la Real Audiencia de Santiago y exigían que un mayor número de ciudadanos notables pudieran integrar el Cabildo de Santiago para poder soñar con un parlamento más adelante. También exigían que se abrieran colegios donde la clase media pudiera estudiar de manera gratuita los cursos básicos para saber leer y escribir junto con la aritmética. Todo aquello era escuchado por los jueces de la Real Audiencia, quienes se lo transmitían a los miembros del gobierno y a los integrantes del Cabildo, pero éstos se reían y hacían bromas con sus inquietudes, haciendo caso omiso de sus anhelos y archivando cualquiera de los documentos que mencionaran tales peticiones. Melchor encontraba que algunas de ellas eran de justicia y que no traerían consecuencias negativas para la corona y su gobierno. Pero no se atrevía a mencionarlo a sus colegas de la Real Audiencia y menos aún al gobernador Manuel de Amat y Juniet, ya que no se imaginaba cómo reaccionaría ante una revelación de esa magnitud y considerando que se la estaba proponiendo un colaborador fiel al monarca. De tal modo que el juez Melchor, prefería pasar por alto esas opiniones y no hacerse problemas con los gobernantes del reino de esta parte del mundo.

María Constanza Jiménez de Lobatón y Costilla, su amada esposa que lo esperaba en casa todos los días, lo alentaba a permanecer en silencio sin develar sus pareceres, ya que el genio del Gobernador del Reino de Chile Manuel de Amat y Juniet, era un tanto antojadizo y nadie podría presentir su reacción. De modo que la vida de la pareja, sin contar la incertidumbre por la autorización real para el matrimonio, no tenía sobresaltos y era muy apacible. Lo de la abstinencia sexual era un aspecto difícil de alcanzar, pero con la voluntad de ambos, lo fueron logrando. No podemos explicar aquí en este texto, las alternativas que usaron ambos contrayentes para evitar el embarazo, pero lo lograron, ya que de no haberlo hecho, se habrían expuesto a castigos severos de parte del Rey de España Fernando VI y del Virrey del Perú José Antonio Manso de Velasco. De quedar embarazada María Constanza, antes de la autorización real de los monarcas, Melchor podría ser destituido y hasta guillotinado por tan severa falta y en el más benévolo de los casos, la joven pareja tendría que haber disuelto su vínculo para siempre.

17.- Casamiento, obras y cargos en Chile.

Los felices cónyuges pudieron cumplir su sueño y a la vez responder a la confianza del Virrey Manzo de Velasco cuando supieron que ahora sí, les habían autorizado su casamiento en la Catedral de Santiago el día 11 de febrero de 1759. De modo que Melchor le solicitó a su futura esposa María Constanza Lobatón, que se preocupara de todos los preparativos para tan importante acontecimiento, aunque dicho sea de paso, ellos aún no contaban con amigos en Santiago de Chile, ni menos parientes, para invitar a un acontecimiento tan trascendental como lo es una boda, además, su propia boda. Tampoco podría consagrar la misa y el vínculo alguno de sus hermanos, ya que no era posible que viajaran desde Lima a Santiago. Pero de todos modos iban a confeccionar una pequeña lista de invitados donde se incluyera algunos jueces antiguos, que trabajaban con Melchor en la Real Audiencia y otras autoridades de diversa índole. Melchor de Santiago Concha, no se sentía un chileno. Él antes que todo, era realista, o sea, un funcionario de alto orden de la Corona Real del Rey de España Fernando VI, El Prudente, o el Justo, como le decían sus súbditos en el reino. En ese sentido, se presentaba similar a su padre José de Santiago Concha Méndez y Salvatierra. En circunstancias especiales, existiría la posibilidad que se sintieran un tanto peruanos o cuzqueños, pero nunca por ningún motivo, chilenos. Y Melchor seguiría la tradición con sus hijos, si es que la divinidad se los concedía, ya que el Oidor de la Real Audiencia de Santiago de Chile, contaba ya con 48 años de edad, situación que lo apuntaba como un probable nulíparo, como se les denomina a las personas que no tienen hijos, independiente de la fertilidad o infertilidad de alguno de los cónyuges. Pero a nivel de chismes y habladurías, esos temas se convertían en calificativos despiadados para quienes a edad avanzada no hubieran aún procreado. Los propios futuros contrayentes y los defensores de la causa, excusaban la situación argumentando que esto se debía a que la pareja a pesar de estar casados en Alto Perú, y mantener una vida de cónyuges al vivir juntos, aun legalmente y por las leyes del Rey de España Fernando VI, EL Prudente y el justo, no se encontraban consumadamente casados.

Pero el tiempo pasa volando y el día del casamiento de la dispar pareja llegó. Aquel día domingo 11 de febrero de 1759 se iba a convertir, según las expectativas, en uno de los días más felices de sus vidas, aunque no contaran con miembros de ninguna de las dos familias que estuvieran presentes. Tampoco asistiría el ex Gobernador de Chile Domingo Ortiz de Rosas, cuyo mandato había concluido y ya se encontraba en otra latitud. Pero quien si estaba invitado y de seguro asistiría, sería don José Perfecto de Salas. El jefe de Melchor y fiscal general de la Real Audiencia de Santiago de Chile. Asimismo, les había confirmado la asistencia el nuevo y reciente Gobernador de la Capitanía de Chile el caballero Manuel de Amat y Juniet, quien fue investido luego de concluir su mandato el ex Gobernador de Chile Domingo Ortiz de Rosas. El Rey Felipe VI nombró a ambos ya que eran de su total confianza, así como también del Virrey del Perú, José Antonio Manso de Velasco. José Perfecto de Salas abogado, era todo un personaje que ocupó altos cargos en la administración de los gobiernos de Lima, Buenos Aires y Santiago. Tuvo dos hijos famosos como lo son Manuel de Salas y Mercedes de Salas Esta última se casó años más tarde con José Antonio de Rojas y Ortuguren. Este matrimonio que se llevó a cabo en Buenos Aires, participó activamente en la conspiración de los tres Antonios o motín de los tres Antonios, que fue un movimiento tendiente a lograr una revolución independentista en Chile, y por supuesto que se constituyó en el primer intento de independencia en América Latina. Toda esta conspiración surgió en Santiago, la capital de la Capitanía General de Chile en 1780. Se le llamó de esa forma por la participación de sus tres principales protagonistas: los franceses Antonio Berney y Antonio Gramusset, y el criollo José Antonio de Rojas. Ellos pretendían derrocar el gobierno colonial monárquico en Chile y establecer allí un régimen criollo, cuyo gobierno sería ejercido por una junta de notables popularmente elegida. Estas ideas que trajo José Antonio de Rojas, estaban influenciadas por la política de la Ilustración francesa y también impulsadas por la guerra de Independencia de los Estados Unidos que Antonio presenció, y la declaración de Independencia de dicho país en 1776. Esta conspiración fue descubierta y no se constituyó en un hecho definitivo para el país, pero aunque anecdótica en su momento, ha sido considerada como precursora de los movimientos emancipadores en Chile, que tuvieron mayor algidez en 1810, cuando se inició definitivamente el proceso de independencia de Chile, con la conformación de la Primera Junta Nacional de Gobierno.

Volviendo al entorno familiar de Melchor y a su distinguido casamiento, la pareja finalmente contrajo nupcias en la prestigiosa Catedral de Santiago del Reino de Chile, donde una distinguida concurrencia y fieles de aquel icónico templo chileno, se hicieron presentes para ver el culto y las pompas con que la iglesia católica consagraba el vínculo de tan destacado y querido juez. Los sacerdotes que, por cierto, conocían a los hermanos de Melchor, celebraron el enlace con mucho protocolo y ceremoniosidad, de modo que el enlace fuera inolvidable para los contrayentes y sus colegas sacerdotes les estuvieran eternamente agradecidos. Posterior a aquello, los novios caminaron por las calles de Santiago y la ribera del Rio Mapocho, hasta llegar al lugar donde realizarían una manifestación acorde al nivel de invitados que tenían. La recepción estuvo marcada por la elegancia y el buen gusto, pero no obstante fue muy abundante en las exquisiteces que se ofrecieron, provocando los buenos comentarios y agradecimientos correspondientes de la concurrencia. La gran fiesta se desarrolló en lo que sería su hogar definitivo y que melancólicamente llamaron Casa Concha. Esta hermosa casona se ubicaba en la Cañada con Santo Domingo, muy cerca de la Plaza Mayor de Santiago. El agasajo estuvo a la altura y las autoridades e invitados se retiraron muy tarde debido a lo entretenidos que se encontraban. La pareja, es decir, los novios, conversaron largamente después de que los comensales se hubieren ido y estaban felices con lo que habían logrado, incluso comentaban como anécdota, las ideas de algunos representantes de la corona española, que tenían relación con ideas progresistas de Europa, que estaba viviendo un tenso momento y que se estaba replicando en Estados Unidos. Pero el nuevo y reciente Gobernador de la Capitanía de Chile, el caballero

Manuel de Amat y Juniet, no sólo se reía de aquellos burdos relatos, sino que ostentaba con que los reinos del sur del mundo, eran invencibles y estas escaramuzas las acallaban con un par de guillotinazos en la plaza Mayor, para que se sosegaran los que deseaban adherirse a ellos. Pero todo esto en un son de jocosidad y mucha alegría. Naturalmente los hechos de alguna insurrección estaban muy lejos de concretarse y la mayoría de los criollos, sólo veían las rebeliones europeas como muy lejanas e inalcanzables para un pequeño reino como el de Chile. Claramente en el sur del mundo y del nuevo mundo, todos llegaban sólo a trabajar y algunos, a enriquecerse para volver a Lima con mucho dinero y prestigio. Otros funcionarios fieles al Rey, evidentemente deseaban terminar su carrera de la mejor forma en España y finalizar allí sus aguerridos días de combate y trabajo para la corona.

El frío otoño santiaguino, se deja caer con rudeza en la capital chilena. Melchor continuaba ejerciendo sus cargos y cada vez contaba con mayor experiencia y reconocimiento por parte de sus pares. Aquella gélida tarde de abril, el oidor de la Real Audiencia de Santiago de Chile, llegó a su casa en La Cañada y disfrutó del recibimiento de su esposa María Constanza Lobatón, que lo hacía sentir como si fuera un Rey, a pesar de que tan sólo era un juez de aquel reino apartado del mundo. María Constanza se le acercó más que de costumbre y le susurró al oído que sus apellidos no sólo estaban unidos por su reciente matrimonio, sino que permanecerían indisolublemente unidos por mucho tiempo más. Melchor, que era sagazmente inteligente, comprendió el mensaje y la estrechó en un tibio abrazo que templó aquella helada tarde de invierno en Santiago de Chile. El mensaje fue claro. María Constanza estaba embarazada y en los primeros días del año 1760, los esposos De Santiago Concha y Lobatón, serían padres por primera vez, a pesar de los años que ya llevaban juntos, pero por cuestiones judiciales y reales, no habían podido consumar. Allí comenzó una nueva era para su familia, que ya se podía denominar como tal, esperando a aquel hijo o hija que sellara el proyecto familia con el que siempre habían soñado. El frío momentáneo de aquel crudo otoño, se iría paulatinamente entibiando con la llegada de los meses más cálidos del sur del mundo y su etapa final del embarazo la sufriría en pleno verano santiaguino con temperaturas muy altas a pesar de la nieve eterna de la cordillera.

18.- Nacimiento de José y Nicolasa de Santiago Concha y Lobatón.

Finalmente el martes 12 de enero de 1760, la casona Concha en La Cañada, se vistió de fiesta para recibir a un nuevo integrante de la familia. Por la tarde, llegó al mundo un robusto varoncito que llenó de alegria el rostro de su madre María Constanza y de orgullo a su padre Melchor. Le propuso a su esposa llamarlo José, como su abuelo. José de Santiago Concha y Jiménez de Lobatón. De modo que a los pocos meses de nacido, precisamente el 30 junio 1760, ya lo estaban bautizando en la Parroquia Santa Ana de Santiago, cuando el sacerdote destacaba su nombre, como José María Melchor Ignacio de Santiago Concha y Jiménez de Lobatón, mientras lo untaba con los aceites, y agua bendita correspondientes, al tiempo que José daba sus alaridos, de los tantos que tendría que expresar en su difícil vida. El pequeño José, vino a alegrar la vida de una familia que aunque se veía feliz, llevaba una vida aburrida y sus rutinas diarias eran un tanto insulsas. José se manifestó inquieto desde que comenzó a moverse y a gatear por toda la casona. Los padres, un poco sobrepasados por la energía del nuevo integrante, tomaron la popular y común decisión de otorgarle un hermanito o hermanita, de modo que de inmediato se pusieron en campaña. Bueno, los esfuerzos constantes y aplicados de la dispar pareja dieron los resultados esperados y María Constanza se embarazó nuevamente y ahora sí, que la mayor parte del estado interesante, lo tendría que soportar viviéndolo en pleno invierno.

Cerca de la navidad, como regalo divino, María Constanza parió a la hermosa pequeña y frágil bebé, a la que pondrían por nombre Agustina Nicolasa Josefa de Santiago Concha Jiménez de Lobatón. Otra nueva integrante de la familia que, aunque más tranquila que su hermano José, aportaba con el bullicio necesario en demostrar que en la casona Concha había mucha vida. Y fueron creciendo los dos pequeñuelos casi de una misma edad mientras su padre Melchor, trabajaba en la Real Audiencia sin descanso, para darle lo mejor a aquellos chiquilines que eran su vida entera. Él, con toda seguridad, pensaba que al transcurrir algunos años, su prestigio iría creciendo y por consiguiente tendría que haber accedido a otros cargos de mayor responsabilidad. Incluso su convicción lo podría haber llevado a lo más alto y ser investido como Gobernador de Chile, al igual que su distinguido padre. Pero ahí lo teníamos entre papeles y casos menores, como juez oidor de la Real Audiencia. De esta forma, su satisfacción se trasladó al ámbito familiar y eso significaba pensar en hacer crecer a la familia. En el año 1767 María Constanza Jiménez de Lobatón y Costilla nuevamente se embaraza y nace a mediados del año 1768 María Constanza Francisca Juana de Santiago Concha Jiménez de Lobatón, que dejaba a los varones de la familia de Santiago Concha Jiménez de Lobatón en inferioridad de miembros. Esto coincide con los mejores momentos de Melchor en la administración de la justicia, donde es ascendido a Presidente de la Real Audiencia de Santiago de Chile. Ocupó esta importante investidura, durante varios años, aumentando así su alcurnia y su prestigio en las nuevas tierras chilenas. De esta forma en la casa Concha, se respiraba un aire de tranquilidad y la familia estaba orgullosa de él, a tal punto que María Constanza Jiménez se embarazó nuevamente a fines del año 1772 esperando que el bebé llegara a mediados del año 1773.

Pero esta vez no fue como las anteriores, y el embarazo se tornó complejo y difícil desde el punto estrictamente médico. La barriga se tornaba día a día más enorme y muy pero muy redonda. Al acercarse la fecha del alumbramiento, María Constanza se sentía muy agotada y sólo esperaba que su bebé naciera luego y sin problemas. La partera ya se encontraba en la Casa Concha y pronosticó la llegada del bebé para el día sábado 17 de julio. El carácter nervioso de Melchor, no le permitía estar tranquilo y se paseaba por fuera de la habitación que habían dispuesto para que Constanza tuviera un alumbramiento en calma y seguro. Los gritos de la madre comenzaron a escucharse cada vez más fuertes y con evidente signo de sufrimiento. Dos colaboradoras de la Casa Concha corrieron a la habitación de parto al parecer siendo requeridas por la partera. Mientras todos estaban nerviosos y muchos de ellos rezando, salió la partera y le comento a Melchor que la dama María Constanza no se encontraba bien. Melchor ingresó a la habitación y tomó de las manos a su esposa que jadeaba mucho dando muestras de que estaba agonizante con evidente insuficiencia respiratoria aguda.

El juez miraba a la partera que sostenía a dos bebés en sus brazos. Ella señaló que era un varón y una niña, pero que ambos se encontraban con dificultades, ya que su peso era muy precario. Melchor le hablaba a María Constanza y le decía que los niños iban a estar bien y que llevarían por nombre Melchor María de Santiago Concha y Jiménez de Lobatón el varón y la niña Micaela de Santiago Concha y Jiménez Lobatón. La afligida madre esbozó una leve, pero tierna sonrisa y después de un profundo y quejumbroso suspiro, dejó de respirar. Melchor se puso como loco y trato de reanimarla mientras gritaba a los sirvientes que fueran por el médico. Todo esfuerzo fue inútil ya que María Constanza Jiménez de Lobatón y Costilla murió en sus brazos a las 2 de la tarde del sábado 17 de julio de 1773. En las horas posteriores también falleció Micaela, quien no resistió todas las dificultades de salud que acarreaba. La vida de Melchor se había desintegrado en unos minutos. No tenía cabeza para preparar dos funerales y las exequias de ambas. Si Micaela ni siquiera alcanzó a abrir los ojos y su corazoncito dejó de latir. Melchor se encontraba en estado crítico y la probabilidad de que sobreviviera era escasa. Durante los funerales el niño permaneció junto a las nodrizas que lo cuidaban celosamente, para que pudiera al fin mejorar su estado y permanecer junto a su alicaída familia. Era difícil continuar sobrellevando la vida, pero había que hacerlo, sobre todo por sus tres hijos que esperaban por él. Los mayores, José y Nicolasa, ya de casi trece años y la pequeña Juana de apenas cinco años.

Todo cambió en la vida de Melchor de Santiago Concha y Errazquín. Aunque en su trabajo cumplió siempre con su deber y fue muy responsable, era notoria la falta de confianza en sí mismo y su desmotivación había llegado a límites que todos comentaban con un dejo de compasión. En algún momento, ya no lo siguieron considerando Presidente de la Real Audiencia de Chile, y esto no le importaba en lo más mínimo. Por de pronto, regresó a su cargo de oidor y trabajó en ello hasta que las drásticas reformas del ministro José de Gálvez a la Real Audiencia chilena, lo dejaron sin una labor que realizar. Los problemas familiares también lo fustigaron, ya que su pequeña Nicolasa, que aún no cumplía sus 15 años, fue pedida en matrimonio por el acaudalado señor don José Nicolás de la Cerda Sánchez de la Barrera, quien junto a su padre don Nicolás Alonso de la Cerda Carvajal llegaron a su hogar y finalmente se llevaron a la pequeña casada con un muy buen porvenir. Melchor que se sentía ya vapuleado con todo lo ocurrido en los últimos dos años, dio el consentimiento y antes que José decidiera quedarse con ella, programó la retirada a su natal Lima sirviendo en Chile sólo hasta el 6 de marzo de 1777, día en que abandonó el tribunal Real. Al pasar de unos días, el ex Oidor de la Real Audiencia de Chile tenía todo arreglado para viajar a Lima con toda su familia y algunos criados, bueno, casi todos. Su yerno Nicolás, le pidió que dejara al pequeño Melchor, ya que debido a su malformación y debilidad, no resistiría el largo viaje. Aquí en Chile, lo internarían en un sanatorio de religiosas y Nicolasa se encargaría de ir a visitarlo y llevarle lo que fuera necesario. La abulia y la desidia de Melchor, no le permitía tomar decisiones más drásticas y rebatir aquellas que tomaban otras personas contrarias a sus intereses. Tomo entonces José algunas de sus cosas y se marchó a Lima en abril de 1777 con dos de sus hijos, José y Juana.

Apenas arribó al Callao, ya le estaban ofreciendo una alcaldía mayor y fue destinado a una plaza de alcalde del Crimen de la Real Audiencia de Lima, de la que se le extendió título en El Pardo desde el 26 de enero de

1777, pero que el solo juró el 23 de noviembre de 1777. En este cargo, se mantuvo hasta el 7 de septiembre de 1779, mientras el más favorecido con toda esta vorágine de cambios y desgracias en la familia y en el campo laboral, fue su hijo José que, gracias a la gestión de su padre y de algunos amigos, ingresó el 3 de agosto de 1779, con una beca de merced, al Real Colegio Seminario de Santo Toribio en Lima. Obviamente, no caminaba para sacerdote, de modo que su derrotero apuntaba a ser profesional de las leyes como su padre y su abuelo. En tanto Melchor, luego de deambular como viudo alicaído y sin motivación, en esta última fecha indicada, tomó posesión de una plaza de oidor en la misma Real Audiencia de Lima, de la que se le había librado título por Real Provisión del 23 de febrero de 1779, y sirvió en ella por quince años obteniendo una tranquilidad y una paz que anteriormente parecía imposible de sobrellevar. Como oidor del Tribunal limeño desempeñó variadas comisiones, tales como vocal de la Junta Superior de Real Hacienda, Juez del juzgado mayor de censos de indios, Juez conservador de la Real Casa de Niños Expósitos del Consejo de Su Majestad el Rey de España Carlos IV, hijo de Carlos III) y Superintendente de las Cajas Reales de Potosí. Contribuyó además, en las obras que se realizaron para construir en el tajamar del Río Pilcomayo y en uno de los ojos del puente que lo cruzaba, mientras gobernaba el virrey Jáuregui y Aldecoa. En atención a su edad, se le otorgó la gracia de asistir al acuerdo cuando quisiere. Recién culminada su labor en el Tribunal Real, el 4 de diciembre de 1794 fue el día en que comenzó a gozar de la jubilación que se le había concedido por Real Cédula del 20 de marzo del año anterior.

En otro ámbito, el hijo de Melchor José de Santiago Concha, oidor en Real Audiencia de Santiago de Chile, y nieto del también limeño José de Santiago Concha y Méndez Salvatierra, oidor en Lima, utilizó todas sus influencias de alcurnia y descendencia para lograr ser nombrado abogado de la Real Audiencia de Lima, ya que al ser nieto por línea materna de Nicolás Jiménez de Lobatón, I marqués de Rocafuerte y presidente de la Real Audiencia de Charcas, y bisnieto de Juan Jimenez de Lobatón y Morales, oidor en Lima y también presidente de Charcas, finalmente lo pudo lograr graduándose de bachiller en Leyes por la Universidad de San Marcos y el nombramiento como abogado en la Real Audiencia de Lima, se produjo el día el 7 de diciembre de 1784. Entre José y Melchor, hubo un extraño distanciamiento, como si José lo culpara por el desmembramiento de su familia. José tuvo muchas dificultades para graduarse de abogado y responsabilizaba de estos problemas directamente a su padre Melchor. Lo encontraba tibio en sus posiciones políticas y debido al poco desarrollo profesional que tuvo y lo magra de su carrera como juez, la Real Audiencia de Lima, que toma muy en cuenta estas relaciones parentales de excelencia, no deseaba darle el título de abogado a José. Esto terminó por crear un abismo entre padre e hijo. De igual forma, ambos vivían en la Casa Concha de Lima y se topaban a menudo por los pasillos de la mansión. En el año 1790, la familia De Santiago Concha llegó a un acuerdo de que el Marquesado de la Casa Concha retornara a la familia de José de Santiago Concha Méndez y Salvatierra.

Y fue así como Melchor José de Santiago Concha y Errazquín recibió, pocos años antes del final de su vida, el Título de Marqués de la Casa Concha de manos de su sobrino Pedro de Santiago Concha y Salazar que por cierto, no era digno de tal investidura, ya que lo había obtenido recién nacido al morir su padre Pedro de Santiago Concha y Roldán. El conflicto cstalló por los apellidos maternos de los hijos de José de Santiago Concha Méndez y Salvatierra, unos eran Roldán y otros Errazquín. Lo cierto es que una vez recuperado el marquesado, Melchor debía heredárselo a su primogénito José, aunque este heredero no le otorgaba ni un grado de importancia a aquella investidura. Y tan cierto es lo narrado, que José de Santiago Concha y Jiménez de Lobatón, aceptó una plaza de Oidor de la Real Audiencia de Santiago de Chile y comenzó a planificar su viaje, sabiendo que con ello, nunca más volvería a ver a su padre. A fines del año 1794 José viajó a Chile, donde no se encontraría solo, ya que su hermana Nicolasa, vivía con su esposo Nicolás de la Cerda y Sánchez de la Barrera en Santiago y eran muy ricos viviendo con lujos y comodidades. José extrañaba mucho a su hermana, ya que ellos siempre se quisieron mucho. Estaba ansioso por concretar ese encuentro. Además, él había nacido en Chile y no llegaría como un foráneo. Al partir con un ligero equipaje, un dejo de nostalgia recorrió su alma y la pena embargó su corazón. Al fin y al cabo, era su padre y lo quería, pero los avatares del destino los habían separado en demasía. El joven José de Santiago Concha, le criticaba no haber continuado la senda de alcurnia heredada por su padre José y tampoco se esmeró en preocuparse por lo debilitada que se encontraba su madre María Constanza, y lo culpaba de haberla dejado morir.

El IV Marqués de Casa Concha, letrado, oidor en audiencias de Indias, Melchor José de Santiago Concha y Errazquín, dejó de existir en la Casa Concha de Lima el 18 de diciembre de 1795 recibiendo los honores correspondientes a nivel del Virreinato del Perú, realizándose sus exequias en la Catedral de Lima en una misa concelebrada por sus ancianos hermanos sacerdotes, mientras sus restos descansaron en el Mausoleo de la Familia De Santiago Concha en el patio de la misma catedral, donde se ubicó a un costado de su padre el ex Gobernador de Chile, José de Santiago Concha y Méndez Salvatierra. Melchor tuvo una complicada vida llena de conflictos y situaciones desgraciadas y de mala fortuna. Finalmente la muerte de María Constanza y de Micaela junto con la enfermedad de Melchor, terminaron por destruirlo y arrebatarle la única razón por la que habría deseado continuar viviendo. De esta forma su hijo José, el Juez Oidor de la Real Audiencia de Santiago, tendría que haber validado su Marquesado en el Virreinato de Lima, pero por la falta de interés en un título ya desvirtuado y menoscabado por su primo Pedro de Santiago Concha y Salazar que no lo mereció nunca y la pésima relación con su padre, sobre todo en los últimos años, jamás lo hizo. Sin embargo, el título nobiliario ya estaba destinado arreglado y negociado por las leyes reales y no se podía contrariar al soberano, de modo que lo único que quedaba era esperar una descendencia que por ahora se veía distante, que José tuviera un hijo varón para que de esa manera, aquel hijo primogénito, pudiera continuar con el Marquesado heredado de José

de Santiago Concha y Salvatierra, convirtiéndose en el
VI Marqués de la Casa Concha.

19.- Oidor de la Real Audiencia y casamiento.

Sobre consulta del 20 de junio de 1794 fue nombrado oidor propietario de la Real Audiencia de Santiago de Chile para ocupar la vacante por promoción a Lima de Juan Rodríguez Ballesteros, con goce a medio salario mientras viviera su padre. Por real provisión despachada en San Lorenzo el Real del 26 de noviembre de 1794 se le libró título de esta plaza, la que comenzó a servir el 19 de diciembre de 1795. El Presidente de la Real Audiencia de Santiago era don Joaquín Pérez de Uriondo, quien sostuvo una larga entrevista con José en su despacho. La conferencia era de dulce y de agraz, ya que el juez mayor le tuvo que comunicar a José, que su padre Melchor había fallecido hacía ya un mes y que se le realizó un funeral real con la presencia de ministros jueces y el Virrey Francisco Gil de Taboada. Pero don Joaquín Pérez, quien tenía una gran simpatía por el joven De Santiago Concha, antes que este se pusiera triste y supuestamente rompiera en llanto, le comunicó que desde el siguiente mes, podrá contar con el total de su mesada, ya que antes de morir su padre, le devenían la mitad del salario para entregárselo a él. Pérez sonrió y le dijo a José que debido a que viajaba mucho al Virreinato y a España, le correspondería a él por alcurnia reemplazarlo en su ausencia en la Presidencia de la Real Audiencia. Así se fue asentando la vida de José en la Capital del Reino de Chile y su nombre junto a un desempeño notable, comenzó a valorizarse y a ser considerado cada vez en cargos de mayor responsabilidad. Mientras sirvió en Chile, se desempeñó como vocal de la Junta de Temporalidades, juez de Bienes de Difuntos, y director de la Academia Carolina de Leyes Reales y Práctica Forense.

Una tarde mientras caminaba desde el tribunal hacia su casa, se encontró de sopetón con José Nicolás de la Cerda y Sánchez de la Barrera quien le gritó de un extremo a otro de la calle:

- ¡¡¡Cuñado, hey!!! ¿Que anda haciendo por estos lados? gritó entusiasmado Nicolás a su cuñado José. Y el juez cruzó la calle y se estrechó en un fraternal abrazo con el esposo de su hermana Nicolasa de Santiago Concha y Jiménez Lobatón.

- Estoy trabajando aquí en Santiago. Soy oidor de la Real Audiencia y vivo por aquí cerca cuñado. ¿Deseas pasar un rato a tomar algo?- preguntó nervioso el juez.

- Ahora no puedo, ya que estoy viendo unos asuntos importantes de los negocios familiares. Tú sabes que tenemos una gran chacra en Ñuñoa y nos dedicamos al negocio de la carne. Pero te esperamos mañana en el campo para que comas con nosotros. Nicolasa se va a poner muy contenta de saber que su hermano está aquí en Santiago.- contestó Nicolás.

- Muy bien. Mañana estaré allí como a la una de la tarde.- le aseguró de Santiago Concha a su maduro cuñado que se notaba estaba feliz de verlo e invitarlo.

A la mañana siguiente José se preparó para visitar a su hermana y su cuñado en la Chacra de Ñuñoa. Se arregló muy bien de ambo, con botas y corbatín, para causar buena impresión a sus parientes. Como buen juez, llegó a la casona de su hermana a la una en punto. Unos inquilinos salieron a buscarlo y lo escoltaron hacia la inmensa casa que había en el interior de la Chacra. De pronto apareció su hermana Nicolasa y se colgó prácticamente de su cuello y murmuraba:

- ¡¡¡Hermanito Hermanito!!! Cuanto tiempo sin vernos. Han pasado muchos años. ¿Dime como está papá? preguntaba la joven mujer al tiempo que sollozaba mucho.

- Malas noticas hermanita. Es por eso que te quería ver. Nuestro Padre murió ya hace algunos meses y yo lamentablemente no me enteré, ya que estaba recién llegado a Santiago y me estaba instalando en una pequeña casa en el centro. Tu padre se encontraba muy delicado cuando yo me vine de Lima y debido a eso durante mi viaje lloré mucho pensando en que ya no lo volvería a ver nunca más. Tú sabes que entre él y yo la relación era difícil y no podíamos entablar conversaciones- comentó entristecido José, con algunas lágrimas en sus pálidas mejillas.

Los hermanos se abrazaron y caminaron al interior de la casona patronal de aquella inmensa Chacra. Un sirviente le recibió la gabardina y se acercaron a una terraza donde degustaron algunos mostos y mistelas. En algún momento una sirvienta les comunicó que el almuerzo se iba a servir para que tomaran asiento en la mesa patronal. Se sentaron quedando bastante lejos el uno del otro, mientras su cuñado Nicolás, alentaba al mayordomo a que le sirviera más licor a José, su cuñado. Nicolás preguntó por su hija Josefa y nadie parecía haberla visto. Junto a un buffet de carnes de vacuno, apareció Josefa de improviso y causó sorpresa entre sus padres. José preguntó quién era esa hermosura y Nicolasa respondió que era su hija mayor. Pero qué edad podría tener una sobrina de José si el aún no tenía hijos. La bella niña interrumpió a sus padres y a su tío y señaló con voz de mando, que tenía 18 años y pronto cumpliría los 19. Ante eso complementó que su madre a esa edad ya la había tenido a ella y a otros dos hijos. Y culminó su arenga afirmando que ya estaba lista para el matrimonio, de modo que se había puesto en campaña para buscar marido ya que no deseaba ser una solterona.

Durante el almuerzo, Josefa se robó la atención de todos, incluyendo la visita, su tío el juez del crimen de la Real Audiencia de Santiago de Chile. José se pudo percatar, que su sobrina no le decía precisamente tío, sino que simplemente lo llamaba por su nombre de pila, o sea José. Antes, él estaba un tanto nervioso por Nicolás y Nicolasa, pero posteriormente la personalidad arrolladora de aquella jovencita, lo había descolocado completamente. Luego de la comida salieron nuevamente a la terraza a tomar un mate o un té, y mientras los esposos hablaban de negocios de la venta de carne y de la inmobiliaria de la familia De la Cerda, justamente la niña De la Cerda de dieciocho años, conversaba sólo de vestidos, de la sociedad y de política, pero mantenía a José muy atento con lo escuchado y deslumbrado por la belleza de la joven, su sobrina. Pronto se despidieron y el tío se quejó varias veces de la soledad en que vivía, sobre todo los fines de semana, claro está que era con la intención de que su hermana o su cuñado lo invitaran nuevamente a la Chacra en Ñuñoa. Y fue así como José comenzó a visitar a su querida hermana todos los fines de semana, yéndose los sábados por la tarde y regresando a Santiago los domingos por la noche, incluso había semanas que se dejaba caer el viernes y así se tornaba más largo y divertido el fin de semana, donde compartía mucho con su hermana Nicolasa y su sobrina Josefa. Por las noches, al son de la mistela el vino y el agua ardiente, el tío y la sobrina permanecían hasta altas horas de la madrugada hablando de un cuanto hay y de temas que comúnmente no hablan los padres con los hijos, ni menos los tíos con las sobrinas. En esa rutina estuvieron casi un año. Todos los fines de semana eran sagrados para José y la familia De la Cerda, en reuniones sociales donde en ocasiones había muchos invitados y la mayoría eran jóvenes que cortejaban a Josefa. Claro está que ninguno tenía la alcurnia, el dinero, y el poder del respetado y querido juez José de Santiago Concha y Jiménez de Lobatón.

Cierto día que se encontraban solos en la sala de estar, y previendo José que en cualquier momento Josefa le podía dar el sí a alguno de sus pretendientes, inició una conversación con ella donde al comienzo se dio muchas vueltas y no sabía cómo ir al grano. Josefa lo miraba y se sonreía, pues la inteligencia de esta niña intuía que José quería pedirle que hubiera algo entre ellos. Pero José se mantenía un tanto formal y deseaba pedirla en matrimonio, siempre que la sobrina estuviera de acuerdo por supuesto. Él no quería incomodarla. Para Josefa era como un juego, poniéndole nervioso a tal punto que su tío se turbaba y no podía decir lo que deseaba. Hasta que se armó de fortaleza y le preguntó si le gustaría ser su novia y pensar en el matrimonio en un futuro a mediano plazo. La niña, su sobrina, le dijo que no era a ella a quien tenía que solicitar esa autorización, sino que a Nicolás, su estricto padre. José le prometió que si ella estaba de acuerdo, mañana mismo hablaría con él en el desayuno. Se juraron amor eterno y al despedirse se besaron inocentemente untando sus labios en los labios del otro sin ni siquiera abrirlos. En aquellos tiempos eran muy comunes los matrimonios entre primos o primos hermanos, pero no se veía bien un enlace matrimonial entre un tío y una sobrina.

A la mañana siguiente, José se levantó muy temprano y ayudó con las faenas del desayuno. Cuando estuvieron todos sentados a la mesa del comedor, José pidió la palabra:

- Querida familia. Ha sido muy grato reencontrarme con ustedes nuevamente y haber podido abrazar a mi hermana después de tantos años sin vernos. Y además, logré estrechar lazos familiares con mi cuñado, que es una bellísima persona. Ustedes han hecho que mi traslado a Santiago, tenga sentido y razón. He conocido muy bien a toda su familia y especialmente a su encantadora hija María Josefa con quien he compartido y conversado mucho admirando su inteligencia y carácter de mujer moderna. Hoy, en esta mesa familiar, deseo solicitar a ustedes, que se me permita cortejar a su amada hija, ya que creo que la nube del amor se ha posado sobre nosotros. Es cierto que tenemos alguna importante diferencia de edad, pero dieciséis años no es muy diferente a la diferencia etárea que tienen ustedes y han sido tremendamente felices. Ahora bien, yo le puedo dar la vida que vuestra hija se merece llevar aquí en Chile en el Virreinato o en cualquier lugar del mundo y algo sumamente importante. Nuestros hijos tendrán el elevado linaje de los De Santiago Concha y los De la Cerda, algo fundamental para mantener el status nobiliario que la genealogía nos ha entregado. La sangre de nuestros descendientes será, por cierto, doblemente prosapia y el abolengo les permitirá llegar a donde ellos se lo propongan. Ahora me gustaría escuchar a Nicolás y lo que le parece este sentimiento que estamos sufriendo con Josefa, ya que la incertidumbre y sus reacciones me están carcomiendo todo mi sistema nervioso.- finalizó José emitiendo un suspiro que no era de desahogo precisamente.

Los esposos De la Cerda De Santiago Concha, se dieron un fugaz mirada, mientras Nicolás extendió ambas manos, que se frotaban un tanto la cara y la cabeza, como gesto de desesperación. Vuelven a mirarse los padres de Josefa y Nicolasa le hace un gesto, como para que comience la réplica y diga lo que tiene que decir en esos casos. Nicolás frunció el ceño como pidiendo ayuda y se puso de pie. Frotándose ambas manos, las mismas que habían restregado su cabeza, y dijo:

- Es una situación difícil mi querido José, ya que no me gustaría que se sintiera ofendido por lo que le voy a decir y esto lo expreso única y exclusivamente por el amor que le tengo a mi hija Josefa, así como a todos mis hijos. No sólo la diferencia de años de vida es la que me consterna, sino que además, está el cercano parentesco, ya que usted es hermano de la madre de esta joven, que usted desea cortejar. Yo soy su cuñado y ahora pretende que sea su suegro y todos mis hijos que lo nombraban por tío, ahora serán sus cuñados. Es una situación embarazosa y difícil de digerir. Voy a pedirles a mi esposa y a mi hija, que se retiren a sus aposentos y que conversen de la circunstancia en que esto se produjo y cuál es el estado de esta relación. Mientras tanto, ambos conversaremos de tópicos masculinos y plantearemos las condiciones de hombre a hombre con el debido respeto.- Nicolás, tomó asiento nuevamente y se dirigió en otros términos a su cuñado:

- ¿En qué estabas pensando cuando visitaste nuestro hogar José? ¿Acaso ya habías visto a Josefa antes de venir aquí? ¿Cuáles son tus intenciones con mi hija? Son las interrogantes que me dan vueltas en la mente y no me permiten razonar. Lo que me molesta cuñado, es que tú ni siquiera pensaste en el problema que nos ibas a crear con tu incursión a lo casanova y seductor. ¿No tenías novia en Lima? Porque ya eras un hombre maduro y con un buen trabajo y salario, que podrías haber conquistado a cualquier señorita limeña. ¡Pero no! Decidiste regresar casi solterón a Santiago y arrebatarnos a nuestra pequeña. ¿Cómo yo sé que no eres un patán libertino y mujeriego, que vas a rebajar a nuestra Josefa y que al año la pobre ya va a estar arrepentida de su doloroso paso al matrimonio?- expresaba furioso Nicolás mientras expulsaba un rocío de su deformada boca.

- Cálmate, Nicolás- sostuvo sosegadamente el pretendiente mientras veía acalorarse de rabia a su futuro suegro al que se le inflaban las venas del cuello y de la frente.

- Estás dramatizando en demasía. Seré un extraordinario esposo para tu hija y tendrás que desdecirte el día de mañana. Voy a tomar estas palabras como las de un equivocado suegro, a quien le causé un trastorno porque su hija ya no permanecerá más a su lado. Lo entenderé cuando al cabo de un año, me pidas las disculpas correspondientes por todo lo que me has dicho hoy, pero si continúas ofendiéndome, no lo olvidaré fácilmente y tu hija tampoco lo olvidará y te guardará mucho rencor. Y eso va a ser malo para tus negocios, ya que un hombre que no es querido por su hija mayor, no puede ser honrado ni hacer buenos negocios.- le refrendó José a su cuñado, que en esos momentos sólo quería ahorcarlo.

En ese preciso momento, apareció Nicolasa y le hizo una seña a Nicolás para que se acercara. Cuando éste se hubo alejado de José, su esposa le dio el tiro de gracia. La niña Josefa estaba enamorada de su tío y lo único que deseaba en la vida, era casarse con él. El frustrado padre le pidió a su hija que reaccionara y que lo pensara un tiempo, pero la niña Josefa no entendía de razones y se mantuvo firme en las respuestas que le había dado a su madre. Nicolás repetía despacio, que esto iba a ser un desastre y que la niña iba a ser infeliz al lado de su tío. Además, a cada instante repetía que la culpa iba a ser de Nicolasa, ya que ella debió persuadirla de no tomar una decisión tan catastrófica. El furioso y descolocado padre, regresó a la sala de estar y le dijo a José que por ser ellos tío y sobrina, el matrimonio debe ser autorizado por una Cédula Real en España, por lo que se debe aguardar la respuesta a dicha solicitud. José más calmado que anteriormente le señaló que él sabía que era así y que mañana mismo despacharía la solicitud al soberano Carlos IV de España. Le recordó a su cuñado que él trabajaba en la Real Audiencia como Juez Oidor y en varios períodos actuaba como presidente, en el entendido de que en ese cargo tenía muchos contactos para agilizar el trámite de la autorización. Es más, le recalcó que en variadas ocasiones le había hecho ese mismo procedimiento a más de alguna alta autoridad del gobierno tanto en el Reino de Chile con en el Virreinato de Lima y la gestión había sido un éxito. Y sin otro tema que tratar, se despidió cortésmente de su hermana y de su prometida y se retiró con aire de triunfalismo. Apenas abandonó la Chacra de Ñuñoa, inmediatamente comenzó a trabajar en la solicitud de autorización que siempre era un tanto demorosa. La autorización expedida por Real Cédula de Aranjuez llegó 09 febrero 1797 donde el soberano Rey Carlos IV de España autorizaba al portador para que pudiera contraer sin problemas por parte de la autoridad real, las nupcias correspondientes con su sobrina María Josefa de la Cerda y Santiago Concha nacida en 1777 de diecinueve años.

José de Santiago Concha y Jiménez de Lobatón y María Josefa De la Cerda y de Santiago Concha se casaron en la Catedral de Santiago el 13 junio 1797 en una elegante ceremonia religiosa donde asistieron muchos parientes y familiares de Nicolás y después se dirigieron todos en carruajes a la Chacra de Ñuñoa donde se realizó una manifestación bien criolla en la que se voltearon varias vaquillas y se bebieron los mejores mostos de la región. A la postre, Nicolás estrechó la mano de José y le pidió que no tuviera rencores con él. Cualquier padre se hubiera incomodado con aquella audaz petición de mano. Incluso le pidió que se quedaran a vivir en la casona ya que había lugar de sobra para ellos y los hijos que pudieran venir. José Nicolás de la Cerda y Sánchez de la Barrera, flamante suegro, se sentía aún muy joven a sus 51 años de edad, ya que había nacido el 18 de junio de 1746 en el seno de una rica familia de la aristocracia santiaguina. Desde muy joven tuvo que tomar las riendas de los exitosos negocios familiares ya que su padre Nicolás de la Cerda y Carvajal nacido en 1703 y su madre Nicolasa Sánchez de la Barrera y López de Espinoza nacida en 1721 murieron en un lamentable accidente en 1756, cuando la casa en que habitaban se quemó por completo en un horroroso incendio ocurrido en la capital del Reino de Chile.

Con sólo 10 años Nicolás tuvo que ser criado por su tía Ana Josefa de la Cerda Carvajal, quien lo educó con su hermana María de la Cerda Carvajal en el Convento Santa Clara donde recibió buena instrucción. Cuando tuvo edad suficiente y los conocimientos adecuados, sus tías Ana y María, le dieron la independencia que él necesitaba, para reactivar la fortuna de sus malogrados padres fallecidos. Cuando su negocio era próspero y Nicolás gozaba de una vida placentera y opulenta, conoció a una pequeña de tan sólo 14 años y comenzó a tener una relación con ella. Incluso se rumoreaba que su hijo Nicolás, nació antes de que ellos se casaran. Todo esto debido a la muerte de la madre de Nicolasa, la esposa de Melchor, quien con su partida provocó el desorden total en la familia de José. Entonces Nicolás se casó en 1775 con Nicolasa de Santiago Concha y Jiménez Lobatón, cuando la pequeña aún no cumplía los 15 años. Además, de José Nicolás de la Cerda y Santiago Concha, aquel hijo que tuvieron antes del matrimonio y que nació a fines del año 1774, la pareja procreó varios otros herederos como la mayor María Josefa de la Cerda y Santiago Concha, nacida en el año 1778 quien contrajo nupcias recientemente con José. También tuvo a Nicolasa de la Cerda y Santiago Concha, Dolores de la Cerda y Santiago Concha nacida en 1782,

José Francisco de la Cerda y Santiago Concha y Francisco Antonio de la Cerda y Santiago Concha, los mellizos que aún no cumplían el año y se encontraban aun en la Chacra de Ñuñoa. Recordemos que Nicolasa, era menor que José por algunos meses, ya que ambos nacieron en 1760, es decir, estaba en una edad muy fértil aún con 36 años. Así, transcurrió la jornada de fiesta en casa de los De la Cerda, celebración que por cierto, se prolongó por tres días y tres noches. Pero los felices novios sólo estuvieron el primer día y a pesar de las súplicas del suegro cuñado, no dieron pie atrás y se marcharon a la casa de José (que ahora sería de ambos), donde encontrarían la privacidad necesaria en una pareja de recién casados.

Para ser honestos, no era la primera vez que María Josefa entraba a la casa de José, ya que lo había hecho en varias ocasiones cuando ambos estaban comprometidos, pero no podían consumar su unión debido a la famosa autorización real por ser tío y sobrina. Al ingresar al cuarto donde ya había intimado la pareja continuamente, María Josefa le confesó a su recientemente bendecido esposo, que ella creía que estaba embarazada, debido a cosas de mujeres que ella había notado. José se alegró mucho y calculó que el bebé podría estar llegando a su familia en el verano del próximo año. Pensó que sería muy buena idea, contar que nació prematuro, y que necesitaría de cuidados especiales durante los primeros meses. Además, le pidió a su esposa que se cuidara mucho, debido a que si llamaban al doctor ahora, su padre se enteraría de que se gestó antes de la boda, y armaría un descalabro. María Josefa, que aún era una niña, bromeaba con el asunto y hacía rabiar a José, que le daba muchos consejos para que todo saliera bien. Al estar en casa sin salir ni caminar, la barriga la comenzó a delatar y sus padres, que la visitaban a menudo, se comenzaron a dar cuenta de que algo andaba mal. Nicolasa trato de convencer a Nicolás de que todo estaba bien, pero a solas con su hija, la madre le confesó que ella se daba cuenta de que su hija estaba embarazada, de modo que María José le tuvo que contar a Nicolasa que ellos se habían embarazado antes, pero que aquello ya no revestía ninguna importancia debido a que ya estaban casados, y eso era lo importante. La madre abrazó a su hija y le señaló que ella la apoyaba y también a su marido, que era su hermano.

Pasaron los meses y la barriga ya comenzaba a notarse. José creía que ese bebé llegaría antes del término del presente año, pero María Josefa le rebatía diciendo que ella sabía cuándo había quedado embarazada. Porque será todo tan complejo y complicado, pensaba en voz alta el juez, que quería evitar un enfrentamiento con Nicolás. Cuando las fiestas de fin de año se fueron aproximando, la barriga de María Josefa ya estallaba de lo prominente que estaba, pero al llegar la navidad, aún no se vislumbraba un posible parto, a pesar de que una partera de punto fijo estaba día y noche con la parturienta. No tan sólo transcurrió la navidad en familia con los suegros de visita, donde José le consultaba a cada instante a María Josefa como se sentía, sino que también aconteció el fin del año 1797 y la joven esposa, aún no daba a luz la criatura que estaba esperando. Todo marchó bien hasta fines de enero cuando el juez se encontraba en su trabajo de la Real Audiencia de Santiago, y fue avisado que en su casa había mucho alboroto, debido a que al parecer, había llegado el momento. El futuro padre se retiró de los tribunales y se fue raudo a su casa donde minutos más tarde, la partera se asomó al salón anunciando el nacimiento de un hermoso varoncito. En el transcurso de las siguientes horas, fue llamado el padre a la alcoba matrimonial para que conociera a su hijo. El dichoso y orgulloso padre lo tomó y dijo:

- Este niño, viene con una tremenda historia detrás, desde Diego el marinero de Colón, Pedro, habilitado de la Armada Real, su tatarabuelo, José fundador de Quillota, su bisabuelo, Melchor su abuelo y José su padre han engrandecido el apellido De Santiago Concha. Eres mi primogénito y te llamaremos, José Joaquín de Santiago Concha y De la Cerda, Y seguramente serás abogado de la Real Audiencia en Santiago o en Lima y le darás aun mayor prestigio a nuestra Casa Concha. Cuando yo muera, podrás reclamar para ti, el título nobiliario de VI Marqués de la Casa Concha y heredarlo a mis nietos- hablaba didácticamente José con su hijo, mientras lo paseaba por la casona de la Chacra, mostrándole el lugar donde iba a jugar, crecer y desarrollarse como persona.

De pronto la partera le solicitó la entrega del recién nacido para que su madre le diera lo que él necesitaba, o sea, su alimento.

Pero José Joaquín no era el niño fornido y robusto con que fantaseaba su padre cuando lo paseaba. El primogénito, llegó un tanto desvalido y debilucho como si realmente fuera prematuro. Su primera infancia no estuvo exenta de enfermedades y problemas de nutrición. Este bebé requería de la disponibilidad absoluta del tiempo de su madre y los cuidados extremos que un recién nacido prematuro de ocho meses necesitaba. Cuando cumplió el medio año, su madre estaba fatigada con el excesivo trabajo que le provocaba José Joaquín, pero no desfallecía en los cuidados que necesitaba su hijo. Cuando la visitaba la señora Hortensia, la partera que recibió a su primogénito, ésta la encontraba algo fatigada y demacrada, como sin colores en la piel y en el rostro. La comadrona le daba aguas de hierba y la examinaba haciéndole algunas preguntas de rigor que ella acostumbraba a auscultar en el ejercicio de su labor. En el desarrollo de la atención se percató la matrona, que María Josefa estaba nuevamente embarazada, y que no sabía cómo iba a reaccionar cuando se enterase. Buscando el mejor momento, se lo comunicó y María Josefa se puso muy feliz, argumentando que ella y su marido, deseaban tener muchos hijos y una familia muy numerosa. Pero de todas maneras confesó, que aún no le iba a dar la noticia a su esposo, ya que ambos estaban un poco estresados y alterados con lo difícil que les ha resultado criar a José Joaquín. De modo que le hizo prometer a la señora Hortensia, de que no se lo diría ni a José ni a nadie, menos a su padre, que era aficionado a dirigir la vida de los demás, y con toda seguridad, no entendería jamás, que su pequeña mimada princesita, estuviera embarazada tan seguido.

Así transcurrieron algunos meses, mientras María Josefa dedicaba todo su tiempo al pequeño que pronto cumpliría un año y que ya tenía mejor semblante y buenos colores en el rostro, José se dedicaba a trabajar duro, ya que los hijos se deben mantener sanos y bien alimentados para que sean inteligentes y robustos el día de mañana. José Joaquín, había crecido un poco más en estos dos últimos meses, mientras la barriga de María Josefa, ya se le comenzaba a abultar.

20.- José y el nacimiento de sus otros hijos

La vida les sonreía plenamente y al cabo de un año y medio después del matrimonio, María Josefa De la Cerda y de Santiago Concha, le comunica a José de Santiago Concha y Jiménez de Lobatón, que al parecer se encontraba en estado gestante nuevamente. José tornó su rostro como con un signo de interrogación y la muchacha de inmediato le explicó, que ella creía que estaba embarazada, pero no se había dado cuenta debido a la atención preferencial que tenía por su aproblemado primogénito José Joaquín. El juez se encolerizó de felicidad y le confesó, que esperaba que fuera un varón, para que por consiguiente y por ser el segundo hijo, lo llamaría Melchor, como su abuelo ya fallecido. María Josefa le sugiere que si llega a ser una dama, la llamen Nicolasa, ante lo cual José asintió con la cabeza sin estar muy convencido de ello, pero en el fondo estaba de acuerdo. Al final, a José le importaba sugerir como llamar a los varones, y hacerlo con nombres históricos de la familia de Santiago Concha. La verdad es que si los bebés eran damas, su mujer podía llamarlas como le diera la real gana. Los recientemente casados contrayentes se notaban muy felices mientras se paseaban por el centro de la capital del reino y no despertaban ningún comentario insidioso respecto de su diferencia de edad, esto debido a que José con sus 38 años, se veía muy jovial y activo. No es el caso de Nicolás y Nicolasa que si despertaban ácidas críticas de parte del populacho, ya que la diferencia era notoria considerando que Nicolás se veía un tanto avejentado debido a los constantes ataques que sufría, además de la precocidad de Nicolasa, que caminaba embarazada, y sin que ambos se hubieren casado, cuando apenas tenía 14 años.

María Josefa se trasladó a la Chacra de Ñuñoa junto a José Joaquín y su nodriza, cuando ya le faltaban sólo días para dar a luz y su barriga le otorgaba muy poca movilidad. Allí su padre Nicolás de la Cerda, le proveyó un médico de cabecera y las mejores parteras de Santiago, quienes estarían preocupadas de ella día y noche. Los empleados, la servidumbre y los criados estaban todos preocupados de la niña María Josefa, que hasta hace poco tiempo vivía en esa casona y era a quien todos querían atender por su simpatía y buen trato con los sirvientes. El viernes 15 de marzo José se despidió de sus colegas en la Real Audiencia de Santiago y se dirigió raudo a la Chacra de Ñuñoa para conocer el estado del embarazo de su esposa María Josefa, exigiendo rapidez al conductor de la calesa que lo transportaba. Al llegar al fundo, se dio cuenta de que su amada recibía la mejor atención que se le podría brindar, ya que muchos de los sirvientes y criadas la conocían desde pequeña y ahora, ya toda una mujer casada a punto de dar a luz por segunda vez, se esmeraban en atenderla lo mejor posible, mimándola como en el pasado. José permaneció con ella toda la noche sentado en un diván pequeño, dispuesto para él en la habitación que María Josefa utilizaba cuando era soltera. A la mañana siguiente, toda la familia, incluido Nicolás y José, tomaron desayuno en la terraza, aprovechando las altas temperaturas de los últimos días del verano de aquel año. Por la tarde, después del almuerzo, María Josefa comenzó a sentir algunos dolores de parto, que se fueron agudizando con el pasar de las horas. Por la noche, mientras Nicolás y José tomaban un bajativo en la sala de estar, se escuchaban los quejidos de María Josefa, que eso sí, estaba bien acompañada por su madre, el doctor, las parteras y la servidumbre autorizada. Pasaron el umbral de la medianoche y el trajín aumentaba. Nicolás trataba de tranquilizar a José que se notaba muy nervioso, mientras la madrugada avanzaba, siendo ya más de las dos de la mañana. De pronto, apareció en la sala de estar Nicolasa, quien no podía disimular su cara de alegría y le comunicó a José que su esposa deseaba verlo. Corrió hacia el dormitorio y vio a su amada esposa muy colorada y con algún rastro de transpiración en el rostro. El atribulado juez le preguntó:

- ¿Cómo estás? ¿Está todo bien?- Preguntó el padre. En una esquina, la partera limpiaba al recién nacido y envolviéndolo en una sábana, lo posó suavemente en la cama de María Josefa.

- Mira José. Este es nuestro segundo hijo. Otro varoncito como tu querías. Como ves, ya ha nacido Melchor. Es un niño grande, robusto y muy sano. Ya tenemos dos hijos varoncitos que van a ser tu orgullo- exclamó satisfecha la sufrida madre.

José de Santiago Concha se acercó al bebé que lloraba y buscaba el pecho de su madre, lo miró a la cara y soltó un par de lágrimas murmurando que sería una gran persona y la bondad habría de ser su mayor virtud. Después de algunos minutos en que se evadió absolutamente de la realidad, el emocionado padre preguntó a María Josefa como estaban de salud los dos. La veinteañera le respondió que ambos estaban muy bien y que todo había salido perfecto. José permaneció varios minutos con su esposa y su hijo recién nacido y finalmente se retiró de la habitación para que ambos descansaran y enfiló hacia la sala de estar donde se iba a abrazar con sus suegros y seguramente a brindar por el nuevo retoño.

- ¡Felicidades José! Al fin nació el otro varoncito que tanto esperaba. ¿Y cómo lo va a llamar? ¿José o Nicolás? Jajajajá.- improvisó a modo de burla el fastidioso y cargante suegro.

- Melchor. Él se llama Melchor. Así como se llamaba mi fallecido padre.- Sentenció el juez.

- Pensé que entre usted y su padre no había una buena relación. Digo yo. Como para perpetuar su nombre de esa forma, nombrando así a su segundogénito. De todos modos, usted y mi hija son los que deben nombrar a sus hijos. Yo sólo estoy distrayéndole para que tranquilice esos nervios que lo estaban atormentando.- agregó a modo de reto el insoportable Nicolás que aún no aceptaba a su viejo yerno.

- Pensó mal suegro. Yo amaba en demasía a mi padre. Lo que ocurrió es que él se desmoronó anímicamente después de la muerte de mi madre. Pero él era un gran sujeto.- Finalizó el juez con la alegría que nadie le iba a arrebatar esa madrugada. Al fin había nacido Melchor de Santiago Concha y de la Cerda y nada ni nadie podía quitarle esa felicidad. También se sentía bendecido, ya que su esposa y su hijo estaban en perfecto estado de salud y eso era importante para él, ya que siempre regresaban los recuerdos de aquella fatídica jornada en que perdió a su madre y a sus hermanos menores. También estaba latente, lo frágil del estado de salud de su primogénito José Joaquín. Ahora, todo sería distinto. Era el inicio de una vida llena de alegrías para él, su joven esposa y para todos los hijos que pudieran venir a engrandecer esta maravillosa familia.

- Ahora sí que le acepto esa mistela Nicolás. Hay que brindar por la felicidad y por el futuro ¡Salud! - finalizó el juez que no podía disimular su alegría y emoción.

Así transcurrió el tiempo del matrimonio entre José de Santiago Concha y Lobatón con María Josefa De la Cerda y de Santiago Concha con sus pequeños hijos. Melchor, que fue creciendo sano y robusto en su casa de Santiago y José Joaquín, que mejoraba día a día, pero de manera muy leve. Aunque casi todos los fines de semana eran invitados por el orgulloso abuelo, para que pudieran compartir los de la Cerda con los pequeños, José Joaquín, Melchor y su hija María Josefa, José no era partidario de pasar tanto tiempo en el campo. Incluso el primer mes de Melchor se celebró en la Chacra y a la usanza del campo volteando muchos animales. En un momento de calma José pidió la palabra y les comunicó a los de la Cerda, que existían muchas posibilidades de que accediera a cargos de importancia política, ya que contaba con la confianza de todas las autoridades locales y también en el virreinato. Aunque el pequeño Nicolás, su cuñado y sobrino, hijo mayor de Nicolasa, que ya tenía 22 años, le decía que debían darle al gobierno de Chile un tinte más criollo con figuras nacidas en el territorio y que las monarquías ya estaban siendo aplastadas, como en Francia y

España, hicieron caso omiso de esas aseveraciones. Todos felicitaron a José por sus logros y le desearon éxito en sus gestiones. Con el devenir de un futuro próspero y fructífero, y gozando de un aumento salarial considerable, José alquiló una casa más amplia para seguir procreando con su esposa y así cumplir uno de sus sueños, que era tener una familia muy numerosa y con muchos hijos. Se trasladaron con todas sus cosas al nuevo hogar, donde por supuesto, contarían con un grupo de criados y servidumbre, más algunos esclavos que ayudaban en los trabajos más pesados. Con su nuevo cargo de Presidente de la Real Audiencia de Santiago en el Reino de Chile, José, en ocasiones, no podría estar viajando todos los fines de semana a la Chacra de Ñuñoa donde su suegro y el resto de la familia de su esposa. De modo que sus visitas comenzaron a distanciarse y sólo acudía al campo en las grandes celebraciones.

Uno de esos fines de semana, en el que José llegaba muy tarde los viernes, después de su trabajo y las reuniones sociales con los políticos criollos, se sentó rendido en un cómodo sofá respirando hondo y relajándose, luego de una extenuante jornada, cuando sintió que golpeaban la puerta de la sala de estar. Dio la orden de que abriesen preguntando que deseaban. Una hermosa criada muy bien parecida, de pelo estilo melena, levemente claro, muy delgada y bien vestida, haciendo una venia y solicitando permiso, le informa al dueño de casa que la señora María Josefa le había dado instrucciones de que lo atendiera en lo que fuera necesario para que no le falte nada y pudiera descansar en sus momentos de ocio. José se sorprendió de lo bien que hablaba la muchacha y le dijo que deseaba un trago de mistela, antes de irse a sus aposentos. A los pocos minutos, la vistosa muchacha le trajo una mistela y comenzó a desatarle las botas para que pudiera descansar plenamente.

- ¿Cómo te llamas?- preguntó el curioso juez como simulando el trabajo en la corte.

- Me llamo María mi señor- respondió tímida la hermosa criada.

- ¡No tienes que hacer eso!- Le susurró refiriéndose al quitado de botas y un profundo masajeo de ambos pies.

- Es para que mi señor pueda descansar mejor y no sufra del dolor de pies, que le pueden provocar las botas.- imploró la muchacha.

- Bueno, está bien. Cuando finalices, me traes otra mistela, pero doble que me muero de sed.

María le trajo la mistela y José le preguntó quién la había llevado a su casa. La tímida joven le respondió que la señora Nicolasa la había traído donde mi señora María Josefa, ya que en la Chacra de Ñuñoa ella no tenía cabida. José se sentó en el sofá en el cual se encontraba acostado y le pidió a la muchacha que se sentara a su lado, pero que trajera más mistela y algunos bocadillos. Fue así que José y María entablaron una amena conversación donde no faltaron los temas de lo feliz que ella se sentía en esa casa, ya que la señora María Josefa la trataba muy bien. Pasada la medianoche, el señor juez, recordando sus deberes de la próxima jornada laboral, se despidió de la joven criada con un hasta mañana y se retiró a sus aposentos a dormir.

Al amanecer del día siguiente, el juez se dirigió caminando, como era su costumbre, a su desempeño en la Real Audiencia. Los sábados eran más tranquilos en el principal recinto judicial de la nación. Siendo las dos de la tarde, finalizó la jornada en la Real Audiencia de Santiago y pasado de las tres llegó el relajado juez a su nuevo hogar, cargado de algunos licores importados que había adquirido en una bodega de un amigo. Llegando a casa, avisó que se retiraría a dormir un instante para más tarde comer algo y beber por la noche. El año 1799 ya se acababa y las temperaturas estaban gratas por la noche. Una vez finalizada la siesta, a eso de las seis de la tarde se alivianó de ropa, y le pidió a María que le llevara la cena a la terraza, que daba al patio de la casona. Era un lugar muy agradable para estar antes del anochecer. María, muy hacendosa, le llevó la comida donde él pidió y procedió a quitarle las botas masajeándole los pies como la noche anterior. Luego le puso unas pantuflas para que sus pies descansaran y se retiró. Cuando José hubo terminado la cena y María procedía a retirar los cubiertos y vajilla, el jefe de hogar le solicitó que trajera el licor que había comprado para probarlo y ella bebiera junto a él en la terraza. María tomó el pedido y le llevó los licores sirviéndole una copa de Brandy. Terminada su tarea, se sirvió una copa de vino dulce y se sentó junto a José, quien le comenzó a explicar que era el brandy y quienes lo cultivaban en España. Naturalmente los árabes tenían el monopolio de ese exquisito licor. Le sugirió que probara el brandy y más tarde el coñac, licor francés al igual que el champagne. Ambos sabían bien, pero eran fuertes.

Así transcurrieron las horas y las risas de María se entremezclaban con los relatos del dueño de casa que no cesaba de contar anécdotas de cuando vivía en Lima. El implacable reloj había marcado la medianoche hace mucho, entonces José le susurró a María que ya debía ir a descansar a su cuarto, pero que no podía, ya que había bebido en exceso. María, que también había bebido un poco, pero no tenía costumbre, estaba muy mareada. No obstante, de igual forma le ofreció ayuda al patrón para llevarlo a sus aposentos. José se puso de pie con dificultad y camino abrazado de la joven. Al llegar a su cuarto le dijo que se quedara con él y la joven tímidamente insinuó que eso no estaba bien, ante lo cual el juez le dijo que él, como ministro, sabía lo que estaba bien o estaba mal. La muchacha temerosa de que la pudiesen echar de la casona y también bastante mareada, entró al cuarto con el juez y le quitó la ropa para acostarlo. José que era bastante dotado y potente sexualmente, tomó a la joven criada por la cintura y comenzó de a poco a despojarla de su ropa. No se dieron cuenta cuando ambos estaban en la cama, desenfrenados, en absoluto frenesí, como dos jovenzuelos teniendo relaciones sexuales por primera vez. Copularon con pasión y fogosidad. Las blancas sábanas de seda, se les pegaban a los cuerpos sudoroso y humedecidos por el ardor. Fornicaron desaforadamente hasta el alba, cuando María, que sólo tenía 17 años, se retiró a su barraca, donde dormía en una angarilla junto a las otras criadas jóvenes.

Esto, se repitió en los siguientes fines de semana siguientes, por lo menos en cuatro oportunidades, al marcharse su esposa María Josefa. Al entrar en el año 1800, José notó que hace días no veía a la criada María, pero no se atrevía a preguntar. Cuando hubo de quedarse solo nuevamente en el mes de enero, la criada

Etelvina, lo atendió muy bien y se comportó de forma amable, quitándole las botas cuando llegaba del tribunal y sirviéndole la cena cada día. Eso sí, Etelvina tenía alrededor de 50 años y su gordura no dejaba nada a la imaginación. Por ninguna circunstancia, José iba a consultar a María Josefa, qué había ocurrido con María, la joven criada. Pasaron los días y los meses hasta que una noche de agosto, cuando la familia cenaba y ambos esposos conversaban la sobremesa animadamente, María Josefa se puso de pie y se dirigió al dormitorio de la nodriza que había adquirido y que dormía cerca de ellos. La esposa ingresó al comedor con la veterana, quien traía un bebé en sus brazos, acercándose cada vez más a la mesa donde se encontraba el patrón. La cara de José empalideció y los colores rojo intenso de sus mejillas se tornaron demacrados, al punto de sentir náuseas y desvanecimiento. El resto, ya se lo imaginaba y de seguro de trataba de sus andanzas pretéritas.

- ¡Este es tu hijo, José! El que tuviste con María, la criada de diecisiete años, que preñaste mientras te quedabas solo con ella, todos los fines de semana y bebían hasta el amanecer. No tienes vergüenza, eres un desprecio de persona. ¿Pensaste que yo no me iba a enterar? Todos lo sabían, porque esa era la razón de tu permanencia en la casona y no acompañarme o acompañar a tus hijos, que son pequeños y todavía ninguno camina, a la casa de mis padres. Ellos también lo saben, de hecho María esta allá en la Chacra de Ñuñoa, pero creo que la enviarán a estudiar a España, y quizá nunca vuelva a este reino. Algún día llegarás a casa de mis padres, pidiéndoles disculpas por haber avergonzado a la familia de la Cerda y a tus primogénito y segundogénito, que de todas maneras se enterarán del bochorno de padre que tienen. Exclamó muy descompuesta y alterada María Josefa, revelándole a su sorprendido esposo como se había enterado de las novedades.

- Pero yo te puedo explicar todo mi dulzura- suplico el marido.

- No quiero ninguna explicación. Ahí está tu hijo en manos de Luciana, ella lo cuidará y alimentará. Deberás pagar por ello, y deberás pagarme a mí, que le voy a dar mi apellido, que heredé de mi padre. Un padre, que jamás nos ha humillado de esa manera. Tendrá los mismos apellidos de Melchor, pero serán sólo medios hermanos. Recuérdalo siempre. Y como hay que bautizarlo, dime cómo lo vas a llamar para pedirle al cura que lo bautice y que Dios nos perdone por esta blasfemia. Estoy esperando que me digas como lo vas a llamar. ¡Ah! Y no se te ocurra ir a la chacra a hablar con María, porque mi padre no te va a permitir el ingreso y vas a hacer el ridículo de nuevo.

- Lo llamaré Pedro José- replicó el desdichado y clandestino padre, que no podía ocultar su asombro.

- El sábado por la mañana lo bautizaremos en la Iglesia de Santa Ana. No lo haremos en la Catedral, porque nuestras amistades comenzarían a preguntar y no me han visto embarazada.- sentenció María Josefa, sin decir más nada y retirándose a su alcoba.

Sólo María Josefa sabía cuándo había nacido el bebé de su esposo y no se lo comunicó a él, quien, además, no mostró mucho interés en enterarse de la fecha del nacimiento de su hijo ilegítimo. En el mismo mes de agosto, pero en los días postreros, se realizó el bautismo de Pedro en la Iglesia Santa Ana de Santiago, con muy pocos invitados a la ceremonia, prácticamente sólo Nicolasa y la nodriza que sostiene al recién nacido, asistieron, y que por cierto será la madrina. El sacerdote que oficiará la consagración, sería el padrino, esto debido a que no deseaban involucrar a ningún amigo, ni pariente que comenzara a hurguetear en los hechos que desencadenaron este nacimiento. Todo se realizó muy de prisa y María Josefa estaba muy ansiosa por finalizar luego este fingido y melodramático acto teatral. Una vez finalizada la ceremonia religiosa, María Josefa se retiró inmediatamente del templo católico y se dirigió a su nuevo hogar, donde por cierto contaba con una habitación para ella sola, justamente para estas circunstancias. Por la noche, no atendió el llamado a la cena y José tuvo que comer solo en el gran comedor de la casona. Fue un día difícil y duro para el dispar matrimonio, que se había propuesto superar la problemática sufrida debido al desliz de fines del 1800. El dueño de casa, después de la cena, trato de hablar con su mujer, pero ella no lo aceptó y el juez tuvo que retirarse a sus aposentos en completa soledad y no podía protestar por ello. A pesar de ser un hombre fuerte y de carácter marcado por la rudeza, esta vez, se encontraba un tanto depresivo y deseaba que los problemas con su esposa se solucionaran, para así poder dormir y trabajar tranquilo.

21.- Gobernador del Reino de Chile, y el nacimiento de más hijos.

Luego de unos meses, es decir, a fin de año, José fue confirmado como el próximo Gobernador Interino del Reino de Chile a contar del 1° de enero del año 1801. Esto lo tenía contento, pero preocupado por la tremenda responsabilidad que significaba estar al mando de un reino completo. Y todo se produjo por complejas circunstancias políticas. La Gobernación y Capitanía General de Chile quedó descabezada, ya que el Virrey del Rio de la Plata había renunciado a su cargo sin ser autorizado por el Rey Carlos IV, y en consideración a la gobernabilidad del Virreinato, se determinó la partida desde Santiago, del presidente, gobernador y capitán general Joaquín del Pino, para asumir como Virrey del Río de la Plata. La Real Audiencia carecía de regente titular, pues aún no llegaba el sucesor de Rezábal y Ugarte, y a José de Santiago Concha, que era el Presidente suplente y que además se hallaba en posesión de la titularidad en calidad de oidor decano, le tocó asumir la presidencia interina desde el día 8 de abril de 1801, aunque la estaba ejerciendo a contar del 1° de enero de dicho año. Si anteriormente lo veían poco en la casona, ahora frente a este importante desafío, casi no lo divisaban. Y considerando que María Josefa se trasladaba a la Chacra de Ñuñoa todos los fines de semana desde el viernes hasta el lunes por la mañana, la pareja comenzó a tener pocas relaciones personales. Pero, a pesar de los esfuerzos de José por desarrollar su trabajo de manera eficiente y centrando la gestión en la seguridad pública y la participación de la ciudadanía en los cabildos y otros conclaves de intervención en asuntos del reino, que implicaren el bienestar de los santiaguinos y de todos los habitantes de la Capitanía de Chile, siendo su actuación bien valorada y ejecutando las obras y proyectos que se habían diseñado, en su cargo dejó de operar, y sólo se desempeñó hasta el día 31 de diciembre del mismo año, fecha en que entregó el nombramiento al oidor Francisco Tadeo Díez de Medina, quien reasumía su oficio como oidor más antiguo de la Real Audiencia. Fue así como expiró el alto nombramiento de José de Santiago Concha Jiménez de Lobatón en la administración del Reino de Chile. Sin echarse a morir, sino que al contrario, el juez trabajó con más ahínco en prestigiar su nombre y su calidad judicial, continuando como presidente interino de la Real Audiencia de Santiago de Chile.

También trató de recomponer su situación marital con su esposa María Josefa, quien después de la aventura gubernamental, volvió a hablarle a su regreso a casa. Por eso, no fue sorpresa para nadie, que María Josefa apareciera embarazada de algunos meses comenzando el invierno de aquel año 1802. La situación de la pareja parecía que ya estaba superada, pues se le veía del brazo caminando felices de paseo por La Cañada y todo el mundo se volteaba a saludarlos, deseándoles éxito en el próximo alumbramiento. El 14 de septiembre de 1802 nace en Santiago en la casona de ambos esposos, Nicolasa de Santiago Concha y de la Cerda, la primera hija de ambos. Al enterarse del alumbramiento y del sexo de la recién nacida, José corrió al cuarto de la adolorida y compungida esposa proponiéndole que la hermosa niña llevara el nombre de la madre de María Josefa, o sea de su hermana. Con su llegada, todos los problemas parecían haberse esfumado o por lo menos, superados. Así, la joven pareja, ya contaba con cuatro los hijos, tres varones y Nicolasa, la recién nacida. Mas la esposa no lo veía así. María Josefa en su interior, sentía que tenía sólo tres hijos, ya que a Pedro no lo consideraba mucho como su heredero, a tal punto, que pasaba más tiempo con la nodriza, que con sus padres. Casi toda la atención era para el aproblemado José Joaquín, primogénito, pero en el ambiente se respiraba que sería Melchor el elegido, y heredero de todas las conexiones de las familias De Santiago Concha y De la Cerda. Era el niño que estaba predestinado al éxito y a la excelencia y lo más probable sería que concluida la etapa primaria de los estudios, se trasladaría a Lima para continuar la abogacía en la Universidad de San Marcos, donde se habían graduado su abuelo y su padre, junto a muchos otros integrantes cercanos de la familia De Santiago Concha. Pero aquello no era todo. Considerando que la familia ahora estaba unida y los contrayentes nuevamente enamorados, la idea de los Santiago Concha y De la Cerda, era tener muchos hijos más y que todos se desarrollaran en sus diferentes campos laborales, eclesiásticos y sociales para darle prestigio y alcurnia a las generaciones futuras.

María Josefa se embarazó nuevamente a fines de 1803 repitiendo la conducta del embarazo anterior. Fue así como en agosto de 1804 nació Mercedes de Santiago Concha y de la Cerda, pero la madre no dio a luz en la casona, sino que en un sanatorio de monjas, ya que se complicó bastante el parto. Pero finalmente Mercedes vino al mundo muy sana y robusta. Algunos problemas de salud aquejaron por un tiempo a María Josefa, pero se repuso rápidamente, ya que la tarea de criar a cinco niños, no se presentaba sencilla, por más que gozara de la comodidad de contar con las criadas adecuadas para alivianar este quehacer. La ayuda de contar con niñeras para cada bebé, era una cooperación invaluable en circunstancias que la hacían requerir un socorro urgente. Su esposo, ahora permanecía mucho más tiempo en la casona, pero aquello significaba que no se encontraría en el camino equivocado nuevamente, ya que en el trabajo con los pequeños, sólo actuaba como un apoyo moral. Pero con el pasar de los meses, con el frecuente trajín acostumbrado, todo se volvía común y corriente, encontrándose María Josefa con su rutina de trabajo de forma habitual. La normalidad tuvo su punto álgido cuando José comenzó a visitar a su suegro y cuñado en la Chacra de Ñuñoa. Nicolás se emocionó con la visita de su ilustre yerno y ese gesto se comenzó a hacer costumbre en ellos. Esto por supuesto, trajo una alegría enorme a María José y a todos los integrantes de la familia, ya que no era lo mismo pasar los fines de semana en Santiago, que visitar al entretenido abuelo en el campo, que parecía siempre estar de fiesta con sus inquilinos.

José de Santiago Concha se despedía los sábados de la servidumbre y los criados y les encargaba la casa, mientras se dirigía al carromato que lo llevaba a la Chacra. Allí había una cena muy especial, convocada por Nicolás y Nicolasa para celebrar la unión de la familia nuevamente. También acudía de Santiago, Nicolás de la Cerda de Santiago Concha, su hijo mayor, que a pesar de vivir con ellos en el campo, pernoctaba en Santiago los días de semana, para aprovechar de trabajar desde temprano. El matrimonio De la Cerda se sentía feliz de que se reuniera la familia casi plena y que nuevamente contaran con el ex Gobernador del Reino de Chile José de Santiago Concha y Jiménez de Lobatón. Nicolás tomó la palabra y se refirió a lo importante y fundamental que significaba la férrea unidad familiar, realizando un esfuerzo mayor para dejar a las familias, que ahora se encontraban unidas, como un solo núcleo, para llevar esta excelencia hasta las generaciones venideras. Recalcó que esta era la misión que le cabía a los más jóvenes de la familia. La emoción que Nicolás reflejaba en sus palabras y la pasión que transmitía en sus gestos, de pronto sufrió un bache. Nicolás se quedó un minuto en silencio y cuando nadie se lo esperaba, se desplomó a un costado de la mesa del gran comedor familiar. Nicolasa corrió a atenderlo y comprobar que se encontraba sólo desmayado, gritando a sus sirvientes que lo tomaran, para dejarlo en el sillón de la sala de estar. Otros enviaron a un criado a buscar al médico a Santiago, quien pavoroso se dirigió a todo galope en el corcel más rápido. A su regreso, el facultativo entró a la casona, mientras los familiares habían dejado a Nicolás en su recámara acompañado por supuesto, por su esposa Nicolasa. Algunos sollozaban al percatarse que Nicolás no se veía bien y se encontraba aún sin conocimiento. El galeno pidió a todos que se retiraran de la habitación, quedando sólo en la compañía de la afligida esposa. Luego de examinarlo por varios minutos, el doctor hizo un gesto negativo y mirando a Nicolasa le dijo que ya no había nada que hacer. Que su esposo ya no tenía los signos vitales para seguir viviendo. Nicolasa dio un grito que provocó que todos los asistentes a la cena, se dirigieran al cuarto y se percataran que Nicolás había muerto. La desolación fue general, abrazándose unos a otros y consolando a la esposa, que de un momento a otro, pasó de ser una alegre joven esposa, a convertirse ahora en una viuda triste y solitaria al no tener consigo a su compañero de vida.

José Nicolás de la Cerda y Sánchez de la Barrera, hijo de Nicolás de la Cerda y Carvajal y Nicolasa Sánchez de la Barrera y López de Espinosa, había fallecido en la Chacra de Ñuñoa, el 17 de marzo de 1805, a la edad de 59 años y todo cambiaría en aquel lugar para siempre, aunque la joven viuda de menos de cuarenta y cinco años, no se diera por enterada, o tal vez, no quisiera darse cuenta del curso que tomarían las vidas de los que habitaban la Chacra de Ñuñoa. Nicolasa estaba como ida, se podría decir que perdió un tanto la razón, o pretendía evadirse de los problemas, ya que todo lo solucionaba Nicolás, excepto claro, los asuntos domésticos. Fue entonces que tomó las riendas de la familia y de los negocios, que eran muchos, José Nicolás de la Cerda De Santiago Concha, que si por aquellas casualidades alguien podría deducir que esto beneficiaría a la familia de José, se encontrarían absolutamente equivocados. El juez de Santiago Concha y su esposa María Josefa, no pudieron seguir afincándose en la chacra los fines de semana, ya que no eran invitados. Sólo compartía la familia completa para el cumpleaños de su hermana, Nicolasa de Santiago Concha y Lobatón, la madre de Nicolás. Sólo permitió que sus hermanos más pequeños permanecieran en la casona, excepto Nicolasa de la Cerda de Santiago Concha, que tenía un carácter del demonio y que ni siquiera le permitió que esbozara la posibilidad de que ella se marchara de la Chacra. Pero Dolores de la Cerda y Santiago Concha; Manuel Francisco de la Cerda y Santiago Concha; José Francisco de la Cerda y Santiago Concha; Carmen de la Cerda Santiago Concha; Rosa de la Cerda Santiago Concha; Manuel Ramón de la Cerda y Santiago-Concha; Francisca de la Cerda y Santiago Concha; Francisco Antonio de la Cerda y Santiago Concha; Antonia de la Cerda Santiago Concha; Manuela de la Cerda y Santiago Concha y María Mercedes De la Cerda y Santiago Concha eran todos menores y a regañadientes, Nicolás tuvo que aceptar que se quedaran con su madre. Eso sí, no perdía oportunidad de señalar que debían casarse pronto, ya que la familia era lo más importante.

José Nicolás de la Cerda de Santiago Concha, era una persona totalmente diferente a su padre y porque no decirlo, también a su madre. Era un tecnócrata, que todo lo traducía a costos y el estándar de vida de la familia, de ese momento en adelante, estaba condicionado por los vaivenes de la producción, todo controlado sólo por él. Un ejemplo de su pragmatismo, eran sus amigos. Uno de ellos fue José Gabriel Tocornal Jiménez, de alguna manera emparentado con la familia de la madre de José de Santiago Concha. Como era un amigo y funcionario de confianza de la corona, junto a sus hermanos, los también funcionarios Joaquín Tocornal Jiménez y José María Tocornal Jiménez, ellos visitaban continuamente la Chacra de Ñuñoa y permanecían por largos periodos como comensales hospedados en el hogar de los De La Cerda. Nicolás tenía mucho interés en asociarse con ellos para formar un negocio vitivinícola. Pero a su vez, pretendía deshacerse de su hermana Nicolasa y se lo pasaba por

las narices en las visitas nocturnas, sin considerar que
José Gabriel, era casado con Josefa Velasco Otuna, con
quien además tenía tres hijos muy pequeños. Pero José
Gabriel era un avezado don Juan, a pesar de tener la
misma edad de Nicolasa, y la muchacha cayó rendida a
sus encantos y comenzó un romance alentado por su
hermano Nicolás, que mientras más tiempo pasaba,
más enamorada se le veía. Los hermanos Tocornal,
bromeaban en las tertulias de la chacra, asegurando
que ese matrimonio de José Gabriel, no significaba
ningún impedimento para que su hermano se volviera a
casar. Eran abogados de prestigio y sabían muy bien lo
que estaban diciendo. Finalmente Nicolasa y José
Gabriel se casaron con todas las leyes en regla y Nicolás
de la Cerda logró su objetivo, el cual era, que Nicolasa
se fuera de la Chacra a Santiago, y así la casona se iba
despoblando de sus hermanos. Pero Nicolasa y su
carácter endemoniado, más José Gabriel y su
personalidad de seductor, conquistador y mujeriego,
hicieron del matrimonio un tormento para ambos, que
además no tuvieron descendencia común, por lo que
sus vidas tomaron rumbos distintos irremediablemente.
Nicolasa decidió regresar a la Chacra de Ñuñoa, pero
Nicolás no se lo permitió. Finalmente, la separada
muchacha, se quedó a vivir con la familia Tocornal. En
aquellos aflictivos momentos, los padres de José
Gabriel, Narcisa Jiménez Tordesilla y Juan Bonifacio de
Tocornal y del Ollo, le solicitaron que permaneciera con
ellos, ya que su compañía les agradaba mucho. Frente a
esta nueva realidad, la historia se repitió una vez más y
los abogados anularon el matrimonio de José Gabriel
para que éste contrajera nuevamente nupcias. Esta vez,
con Josefa Fernández Quintano y Valdés, con quien

tampoco tuvo descendencia. Aun así, Nicolasa continuó en la casa de sus ex suegros y permaneció allí por muchos años, como una hija más.

Pero volviendo a José de Santiago Concha y Jiménez de Lobatón, podríamos decir que a él no le afectó mucho el distanciamiento con su cuñado Nicolás, y ejemplo de ello fue que María Josefa se embarazó en los posteriores días después de la muerte de su padre y el matrimonio nuevamente iba rumbo a la paternidad. Con toda seguridad, el esperado bebé, llegaría los primeros días de 1806. Cuando se escucharon los gritos y llantos de la recién nacida y José se enteró de que había sido una mujercita, y esta vez le pidió que la hermosa niña llevara el nombre de su tíabuela de él y de su hermana Nicolasa, la madre de María Josefa. Y así llegó al mundo Rosa de Santiago Concha y de la Cerda, la sexta hija del matrimonio. Pero no sólo esa fue la sorpresa de aquel importante día, sino que el cuñado de José y tío de la criatura recién llegada al mundo, la llegó a conocer y por supuesto que con un regalo bajo el brazo. María Josefa se alegró mucho de que su hermano Nicolás de la Cerda, haya llegado a su casa a conocer a su hija recién nacida y comenzó una especie de acercamiento entre ambos hermanos, que por cierto, alegró mucho la vida de María Josefa y dejó con su conciencia tranquila a su hermano Nicolás. Por su parte José, con su espíritu conciliador y queriendo ver feliz a su esposa, a la que varias desdichas había causado, igualmente tuvo disposición para iniciar acercamientos con su cuñado y fortalecer los lazos familiares que los unían en torno a las dos familias, los De Santiago Concha y los De la Cerda. La unión de estas dos familias proporcionó mucho bienestar económico a todos sus miembros, pero además, los elevó a sitiales muy privilegiados de la política del Reino de Chile que se comenzaba a emancipar debido a la inestabilidad de la corona española que había perdido varias guerras.

El bienestar y el progreso le sonreían continuamente a la familia de Santiago Concha, con José como presidente de la Real Audiencia nuevamente y llevando a cabo muchos negocios con sus congéneres De la Cerda. La feliz pareja nuevamente tuvo que requerir los servicios del médico de la familia y las parteras que atendieron a María Josefa en su nuevo alumbramiento los primeros días del año 1808 cuando trajeron al mundo a José Melitón de Santiago Concha y de la Cerda, su séptimo hijo, que aumentaría el caudal de los integrantes de esta colonial familia. Considerando que José Joaquín, el mayor de los hijos, ya tenía 10 años, y Melchor ya contaba ahora con 9 años, ya ambos recibían lecciones de tutores privados, preparándolos para su ingreso a algún Colegio de prestigio; Pedro por su parte, con 8 años por cumplir, que también era considerado como hijo, aunque María Josefa no lo tomaba mucho en cuenta, se relacionaba con los amigos de la familia y aprendía de los diálogos de temas que le servirían más adelante en su vida. Tal era el caso de Gregorio Cordovez, un muchacho de 24 años, hijo de don Domingo Esteban Cordovez Lamas, un abogado de la Real Audiencia de Santiago, muy buen amigo de su padre José. Tan estrecha era la amistad, que aunque Domingo Esteban vivía en La Serena, su hijo Gregorio habitaba gran parte del año la Casa Concha, ya que estudiaba abogacía en Santiago y no podía viajar permanentemente desde Serena hasta la Capital del Reino. De modo que la entretención del curioso Pedro, era conversar con Gregorio lo más que podía, mientras al muchacho le encantaba como era Pedro y siempre le afirmaba que él instalaría un Colegio muy popular para que Pedro pudiera estudiar allí, ya que lo encontraba muy inteligente. El niño sólo se sonreía de lo que señalaba Gregorio.

María Josefa aquel mismo año, se embarazó nuevamente y el 30 de septiembre de 1808 nació en Santiago, Manuel de Santiago Concha y de la Cerda, su octavo hijo. La proliferación de la familia de Santiago Concha, además de provocar la felicidad de los dichosos padres, hacía que Pedro se invisibilizara cada vez más, y debido a su inteligencia, él se daba cuenta que su madre quería mucho más a sus otros hijos que a él. Especialmente a Melchor, que era el preferido en todo, aunque a su hermano mayor José Joaquín también lo querían, a Melchor le demostraba siempre mucho cariño de mamá. Eso sí, Melchor le tenía gran aprecio a Pedro y en muchas circunstancias, se convertían en cómplices o compinches de múltiples andanzas. Pero Pedro era fuerte y aunque sospechaba que no se contaba entre los preferidos, disfrutaba mucho del cariño de Gregorio Cordovez y de Francisco José de la Lastra de la Sotta, un muchacho con ambiciones políticas parecidas a las de Gregorio. Francisco había sufrido una tristeza enorme hacía algunos años cuando su hermano mayor Manuel José de la Lastra de la Sotta, cuando sólo tenía 26 años el 25 mayo de 1798, mientras viajaba de regreso desde Argentina, una avalancha en el paso de la cordillera desde la ciudad de Mendoza, produjo un accidente en la ruta, producto del cual Manuel José murió aplastado provocando la congoja de su familia y dejando viuda a su joven mujer, Javiera de la Carrera de 19 años y huérfanos a sus dos hijos, Manuel Joaquín y Dolores Lastra Carrera. Cuando José no se encontraba en casa, las conversaciones de los jóvenes eran absolutamente revolucionarias e independentistas, en relación al futuro del Reino de Chile.

En ocasiones, Doña Javiera Carrera también visitaba la casa Concha, ya que su nuevo marido, Pedro Díaz de Valdés, con quien se había unido en matrimonio a fines del año 1800 en segundas nupcias, era muy cercano a José y lo había enviado la corona, para que hiciera presencia a nombre del Rey de España Carlos IV. Apenas se licencia en la Universidad de Oviedo en 1786, ejerce la profesión de abogado hasta ser destinado a Santiago de Chile como asesor de la presidencia. En 1799 fue nombrado Asesor de la Capitanía General y Presidencial del Reino de Chile. Su llegada a Chile coincide con los enfrentamientos de los grupos locales. En abril de 1800 tomó posesión de su cargo. Allí conoció a Javiera Carrera de 19 años hermana de José Miguel Carrera, y viuda con dos hijos, con quien contrajo nupcias ese mismo año. Tuvieron cinco hijos; Pío, Ignacio, Santos, Pedro y Domitila. En 1801, Pedro gozaría de la confianza del Gobernador del Reino de Chile Luís Muños de Guzmán, hasta la muerte de él en 1808. Este periodo fue un tiempo de alta tensión política, ya que finalizaría con la instalación de la Primera Junta Nacional de Gobierno. El sucesor de Luís Muños, Francisco Antonio García Carrasco, persiguió a Pedro Díaz de Valdés por la posición de su familia política y sus amigos, favorable a la independencia. Pero Pedro Díaz de Valdés y José de Santiago Concha aparte de ser amigos, compartían los ideales de lealtad a la corona española y es por esto que los invitados a la

Casa Concha aprovechaban la ausencia de ellos para invocar causas de la futura independencia. Nicolás de la Cerda, aunque moderado, también era partidario de estas inclinaciones colonialistas y de lealtad al Rey. Pero tenía muchas ambiciones que lo hacían ocultar en ocasiones sus verdaderos ideales.

Pero doña Javiera, visitaba a su ex cuñado para debatir sobre la urgencia de convocar a un Cabildo Abierto y formar una anhelada Primera Junta Nacional de Gobierno. En abril de 1809 su nuevo esposo, con el que ya había parido cuatro hijos, fue destituido de su cargo, entablando una serie de procesos que terminan con el abandono de Santiago rumbo a Buenos Aires. Entonces las visitas de Javiera Carrera a ese selecto grupo de revolucionarios, se hizo más frecuente y constante. Cuando por la tarde, aparecía José, junto a Nicolás y con ellos Pedro Díaz de Valdés, Gregorio les pedía que no debatieran ese tema, ya que su amigo era realista, entonces comenzaban a abarcar otros tópicos. Además, él ya estaba por licenciarse y titularse de abogado en la Real Universidad de San Felipe, por consiguiente, era altamente probable que su futuro estuviera en La Serena, de donde era oriundo y había nacido. José había conversado muchas veces con Gregorio, sobre la posibilidad de llevar a Pedro a La Serena con él para que se pudiera educar de buena forma y ser abogado el día de mañana. Gregorio conocía la historia de Pedro y creyó que era una buena oportunidad para él, y así se alejaba un tanto de María Josefa, que le tenía cierta distancia. El futuro licenciado deseaba crear un gran colegio en La Serena donde podría estudiar Pedro. A comienzos del año 1811 Gregorio se marcharía al norte chico y todo hacía presagiar que lo haría acompañado de Pedro, que ya contaría con cerca de diez años. La situación en Santiago y otras grandes ciudades, era insostenible por momentos en cuanto a la agitación social, debido a la percepción de la gente en torno a la corona española, que había caído en manos de Napoleón. Todo este ambiente político de enfrentamiento, desencadenó una persecución por parte del nuevo gobernador a los notables criollos que presionaban a los realistas para que se les otorgaran ciertos derechos civiles. Y fue así, como el 25 de mayo de 1810, el gobierno de Chile inicia un proceso en contra don Juan Antonio Ovalle, don José Antonio de Rojas y el doctor don Bernardo de Vera y Pintado, por el delito de conspiración contra la Corona de España, ya que estaban convocando a un Cabildo Abierto para resolver algunas medidas que tranquilizaran al pueblo y dieran algunos vestigios de participación en la toma de decisiones de los poderes del estado. Esto significaba que se pretendía llamar a elecciones de alcalde este año 1810 y a elecciones de diputados y senadores en 1811.

22.- El Cabildo Abierto y la partida de Pedro

El año 1810 se tornó tormentoso para los realistas, ya que el clamor por más libertades políticas y sociales, no sólo implicaba la participación de exaltados y revoltosos, sino que comprometía a muchos realistas jóvenes y criollos pro españoles, que deseaban un escenario político distinto. En casa de José, que se encontraba ubicada cerca de los tribunales, Gregorio Cordovez se declaraba patriota, es decir, abogaba por la independencia total del país, sin el yugo español de ninguna forma. Otros patriotas eran Francisco de la Lastra y Javiera Carrera. Esta última, no era del agrado de José, sin embargo, no es posible determinar si era por su carácter patriota o por su personalidad avasalladora y el atractivo sexual que despertaba en los hombres debido a sus infinitos encantos. Además, era poseedora de un ángel, que la mostraba verosímil en sus planteamientos, aunque el interlocutor pensara lo contrario. Luego venía Nicolás de la Cerda, que se declaraba Moderado. Ellos tenían a Mateo de Toro y Zambrano El Conde de la Conquista como su caudillo, que a pesar de venerar la corona de España y a su Rey Fernando VII, que ya no lo tenían porque estaba preso, eran partidarios de establecer algunas libertades sociales y políticas. Y por último, José de Santiago Concha, era Realista. Esto se traducía en una lealtad a toda prueba al Rey y su Corona, declarándose absolutamente contrario a las aperturas pseudo democráticas y encontrando a todos los que apoyan estas reformas, como revoltosos. Claro está, que José no participaba de estas tertulias, donde además de discutir y debatir sobre las políticas y procedimientos a emplear en un futuro cercano, se bebía buenos mostos y alguna mistela para sentirse cada vez más cerca del populacho. Lo cierto es que, la sola idea de un Cabildo Abierto, despertaba las pasiones de los patriotas y moderados. Se hablaba mucho de los hermanos de Javiera que eran muy intrépidos y valientes. También se preparaban para lo que constituiría el primer gran logro del cabildo, y que sería la elección de alcaldes primero, de diputados después y más tarde de senadores, para eliminar definitivamente el tradicional cabildo realista. En ese tenor, Nicolás de la Cerda y Francisco de la Lastra aseguraban que no sólo serían candidatos, sino que de seguro resultarían electos. A su vez, Gregorio Cordobez señaló que él, en primer lugar deseaba ser alcalde de La Serena y poder materializar la construcción de un gran colegio, como los mejores que hay aquí en la Capital de Chile, para que todos los habitantes del Norte Chico, puedan instruirse adecuada y gratuitamente como en Santiago.

Al llegar José a casa, se acercó Gregorio y lo saludó cordialmente con el cariño que siempre le había profesado. El semblante de José, era de decaimiento y desazón por todo lo que había estado ocurriendo y sin mediar preguntas, se sinceró con su joven amigo. Le pidió que pasaran a otro cuarto ofreciéndole asiento:

- Estamos en una situación delicada Gregorio. Hoy me eligieron Presidente de la Comisión de la Real Audiencia que revisó los cargos en un complejo proceso en contra don Juan Antonio Ovalle, don José Antonio de Rojas y el doctor don Bernardo de Vera y Pintado, por el delito de conspiración contra la Corona de España al estar alentando la convocatoria a un Cabildo Abierto ilegal según nuestras leyes y normas. Yo los conozco y sé la calidad de personas que son, pero las sentencias serán muy duras, alcanzando incluso la pena de muerte. Yo soy partidario de que se les aplique un destierro a Lima, donde puedan escarmentar al estar relegados y pensar en la bella y próspera sociedad que hemos construido. Pero reconozco que estamos viviendo tiempos difíciles. ¡Y además, María Josefa embarazada nuevamente! Es cierto que los niños son una bendición, pero creo que estos difíciles tiempos no son compatibles con la procreación y agrandar la familia podría constituirse en un error en la planificación familiar.- agregó José.

- Todo va a salir bien José y tu bebé nacerá sano y sin complicaciones de ningún tipo.- Le replicó Gregorio. Su amigo deseaba cambiarle radicalmente el tema de conversación que tan preocupado mantenía a José, pero no hallaba el modo de virar la conversación hacia el tópico que deseaba poner sobre la mesa.

- Mira José. Hace algunos días estuvimos conversando acerca del futuro de Pedro, tu hijo. Yo he meditado mucho y le he dado algunas vueltas al asunto y te quería proponer que Pedro se fuera conmigo al La Serena o a Illapel, donde quiera que yo esté, para que pueda educarse de manera normal sin el ambiente que existe en esta casa, ya que tu mujer no lo quiere como a los demás hijos y eso creo que ya no tiene solución. Yo vivo con mis padres, que encantados van a recibirlo y luego cuando alguna vez me case, el vivirá con nosotros como un hijo más. No estoy juzgando, ni menos condenando a tu encantadora esposa, pero obviamente este es un problema que hay que solucionar. A fines de año, yo me iré con Pedro, si es que tú me autorizas. Cuando partamos, él ya tendrá diez años y será un gran estudiante que de seguro se convertirá en abogado como Melchor también lo será. ¿Qué me dices José?- preguntó Gregorio con cierta incertidumbre.

- Es muy doloroso para mi llegar a esta situación, pero los hechos que tu tan piadosamente relatas, son certeros y verídicos. Creo que sería lo mejor para él y yo por supuesto te enviaré las remesas correspondientes para que tu pasar no se vea alterado. He cometido muchos errores en mi vida, pero creo que esta es una buena propuesta y debo estar de acuerdo contigo. En el lapso de unos meses voy a quedar sin dos de mis hijos, bueno, por causas distintas evidentemente. Melchor se va a estudiar a Perú y Pedro se irá contigo. Yo sé que estará bien, pero tengo un presentimiento de que no lo volveré a ver- dramatizó José casi al borde de las lágrimas. Los amigos se despidieron y volvieron al salón a compartir con los invitados.

A su vez, María Josefa se encontraba nuevamente embarazada y ya pronta a alumbrar. Esta rama de los De la Cerda, tenían sus ideas un tanto trastocadas. Se apoyaban en la creencia de que cuando alguien se casaba con un pariente cercano, se elevaba la alcurnia de la familia y entonces había que procrear muchos hijos para que replicaran estas costumbres en la sociedad futura. María Josefa era sobrina de José, ya que era hija de su hermana Nicolasa y eso los hacía partícipe de ese dogma. De cualquier modo, en el mes de agosto de 1810 nació Juana de Santiago Concha y de la Cerda, en la casona de los De Santiago Concha. Por fin, José y María Josefa se alegraban mucho de que haya nacido una mujercita, ya que ellas permanecían más tiempo en casa, a no ser que se casaran jovencitas, pero en esa situación, las niñas visitaban mucho más su hogar de origen que los varones. Ellos se marchaban, generalmente para no volver. La noticia de la partida de Pedro fue un golpe duro para el cincuentón José, no así para María Josefa, ya que sabía que Melchor volvería, y Pedro no le importaba mucho. Estos temas, no se debatían entre la pareja, ya que al primer atisbo de conversación del tema de Pedro o de su vida futura, la madrastra cortaba de cuajo la charla sobre aquel tópico. Pero delante de otras personas, fantaseaba como una madre preocupada por su supuesto hijo que al final, no lo era. José estaba convencido de que se venían días difíciles para los administradores de los reinos de la corona y trataba de minimizar los problemas, debido a que, los que se venían podrían ser de vida o muerte. A ese extremo llegaba la tibieza del juez en relación a su tercer hijo, que para no tener problemas con su mujer, y mantener la armonía de su hogar, no levantaba polvareda con los temas filiales, ya que su estatus dentro de la familia, estaba seriamente cuestionado.

Al fin y al cabo, Melchor se marchaba solo en un largo y peligroso viaje marítimo al virreinato del Perú, donde nadie sabía cómo iba a transcurrir su vida en la casa de sus tíos o parientes cercanos, pero que no los había visto nunca. María Josefa le recalcaba constantemente que no se preocupara de aquello, argumentando que Melchor era fuerte mental y físicamente. Además, que aún faltaban dos años para que se marchara a su periplo por las tierras de sus bisabuelos. Mientras tanto en la casa de los de Santiago Concha se continuaba fraguando lo que sería un determinante hecho que pavimentaría la Independencia Nacional en un futuro no muy lejano. La organización y el llamado a un Cabildo Abierto con la férrea intención de lograr algunos derechos, que aunque parecieran intrascendentes, serían el punto de partida para la futura república y espacios ganados para los anhelos de una anhelada independencia. La Casa Concha asemejaba a un Congreso, ya que se manifestaban todas las tendencias. José Nicolás de la Cerda había sido elegido diputado y por tanto oficiaba de alcalde de la capital del reino, y como tal, presionaba con oficios del Cabildo de Santiago a la Real Audiencia y a su presidente José de Santiago Concha, quien se negaba rotundamente a la realización del Cabildo en cuestión, ya que el argumento de que se realizaría en nombre del Soberano Fernando VII no le era verosímil. En el mes de septiembre las actas de los dos cuerpos colegiados, Cabildo y Real Audiencia, sufrieron un bombardeo de solicitudes de cabildo y negativas por parte de la Real Audiencia.

Gregorio Cordovez, Javiera Carrera y Francisco de la Lastra eran fieros defensores del Cabildo Abierto y de que de él se desprendiera una Junta Nacional Criolla, que le diera identidad chilena al gobierno que se formara, tratando de zafarse un tanto del soberano Fernando VII y de la corona de España. Otro motivo de divergencia era la cantidad de asistentes al supuesto cabildo, ya que los organizadores hablaban de 400 a 450 invitados, mientras que la audiencia sólo quería autorizar a 20 o a lo más 30. Finalmente el Cabildo Abierto que eligió la Primera Junta Nacional de

Gobierno se efectuó el 18 de Septiembre de 1910 en el Edificio del Consulado y a continuación les mostramos la convocatoria y el listado de asistentes

Lista de asistentes a la Primera Junta Nacional de Gobierno el 18 de Septiembre de 1810

1 Aeta, Juan Bautista

2 Aguirre y Boza, Joaquín Fermín

3 Aguirre y Quesada, Fray José Ignacio

4 Aguirre y Aséndegui, José Santos

5 Aguirre y Quiroga, José Vicente

6 Ahumada, Andrés

7 Álamos, José María de los

8 Álamos, Juan Crisóstomo de los.

9 Alcalde y Bascuñán, Juan Agustín, Conde de Quinta Alegre.

10 Aldunate Larraín, Juan José

11 Aldunate y Guerrero, Manuel

12 Aldunate y Guerrero, Vicente de

13 Alonso Gamero y Toro, Joaquín.

14 Alonso Gamero y Toro, Marcos.

15 Amengual, Juan José de.

16 Aránguiz y Mendieta, Ignacio José de.

17 Aráoz y Carrera, Manuel Antonio

18 Arauz, Jerónimo.

19 Arellano. Agustín.

20 Argomedo Ramírez, Diego.

21 Argomedo, José Gregorio

22 Arias, Manuel de.

23 Arís y Lois, Ramón Mariano de

24 Arlegui y Rodríguez, Juan de Dios.

25 Arriagada, Pedro Ramón

26 Arriarán, Lucas

27 Arrué. Pedro de.

28 Astaburuaga y Pizarro, José Mariano.

29 Astorga. José Antonio

30 Avaria Ortiz de Zarate, José Martín.

31 Baraínca y Acuña, Francisco de Borja

32 Barra, Dr. Juan Francisco León de la.

33 Barrera, José Manuel

34 Barrera, Justo de la

35 Barros Andonaegui, Manuel.

36 Barros Fernández de Leiva, José Manuel

37 Bascuñán, José Miguel

38 Bascuñán, Manuel.

39 Bauza, fray Juan Antonio.

40 Beltrán, Rafael.

41 Benavente, Juan Miguel.

42 Botarro, José María.

43 Bravo y Guzmán, fray Jorge.

44 Bravo de Saravia, Miguel

45 Bustamante, José Antonio

46 Bustamante, Timoteo de.

47 Cajigal y Solar, Francisco

48 Caldera, Francisco Javier

48 Caldera y Fontecilla, Francisco de Paula.

50 Calderón, Joaquín.

51 Calderón, José Gregorio.

52 Calvo de Encalada y Recabarren, Martín.

53 Campino y Salamanca. José Antonio

54 Campo y Bracamonte, Juan José.

55 Cansino, Dr. Pedro José.

56 Cañas Aldunate, Marcelino

57 Cañol, Fernando

58 Carvallo y Ureta, Alberto.

59 Carvallo, fray José Agustín.

60 Carrera y Cuevas, Ignacio de la.

61 Casanova, Parlo.

62 Castillo Albo, Felipe.

63 Ceballos, Pablo de

64 Cerda de Santiago Concha. José Nicolás de la.

65 Cifuentes, Juan Francisco.

66 Cisternas, Francisco

67 Coloma, fray Nicolás.

68 Correa de Saa, Carlos

69 Correa de Saa, Rafael.

70 Cosme, fray Tadeo.

71 Cruz y Bahamonde, Anselmo de la

72 Cuadra y Armijo, Francisco Egidio de la

73 Cuadra y Armijo, José Ignacio de la.

74 Cuadros, José Antonio

75 Chopitea, Pedro Nicolás de.

76 Dávila, Vicente

77 Díaz, Agustín

78 Díaz, fray Pedro

79 Díaz de Salcedo y Muñoz, Domingo.

80 Diez de Arteaga, Francisco.

81 Dorrego, Luís

82 Dorrego, Manuel.

83 Echagüe. Gregorio

84 Echaurren y Herrera, José Francisco.

85 Echenique y Legaros, Pedro Nolasco.

86 Echeverría y Larraín, Joaquín de.

87 Echeverría y Ahumada, Juan José.

88 Echeverría, Manuel.

89 Egaña y Risco, Juan

90 Elizondo y Prado, Diego Antonio.

91 Errázuriz y Aldunate, Fernando.

92 Errázuriz y Aldunate, Francisco Javier.

93 Errázuriz y Aldunate, Isidoro.

94 Errázuriz y Madariaga, Domingo.

95 Errázuriz y Madariaga, José Antonio.

96 Eyzaguirre y Arechavala, Agustín de.

97 Eyzaguirre Domingo.

98 Eyzaguirre Arechavala. José Ignacio.

99 Fernández, José Manuel.

100 Fernández Hortelano, Manuel.

101 Fernández de Burgos, Manuel Antonio.

102 Fernández Valdivieso, Manuel Matías.

103 Figueroa Y Córdoba, fray Francisco de.

104 Figueroa y Polo, Manuel Antonio.

105 Flores de Valdés y Toro, Antonio.

106 Font, Bernardo.

107 Fontecilla y Palacios, Francisco de Borja.

108 Formas y Patino, Francisco de.

109 Formas y Patino, Ramón

110 Fresno, Juan Antonio de.

111 Fretes y Esquivel, Juan Pablo.

112 Fretes, Julián José.

113 Gálvez, fray Agustín.

114 Gana y Darrigrande, Agustín de.

115 Gandarillas y Romero, Joaquín.

116 Gandarillas, Nicolás.

117 Gandarillas y Romero, Santiago

118 Gaona, Francisco.

119 García, Andrés José.

120 García, Juan Francisco.

121 García, Nicolás.

122 García de Huidobro y Aldunate. Francisco de Borja.

123 García de Huidobro. Rafael.

124 García de Huidobro y Morandé, Vicente Egidio, Marqués de Casa Real.

125 García de San Roque, fray Miguel.

126 Gavilán, Pedro Antonio.

127 Gavilán, Tomás.

128 Gómez, Gregorio.

129 Gómez, Jerónimo.

130 Gómez, José Santiago.

131 González, José Antonio.

132 González Álamos, Pedro José.

133 Gutiérrez, Vicente.

134 Guzmán e Ibáñez, Diego.

135 Guzmán y Lecaros, fray José Francisco Javier.

136 Guzmán y Legaros, José Joaquín.

137 Guzmán e Ibáñez. José María.

138 Haro, Francisco de.

139 Hermida y Cañas, Antonio.

140 Herrera, Nicolás.

141 Huici Trucíos, José Antonio.

142 Huici Trucíos, José Domingo.

143 Huidobro, Cristino.

144 Infante y Prado, José Ignacio.

145 Infante, José Miguel.

146 Infante y Prado, Juan.

147 Íñiguez y Landa, José Santiago.

148 Irarrázaval y Portales, José Santiago.

149 Irarrázaval y Cajigal del Solar, Miguel Antonio.

150 Irisarri, Antonio José de.

151 Izquierdo y Codes, Francisco.

152 Izquierdo y Romero, Santos.

153 Jaraquemada y Alquízar, Domingo de la.

154 Jaraquemada, fray Joaquín.

155 Jaraquemada y Carrera, José Agustín.

156 Lagos, Agustín.

157 Lambarri, Toribio.

158 Lara, fray José.

159 Larraín y Salas, Diego.

160 Larraín y Salas, Francisco Javier.

161 Larraín y Aguirre, Gabriel.

162 Larraín y Salas. Joaquín.

163 Larraín y Guzmán, José Toribio de Marqués de Larraín.

164 Larraín y Salas, José Vicente.

165 Larraín y Rojas. Juan Francisco.

166 Larraín y Salas. Martín de.

167 Lastra y Sota, Francisco de la.

168 Lazcano v García. Florencio.

169 Lazo y Requena, José Silvestre.

170 Legaros y Alcalde, José Manuel.

171 Letelier Salamanca, Feliciano.

172 Lois y Baeza. Manuel Domingo.

173 Lois y Baeza, Nicolás Antonio.

174 López De Sotomayor, Joaquín.

175 López, José Miguel.

176 Lucero, Juan.

177 Luco y Herrera, José Santiago.

178 Lujan, José María.

179 Lurquín, Pedro.

180 Mackenna, Juan.

181 Mancheno, José Tadeo.

182 Manso y Santa Cruz, Manuel.

183 Mardones, Agustín.

184 Mardones, Santiago.

185 Marín, José Gaspar.

186 Márquez de la Plata, Fernando.

187 Márquez de La Plata y Encalada, Fernando.

188 Martínez de la Mata y Casamiglia, Antonio.

189 Martínez de Mata, Luis.

190 Martínez de Mata y Ureta, Manuel.

191 Marzán, Nicolás

192 Mascayano, José Santos.

193 Matorras y San Martín, Nicolás.

194 Matte Mesía, Lorenzo.

195 Maza, José Mateo.

196 Mena. Manuel.

197 Montes Orihuela, José.

198 Montt y Prado, Antonio.

199 Moraga y Fuenzalida, fray José María.

200 Mujica, Matías de.

201 Muley, Francisco.

202 Muñoz Bezanilla, Santiago.

203 Muñoz y Aguirre, Tomás.

204 Ochoa, Domingo de.

205 O'Higgins, Tomás.

206 Olavarrieta y Urquijo, Agustín de.

207 Ortúzar e Ibáñez, José Manuel.

208 O'Ryan, Santiago.

209 Ovalle y Vivar, José Antonio.

210 Ovalle y Vivar., José Vicente.

211 Ovalle y Bascuñán, Miguel.

212 Palacios y Paso, Manuel de.

213 Palacios y Soto, Mariano José de.

214 Palazuelos, Pedro.

215 Pérez y Salas, Francisco Antonio.

216 Pérez y Salas, Joaquín.

217 Pérez García. José.

218 Pérez y Salas, José Antonio.

219 Pérez, José Benito.

220 Pérez de Cotapos, José Miguel.

221 Pérez de Cotapos y Guerrero, Manuel.

222 Pérez y Salas, Santiago Antonio.

223 Pizana y Muñoz de Guzmán, Jerónimo.

224 Portales y Larraín, Estanislao.

225 Pozo y Silva, José María.

226 Prado Jaraquemada, Pedro José.

227 Prats Domedel, Francisco.

228 Prieto, José Antonio.

229 Prieto y Vial, José Antonio.

230 Puente, Francisco.

231 Ramírez Saldaña y Velasco, Francisco de Paula

232 Recabarren y Pardo de Figueroa, Estanislao.

233 Recabarren y Aguirre, Manuel Antonio.

234 Reyes. Domingo de.

235 Riesgo de la Vega, Manuel.

236 Rio y Cruz, José Raimundo del.

237 Ríos, José Antonio de los.

238 Robles, fray Antonio.

239 Rodríguez, Antonio.

240 Rodríguez Herrera, Carlos

241 Rodríguez, José.

242 Rodríguez Zorrilla, José Joaquín.

243 Rodríguez Zorrilla, José Santiago.

244 Rojas, Francisco.

245 Romero, Gaspar.

246 Romero, Juan de Dios.

247 Romero, Pedro José.

248 Rosales, José Antonio.

249 Rosales, Juan Enrique.

250 Rozas, José María

251 Ruiz de Arbulú, Martín.

252 Ruiz Tagle Portales, Manuel.

253 Salamanca, Domingo.

254 Salas y Corbalán, Manuel de.

255 Salinas y Sánchez, Justo.

256 Samaniego y Córdoba, José de.

257 Sánchez de Loria y Moyano, José Teodoro.

258 San Roque, fray Miguel.

259 Sierra, Mariano.

260 Silva y Hurtado, fray Buenaventura.

261 Silva, Judas Tadeo de.

262 Sol y Martorell, Juan Antonio Isidro del.

263 Sota y Manso de Velasco, Antonio María de la.

264 Sota y Manso de Velasco, Rafael de la

265 Talavera, Manuel Antonio.

266 Tocornal y Jiménez, Gabriel José de.

267 Tocornal. Joaquín.

268 Tocornal y Jiménez, José María de.

269 Toro y Valdés, Domingo José de.

270 Toro y Valdés, Gregorio José de.

271 Toro y Valdés, José Joaquín de.

272 Toro y Zambrano, Mateo, Conde de la Conquista.

273 Torres, Ignacio de.

274 Troncoso Mendieta, Félix Joaquín.

275 Trucíos y Salas, Joaquín.

276 Ugalde y Goycoechea, Domingo.

277 Ugarte y Salinas. Juan Manuel de.

278 Urmeneta. Tomás Ignacio de.

279 Urra, Juan Lorenzo de.

280 Urrutia y Mendiburu, Antonio de.

281 Valdés Bravo, Miguel

282 Valdés y Carrera. Domingo.

283 Valdés García Huidobro. Francisco de Borja.

284 Valdés y Carrera, Francisco Javier Isidoro.

285 Valdés y Carrera, Ignacio.

286 Valdés García Huidobro, José Antonio María

287 Valdés Carrera. Pedro Nolasco.

288 Valdivieso y Maciel, Gabriel José de.

289 Valdivieso. Juan Domingo de.

290 Valdivieso y Maciel, Manuel Joaquín.

291 Valero D'Enos, Ramón.

292 Varas, Estanislao.

293 Vargas. Benigno de.

294 Vargas Prado, Benito.

295 Vargas, José Antonio de.

296 Vargas y Arcaya, José Tomás.

297 Vargas y Verdugo, Manuel José.

298 Vargas y Verbal, Ramón

299 Velasco y Cañas, fray Domingo de.

300 Vicario general de Santo Domingo.

301 Velasco y Cañas, José Casimiro.

302 Vélez Gutiérrez, Bernardo.

303 Vera y Pintado, Bernardo.

304 Verdugo, Manuel José.

305 Vial, Félix.

306 Vicuña, Francisco Ramón.

307 Vicuña Larraín, Joaquín.

308 Videla y del Águila, Francisco Javier.

309 Vigil y Toro, Carlos.

310 Vigil y Toro. José.

311 Vildósola, Andrés Carlos de.

312 Villarreal, José María.

313 Villegas, Hipólito.

314 Villegas, José María de.

315 Villota. Celedonio.

316 Villota, José Antonio.

317 Vivar y Azúa, Pedro.

318 Zuazagoitía, Francisco Javier.

Éstos son los asistentes al Cabildo Abierto del 18 de Septiembre de 1810, según la investigación llevada por el historiador y bibliógrafo chileno José Toribio Medina, que plasmó en su libro titulado Asistentes al Cabildo Abierto del 18 de Septiembre de 1810.

José de Santiago Concha y Jiménez Lobatón no asistió a la Primera Junta Nacional de Gobierno realizada el 18 de Septiembre de 1810.

Por real orden del 7 de Febrero de 1779 —dice Matta, — se le permitió, a pesar de ser oidor de Santiago, casarse con una sobrina. En 1810 era oidor decano de la Real Audiencia.

En el Cabildo Abierto de 11 de Julio de ese año se acordó que García Carrasco no pudiera expedir providencia alguna del gobierno sin asesorarse con

Concha. Desempeñó el cargo hasta mediados de Agosto de 1810. El 24 de Abril de 1811 fue confinado a La Ligua y después a una chacra de Ñuñoa. Después de Rancagua volvió a sus funciones.

No asistió en conformidad al acuerdo de la Audiencia del 17 de Setiembre. Esto es lo que señala Enrique Matta Vial en la Revista chilena de Historia y Geografía.

A comienzos de 1811, el pueblo de Santa Cruz de Triana, hoy Rancagua, eligió como diputado a la Junta Central a José de Santiago Concha por aclamación, y luego el conde de la Conquista lo nombró su asesor legal en la Junta Gubernativa, pero el juez, rechazó esta designación por declararse realista y defensor de la Corona de España. Además, de jurar lealtad a su monarca, el Rey Fernando VII de España.

23.- Revolución de 1811 y el primer destierro a la Chacra de Ñuñoa.

Finalmente, Pedro se marchó al norte de Chile con su buen amigo Gregorio Cordobez, durante los primeros días de enero de ese año 1811, año en que las cosas cambiarían radicalmente para los integrantes de la familia De Santiago Concha y también para los De la Cerda. En principio, si irían a la ciudad de Illapel, donde la familia Cordobez tenía una hacienda muy grande y también contaban con negocios en el ámbito minero. A su vez, uno de sus socios y amigo personal, Nicolás de la Cerda, había adquirido grandes extensiones de terreno en La Ligua para incursionar en el negocio bovino y también la proyección de piques auríferos que sus inquilinos pirquineros, ya se encontraban explorando dicha zona para la explotación. En el país se respiraban aires libertarios, a pesar de que el panorama político estaba muy revolucionado y disperso. Pero la Junta Nacional de Gobierno se mantenía firme a pesar de todas esas escaramuzas. El día martes 26 de febrero de 1811, murió don Mateo de Toro y Zambrano a los 83 años, presidente de la Junta Nacional de Gobierno, el conde de la Conquista que daba seriedad, respeto y credibilidad a este organismo nuevo, y por un instante se pensó que tal vez se desmoronaría todo lo que se había construido hasta aquel momento, pero Fernando Márquez de la Plata y Juan Enrique Rosales se reunieron rápidamente en la casa del primero, donde solían ser las juntas de emergencias, y resolvieron que Juan Martínez de Rozas lo sucediera en el cargo.

Así, transcurrieron los primeros meses de 1811 cuando José de Santiago Concha y Nicolás de la Cerda discutían sobre el porvenir de Chile y qué era lo que realmente le convenía al Reino Colonia de España, para poder desarrollarse y brindar progreso a sus habitantes. Para José, solo la dependencia de España y la obediencia al Rey, darían estabilidad a la novel nación, ya que estaba todo funcionando bien y con las organizaciones gubernamentales en rodaje con clara autonomía de los poderes del estado. En cambio para Nicolás, se necesitaban algunos cambios y más participación de la ciudadanía para los cargos de la administración del estado. A Nicolás, le atraía mucho eso de los diputados y senadores, ya que él era rico y pensaba que podía ser elegido fácilmente en alguno de los dos cargos. También Francisco de la Lastra, el cuñado de Javiera Carrera y gran amigo de Nicolás, sería candidato en aquella elección que estaba fijada para el día domingo 1° de abril de 1811 en todo el territorio Nacional. Todo se presentaba tranquilo, de modo que no había motivos para temer que un suceso cualquiera, podría opacar la realización de la primera elección en Chile. Las condiciones estaban dadas, pero Juan Martínez de Rozas no era el Conde de la Conquista, y los oponentes de los exaltados no permanecerían tranquilos mirando cómo les arrebataban el poder, de modo que algo tramarían, y no fue sorpresa, cuando el día de la elección, ocurrió un hecho político de armas que quiso detener el proceso.

El Motín de Figueroa fue un intento de golpe de estado en que el Teniente Coronel realista Tomas de Figueroa, indujo a las tropas del Cuartel de San Pablo a la insubordinación en contra de la Primera Junta

Nacional de Gobierno, para lograr su abolición e instalar nuevamente al Gobernador Antonio García Carrasco, que había cesado en sus funciones justamente el 18 de septiembre del año anterior cuando asume la nueva Junta de Gobierno. Al grito de "¡Muera la Junta!", los militares lanzaron vivas a la Real Audiencia. José se encontraba en su interior y no sabía qué hacer. Mientras transitaban por la Plaza de Armas y trataban de ingresar al Cabildo, fueron interceptados por el Batallón de Graneros y conminados a bajar sus armas y deponer su actitud golpista. De pronto, se descargaron algunos proyectiles y comenzó el tiroteo de ambos bandos. José pidió a sus colaboradores que se escondieran bajo los mesones de la oficina de la Presidencia de la Real Audiencia y que se resguardaran. Los insurgentes se dieron a la fuga y el Teniente Coronel Tomas de Figueroa, se guareció en un convento. Unas religiosas que se encontraban despavoridas en una de las ventanas, al ver a los militares leales a la junta, les hicieron un guiño y Figueroa fue encontrado y detenido. Y, a pesar de que Camilo Henríquez, pretendía sacar confesiones acusatorias, a punta de chicotazos, que implicaran a algunas autoridades para acusarlas, no logró su propósito y se le realizó un enjuiciamiento en tiempo récord por parte de la Junta de Gobierno y sentenciándole a muerte, para ser ejecutado junto con el cabo Eduardo Molina, en la plaza de Armas. Se le ofreció la extremaunción, ya que se encontraba Fray Camilo Henríquez en el cabildo, pero Figueroa rechazó al sacerdote por tratarse de un criollo partidario de Rozas. A las tres de la madrugada, cuando Santiago dormía, un pelotón a cargo de José Portales, (hermano de Diego Portales) descargó los proyectiles que destrozaron el rostro de Tomás de Figueroa, que al ser abatido, mostró temple y valentía en todo momento. Su cuerpo fue exhibido por tres días en la Plaza de Armas de Santiago. En el mes de abril de 1811, tras los sucesos del motín de Figueroa, José no quiso renunciar junto al regente Juan Rodríguez Ballesteros, pasando a ser así, el único ministro que no renunció a su oficio,

La Real Audiencia, que estaba compuesta por los jueces más antiguos y leales a la Corona de España: don Manuel Irigoyen, hijo de Buenos Aires; don José de Santiago Concha y don José Santiago Aldunate, naturales de Santiago de Chile; don Félix Basso, de Barcelona y el Decano don Juan Ballesteros, de Andalucía, quedó muy mal parada con este acto subversivo e incluso hubo quienes pidieron su disolución, José salió a dar explicaciones señalando y afirmando que nada tenían que ver con el alzamiento, pero su declaración, dado lo candente del momento, no fue creíble. En el fondo, José y la Real Audiencia, que era toda partidaria de la Corona Española y de mantener todos los privilegios de la nobleza, se sentía triunfadora al haberse interrumpido el proceso emancipador y postergado las elecciones para Diputados que debían efectuarse el 1° de abril en Santiago. Pero en los sectores criollos, no se culpó a la Real Audiencia, sino a Martínez de Rozas por la suspensión de las elecciones, ya que a los días posteriores, conociéndose los primeros resultados que se produjeron en el resto del país, especialmente en Concepción, era notoria la derrota del sector más exaltado de la política chilena, que el mismísimo audaz Juan Martínez de Rozas lideraba. De todos modos la Primera Junta Nacional de Gobierno resolvió por mayoría relativa, cesar en su función a la Real Audiencia y reemplazarla por un Tribunal Supremo de Justicia a la usanza de Europa. Todos los jueces: don Manuel Irigoyen, don José Santiago Aldunate, don Félix Basso y el Decano don Juan Ballesteros, de Andalucía, fueron desterrados a Lima. El único que permaneció en Santiago fue don José de Santiago Concha a quien se le encomendó formar este tribunal superior y ponerlo en funcionamiento. Seguramente esto se determinó por su parentesco con Nicolás de la Cerda y otros moderados de la administración nueva.

Las elecciones para Diputados se postergaron para el domingo 6 de mayo en Santiago, donde al fin podrían competir Nicolás de la Cerda y Francisco de la Lastra. Era complejo el escenario, puesto que todo estaba preparado para el día primero de abril y de un momento a otro, cambiaban las condiciones de la elección, al haberse producido un verdadero golpe de gobierno frustrado, donde los votantes esperan, que los candidatos se pronunciaren. Mientras tanto, el exitoso Nicolás de la Cerda formaba con su socio Gregorio Cordobez, una Empresa Naviera de dos naves y también contaba con participación en negocios mineros. En conversación con José, le contó que su muchacho tenía 10 años y estudiaba en un Colegio donde Gregorio tenía participación. También, le comentó que el muchacho era muy inteligente y excelente alumno. Gregorio era talentoso políticamente y pronto ocuparía varios cargos en la Municipalidad de Coquimbo, así como en la Gobernación del Norte Chico. Mientras que Pedro se dedicaba muy tranquilo a sus estudios, amparado siempre por Gregorio y su familia que lo adoraban. Mientras Nicolás le hablaba a su tío de su hijo Pedro, el juez no lo escuchaba con atención, ya que por su mente pasaban muchas acciones que se estaban llevando a cabo en la política chilena, a las cuales José, no estaba acostumbrado. De modo que se disculpó con Nicolás y le prometió que apenas se normalizara la situación del Reino de Chile, se iban a sentar a charlar sobre la vida de Pedro en el Norte Chico, pero que él estaba seguro de que se encontraría muy bien, estando en manos de Gregorio y la prestigiosa familia Cordovez en Illapel. También aprovechó de explicarle a Nicolás que para la familia era muy importante que él triunfara en las elecciones parlamentarias de mayo, ya que eso daría una mayor seguridad al núcleo familiar, tomando en cuenta todos los eventos que han cambiado la realidad que antes vivíamos. En pocas palabras, José le quiso decir que dependía de él, el futuro de su gestión y de su familia.

Javiera Carrera que apoyaba fielmente a su ex cuñado Francisco de la Lastra a pesar de que ahora la famosa viuda estaba casada con Pedro Díaz de Valdés, contó en las reuniones en casa de José, que su hermano menor José Miguel Carrera, viajó desde Cádiz, el miércoles 17 de abril, llegando a Santiago los postreros días de julio, incorporándose al proceso que se inició con la instalación de la Primera Junta Nacional de Gobierno surgida del famoso Cabildo Abierto. Hay muchos compatriotas que desean que tome las riendas del proceso emancipador y que se incorpore a la lucha que muchos jóvenes estaban dando. El joven militar venido de Europa y combatiente en la Guerra contra Napoleón, aún no cumplía los 26 años, y ya gozaba de mucha popularidad entre los patriotas y moderados. El 6 de mayo de 1811 se realizaron las elecciones en

Santiago y como era de suponer, Nicolás de la Cerda salió electo entre los 12 diputados de la ciudad de Santiago y comenzó una próspera carrera política, que junto a sus negocios de diversa índole, lo hacían figurar como una de las figuras más influyentes de la sociedad santiaguina. Por otro lado, José mostraba cierto grado de preocupación, ya no sólo por la autonomía con que gobernaba la Primera Junta Nacional de Gobierno, sino que también sentía incertidumbre por esa figura nueva relacionada con elementos de la democracia, como lo era un parlamento. Él creía que la sociedad del Reino de Chile, aún no estaba madura para esas incursiones populistas y temía por cierto, situaciones anárquicas en el devenir de la colonia, esperanzado en una nueva intervención de las fuerzas reales cuando por cierto, se ordene la situación política allá en la península y se recupere el orden y la fuerza de las huestes españolas que a su vez traigan tranquilidad a las nuevas colonias. Todo esto se sumaba al recelo por la poca seguridad de lo que iba a ocurrir con su trabajo en la Real Audiencia, o como se llamare el nuevo tribunal, sobre todo por la culpabilidad señalada en el Motín de Figueroa, de parte del Presidente de la Junta don Juan Martínez de Rozas, quien responsabilizó a La Real Audiencia de Santiago de no acatar lo acordado en la Junta del 18 de Septiembre con respecto a la agenda de reformas políticas y con ello, haber provocado el intento de golpe por parte de los descolgados.

El jueves 4 de julio de 1811, se constituyó el Primer Congreso Nacional y según lo establecido en la última junta de gobierno, La Real Audiencia de Santiago de Chile, cesaba en sus funciones como había sido llevada en los últimos años y décadas, recibiendo muchas críticas. Se estableció según acuerdo de la Junta de Gobierno, que un Tribunal Supremo de Justicia, sería el responsable de administrar la justicia, y que los antiguos oidores de la desaparecida Real Audiencia, ya se encontraban en Lima y tan sólo José de Santiago Concha permanecería organizando dicho tribunal y posteriormente se desempeñaría como un simple juez en el nuevo sistema judicial, pero con una rebaja en sus abultadas remuneraciones. De modo que José, que ya estaba enterado de lo que le depararía un futuro, se había preparado para su nueva realidad y tuvo que conformarse con ser juez nuevamente y ver rebajado su emolumento, pero por lo menos, no quedaría sin empleo, que era su mayor temor y preocupación. A pesar de ello, su sobrino, el diputado Nicolás de la Cerda, lo conminaba a reintegrarse a la arena política, considerando que muchos realistas habían sido electos en este primer parlamento. José desechó la idea argumentando que él era un funcionario judicial y que como diputado, ya había dado un paso atrás, y como se estaba estilando la política en aquel momento, aquello no era lo suyo. No obstante, agradeció los consejos de su sobrino que se veía muy interesado en su porvenir. El joven parlamentario le recordó que no debía temer nada, ya que la Chacra de Ñuñoa estaba a su disposición, para cualquier emergencia que se presentara.

Finalmente estos fueron los diputados que se sentaron en los sillones parlamentarios abriendo este nuevo período político en el Reino de Chile, camino a la democracia.

1. Copiapó, Juan José Echeverría, Patriota

2. Huasco, Ignacio José de Aránguiz, Moderado

3. Coquimbo, Presbítero Marcos Gallo, Realista

4. Coquimbo. Manuel Antonio Recabarren, Patriota

5. Illapel, Joaquín Gandarillas Romero, Moderado

6. Petorca, Estanislao Portales Larraín, Moderado

7. Aconcagua, José Santos Mascayano, Patriota

8. Los Andes, Francisco Ruiz-Tagle, Moderado

9. Quillota, José Antonio Ovalle y Vivar, Patriota

10. Valparaíso, Agustín Vial Santelices, Patriota

11. Santiago, Joaquín Echeverría y Larraín, Patriota

12. Santiago, Conde Quinta Alegre Juan Agustín Alcalde Bascuñán, Moderado

13. Santiago, Agustín Eyzaguirre Arechavala, Moderado

14. Santiago, Francisco Javier de Errázuriz Aldunate, Realista

15. Santiago, José Miguel Infante, Patriota

16. Santiago, José Santiago Portales, Moderado

17. Santiago, José Nicolás de la Cerda de Santiago Concha, Moderado

18. Santiago, Juan Antonio Ovalle Silva, Moderado

19. Santiago, Fray Pedro Manuel Chaparro, Realista

20. Santiago, Juan José de Goycoolea, Realista

21. Santiago, Gabriel José Tocornal Jiménez, Moderado

22. Santiago, Domingo Díaz de Salcedo y Muñoz, Realista

23. Melipilla, José de Fuenzalida y Villela, Moderado

24. Rancagua, Fernando Errázuriz Aldunate, Realista

25. San Fernando, José María Ugarte y Castelblanco, Realista

26. San Fernando, José María de Rozas Lima y Melo, Patriota

27. Curicó, Martín Calvo Encalada, Moderado

28. Talca, Manuel Pérez de Cotapos y Guerrero, Realista

29. Talca, Mateo Vergara, Realista

30. Linares, Juan Esteban Fernández de Manzano , Patriota

31. Cauquenes, Presbítero Juan Antonio Soto y Aguilar, Realista

32. Itata, Manuel de Salas y Corvalán, Patriota

33. Chillán, Antonio Urrutia de Mendiburu, Patriota

34. Chillán, Pedro Ramón de Arriagada, Patriota

35. Concepción, Conde Marquina Andrés Alcázar y Díez de Navarrete, Realista

36. Concepción, Canónigo Agustín Ramón Urrejola Leclerc, Realista

37. Concepción, Juan Cerdán Campaña, Realista

38. Rere, Luis de la Cruz y Goyeneche   , Patriota

39. Los Ángeles, Bernardo O'Higgins Riquelme, Patriota

40. Puchacay   , Juan Pablo Fretes, Patriota

41. Osorno, Manuel Fernández Hortelano, Realista

Posterior a la instalación del Primer Congreso Nacional en Santiago, arribaría al puerto de Valparaíso don José Miguel Carrera, procedente de Cádiz España, a adentrarse en el tibio proceso de emancipación chileno del que había tenido referencia en la lejanía de la península Ibérica. Luego de permanecer algunos días en el puerto, se dejó caer en Santiago, dirigiéndose de inmediato a su morada en el centro cívico al frente de la Casa de la Moneda. En su hogar, lo recibieron sus padres y hermanos Javiera, Juan José y Luis Carrera quienes de inmediato lo pusieron al corriente de la situación política del país y lo favorable que se estaba presentando el escenario para tomar las riendas del país con sus amigos patriotas. Aprovechando la presencia en Santiago de todos los más notables políticos de la naciente nación debido a la instalación del Primer Congreso Nacional, los hermanos se reunieron con algunos políticos moderados y con casi la totalidad de los parlamentarios patriotas. La idea era desterrar todos los enclaves coloniales que en gran número tenía este proceso emancipador. Los más exaltados, le pedían provocar un golpe militar patriota para dar un tinte criollo definitivo a este proceso y declarar definitivamente la independencia de Chile. José Nicolás de la Cerda de Santiago Concha, no participó de estos coloquios, algunos decían para no contrariar a su tío, que no estaba de acuerdo con estas ideas independentistas y además la figura de José Miguel Carrera producía animadversión en sus rivales políticos quienes como José, lo denominaban revoltoso. José Miguel Carrera les puso paños fríos a sus anhelos. Tampoco estuvo en esa reunión, su cuñado Pedro Díaz de Valdés, actual esposo de su hermana Javiera Carrera, quien se identifica con el sector realista y políticamente se opone a las ideas independentistas de sus cuñados. Finalmente el caudillo les pidió a los convocantes, que se dedicaran a dictar las leyes que le den más derechos y libertades al pueblo chileno y lograr esto con el acuerdo de la mayoría de los parlamentarios moderados, ya que la revolución hay que hacerla con todos. Así todos los citados, se retiraron en calma a sus lugares de trabajo y dejaron al futuro prócer disfrutar en familia. Algunos de ellos, se sintieron defraudados con lo planteado por Carrera y otros lo encontraron muy equilibrado. El 24 de dicho mes la Junta de Gobierno, le envió un oficio a José y a Juan Rodríguez Ballesteros, que señalaba que, considerando que se mostraban contrarios a la justa causa que sostiene el reino para conservar estos dominios al señor don Fernando VII, los separó de su plaza.

Pero al fin y al cabo, José Miguel Carrera se unió al golpe de estado que tuvo lugar en Santiago y se llevó a efecto el 4 de septiembre de 1811. Después de varias escaramuzas sin mucha violencia y pocas víctimas, se llegó a la noche de aquel 4 de septiembre y al fin José Miguel Carrera pudo formar su Gobierno, que en un comienzo estuvo integrado por Juan Martínez de Rozas como presidente don Juan Enrique Rosales, don Juan Mackenna en Valparaíso, don Gaspar Marín y don Martin Calvo Encalada. Don Juan Miguel Benavente era suplente de Rozas y también estaban los Larraín. Los secretarios del Gobierno eran don Agustín Vial y don Juan José Echeverría. José Miguel Carrera declinó ser presidente ya que reconocía que no llevaba tiempo suficiente de regreso a su país y que había otros con más méritos, Pero las traiciones y los atentados que sufrieron los hermanos Carrera por parte de algunos de los elegidos para llevar adelante el proceso, hizo que se desencantara rápidamente de algunos patriotas. Junto con ello, observó que el nepotismo con que actuaban algunos miembros del gobierno, hacía notar que los nuevos nombramientos, iban dirigidos todos a Vial, Rozas, Irizarri, Infante etc. Además, se sucedían las renuncias y las volteretas en los cambios de bando que a la postre hicieron pensar a los caudillos que era fundamental, dar un segundo golpe al gobierno recién asumido. El día 16 de noviembre, el pueblo congregado en la Plaza Mayor de Santiago, vitoreó a los hermanos Carrera, especialmente a don José Miguel, para que tomaran los hilos conductores de la naciente república. Entonces el caudillo de la patria vieja, decidió tomar el poder nuevamente, pero en esta oportunidad, iba a ejercer el mando máximo del país. Este golpe se produjo el 17 de noviembre y el ejecutivo quedó conformado de la siguiente forma: Presidente José Miguel Carrera. Vocales, don Gaspar Marín, por Coquimbo y don Bernardo O'Higgins por Concepción. Fue elegido como suplente de don Juan Rozas. En la noche del 17 de noviembre se prestó juramento de gobierno en manos del Congreso. Marín y O'Higgins en un principio no deseaban asistir, pero se disculparon y al fin los dos admitieron, asistiendo al despacho. Los secretarios eran don Agustín Vial y don Juan José Echeverría.

En una de sus primeras determinaciones, José Miguel Carrera citó a José de Santiago Concha y Jiménez de Lobatón a su despacho presidencial y le conversó largamente de cuáles eran sus proyectos de gobierno. Después de la exposición, el presidente de la Junta Nacional, le comento al juez lo siguiente en tono amigable:

- ¡Don José Concha! Nosotros reconocemos que usted ha tenido una brillante y dilatada carrera en el ámbito judicial y además ha desempeñado la primera magistratura de nuestro país, aunque sea en forma de interinato. Pero mucho me temo, que su idea de administración de justicia, no se condice con la modernidad en las normas y propósitos que se manejan hoy en día en un gobierno con más libertades, que aquel que usted defiende y profesa implementado por la monarquía. Nuestro nuevo sistema de justicia, no tiene relación con las normas y reglas de la Real Audiencia, ya que ese sistema ha quedado obsoleto por provenir de una forma de reinado de la corona de España, de la cual ya no somos colonia. Pero yo no deseo perjudicarlo don José, sin embargo es necesario que le comunique, que nosotros ya no ocuparemos sus conocimientos de un sistema judicial que ya no tenemos. Y es por ello, que según lo que le he expuesto recientemente en mi exposición, es que hemos determinado que vamos a prescindir de sus servicios como abogado y juez, para dar paso a aquellos defensores que traen conocimientos más vanguardistas en relación a la justicia. De igual forma, no lo dejaremos abandonado y le otorgaremos una ayuda de 150 pesos mensuales para que usted pueda subsistir junto a su familia. Pero esta ayuda, debe ser complementada y condicionada a su traslado inmediato al Fundo propiedad de su sobrino Nicolás de la Cerda en La Ligua, quien por lo demás, está muy pronto a laborar con nosotros.- expresó cálida y amigablemente el primer mandatario de la nación.

- Lo he entendido muy claramente su eminencia. Sólo que no estaba preparado para dejar de trabajar teniendo recién 51 años cumplidos. Me gustaría solicitarle si tiene a bien, dejar que siga desempeñándome como abogado o juez para no ser una carga para mi sobrino Nicolás o si es menester, enviarme a Lima, ya que mis hermanos y algunos tíos viven en el virreinato. Se lo pido con todo respeto señor presidente.- exclamó el afligido juez pidiendo un poco de clemencia en su situación.

- No hay nada más que pueda yo hacer. Es una decisión del Consejo Gubernamental, que ya está sellada. Es todo, don José Concha, y espero que usted esté muy bien de salud junto a su familia- señaló enérgicamente la recién asumida autoridad.

José se retiró cabizbajo y muy deprimido pensando que, ese no era el final esperado ni menos deseado para su brillante carrera. Los días se le venían difíciles a José Miguel Carrera, ya que su estilo frontal y directo no era lo que todos deseaban en la naciente república. De hecho durante el mes de noviembre de 1811, hubo varios intentos de derrocarlo y también de asesinarlo, ya que algunas de sus determinaciones, así como las de sus hermanos, traían escozor entre sus colaboradores y por otra parte, las familias más acomodadas de Santiago, deseaban seguir contando con los privilegios de nepotismo para que sus hijos y nietos tuvieran buenos trabajos y así seguir amasando las fortunas que consiguieron con la corona española. La vida da muchas sorpresas y a veces negativas. Quién iba a pensar que un muchacho de veintiséis años, se convertiría en presidente insurgente de un reino. Pero había algo innegable. La estampa señera de un soldado moderno, con una esfinge de líder, que cuando pronuncia palabras en tono de orden, nadie se atreve a contradecirlo, se había impuesto. Una mirada penetrante, que encandila y te hace bajar la vista cuando eres interpelado. Delgado y sin aparentar una fortaleza física, su arma es el carácter y la bravura. Sólo con un chispear de dedos, todos le ponen atención. Demuestra en cada orden, una inteligencia superior, forzándolas en un ademán, o en cierto idioma europeo. Camina como marchando, haciendo sonar sus tacos en los pisos de madera como si fueran tablaos. Sus ideas no concordaban, pero había en él una aureola, que provocaba ser seguido y acompañarlo en sus sueños de libertad idealista. Para José era un anarquista, un revoltoso, un insurgente, pero muy capaz e inteligente que podía arrastrar las masas y llevar a la multitud hacia donde él quisiera.

Al llegar a casa, conversó con María Josefa, a quien describió al prócer como se lo venía imaginando en su pensamiento. Pero la serenidad de su esposa lo hizo volver a la realidad y decidieron que lo mejor era acatar las determinaciones de la nueva Junta Nacional de Gobierno y trasladarse a la Hacienda de La Ligua, para cumplir con el veredicto del consejo que presidía José Miguel Carrera. A pesar de que José, en algún momento contrajo alguna leve amistad con don Ignacio de la Carrera, padre de los insurgentes, que hasta se habían quitado parte de su apellido, hoy no tenían contacto y no se veía bien que se le fuera a solicitar desautorizar a su hijo presidente. Tampoco procedía solicitarle a su cuñado y sobrino Nicolás, que tratara de convencer al caudillo de permitirle continuar con la labor en tribunales, cuando ni siquiera estaba al tanto de cuáles eran los cambios que iba a introducir en materia judicial el nuevo gobernante. En ese momento, recordó que Carrera le había informado que su sobrino podría prontamente formar parte de su equipo de administradores del gobierno. El juez o ex juez, desdramatizando los que le había relatado a su esposa, la tomo cariñosamente y la guareció al momento que la joven cónyuge dejaba caer algunas lágrimas en sus rosadas mejillas. Como consuelo le afirmó que creía que este levantamiento no iría a durar mucho, ya que los insurgentes eran jóvenes y faltos de experiencia. Pero la muchacha, por muy dueña de casa que fuera, sabía que en todo el nuevo mundo, estaban estallando focos de insurgencia y que al parecer, ese iba a ser el tenor, del destino del Reino de Chile también.

No era de extrañar que María Josefa estuviera nuevamente embarazada ya de ocho meses y que muy pronto iba a provocar un alumbramiento en la familia, que muy a pesar de ellos, sería en el campo. Se mudaron pues los de Santiago Concha y de la Cerda al campo donde su sobrino, pero también cuñado de José, quien los recibió con los brazos abiertos y les habilitó un ala de la casa especial y exclusivamente para ellos, con el fin de que contaran con el mayor grado de privacidad y no extrañen en demasía la Casa Concha del centro de Santiago. Se trasladaron con todos los hijos que le quedaban viviendo con ellos, José Ignacio de 13, Nicolasa que ya tenía 9 años, Mercedes de 7, Rosa de 5, José Melitón de 4 y Manuel de 3. No vivían con ellos, Pedro, que se había ido al norte con Gregorio y Melchor que se encontraba en Santiago e la espera de marcharse al Virreinato del Perú. De modo que eran seis los pequeños que se quedarían con ellos en Ñuñoa, considerando que José Ignacio, el mayor, también se quedaría en Santiago, por la sencilla razón de completar sus estudios. Nicolás y Francisco le habían comentado que José Miguel Carrera deseaba contar con un Colegio que les diera a los jóvenes criollos una educación de excelencia y gran nivel académico, para contar con muchos profesionales con categoría y jerarquía para sus futuros proyectos, obras y políticas. Pero a pesar de ser José Joaquín un niño de marcada tendencia realista, le agradó esa posibilidad de poder estudiar en un colegio de corte criollo en Santiago. De modo que José Ignacio, se mudó a casa de su tía Nicolasa en casa de los Tocornal donde vivía. Y así fue como el matrimonio se tuvo que acomodar en las cuatro piezas de la chacra. Una estaba reservada para servir de comedor y sala de estar. Otra sería la alcoba del matrimonio donde instalarían la cuna para el bebé que estaba por llegar. Y en las otras dos, dormirían las niñas y los niños por separado. Cuando Nicolasa cumplió 10 años, su tío Nicolás, le regaló una pieza para que ella, que era mayor que sus hermanas, durmiera sola. Nicolás, le tomó mucho cariño a aquella sobrina y comenzó a darle comodidades que las demás hermanas no tenían. Sobre todo con la pensión de 150 pesos que tenía José, a pesar de que ayudaba en el campo para pagar la alimentación de su familia, ésta corría por cuenta de Nicolás. En una visita que realizó José Ignacio a la Chacra, en la sobremesa, les comentó que un grupo de antiguos colaboradores de Carrera, lo quisieron asesinar, organizando un complot que casi les resultó. El ideólogo fue Rozas, pero nadie podía creer que Mackenna, otrora amigo íntimo de José Miguel, haya participado entre los desertores. Bueno, Carrera los descubrió y los mandó a prisión habiendo algunos prófugos aún.

Los últimos días de aquel año 1811 se debatieron en el desorden político y las decisiones de gobierno que lo mantenían todo alterado, pero a José sólo le importaba que su bebé llegara bien a este mundo cruel. Además, José Miguel Carrera le informó a través de su cuñado Nicolás, que podría continuar su destierro en la Chacra de Ñuñoa. Y se cumplieron los deseos del ex oidor, ya que a fines del año 1811, Juan de Dios de Santiago

Concha y de la Cerda, que llenó de felicidad aquellas cuatro habitaciones donde pernoctaban los de Santiago Concha y provocó un gran alboroto que contagió a Nicolás, que de emocionado que estaba, ofreció una celebración en el último día del año 1811. La fiesta fue grandiosa y la celebración descomunal. El dueño de casa hizo un brindis por sus padres que ya no estaban con ellos, pero resaltó la unión familiar que existía entre las familias, refiriéndose al hecho de que José y los suyos vivieran en la Chacra de Ñuñoa. Ambos adultos conversaron hasta altas horas de la madrugada y cuando los estragos causados por los licores europeos ya habían hecho mella en la integridad de ambos jefes de familia, Nicolás le confesó que había conversado con Carrera y que este le había ofrecido un cargo en el gobierno. Ser miembro de la junta de Gobierno era muy atractivo para Nicolás. José, caballerosamente le felicitó y le instó a tener cuidado con las traiciones en este grupo de políticos jóvenes que están cegados por el poder, ya que nunca lo habían conocido. Nicolás le respondió que él era muy experimentado y que las cosas las olfateaba de lejos.

- Si veo algo turbio, me retiro- le replicó el sobrino al tío en papel de consejero.

- Yo sólo deseo que usted esté bien y no le ocurra nada desagradable. Mi familia y yo estamos muy agradecidos de usted, y no quisiéramos que lo engañaran- acotó con emoción el otrora Gobernador de Chile y hoy relegado en Ñuñoa.

Al mediodía del 2 de enero de 1812, don José Santiago Portales y don Nicolás de la Cerda ingresaron al equipo de gobierno ocupando cargos en La Junta

Nacional y el Consejo. Ellos asumieron para ocupar las dos vacantes del Gobierno; don Juan José Aldunate que renunció y don Bernardo O'Higgins que se trasladó al sur. Más las tensiones producidas al interior de los hombres de Carrera y sobre todo de los que integraban equipos de gobierno, era tal, que las traiciones se sucedían una tras otra y la inestabilidad se apoderaba de las tropas militares y equipos civiles. En ocasiones, Nicolás de la Cerda llegaba a su hogar acompañado del nuevo Cónsul de los Estados Unidos de América, Mr. Joel Roberts Poinssett, quien abrazaba el ideal independentista y asesoraba a Nicolás en un trabajo que le encomendó Carrera para elaborar un ensayo Constitucional para la nueva república. Nicolás de la Cerda adquiría día a día un mayor protagonismo en el proceso de José Miguel Carrera y su prestigio iba creciendo inversamente proporcional al de José. Nicolás, estuvo presente en el Cabildo Abierto de septiembre de 1810 y firmó su acta, participó y firmó el Reglamento para el Arreglo de la Autoridad Ejecutiva Provisoria de Chile, sancionado el 14 de agosto de 1811 y además, ahora se desempeñaba como miembro del consejo de la Junta de Gobierno. Miembro del Tribunal Superior de Gobierno (Integración), 10 de mayo de 1811, siendo diputado por Santiago. Miembro de la Junta Superior de Gobierno (Reorganización), 17 de mayo de 1811, en la Sala de Gobierno y Policía, siendo diputado. Integró la Junta Provisional de Gobierno (Reintegro), 8 de enero de 1812. Fue nombrado por el Cabildo de Santiago, el 16 de diciembre de 1811. No admitió el cargo hasta el 8 de enero de 1812. Nicolás de la Cerda, Firmó como paisano, el Reglamento Constitucional Provisorio de 1812, sancionado el 26 de octubre de 1812, además, se desempeñó como miembro de la Junta Provisional de Gobierno (reemplazo) el 28 de enero de 1812. Nicolás le sacó mucho provecho a la alcurnia de su familia directa. Siempre se le anunciaba como hijo del potentado hacendado José Nicolás de La Cerda Sánchez de la Barrera y Agustina Nicolasa de Santiago Concha y Jiménez de Lobatón nieta de José de Santiago Concha y Salvatierra

Sólo por todos estos logros, se explica que José Miguel Carrera Verdugo, primera autoridad del nuevo gobierno, haya cedido en su afán de mantener alejado del centro neurálgico y político a José de Santiago Concha Jiménez y Lobatón, retractándose de su destierro en La Ligua y dejándolo permanecer en la Chacra de Ñuñoa, de propiedad de Nicolás de la Cerda, donde José se sentía más acompañado ya que se encontraba junto a su familia. Para el juez no era lo ideal, pues habría deseado continuar ejerciendo alguna magistratura, pero dadas las actuales circunstancias políticas y de seguridad familiar, se conformaba con permanecer en la Chacra de Ñuñoa junto a su familia y apartado del convulsionado Santiago.

24.- José de Santiago Concha en la Reconquista

La noticia llegó pronto a la capital y José se alegró mucho, señalando que la caída de los insurgentes se veía venir, ya que ni siquiera podían mantenerse unidos, hablando en referencia a los constantes conflictos de José Miguel Carrera y Bernardo O'Higgins.

La derrota en la Batalla de Rancagua aquel fin de semana de terror para los patriotas chilenos el sábado 1 y el domingo 2 de octubre de 1814, le dejó el camino libre y expedito a Mariano Osorio para arribar a la capital y establecer nuevamente el trono realista en la capital del reino. José se presentó en Santiago apenas asumió Mariano Osorio la primera magistratura del Reino. Entonces, le reincorporaron para reabrir la Real Audiencia de Santiago y preparar la llegada de un nuevo Director Supremo. En las calles había mucho alboroto con el efecto triunfalista de los realistas, es decir como ya se sabe, aquellos que juegan a dos bandas y los que no se definen sino hasta que resulta uno de los bandos ganador. Los patriotas habían escapado a Mendoza con San Martín y muchos de sus caudillos se encontraban escondidos en casas de amigos y partidarios de la revolución. Otros permanecían en sus casas sin hacer mucho aspaviento y sin mostrarse en público. Entonces Santiago era tierra de nadie y los realistas o supuestos colonialistas, trataban de realizar saqueos a las casas de los patriotas que habían huido a Mendoza, pero en ocasiones se encontraban con vecinos de aquellos, que defendían las casas de sus amigos y de esa forma o se producían conflictos violentos, o se retiraban vencidos los saqueadores, que no eran más que aprovechadores que utilizaban las escaramuzas bélicas, para saciar sus afanes delictuales de lumpen. A la postre, había mucho caos en Santiago y sus habitantes esperaban que arribara pronto una persona responsable de la seguridad de los vecinos, ya que la incertidumbre política, era terreno fértil para los malhechores.

Pero al día siguiente de la batalla decidora, es decir el lunes 3 de Octubre de 1814, llegó Mariano Osorio a la

Capital de Chile y preguntó por José de Santiago Concha Jiménez de Lobatón. Pidió que lo ubicaran, ya que era el indicado para restablecer la Real Audiencia de Santiago y así poder enjuiciar a los insurgentes. Llegó el oidor De Santiago Concha al despacho que el Mariscal Osorio estaba ocupando como Gobernador de Chile y General en Jefe del Ejército Español en Chile y fue presentado por uno de sus asesores de la forma que el cargo ameritaba:

- El señor José de Santiago Concha y Jiménez de Lobatón, Juez y oidor de Justicia. Quinto Marqués de la Casa Concha, Abogado oidor de la Real Audiencia en Santiago y Lima, además de doctor en leyes reales, está aquí- señaló con solemnidad el asesor.

- ¡Que pase que pase!- ordenó Osorio con el entusiasmo que lo caracterizaba.

- Buenas tardes mi señor. Dios y el Rey lo bendigan- saludó con ceremonial José.

- Asiento Juez. Lo he citado aquí, porque creo que usted es la persona indicada para restaurar la Real Audiencia de Santiago. Su trayectoria lo avala y además sufrió la perversidad de insurgente de la Carrera que se ensañó con su persona. Yo tengo mucho que hacer en esta etapa de la historia, pero deseo que usted se ponga a trabajar, en primer lugar en ese tribunal Supremo que crearon los intrusos, para que podamos enjuiciar a los rebeldes y darles castigo ejemplar. Hay que formar una corte con jueces de avanzada edad y mucha experiencia. Luego que terminemos esa etapa, usted podrá restaurar la Real Audiencia de Chile, tanto en Santiago, como en Concepción y Coquimbo. ¿Qué me puede decir

Marqués?- preguntó el gobernador hablando muy golpeado como si estuviera enfadado.

- La verdad su eminencia, es que don José Miguel Carrera no cometió ningún vejamen conmigo y fue muy respetuoso de mi cargo y mi labor. Es más, hasta me otorgó una pensión mensual de 150 pesos para poder sobrevivir. Eso sí gobernador, yo deje claramente establecido que mi trabajo era para la monarquía española y que cualesquier otro destinatario, no sería habido por mi parte. Entonces, obviamente quedé desempleado y tuve que vender hortalizas con mi cuñado Nicolás de la Cerda. Él fue muy benevolente conmigo mi señor. Gracias a él, yo estoy aún en pie. Y con respecto a su ofrecimiento, me siento muy honrado al saber que su señoría pensó en mi humilde persona para llevar adelante este trabajo judicial, y debo decirle acepto gustoso el cargo y me entregaré por completo a esa labor- Le respondió agradecido José, al nuevo gobernador.

- Eso me alegra mucho Juez de Santiago Concha. También deseo solicitarle que no lleve consigo el látigo, ya que mi intención es que los insurgentes que sean notables, recapaciten y se adhieran a la causa del Rey Fernando VII y del Virrey Manso de Velasco, de modo que usted debe actuar con sabiduría y clemencia, para que en el peor de los casos, sólo los tozudos y peligrosos, sean enviados a las cárceles y a los lugares de reclusión lejana- Ordenó el asumido gobernador.

- Así lo haré mi señor. Seguiré al pie de la letra sus instrucciones- aseguro el juez.

José procedió de inmediato a recuperar la casa que habitaba antes de la revuelta y ordenó a unos lacayos, que fueran a buscar a su esposa e hijos a la Chacra de Ñuñoa para que se instalaran en la Casa Concha. Paralelamente habló con su cuñado Nicolás de la Cerda y le comentó lo que se venía para los insurgentes, de modo que fue él el primero en engrosar las filas de los moderados que se unían al bando de los realistas de Osorio. La estrategia de los nuevos gobernantes fue empleada por José de Santiago Concha, para embaucar a los rebeldes con promesas de perdón, clemencia y reconciliación, por parte del General Pisana, brazo derecho de Osorio. Pero la intención de aquello, era que se entregaran a las nuevas autoridades y sacándoles el arrepentimiento de sus declaraciones, y así fueran apresados de igual manera y llevados a juicio para recibir el merecido castigo. Pero el juez se encontró un tanto confundido con la petición de Mariano Osorio, de no aplicar el látigo con esas personas que provenían de buenas familias. Menos mal que había alcanzado a liberar a Nicolás, su cuñado, ya que había participado muy estrechamente con José Miguel Carrera en su administración y en la Junta de Gobierno. En lo sucesivo, José se abocó al juicio contra los revoltosos que habían participado del gobierno de Carrera y que se encontraban detenidos, ya sea en sus casas o en prisiones adaptadas para ellos sin mezclarlos con reos comunes y peligrosos.

Los últimos días de octubre de 1814 comenzaron los enjuiciamientos a los patriotas que habían sido apresados entre los que destacan Juan Miguel Benavente, Mariano Egaña Fabres, Agustín Eyzaguirre, Ignacio de la Carrera, padre de don José Miguel, José Santiago Portales, hermano de Diego, José Ignacio Cienfuegos, Joaquín Larraín, de los Larraínes. Juan

Egaña Risco, Manuel de Salas Corbalán de 60 años, Francisco de la Lastra cuñado de Javiera Carrera, entre otros. También figuraban en el listado de los apresados, Manuel Rodríguez, Juan Mackenna, Juan José Carrera, Luis Carrera, José Miguel Carrera y Bernardo O'Higgins, pero estos líderes carismáticos y con mucha adhesión en la gente, incluso en los realistas, no llegaron al tribunal de Santiago, por lo que se presume, que en el camino a la Capital, habrían escapado. Todos ellos recibieron, después de los alegatos por parte de los jueces, la pena de muerte, pero como una forma de pacificar la zona central de Chile, muy golpeada por los conflictos bélicos y con el afán del Gobernador de Chile Mariano Osorio, de otorgar clemencia a los involucrados, se procedió a rebajar la pena de muerte para los que se encontraban presentes en la sala de tribunales, sentenciándolos a sufrir el destierro y la relegación al presidio de la Isla Juan Fernández por el lapso de 5 años, o las Casamatas del Callao, o a los presidios del país. El discurso burlesco del General Pisana para con los apresados, no caló en los sentenciados, que ya se esperaban estas penas consensuadas con Osorio. Las familias de los convictos que pudieren solventar el mantenimiento de sus parientes, lo podrían hacer, ya que la comida no iba a alcanzar para todos. Eso fue lo que se resolvió.

Tras el juicio, finalmente fueron 42 los reos que se relegaron a presidio en la Isla Juan Fernández y algunos de ellos recibieron un trato especial de parte del teniente coronel de infantería de Valdivia, el español Anselmo Carabante, y se mantuvieron con los víveres embarcados desde el continente en la goleta La Sebastiana, que realizaba el viaje cada dos meses desde

Valparaíso. Mientras el bergantín efectuaba su aprovisionamiento, un español de buen corazón, don Pablo Casanova, les ofrecía algunas meriendas a los ilustres reos y cuidaba de Manuel de Salas que estaba muy anciano. En el mes de noviembre comenzó a cumplirse la pena decretada por José y sus jueces, de modo que en noviembre de 1819 algunos ilustres moderados y patriotas, comenzarían su retorno a casa en el continente. Los relegados en los distintos presidios, eran algunos desterrados por su participación política, ya sea como colaborador o ideólogo, en el proceso independentista. Pero ellos fueron quienes gozaron del mejor trato por ser, en general, de las familias criollas acomodadas, que pagaron para mantenerlos en las mejores condiciones posibles. Estaban también los insurgentes y militares que participaron directamente en los sucesos de las batallas en 1813 y 1814. Finalmente se hallaban los presos comunes que tuvieron una participación en calidad de soldados, y además realizaron asaltos y crímenes de diversa índole en contra de españoles civiles y militares. Una de las primeras obligaciones de José de Santiago Concha, fue tratar de proteger a su cuñado Nicolás de la Cerda, y de hecho lo consiguió, pero no pudo con Francisco de la Lastra a quien finalmente confinaron a la Isla Juan Fernández por la sencilla razón, que ocupó la más alta magistratura de la nación. Con esto, se distanció un tanto de su cuñado y sobrino, así como también de la familia Carrera, es decir, de Javiera Carrera.

Durante la reconquista o proceso de Restauración de la monarquía, José volvió en gloria y majestad a las altas esferas del poder, y se reinstaló como presidente en ejercicio de la Real Audiencia de Santiago de Chile, el miércoles 15 de marzo de 1815, siendo Gobernador del Reino de Chile Mariano Osorio, aunque a decir verdad, nominalmente era Mariano Osorio el Presidente de la Audiencia, pero como además gozaba de su alto cargo de Capitán General y Comandante en Jefe del Ejército Español, no tuvo más remedio que permitir que José de Santiago Concha presidiera la Real Audiencia. Para Osorio, no fue sencillo gobernar un país que le había jurado lealtad, pero sólo por conveniencia, ya que en los campos y en la periferia, se le hacía muy difícil gobernar, debido a los constantes hostigamientos de algunos montoneros que atacaban a los grandes latifundistas españoles o realistas en las afueras de Santiago y hacia el sur. Manuel Rodríguez Erdoíza, joven abogado, revolucionario y patriota, formó con algunos valientes, el popular ejército Los Húsares de la Muerte con los que realizaron asaltos en Santiago, Melipilla, San Fernando y otros poblados para reunir dinero para la causa independentista recogiendo las recaudaciones de la corona ante la sorpresa y mirada atónita de los realistas y sus soldados. Cuando algunos testigos le nombraban a José el nombre de Manuel Rodríguez, el juez se preguntaba si le resultaba familiar aquel nombre, y claro, primero recordó que había un abogado Rodríguez, que Nicolás nombraba y acotaba que no le simpatizaba, pero también sentía que lo había visto en el listado de los prisioneros que aparecían junto a O'Higgins, Carrera, Mackenna y otros jerarcas que escaparon y de seguro, se encuentran al otro lado de la cordillera junto a los insurgentes que se marcharon con San Martín.

Los de Santiago Concha y Los de la Cerda, finalmente se fueron acercando nuevamente y no podía ser de otro modo ya que la hija de José y María Josefa, la pequeña Nicolasa que aún no contaba con 13 años, vivía con su tío Nicolás, que la quería mucho y le tenía una institutriz, para que reciba las lecciones correspondientes a una dama de la alta sociedad. Nicolás era rico y poseía muchos negocios en la zona central de Chile. Además, viajaba constantemente a La Ligua por sus nuevos negocios mineros y bovinos que le brindaban un pasar de lujo. José y María Josefa, que se veían rebosantes de felicidad, anunciaron que María Josefa se encontraba embarazada nuevamente y que pronto, en agosto, nacería su décimo hijo o hija. Se sentían muy felices y bendecidos por haber podido realizar su sueño de tener muchos hijos. Nicolás, que se encontraba un poco distraído o lejano, se puso de pie y felicitó a su hermana a la que ya se le notaba su barriga de cuatro meses. Al volver a tomar asiento en la mesa familiar. Nicolás pidió la palabra para dirigirse a su numerosa familia:

- Mi querida familia. Es una dicha muy grande tenerlos a todos en nuestra casa. La vida ha sido benevolente con esta familia y debemos aprovechar los buenos momentos económicos que nos ha deparado el destino. Pensando en que en un futuro cercano voy a permanecer más tiempo en la zona norte, es que me gustaría mucho poder formar una familia que conserve la alcurnia de nuestros antepasados y pensando que ya tengo edad más que suficiente para formar aquella soñada familia, es que me atrevo a solicitar a usted José, que me permita contraer el sagrado vínculo con su hija Nicolasa, que ya forma parte de esta familia y es querida por todos. Si es que usted cuñado, decide aceptar mi petición de mano, nos casaríamos de inmediato o cuando su merced lo disponga.- concluyó Nicolás con sus transpiradas manos que se pasaba fuerte por la frente y rostro.

- Me ha dejado atónito con su petición Nicolás. Supongo que usted sabe que mi pequeña Nicolasa, mi primogénita, sólo tiene 12 años de edad y no sabe nada de la vida. Entiendo lo de la prolongación de la familia y aún más lo de la alcurnia, que sólo se logra con aparejamiento de los nobles familiares. De concretarse esta unión, deben hacerlo cuando mi niña cumpla trece años y sin tomar en cuenta que usted debe contar con una autorización real.- Argumentó el afligido padre.

- No se preocupe por eso cuñado. Yo ya tomé las medidas y la autorización real la tendré a más tardar en junio. Tampoco se aflija por lo de la edad, ya que de casarnos si usted lo autoriza, sería a fines de septiembre cuando Nicolasa haya cumplido sus trece años. Y le aseguro que va a ser muy feliz y tendrá la vida que toda joven nacida en una familia de alcurnia y con historia, se merece. Ella será la dueña de casa aquí en la Chacra de Ñuñoa y yo me ocuparé de hacer fortuna por distintas instalaciones para que ella y nuestra descendencia lleven una gran vida con mucho amor, pero también con abundancia de bienes- concluyó de la Cerda.

- No me puedo negar cuñado, somos familia y sé que con usted a mi primogénita no le va a faltar nada. No me queda más que darles la bendición y rogar porque la vida les sonría siempre y que nunca mi adorada hija sufra por esta unión o por alguna razón siniestra-

manifestó el juez con su cara desfigurada por la decepción.

José y María Josefa se retiraron de la Chacra y por largos minutos no pronunciaron palabra. El golpe que les había asestado su hermano y cuñado, los había dejado sin habla y con una palidez en su rostro difícil de cambiar. Llegaron a la casa Concha a Santiago y allí los esperaba José Joaquín, quien se dio rápidamente por enterado de que algo malo pasaba. Cuando su madre le confidenció lo ocurrido, el muchacho no lo podía creer. Pero como pudo ocurrir algo así. El joven de 16 años fue donde su padre y lo interrogó por los hechos contados por su madre. José le explicó que son cosas que pasan en las familias y que no hay que darle más vueltas. El hijo argumentaba que su tío Nicolás era casi un anciano y Nicolasa tenía sólo 12 años y encontraba que era ridículo e increíble lo que había ocurrido. De verdad que José no encontraba las palabras para explicarle al muchacho que esas cosas ocurrían cuando las familias negociaban los futuros de sus hijas casándolas con alguien que les dé un porvenir esplendoroso y que conecte a ambas familias para que se beneficien de aquella unión. Nicolás y su cuñado estaban indisolublemente unidos, porque José se casó con su hermana, claro, con la diferencia de que María Josefa tenía 19 años, en cambio Nicolasa tiene 12. Pero anteriormente el padre de Nicolás, Nicolás de la Cerda y Sánchez Barredo, se había casado con su hermana Nicolasa, tía de José Joaquín y de esa unión nació su tío Nicolás de la Cerda, cuando ellos aún no se habían casado. Y así se podría estar indefinidamente contando historias de uniones de familiares, para las cuales, el matrimonio era muy conveniente económicamente.

La tarde del miércoles 9 de agosto de 1815, nació Josefa Pastora de Santiago Concha de la Cerda la décima hija del matrimonio, y la dispar pareja ya había olvidado las penurias que le había provocado la petición de mano de Nicolás para casarse con Nicolasa. El matrimonio estaba fijado para el 29 de septiembre en la Catedral de Santiago y el nervioso novio ya contaba con las autorizaciones reales pertinentes y necesarias. Ahora con la llegada de Josefa, la familia estaba nuevamente preparada para un matrimonio de esa envergadura. Los hombres con más poder y muy encopetados del gobierno y los negocios y las mujeres más hermosas e importantes de la sociedad santiaguina estarían invitados a tan magno evento para ver al hombre maduro casarse con una niña de tan solo 13 años. Asistirían para ser testigos de un hecho común, pero nunca tan dispar como lo era este caso. Comenzaron los rumores en relación a que habían procreado ya a una hija cuando la niña tenía 12 años y se convencían que la mantenían oculta en una de las habitaciones de la Chacra de Ñuñoa donde lo cuidaba una nodriza. Siempre se tejían historias acerca de este tipo de uniones de maduros con niñas demasiado jóvenes. Algunas verdades salen a la luz muchos años después y otros secretos no se conocen nunca. Algunos por cierto, son falsedades que alguien con mala intención deseaba poner y sembrar la duda, pero lo cierto es que todo esto se ha alimentado por los hechos vergonzosos relatados en esta y otras historias que han debido ser ocultadas por lo escabroso de su proceder o circunstancias de lo impensado. En fin, dejaré a otros estas investigaciones, pero lo cierto es que después de algún tiempo, apareció una bebé de sexo femenino un tanto crecidita, que se llamó Rosario De la Cerda De Santiago Concha. La niña ya gateaba por lo que la servidumbre de los De la Cerda, comenzaron a murmurar y elucubrar, que la escurridiza pequeña ya tenía casi un año. Por decir lo menos, es un acto muy sospechoso y si debo dejar mi impresión de la situación, será, que aquella infanta nació mucho antes de que la dispar pareja contrajera nupcias. Así es la historia.

A pesar de todo lo que berrinchó José, los de Santiago Concha llegaron muy comedidos y elegantes a la boda de su hija Nicolasa, de trece años a la Catedral de Santiago, donde la esperaba el orgulloso y nervioso novio bastante mayor que la pequeña primogénita. El viernes 29 de septiembre de 1815 era una fecha esperada para Nicolás de la Cerda y Santiago Concha, quien desposaría a su adolescente sobrina, hija de su hermana y de su tío y cuñado Nicolasa de Santiago Concha y de la Cerda. A todas luces, se veía una hermosa pareja, ya que el treintañero prometido, tenía un aspecto juvenil y no representaba los años que realmente tenía. Su cara era suave y blanca, con la piel estirada, sin rasgos de rayos de sol que ennegrecen la piel, provocando surcos en los ojos cuando el trabajador trata de juntar los párpados para que no le entre polvo o tierra a las cavidades oculares, con sus pantalones crema apegados a su tren inferior marcando fuertemente los levantados glúteos y un prominente bulto en el entrepiernas delanteras. Su estampa era fina y se delataba que no había hecho mucho esfuerzo en su vida laboral, por lo menos con las manos piernas y cuerpo. Cualquier mujer de Santiago desearía ocupar el lugar de la dichosa Nicolasa, que hasta hace poco jugaba con muñecas. Al fin, arribó la hermosa novia, muy maquillada para disimular la poca edad con que contaba y dando pasos seguros, se acercó a Nicolás y lo tomó del brazo. Mientras caminaban muy lentamente al interior de la Catedral de Santiago, los asistentes e invitados, los observaban con envidia y desde el interior, acompañaban los pasos algunos sones de órgano recién adquirido por la importante iglesia chilena, para enaltecer el templo principal del país. Una vez dentro de la catedral, la desigual pareja se soltó del brazo y permaneció de pie en espera del comienzo de la ceremonia religiosa y el ingreso de todos los invitados acomodándose en los bancos y púlpitos disponibles o en los taburetes.

El sacerdote comenzó la ceremonia religiosa y llamó a los presentes a orar por la gente que estaba sufriendo o privada de libertad. La cara del Gobernador Mariano Osorio se desfiguró un tanto. Pero sólo intercambió miradas con el oidor, ya que su carácter de suegro, no ameritaba un reto en público de parte del gobernador. Alguien le susurró al cura que el gobernador se encontraba presente y de inmediato moderó su prédica, al tal punto que en las peticiones, rogó por el Rey Fernando VII, pero ya nadie le creyó. Cuando la boda religiosa concluyó, los invitados se dirigieron al Edificio del Cabildo donde las familias De la Cerda y De Santiago Concha, ofrecieron un ágape a todos los invitados que fácilmente superaban el centenar. El novio Nicolás, más que disfrutar su propio matrimonio, se dedicó a realizar relaciones comerciales con los importantes invitados que acudieron al llamado del empresario con esos propósitos, donde cerraría importantes negocios en los diferentes rubros en que invertía. De la Cerda era uno de los acaudalados inversores más importantes de Santiago y esto se desarrollaba independientemente de quien gobernara el país, patriotas o realistas. Entrada la noche, se comenzaron a retirar los primeros invitados quienes mencionaron que hacía mucho tiempo que no asistían a una fiesta de esa fineza y majestuosidad. Algunos comensales se veían seriamente afectados por los exquisitos pero fuertes licores criollos y europeos, y se despedían varias veces de los mismos anfitriones dejando una impresión dudosa de sus comportamientos en sociedad. Los últimos en retirarse, siempre serán los más sedientos, que al salir al aire, perdían absolutamente la noción de la realidad y también el equilibrio. Por fin concluía todo y la sensación era de satisfacción por la alegría de la mayoría de los convidados, que se sabían comportar, teniendo siempre que soportar a quienes daban la nota alta.

Concluida la euforia de la noche anterior y las encontradas emociones del matrimonio concertado, José tuvo que volver rápidamente a la realidad del complejo momento en que se situaban los acontecimientos, y fue así como a primera hora del día sábado 30 de septiembre, fue requerido por Mariano Osorio junto al Jefe de policía de seguridad interior, para ordenarles que a cualquier precio se debería apresar a ese guerrillero llamado Manuel Rodríguez y que si no lo detenían ahora luego, iba a tomar represalias contra su familia, su padre que es funcionario de aduanas y su hermano que también es revoltoso. Los informantes de Osorio, le habían comunicado que se escondía en la Hacienda de Alhué y que en ese lugar se hallaba junto a un grupo de forajidos que se decían llamar Montoneros. No se podría describir la expresión facial del gobernador, que se desfiguraba cada vez que se le nombraba al tal Manuel Rodríguez. Junto con ello, el humor de Mariano Osorio no era el de los mejores, ya que se había filtrado la información de que el Rey Fernando VII se había hastiado de los procedimientos del gobernador y deseaba a alguien de carácter fuerte y beligerante al mando del Reino de Chile. En ese tenor, el monarca ya había tomado la decisión de llevar a Casimiro Marcó del Pont a la gobernación de Chile para recuperar el respeto por la monarquía y apresar a los insurgentes que aún causaban revuelo en la zona central chilena. Del Pont, era conocido por su despiadado actuar, pero era muy elegante y fino, provocando en las habladurías el apodo de afeminado, debido a sus finos modales. Estos eran hábitos que los santiaguinos no tenían como peinarse regularmente, andar limpio en sus vestimentas, aseado en su higiene, y gustaba de los finos jabones y los caros perfumes franceses. Era un personaje muy diferente a Mariano Osorio y José no sabía cómo lo iba a considerar, ya que en tiempos difíciles, esto siempre era una incógnita. Finalmente Mariano Osorio les pidió que por favor apresaran pronto al tal Manuel Rodríguez, que estaba causando estragos en la confianza de su gobierno, y que si lo detenían antes de la llegada de su sucesor, obtendrían una jugosa recompensa.

José le solicitó al jefe de policía que hiciera los esfuerzos para detener a ese guerrillero y así todos estarían llevando a cabo sus labores con mayor tranquilidad. Pero al llegar a casa, se encontraba con su sobrino y cuñado, que ahora era su yerno, y este le señalaba que jamás lograría apresar al hermano de Carlos Rodríguez, ya que es muy habilidoso y cuenta con el cariño y respeto de la gente del pueblo, que siempre lo iba a proteger y a cuidar de los guardias reales. Entretanto José, le informaba a su yerno Nicolás, que ya pronto se acabaría el mito del guerrillero y que éste sería decapitado en la Plaza Mayor de Santiago para que todos se intimiden en seguir esas conductas. Luego de esa fría conversación, el juez busco a su hija para saber cómo se encontraba en sus primeros días de casada siendo aún tan jovencita. La encontró en su alcoba, y al ver a su padre parado en el umbral de la puerta, Nicolasa se abalanzó sobre él y lo abrazó por un buen rato hasta que ambos se sentaron en la cama y conversaron. La adolescente le confesó que estaba bien y que no eran muchos los trabajos que debía efectuar en la Chacra de Ñuñoa, ya que su esposo le prometió que todo llegaría a su tiempo, pero por ahora, sólo debía velar por las labores domésticas de los sirvientes, que se relacionan con la alcoba matrimonial y la vestimentas de Nicolás y Nicolasa. El padre notaba un dejo de tristeza en su primogénita, ya que se debía sentir agobiada por esas labores en una edad en que debía estar jugando a las muñecas con sus hermanas menores y no a cargo de una casona como la tremenda Chacra de Ñuñoa. Pero, al fin y al cabo, los hechos estaban consumados y ahora había que apoyar a la pequeña que pronto ya debería estar administrando a todo el personal de la casona, ya que su suegra y tía Nicolasa de Santiago Concha, estaba siempre en su recámara y ya no tenía poder de decisión después de la muerte de su marido. Después de la conversación con su hija, el Oidor tomó sus cosas y se retiró a su hogar en el centro de Santiago

Efectivamente una mañana, su jefe en el gobierno le comunicó que en algunos días arribaría a Valparaíso Casimiro Marcó del Pont, nuevo Gobernador de Chile que venía a poner las cosas en su lugar y gobernar como el monarca Fernando VII lo deseaba, constituyendo a Chile como una colonia de España y no como se había llevado el proceso hasta ahora. Antes de fin de año, el nuevo gobernador ya estaría ejerciendo sus funciones. Mariano Osorio era un hombre tozudo y lleno de complejos, por esa razón todo lo que decía lo disfrazaba de jocoso. Muchos decían que era un bufón, más que un gobernador de un reino. Sus desavenencias con el Virrey del Perú José Fernando de Abascal, eran conocidas por todos, y este fue un factor determinante en la decisión de destituirlo como Gobernador de Chile. Todos los notables de Santiago se encontraban expectantes en conocer al nuevo gobernador y comprobar si las habladurías de que era afeminado, eran ciertas. Cuando desembarcó en Valparaíso se trasladó de inmediato a Santiago y después de conocer su residencia y tomar un baño de finas hierbas, se reunió con el gobernador saliente Mariano Osorio. Después del informe de la autoridad saliente, con detalles sobre sus gestiones en el período de un año y dos meses, Marcó del Pont le pidió que dejara vacante también su cargo de General en Jefe del Ejército Español en Chile. Osorio, realmente molesto y fuera de sí, le dijo que nadie iba a desempeñar esa labor como él. Al concluir la reunión, Osorio se retiró despojado absolutamente de sus cargos por orden del Virrey del Perú José Fernando de Abascal y lo dejaron en un cargo menor en la policía para que no se muriera de hambre, hasta que tomara la decisión de marcharse a Lima o a

España. Más tarde Marcó del Pont pediría reunirse con José de Santiago Concha, pidiéndole que entregue toda la información que hayan recabado sobre el paradero y actividades del insurgente Manuel Rodríguez, el Guerrillero, para entregársela al nuevo General en Jefe del Ejército Español en Chile, Rafael Maroto, y pueda al fin, apresar o dar muerte al guerrillero y a sus secuaces.

Durante la tarde, Nicolás de la Cerda visitó la casa de sus suegros y cenó con ellos. Mientras comían, el yerno le comentó a José, que a él le habían confidenciado que Manuel Rodríguez, se había hecho pasar por conductor de calesa y que con su mano, había prestado ayuda a Marco del Pont para bajar de su carruaje, por lo que le rogaba que no se hiciera la idea de que algún día iba a capturar a Manuel Rodríguez, ya que eso era imposible. El joven yerno le pidió al suegro que le hiciera llegar esta información a Marco del Pont, para que sepa con qué tipo de adversario está en conflicto. También le pidió que tomara las medidas precautorias, ya que no se podía revelar la fuente de esa información, que implicaba a los rebeldes que luchan por la independencia. Asimismo, Nicolás le declaró a su suegro que Manuel Rodríguez no anda solo, sino que es acompañado por un grupo de patriotas llamados Montoneros que se eleva a un número de cincuenta y que son bravíos combatientes que esperan recuperar el reino para los patriotas y moderados. Las últimas noticias que filtraron, dan cuenta que el guerrillero cruza la frontera como el patio de su casa y que se reúne en Mendoza con los jerarcas de la independencia del cono sur. Es bien sabido que el bandido José Miguel Neira, está bajo sus órdenes para atacar y que es en extremo peligroso. Su misión será crear desorden y atacar algunos puntos estratégicos cercanos a Santiago para que las fuerzas del Ejército Español distraigan sus cometidos en busca de sus cabezas mientras el Ejército Patriota llega a Chile a retomar la senda de la independencia. Después de sembrar las dudas y los temores en la familia de su suegro, Nicolás se retiró de la Casa Concha agradeciendo a su hermana y suegra la exquisita cena que le ofreció y procedió a retirarse. Al subir a la calesa se despidió con un ademán de mano y se perdió de vista en la noche santiaguina. Mientras tanto José, masticaba las incertidumbres que tenía, basado en los relatos de su yerno y en todo lo que había escuchado.

En la Real Audiencia de Santiago, el juez oidor no se podía concentrar, ya que sus dudas lo atormentaban. Como juez del Reino de Chile, él debía informar al Gobernador Marcó del Pont, todo lo que ahora era de su conocimiento, pero como iba a justificar el haber obtenido esa información. No podía señalar que se la había proporcionado Nicolás de la Cerda, ya que Marcó del Pont podía apresarlo y someterlo a apremios tortuosos. Tampoco podía inventar un informante ya que el gobernador era muy astuto y sagaz, de modo que podría descubrir la mentira y emprenderlas con el juez, que no estaba en posición de pasar a víctima. Cuando se encontraba solo, pensaba en su familia y en cuanto afectaría a María Josefa y sus hijos esta situación, y de ese modo optaba por guardar silencio, sabiendo que esa actitud estaba reñida con sus principios y valores. Pero no sólo él sufría temor, ya que el pánico se había apoderado de todo aquel que abrazaba las banderas de la monarquía española. Por la tarde habían sido ejecutados cuatro insurgentes que fueron sorprendidos realizando labores de sabotaje contra la corona española y se les condenó a morir en la horca en la Plaza de Quillota ante muchas personas. Estos fueron el soldado La Rosa acusado de alta traición, Pedro Regalado Hernández, don Juan José Traslaviña y Ventura Lagunas quienes lo incitaron a traicionar su confianza de soldado real. Finalmente a Ventura Lagunas, se le permutó la pena por un presidio militar debido a su corta edad, ya que al momento del delito, contaba sólo con 17 años. A Mariano Osorio se le envió al Alto Perú a combatir la insurgencia de la Provincias Unidad de la Plata que tomaron posesión de algunos territorios del norte del Virreinato. De modo que de Osorio no supimos más, hasta que un emisario nos confirmó que se encontraba en Lima después de afrontar algunas derrotas en el Alto Perú.

Ya a fines del año 1816, la situación en Santiago se tornó caótica y los desórdenes callejeros se sucedían uno tras otro. Sin Osorio y gran parte de su ejército, las revueltas no eran controlables. Nicolás de la Cerda se llevó a Nicolasa y a su madre Nicolasa a su hacienda en La Ligua, debido a la difícil situación que imperaba en Santiago y en la periferia con los ataques Montoneros de Manuel Rodríguez y los húsares. José pensó en enviar a María Josefa al norte a la estancia de los Cordovés, donde se encontraba su hijo Pedro, pero la joven esposa no aceptó por ningún motivo tal determinación. Ella pensaba que la obligación de una esposa era permanecer junto a sus hijos con su marido y afrontar todas las situaciones juntos. Ella vivía aún con Mercedes de 12 años, Rosa de 10, José Melitón de 9, Manuel de 8, Juan de Dios de 5 y Josefa Pastora de 1 año y con su esposo José, que era su sostén. También podría considerar a José Joaquín que pasaba mucho tiempo en la Casa Concha, pero que vivía con unos estudiantes en el Internado del Convictorio Carolino, ya que el norte del primogénito, guiado por la codicia familiar de sus padres, era ser hombre de leyes para perpetuar la carrera judicial de la familia, con toda seguridad desarrollando la labor de juez del crimen. La madre estaba acostumbrada a las intempestivas visitas de su hijo mayor, a quien tanto amaba y de quien estaba orgullosa. Al final permanecieron en Santiago como familia y ocasionalmente se trasladaban a la Chacra de Ñuñoa a ver a sus sobrinos, José Francisco de la Cerda y Santiago Concha de 19 años, Carmen de la Cerda Santiago Concha de 17 años, Manuel Ramón de la Cerda y Santiago-Concha de 16 años, Francisco Antonio de la Cerda y Santiago Concha de 14 años Antonia de la Cerda Santiago Concha 15 años y Manuela de la Cerda Santiago Concha 15 años, que aún permanecían en el campo. Ya no habitaban la chacra Manuel Francisco de la Cerda Santiago Concha 24 años recién casado, María Francisca de la Cerda y Santiago Concha 23 años casada en 1815, Dolores de la Cerda Santiago Concha 20 años casada, Rosa de la Cerda Santiago Concha; 20 años casada y María Mercedes De la Cerda Santiago Concha. A Nicolasa le gustaba visitar a sus hermanos menores y consentirlos un instante. Ellos habían perdido a su padre siendo muy pequeños y necesitaban el cariño familiar, ya que de parte de su hermano mayor Nicolás, que además vivía con ellos, no recibían un calor paternal. Su madre ya no salía de su recámara y estaba abandonada a su suerte, encontrándose muy enferma y sin ganas de vivir desde que murió José Nicolás de la Cerda Sánchez de la

Barrera. Ni siquiera José visitaba a su hermana Nicolasa en la habitación de ella. La navidad y las fiestas del fin de año 1816 se vivieron en familia, ya que Nicolás y Nicolasa regresaron a la Chacra de Ñuñoa con ese propósito, debido a que había un tenso clima en el país y no querían dejar pasar ese momento para estar juntos como familia. Todo lo que ocurrió esa semana olía a despedida, ya que Nicolás, le contó a José que era inminente un ataque de las fuerzas patriotas a comienzos de año. Pero el yerno, no se veía afligido por tal situación, como si lo estaba José, que se desfiguraba cada vez que oía noticias en ese tenor. Las fiestas llegaron a su fin en el campo, con el calor habitual de Santiago en época de verano. Nadie podía suponer lo que les depararía la llegada del nuevo año en el ámbito político o más bien bélico.

En el trabajo en la Real Audiencia de Santiago, José escuchaba rumores parecidos a los que le había revelado su cuñado sobrino y yerno Nicolás, mientras se respiraba un ambiente de inseguridad en la capital del reino. Todos comentaban lo que ocurriría si las huestes patriotas cruzaban la Cordillera de los Andes y arribaban a Santiago. Algunos señalaban que eso era imposible debido a la nieve en las montañas, pero los más, les rebatían que en época de verano no había mucha nieve y que era perfectamente posible cruzar por los lugares comunes en que lo hacían los mercaderes y los arrieros. Si bien es cierto, la tarea no resultaría sencilla, cruzar la cordillera en enero era perfectamente posible, ya que el poco caudal de nieve que aún resistía los calores veraniegos, se apostaba solo por sobre los cinco mil metros. Según esto, el paso de Uspallata no contaba con ni un atisbo de nieve. Y además, en la capital del Reino, en Santiago, cada vez resultaba menos frecuente encontrar uniformados en las calles, velando por la seguridad de la ciudadanía. Lo cierto es que no veían a ningún jefe o autoridad superior de la nación. Osorio no se divisaba hace muchos meses y Marcó del Pont no era habido últimamente. Mientras tanto los Montoneros se hacían un festín en los sectores rurales y también en pueblos al sur de Santiago, saqueando, consiguiendo alimentos y recolectando armas para allanar la llegada de los hombres del ejército de San Martín. Manuel Rodríguez y su gente llenaban de ilusión a los más humildes y sembraba el optimismo en el triunfo final. José tenía a su familia preparada y les había advertido que si llegaban los insurgentes a su hogar, no opusieran resistencia y les entregaran todo lo que le pidieran los bandidos. En enero de 1817 los patriotas cruzaron la cordillera y se establecieron cerca de Los Andes, mientras el juez en sus dependencias laborales, se encontraba prácticamente sólo, ya que los altos funcionarios judiciales, habían escapado a unas haciendas de familiares en el sur de Chile. Los dependientes de los tribunales le pedían a José que hiciera lo mismo que sus colegas, ya que se rumoreaba que pronto llegarían los exaltados y comenzaría el saqueo. De hecho en las calles, ya se respiraba ese ambiente y a varios notables les habían despojado de sus bienes y dinero. Pero José de Santiago Concha no era de abandonar el barco y permaneció en su puesto de trabajo realizando su labor de manera habitual.

Aquel fatídico mes de febrero había llegado para José y su familia. Se sabía que el Ejercito de Los Andes ya había cruzado la cordillera y había sostenido algunas escaramuzas con el Ejército Español de Chile. Nicolás de la Cerda ahora viajaba a la Chacra de Ñuñoa de forma mucho más continua, con la esperanza de retomar algunos cargos que le habían favorecido en el pasado, pero José se extrañaba mucho de su proceder, ya que a todos les había dicho que Nicolás era realista. Tampoco podía denunciarlo, debido a que era su cuñado y ahora su yerno, resultándole improcedente que su hija sufriera por su causa. Jamás podría hacerle un daño así, pero era difícil entender lo que Nicolás pretendía. A pesar de que continuamente le señalaba que la Chacra estaba a su disposición para cuando quisiera ocuparla. Pero José deseaba permanecer en la Casa Concha en Santiago. Y no regresar a la Chacra, no obstante la presencia de su hija en el campo, la incomodidad siempre hizo presa del juez, ya que los de Santiago Concha Jiménez Lobatón tenía muchos hijos y no podía ser correcto llegar con tantas personas a la casa del campo, que por cierto era enorme y tenía muchas habitaciones. La familia De la Cerda también era numerosa y eran muchos hermanos menores que Nicolás los que aún habitaban la casa del campo. Finalmente Nicolás convenció a José de que si ocurría una revuelta o revolución, lo más sensato era que se mudaran a la chacra por su propia seguridad y cuando las cosas se calmaran, se volvería a una relativa normalidad. José le recalcaba que jamás se regresaría a la normalidad. Al parecer los revoltosos llegaron para quedarse.

María Josefa sufría mucho al ver a su esposo preocupado y angustiado por la inseguridad y el peligro que podrían vivir. Pero no era esa la única preocupación que la abnegada esposa padecía, y decidió esperar a su marido en la sala de estar para conversar con él. Al llegar José, se extrañó mucho de ver a María Josefa sentada en el sofá francés, que engalanaba el plácido lugar donde solían platicar los amantes esposos.

- Siéntate a mi lado esposo mío. Apoya tu cabeza en el cabecero del respaldo para que descanses y te relajes.- imploró con dulzura la hermosa pero preocupada esposa.

- ¿Que ocurre esposa? Me preocupa tu nerviosismo. Si ocurre algo malo, deseo enterarme lo más pronto posible.- respondió el juez como si estuviera en el tribunal.

- No querido. No estoy nerviosa, sólo un poco preocupada. Debo revelarte algo que me pasa, pero no es algo malo ni perverso. Es una buena noticia, pero no sé si la podemos recibir con la felicidad de siempre, considerando el momento que vive el reino, en que no sabemos si habrá una guerra o algunas revueltas que alteren el orden, o tal vez una revolución que ponga en riesgo nuestras vidas. Hoy no gozamos de la tranquilidad que nos entregaba la corona y los gobernadores del Rey, como tú, y estamos atravesando un mal momento como reino, pero debo decirte esposo mío, que estoy esperando un bebe, que por las cuentas que he sacado, tendría que estar naciendo a comienzos del mes de noviembre. Pero no sé en qué condiciones estaremos en esa fecha. Ni siquiera sé si estaremos vivos.- clamó la desdichada esposa, hablando con una voz muy quejumbrosa.

- Pero no tienes que preocuparte esposa mía. Dios nos ayudará y todo saldrá bien. Nadie nos va a hacer daño, ni menos a ti. Ten confianza en mí- replicó el juez.

- ¿Pero y si nos despojan nuevamente de nuestra casa?- cuestionó la esposa-

- Nicolás me acaba de ofrecer su casa para que nos traslademos si es que la ocasión lo amerita. En caso de que los revoltosos nos despojaran de nuestro hogar, nos iremos a Ñuñoa y permaneceremos allí hasta que la situación cambie. Y si el bebé nace allí, entonces lo recibiremos con el mismo amor que a nuestros otros hijos. Así es que debes permanecer tranquila y no desesperarte, ya que eso le hace daño al bebé- sentenció el juez del crimen con voz firme y don de mando.

La familia de Santiago Concha se enfrentó con coraje y decisión a este trance en que se encontraban y decidieron enfrentar los problemas con fortaleza y dignidad. José sabía o presentía que pronto lo despojarían de su casa donde había vivido muchos años y en donde habían nacido la mayoría de sus hijos. Sólo esperaba que no fuera una tragedia y que nadie saliera herido. Obviamente tenía la esperanza que el hijo que venía en camino naciera sin sobresaltos y que su esposa sorteara sin reparos todo ese difícil proceso médico, considerando que ella era su pilar y sin su apoyo, todo se tornaría complejo y pedregoso. Ha sido un dificultoso comienzo de año y nada se podría pronosticar en torno al desenlace de los acontecimientos que se desencadenarían durante este año y quien sabe durante cuánto tiempo más. Ahora ya no podrá negarse a la solicitud de su cuñado y yerno de vivir en la Chacra de Ñuñoa y trasladarse hasta ese sector con toda su familia, ya que en ningún otro lugar podrían estar más tranquilos que allí. Los niños pequeños se acostumbrarán y verán que el esfuerzo siempre es necesario en toda familia para lograr sus anhelos y metas. Los de Santiago Concha se preparaban para su etapa más trascendental de toda su existencia y esperaban salir airosos con la ayuda de sus congéneres los De la Cerda. Además, ya habían vivido un período de dos años y algunos meses en la chacra y no habían pasado por grandes penurias adaptativas y entre las dos familias había buena convivencia, sobre todo entre los más pequeños de ambas castas parentelas. Y ahora sería distinto, ya que la dueña de casa, como había dicho el propio Nicolás en su petición de mano, iba a ser su hija Nicolasa, por quien los atribulados padres sentían un amor a toda prueba. Sólo había que esperar y ojalá los acontecimientos tomaran otro rumbo, pero se veía muy difícil. Al parecer la suerte estaba declarada así como la guerra y los de Santiago Concha sufrirían nuevamente el destierro.

Finalmente Nicolás de la Cerda, decidió regresar a Santiago y traer consigo a su familia, ya que sus tierras estaban situadas en La Ligua, que quedaba en la ruta que podían seguir los insurgentes para llegar a la capital del reino. Su viaje de regreso se tornó muy peligroso y tratando de esquivar a los saqueadores y asaltantes, extravió su rumbo y en un momento dado, se dio cuenta que se encontraba más cerca de Valparaíso que de Santiago. Pero al fin, el tercer día de viaje se enrieló correctamente en su ruta de regreso y arribó a Santiago pasando de inmediato a la Casa Concha para contarle su periplo a su cuñado y suegro. En el salón, sostuvieron una franca conversación, en la que el juez lo convenció de que fueran a presentar cartas al presidente Marcó del Pont y así lo hicieron.

Tomaron rumbo al palacio de gobierno y se encontraron en la parte trasera del palacio con el asustado presidente quien les informó que los insurgentes estaban cruzando la cordillera y que las fuerzas realistas los detendrían. Según la máxima autoridad, no había nada que temer ya que los derrotarían nuevamente como en Rancagua. José golpeaba los talones de Nicolás quien bastante nervioso, se ofreció con Del Pont, para luchar contra los rebeldes. Pero Marcó le señaló que no era necesario.

25.- Derrota Realista. Sufrimiento y destierro a Rio de Janeiro.

Se había avisado que el ejército de San Martín, había cruzado la Cordillera de Los Andes proveniente de Mendoza y que el General Marcó del Pont le haría frente, para que todos los realistas estuvieran tranquilos y que nada malo les iba a ocurrir. Era el lunes 11 de febrero de 1817, día muy caluroso en el verano de Santiago, cuando José se encontraba en la Real Audiencia trabajando como siempre, y resolviendo algunos casos pendientes. Laboraban con don José, don José Santiago Aldunate, don José Antonio Rodríguez Aldea, que además fue consejero privado de Mariano Osorio y luego oidor y fiscal de la Audiencia, y el Decano don Juan Ballesteros. En un momento en que se encontraban a solas, Ballesteros les comentó a los otros oidores, que se rumoreaba que la gente realista del gobierno, había abandonado la capital, ya que era un secreto a voces que el ejército de San Martín tomaría el control de

Santiago y la monarquía tendría que abdicar. De igual manera, el juez de Santiago Concha se retiró a su casa y discutió con su mujer María Josefa, como procederían ante este nuevo quiebre en el proceso que llevaba la monarquía para estabilizar políticamente el país. El día martes 12 de febrero de 1817, José se presentó a trabajar como lo hizo habitualmente durante dos años y cinco meses, mientras los realistas recuperaron el control del país y gobernaron a nombre del Soberano de España Fernando VII. Nuevamente Ballesteros y Aldunate le comentaron a De Santiago Concha, que los insurgentes a cargo de San Martín, ya se hallaban en Chile y que se encontraban combatiendo con las fuerzas realistas de Marcó del Pont en el paso de Chacabuco, en una batalla muy extensa, que no entrega certeza del triunfo de algún ejército.

Cuando los dos oidores le comentaban a José, que decidieron no permanecer en la Real Audiencia de Santiago y por el momento optaron por guarecerse en sus hogares, por temor a las represalias o saqueos, entró al despacho del Oidor de Santiago Concha el sub Inspector de Seguridad don Ramón González Bernedo, quien le comentó a José que se había producido una gran batalla en Chacabuco y que las fuerzas realistas habían sufrido una enorme y dolorosa derrota que él esperaba que no fuera definitiva, pero que si tuviera que pronunciarse y aconsejar, les diría que tomen sus cosas y emigren a un lugar lejano y seguro, ya que los acontecimientos podrían fácilmente tomar otros rumbos muy contrarios a los de la causa del rey. Al atardecer de aquel inolvidable día, De Santiago Concha, que se encontraba solo en las dependencias judiciales, tomo rumbo a su hogar, topándose en el centro de la capital, con varios personeros de los insurgentes, que ya tomaban posesión de los organismos de gobierno aprovechando la supuesta victoria. También observó en su caminata, que había muchos agitadores en las inmediaciones de varios de los edificios públicos y en las casonas de los notables, efectuando violentos saqueos a la propiedad tanto pública como privada.

En la Casa Concha, se vivía un ambiente muy tenso y de máxima incertidumbre, ya que el juez, sabía lo que venía, debido a la experiencia anterior. Se cobijó esa noche en el amor y lealtad de su embarazada esposa María Josefa y algunos de sus hijos, tratando de imaginar lo que sería su futuro en una tierra que ya no la reconocían como el Reino de Chile. De todos modos, la vez anterior no había sido maltratado y Carrera se había portado como un caballero con él. Claro que ahora, al parecer, sería San Martín el caudillo de los subversivos. El decano sentía que estaba viviendo los últimos días de prosperidad y bienestar en los tribunales chilenos, ya que la debacle era inminente por lo que había escuchado del carácter de San Martín. Cuando se encontraba en su hogar descansando y tratando de olvidarse un tanto de la contingencia que se estaba desarrollando, llegó muy tarde en la noche, su colega el fiscal Juan Antonio Rodríguez Aldea, quien le comentó que esto había llegado a su fin y que seguramente al día siguiente los insurgentes tomarían el control total del País. José le consultó si tenía pensado escapar junto con el mariscal y gobernador Marcó del Pont, ya que lo que él deseaba era salir del país, ojalá con rumbo al Virreinato de Lima, debido a que ahí se encontraban sus hermanos y la familia de su padre y abuelo. Su amigo le confesó que él se sentía cómodo en

Santiago y, pese a perder los altos cargos gubernamentales, prefería permanecer en la Capital como abogado privado. José le replicó que él no estaba dispuesto a trabajar con los insurgentes y que solamente ejercería la abogacía en otro reino. Pero el juez no sabía lo que su amigo tenía en perspectiva y cuando este se marchó, quedó dubitativo analizando la visita y las revelaciones de Rodríguez Aldea. En un futuro próximo, todo el mundo se iba a sorprender con el camino que recorrió este camaleónico personaje, que solía cambiarse de bando. Pero había que esperar para ello.

A la mañana siguiente José de Santiago Concha, como era su costumbre, fue el primero en llegar a las dependencias de la Real Audiencia de Santiago muy temprano, pero a diferencia de otra alboradas, los demás oidores y secretarios, no llegaron a su lugar de trabajo, ya que el pánico y temor a las represalias los había hecho huir, en la mayoría de los casos, a campos propios o de algún pariente cercano. José en cambio, llegó hasta su despacho y se mantuvo en su carácter de decano hasta que se presentaron algunos oficiales que él no conocía y a media mañana del miércoles 13 de febrero de 1817, los jóvenes e improvisados uniformados, le informaron que la Real Audiencia de Santiago había cesado en sus funciones y que en días posteriores, el General José de San Martín le comunicaría cuál sería su destino. Antes de retirarse le ordenaron a punta de bayonetazos, que anulara la sentencia de destierro de los patriotas que habían sido relegados a la Isla Juan Fernández. Entonces José buscó el documento de la condena a los insurgentes y le puso el timbre y la firma con la palabra absueltos para que así Juan Miguel Benavente, Mariano Egaña Fabres (1793-1846), Agustín Eyzaguirre (1768-1837), Ignacio de la Carrera (1747-1819), José Santiago Portales (1764-1835), José Ignacio Cienfuegos (1785-1845), Joaquín Larraín (1754-1824), Juan Egaña Risco (1768-1836), Manuel de Salas Corbalán (1754-1841), Francisco de la Lastra (1777-1852), y muchos otros que se encontraban en el inhóspito lugar, pudieran regresar a Santiago y a sus hogares de provincia. También procedió a dejar nula la orden de búsqueda de los condenados a presidio los hermanos Juan José, Luis y José Miguel Carrera Verdugo (1785-1821), Bernardo O´Higgins Riquelme (1778-1842), Juan Mackenna que había fallecido (1771-1814), y con ellos un grupo importante que se habían fugado del presidio de Rancagua. El grupo de notables e importantes personajes viajó en el mismo buque pequeño en que habían sido trasladados a la concentración, el pequeño barco La Sebastiana. Así, entre febrero y marzo de 1817, se decretó la liberación de los presidiarios de la isla, y los 42 ex detenidos en la isla de Juan Fernández, antes convictos y ahora héroes, arribaron a Valparaíso el 31 de marzo de 1817 en el bergantín Águila, antigua nave española, que meses antes había sido tomada por las fuerzas revolucionarias.

José temía que en ese instante lo apresaran y que ya estaba muy viejo para soportar apremios a su delicado físico. Pero misteriosamente, los emisarios rebeldes se retiraron con los documentos firmados por el juez y nuevamente quedó solo en su estudio. No lo pensó dos veces, cogió algunas pertenencias y otras causas importantes, cuando tomó la decisión de marcharse. Salió de la Audiencia, sintiendo que todos lo miraban y que en cualquier momento lo podrían detener. Al salir al exterior, contrario a lo que se pudiera suponer, seguía sintiéndose muy inseguro, mientras caminaba rumbo a su hogar, que no distaba demasiado de la Audiencia. Al llegar a casa, su mujer lo abrazó llorando y señalando, que la incertidumbre había hecho presa de ella. No sabía que iba a ocurrir. El marido calmó a su mujer y se reunió de inmediato con su yerno en el salón, comunicándole que se mudaban de inmediato a Valparaíso con la intención de abordar un bergantín con destino al Callao para llegar a Lima, ya que en ese Virreinato tenía muchos parientes, hermanos como el arzobispo, e incluso su hijo Melchor. Nicolás lo escuchó y le aconsejó que reuniera sus cosas en algunos baúles y se retiraran a la Chacra donde podía planificar mejor su repentino viaje. Llegaron al centro de la ciudad de Santiago algunos emisarios del presidente, quienes informaron que los rebeldes habían sido repelidos y que todo estaba controlado. Los insurgentes se habían retirado y guarecido en sectores cordilleranos y las fuerzas realistas los acorralarían en la mañana siguiente. Los realistas citaron a sus leales a un Cabildo en su palacio, y allí se presentó José, pero también llegaron Juan Rodríguez Ballesteros, el Comandante Quintanilla y Tomás Bernedo. Anunciaron la vuelta del Presidente Marcó del Pont a la ciudad y ordenaron reactivar las instituciones vivas de la Capital. Se nombró a algunos notables para ir a conversar con el presidente, pero a la postre no lo encontraron y los empleados del palacio dijeron que se había escapado. José se reunió posteriormente con su yerno y pasaron a visitar al obispo que estaba acostado, informándole de la delicada situación. El prelado les aconsejó que permanecieran en Santiago, ya que el ejército realista los defendería a muerte de los revoltosos insurgentes y había que confiar en los representantes del Rey Fernando VII. Al filo de la medianoche, ambos cuñados decidieron regresar al fin a la Casa Concha sin muchas novedades.

Comenzaron entonces los vítores y desórdenes en el centro de la capital mientras la familia de Santiago Concha y los De la Cerda se guarecían en casa de Francisco Ruiz Tagle, que se encontraba casi contigua a la Casa Concha. Ellos como familia temían por su casa, pero un rebelde que le tenía afecto a José, no permitió que le saquearan su posada y la defendió deteniendo a los saqueadores. Decidió entonces el jefe de familia, dar las gracias a Francisco Ruiz Tagle y regresar a habitar su casa junto con su familia y los De la Cerda. Una vez instalado en su hogar de tantos años, los De Santiago Concha se tranquilizaron un tanto. Pero a la semana de los hechos, o sea, el martes 19 de febrero, el oidor envió a uno de sus colaboradores a retirar unos utensilios de plata y algunos papeles importantes, más las llaves del archivo secreto que contenía delicados testimonios. El ayudante obedeció y se presentó en la Audiencia encontrándose con Javier Toro, encargado del Tribunal a nombre del nuevo gobierno, pero su único logro fue recibir un cúmulo de oprobios de grueso calibre, recalcándole que nadie podía llevarse nada de allí y que los oidores ladrones, ya no existían. El subalterno comunicó lo ocurrido a José en su casa, donde se encontraba sólo con su familia debido a que Nicolás se había trasladado a su Chacra en Ñuñoa para contar con más privacidad y tranquilidad. A la Casa Concha llegaron entonces algunos regidores y otras autoridades civiles junto con funcionarios de la Audiencia para determinar los pasos a seguir. Se resolvió, dada la crítica e inalterable situación, oficiar al General San Martín, argumentándole que no era necesario el derramamiento de sangre en la Capital, ya que los gobernantes habían escapado y el nuevo gobierno podía instalarse con toda seguridad y velar por impedir el caos y los saqueos a los vecinos de buena voluntad. Este oficio fue firmado por el arzobispo José Santiago Rodríguez Zorrilla, por el oidor y juez José de Santiago Concha Jiménez y Lobatón y por los dos regidores presentes, mientras dos vecinos del lugar se ofrecieron para llevar la misiva al general trasandino.

En marzo de 1817 los de Santiago Concha permanecían encerrados en su hogar y solo el juez salía para vender sus platerías y libros y así poder contar con un mínimo de sustento para poder sobrevivir con su extensa familia. Pero se presentó un emisario del nuevo gobierno quien le trajo una misiva del ejército, en la que se detallaba la prohibición de andar en la calle siempre que no fuera por una razón estrictamente necesaria. José, que ya se había habituado a este proceder y a estos mandatos, respondió con una nota sirviéndose del mismo mensajero, donde aseguraba que cumpliría cabalmente con la orden superior emanada. Considerando que ya no podría vender sus pertenencias para obtener recursos, no se imaginaba el oidor que una visita aumentaría considerable y definitivamente su decadencia. Los primeros días de abril, se presentó en su hogar, un apoderado de la Condesa de Sierrabella doña María Josefa Mesía y Aliaga V, quien no hacía mucho tiempo se había casado con José María de la Fuente y Carrillo de Albornoz VIII Marqués del Dragón de San Miguel de Hijar, siendo ellos los dueños de la propiedad que alquilaba José en el centro de Santiago, y que dadas las circunstancias que habían trascendido sobre su situación, reconvino a José a abandonar la propiedad que le había alquilado en un plazo de una semana, ya que ellos se mudarían a esa posada por haber tenido que entregar otro inmueble a la causa de la revolución patriota. Fue entonces que no le cupo otra opción que trasladarse a la Chacra de Ñuñoa con su sobrino, cuñado y yerno De la Cerda, con lo que su vida se desmoronaba definitivamente. Nicolás trataba de levantar el ánimo de su suegro, pero era una tarea titánica. Finalmente en lo convenido, De Santiago Concha llevó en esa semana sus pertenencias más importantes a la Chacra y otros enseres los dejó, gracias a la buena voluntad, en casa de su vecina y pariente de su esposa, Antonia Cerda. Arribó entonces a la casa de su yerno derrotado y amontonado en tres habitaciones que De la Cerda dispuso para ellos. La señora Antonia Cerda se comprometió a venderle las platerías y algunos libros para que el juez tuviera un ingreso en estos momentos difíciles. Dentro de todo lo malo que le ocurría a la familia, había muchos vecinos y amigos que les tenían gran afecto y se sentían muy acongojados por lo que les estaba ocurriendo. Los de Santiago Concha y De la Cerda eran personas muy queridas por todos los nobles de Santiago.

En los meses venideros, el juez acrecentó su encierro ya que le costaba salir de la chacra y sólo lo hacía para realizar sus trámites y peticiones de destierro a Lima donde él deseaba trasladarse con toda su familia y reencontrarse con su hijo Melchor. Además de toda la penuria pasada, su hijo mayor José Joaquín, abandonó los estudios de abogacía debido a una enfermedad que le impedía concentrarse en sus estudios. La razón de aquello, era una violenta cefalea que padecía igual que su padre que había lidiado toda su vida con esa dolencia, pero sin abandonar sus labores habituales, debido a que contaba con más fortaleza. De modo que nuevamente María Josefa contaba con José Joaquín en casa, lo que la hacía feliz por una parte, pero le causaba preocupación y desvelos por otra. El padre en cambio estaba triste por lo de sus estudios, pero José Joaquín se convirtió en su acompañante en las ocasiones en que debía realizar alguna gestión ante las autoridades, para solicitar el anhelado destierro a Lima, o en su defecto a otra ciudad, incluso a España. En aquellas andanzas, José se podía percatar de la gran habilidad que tenía su hijo Joaquín para realizar gestiones, comunicarse y solicitar documentos. De modo en que todas las oportunidades que debió asistir a entrevistas con autoridades, sentía que Joaquín era como su asesor legal y comunicacional, por el desplante que mostraba y la facilidad de hilar las palabras correctas en cada situación. Pero José tendría que soportar un nuevo golpe en su vida pública, ya que el fraile encargado y director José González y un regidor, le ofició para que dejara definitivamente su cargo de Preceptor del Hospital San Juan de Dios y además lo conminaron a cancelar una suma de veinticinco pesos mensuales para dicho establecimiento como contribución por los años que recibió pago por esa labor. Joaquín indignado, envió un oficio al directorio argumentando que su padre ya no contaba con ingresos para el sustento de su numerosa familia y que sólo vivía de la caridad familiar y venta de algunos libros. A pesar de no quedar conforme, logró que se le rebajara la cuota a 15 pesos.

Pero las penurias no cesaban y una noche, mientras se encontraban solos en la chacra, es decir, sin Nicolás y Nicolasa, los animales se sentían inquietos, escuchándose claramente el movimiento extraño de los corceles y el mugir de las vacas. En ese instante, José se dirigió al salón donde se topó de improviso con Jacinto, un antiguo sirviente de confianza. El peón le sugirió al juez que permaneciera en sala de estar mientras él junto a tres empleadas, salían al exterior a observar que ocurría con los animales. Y así lo hicieron, permaneciendo el oidor en la sala, cuando de pronto sintió que las mujeres gritaban mucho y Jacinto se quejaba, a tal punto que decidió acercarse a la puerta de salida y divisó al peón herido en el suelo, mientras las dos muchachas restantes, pedían auxilio, ya que al parecer se habían llevado a María, una de las sirvientas que salió con Jacinto. En un abrir y cerrar de ojos, unos ocho trabajadores de la Chacra, emprendieron la persecución de los intrusos mientras las dos mujeres restantes atendían al malogrado peón que se quejaba mucho. María Josefa se levantó con el alboroto y griterío de la servidumbre, pero José no le permitió salir de la casa, de modo que observaba todo lo que estaba sucediendo desde una ventana, cuando avistó a los peones que regresaban con María, la muchacha que había sido secuestrada. El alivio de sus compañeras fue tremendo y daban las gracias a los valientes trabajadores que habían evitado una tragedia y les estaban muy agradecidas. Los muchachos decidieron hacer turnos de guardia nocturna y le sugirieron a José, que se retirara a descansar con su esposa en estado de término del embarazo, ya que ellos se encargarían de la seguridad del lugar y lo ocurrido no volvería a repetirse. El preocupado esposo trasladó a su mujer hasta la habitación que tenían asignada ambos, donde se encontraban dormidos Juan de Dios de 7 años y Josefa Pastora de 3 años. Los esposos conversaron largamente sobre la posibilidad de salir de la Chacra hacia la ciudad, ya que los peligros de ese desolado lugar no siempre se resolverían con tanta fortuna como los de hoy en la madrugada. De modo que decidieron tratar de obtener una vivienda en Santiago lo más pronto posible.

A mediados del año 1817 Joaquín, lo asesoró en una serie de trámites y apelaciones en relación a obtener una vivienda por todo lo que había cancelado a la V Condesa de Sierrabella doña María Josefa Mesía y Aliaga, con el fin de que le proporcionaran otra vivienda, aunque fuera más pequeña o reducida, pensando en los últimos días de la pareja cuando vivieran solos o para alquilarla y poder lograr algún sustento para la vejez. Pero lamentablemente todo aquello fue inútil y el 8 de noviembre de 1817 se le hizo llegar a José de Santiago Concha la confirmación oficial de su destierro, despojándolo de su casona que había ocupado y pagado por un poco menos de 20 años y fue confinado a la Chacra de Ñuñoa, propiedad de su sobrino y yerno Nicolás de la Cerda, que a pesar de no encontrarse viviendo en la Chacra de Ñuñoa, dejó todas las instrucciones para que su tío y suegro José, tuviera un buen pasar en el campo dotándolo de tres amplias habitaciones. Pero de igual forma era difícil para la familia lidiar con eso. Sus 9 hijos, y su esposa María Josefa embarazada de nueve meses establecía cánones complejos de superar por todos. José esperaba ansioso el término de ese fatídico año, no sólo para ver la llegada de su nuevo hijo que siempre era un beneplácito y una bendición, sino que porque el realista juez aún abrigaba la esperanza de que todo volviera a ser como en el pasado. O sea retomar la vida que tenían antes del famoso Cabildo Abierto que cambió para siempre el rumbo del nuevo reino. José soñaba con despertar una mañana y ver al Ejército del Rey desfilar triunfante por las calles de Santiago, con la firme creencia que aquello era lo mejor que le podría ocurrir a la naciente república, que no contaba con gobernantes a la altura de lo que significa administrar un país y a sus poderes del estado. Pero eso estaba muy alejado de lo que sucedía en la realidad, ya que los nobles realistas ya se estaban acoplando e incorporando al nuevo gobierno y los más enconados, sólo aspiraban a lograr un gran acuerdo con los insurgentes para gobernar el reino en una especie de alianza que los considerara dentro de la legalidad.

El martes 18 de noviembre de 1817, María Josefa dio a luz a su hija Carmen de Santiago Concha y de la Cerda, una bella nena que le produjo muchos problemas en su parto y después de él, debido a que se le formaron muchos tumores por enfriamiento de la espalda y leche materna. A consecuencia de esto, la enviaron a la ciudad para que contara con más atención y pudiera atender de óptima forma a la recién nacida. La desazón de José era total, ahora solo y cuidando a la mayoría de sus hijos que eran pequeños, pero sacaba fuerzas de flaquezas y no sólo los protegía y alimentaba, sino que además, los educaba, a los mayores por supuesto, con sus horas diarias de estudios, lecciones y tareas. Finalmente, algunas gestiones de Joaquín, dieron sus frutos y le entregaron a José una casa pequeña en un lugar no muy cercano al centro cívico de Santiago, donde se pudo trasladar María Josefa y tener allí los cuidados de su hermana Nicolasa de la Cerda, que vivía con sus suegros y la visitaba a diario para atender sus necesidades médicas. También la acompañó su hija mayor Rosa, que ya contaba con 16 años para que recibiera las mejores atenciones y la ayudara con el cuidado de Carmen, la recién nacida. En ocasiones José se trasladaba a aquella casita en las afueras del centro de Santiago y acompañaba algún instante a su abatida esposa, realizándole curaciones en las heridas que presentaban sus mamas, mientras aprovechaba de continuar con las diligencias con el fin de lograr su traslado al Virreinato de Lima para restablecerse con su familia. Le preocupaba mucho el estado anímico y de salud de su amada esposa María Josefa, ya que la notaba muy abatida y sin mucho ánimo. El fin de año que llegó en 1817 no fue feliz para la pareja de Santiago Concha y De la Cerda, debido a que la salud de María Josefa empeoraba día a día. Pero después de aquello, el yerno solicitó a las autoridades de gobierno que permitieran al ex juez, acompañar a su mujer en el lugar donde se suponía que iba a restablecerse. Entonces, llegó un emisario de los patriotas que le llevó un dictamen, que le permitía a José volver a Santiago a estar con su esposa y su hija recién nacida. Y fue por eso que José tomó la decisión de permanecer con su esposa en las fiestas de fin de año en Santiago, mientras le pidió a Nicolás que se preocupara de su familia en la Chacra de Ñuñoa para que tuvieran un feliz fin de año. Nicolás, que también estaba preocupado por su hermana María Josefa, aceptó de inmediato la propuesta y lo dejó tranquilo, de modo que ambos cónyuges, permanecieron en la casita solos, sin hacer mucho aspaviento de las fiestas de fin de año, para no llamar la atención de las nuevas autoridades de la ciudad.

Así transcurrió esa importante época de fin de año, pero para los esposos de Santiago Concha significó un arduo trabajo para estabilizar la salud de María Josefa y poder sanar sus heridas y hacer desaparecer los tumores con gran paciencia por parte de su esposo. El día lunes 19 de enero de 1818 el ex juez recibió con beneplácito, pero sin ilusionarse demasiado, la noticia del triunfo realista en la batalla llamada La Sorpresa de Cancha Rayada, que podría significar una nueva esperanza para recobrar lo perdido. Se decía en la calle y entre el populacho, que hasta era posible que O'Higgins y San Martin estuviesen muertos, pero era solo un rumor. Lo que si era cierto es que el nuevo gobierno estaba descabezado y la improvisación hacia presa de sus determinaciones, ya que se instaló una nueva junta de gobierno con los patriotas Manuel Rodríguez quien sería en provisorio Director Supremo, Tomas Guido, asesor y cercano a San Martín, y el coronel Luis de la Cruz, quienes se hacen cargo de la nación en ausencia de O'Higgins. José pensaba que como era posible que aquel guerrillero que asaltaba haciendas en las afueras de Santiago y robaba armas para dárselas a los forajidos que lo secundaban, ahora fuera Director Supremo de la Nación. Y así le comentaba a su esposa:

- Es que no lo puedo creer. Ese malhechor, para el cual yo emití una orden de captura, un forajido que asaltaba cuarteles, calazas y haciendas de notables, hoy es la máxima autoridad de la nación, mientras San Martín persigue a Osorio en el sur. Por eso estamos así, en anarquía absoluta, los facinerosos hoy gobiernan a las naciones y persiguen a un brigadier notable y honorable como Mariano Osorio. Bueno. Mientras mantengan a raya a los saqueadores, está todo bien. No debe haber mucha diferencia entre ese tal O'Higgins y este guerrillero. Han destruido lo que a los súbditos del rey nos costó siglos construir. Exclamaba rabioso el juez.

- Calma esposo. No te sulfures más. Te puede causar daño- suplicaba la esposa con voz temblorosa, demostrando que aún no se reponía del todo de sus dolencias.

Pero el domingo 5 de abril de 1818 sobrevino la mayor derrota del ejército español realista en los Llanos de Maipú, derrota que ya había de ser la definitiva para la ilusión de José de que las huestes del Rey pudieran provocar una nueva reconquista, como ocurrió en el año 1814. Derrumbado el juez, se hizo acreedor de otra mala noticia. Una sentencia judicial de la nueva justicia chilena, lo condenó al destierro a la ciudad de Mendoza en Argentina, que era un enclave realista, uno de los pocos que iban quedando en el cono sur. Joaquín se encargó de todo y ambos fueron a conversar con Manuel de Salas, amigo de José y se comprometió a ayudar a su colega. En el gobierno, nuevamente Bernardo O'Higgins era el Director Supremo a pesar de que caminaba por las calles de Santiago con un brazo en cabestrillo, debido al balazo de un realista de Osorio, que le paralizo la extremidad. José ya no sabía que era mejor, si el guerrillero o este títere de San Martín. Pasaron los días y, por fin, Joaquín logró detener el destierro a Mendoza que había condenado a su padre, gracias a las gestiones que realizó don Manuel de Salas con Manuel Rodríguez, a quien Carlos su hermano, le había comentado de José, señalando que era un buen hombre y que había estado varias veces en su casa. Fue en ese momento que José simpatizó con Manuel Rodríguez señalando que, en ocasiones la gente crítica y denosta sin conocer a las personas. Pasaron algunos días y a fines de mayo llegó Nicolás a la casa de los de Santiago Concha y venía muy perturbado.

- ¿Tiene un minuto suegro? Le quiero comentar algo.- le susurró su cuñado.

- Lo que más tengo es tiempo Nicolás. Dígame- contestó enérgico, como siempre el juez.

- Ayer por la mañana, detuvieron a Manuel Rodríguez, el Director Supremo hasta hace muy poco, por algunas desavenencias con O'Higgins, que algunos conocidos de ellos aseguran que son motivos que involucran a mujeres. Lo cierto es que Rodríguez fue detenido y trasladado a la Cárcel Militar de Quillota, y mientras lo conducían de madrugada, a la altura de Tiltil, sus celadores le dispararon y le dieron muerte. Todo el mundo está comentando este episodio y la verdad es que a O'Higgins se le va a complicar la gobernabilidad, con esta actitud. También es en gran parte culpable San Martín y su famosa Logia Lautaro, que al parecer es un cedazo para matar enemigos y camaradas sin distinción. Recuerde usted, que ya habían fusilado a dos de los hermanos de Javiera Carrera que tantas veces visitó su casa. Juan José y Luis fueron ejecutados hace menos de dos meses, y justo tres días después del triunfo en Maipú, el miércoles 8 de abril en Mendoza. Estos tres patriotas eran muy queridos por la gente del pueblo y también por la alta sociedad, y el gobierno de O'Higgins y San Martín, que no goza de mucha popularidad, ahora va a quedar en entredicho y los votantes se lo harán ver. Es lo que creo- expresó con mucha preocupación Nicolás.

- Parecía un buen hombre Rodríguez y su hermano Carlos me simpatiza mucho. Eran amigos de Gregorio. Manuel Rodríguez me hizo un favor mientras ejerció el mandato de Director Supremo. Fue él el que me autorizo mediante una providencia, para poder permanecer en Santiago para efectuarle los cuidados adecuados y necesarios a mi esposa María Josefa, durante su convalecencia del complicado último embarazo. Yo estaré siempre agradecido de su gesto. Ahora ella se encuentra mejor en parte debido a que yo pude asistirla medicamente. Siempre le voy a estar agradecido y ojalá que Dios le dé el descanso eterno y el esperado consuelo a su familia- finalizó preocupado el juez del crimen.

Se puso en campaña José para poder viajar cuanto antes a Lima para reunirse con su familia allí y vivir tranquilo rodeado de las bondades y bellezas de aquella virreinal ciudad. En los constantes viajes de José Joaquín a Valparaíso, logró rescatar una carta que le envió su hermano Melchor y otra que llegó a sus manos de parte de su hijo Melchor, que por cierto vivían juntos en la capital del virreinato. En las misivas, su hijo

Melchor, lo conminaba a abandonar Chile y a viajar a Lima, ya que él le podía reactivar sus entradas y jubilación para que ya no tuviera más padecimientos como los que pasó en Chile. Su hermano Melchor le recalcó en la comunicación que en Perú todos sus parientes lo recibirían con los brazos abiertos, ya que le tenían mucho respeto y cariño. Seguro que se refería a Micaela, ya que Melchor era cura y no tenía familia. José extrañaba mucho a Melchor y veía con muy buenos ojos radicarse en Lima para que la familia estuviera reunida nuevamente. También se enteró el oidor, que al momento de la llegada de Mariano Osorio a Lima, posterior al milagroso escape de la derrota en los Llanos de Maipú, es apresado y juzgado. Entre sus pertenencias se encontró un ejemplar de La Gaceta, donde se mencionaba a José de Santiago Concha y se ponía en duda su fidelidad y lealtad a la corona de España, considerando que en ambas ocasiones en que gobernaron los rebeldes, él no habría escapado como la mayoría de los realistas. Fue entonces que se dio cuenta que se encontraba en un callejón sin salida, ya que por un lado los insurgentes lo atacaban por ser realista y el Virrey del Perú lo reclamaba por desleal. Eso lo dejaba muy abatido y desanimado, porque la realidad no era tal y él tampoco podía abandonar a su numerosa familia de un momento a otro y escapar fuera del alcance de sus perseguidores, pues las represalias las considerarían con sus familiares. Tampoco era su intención dejarle toda su familia a Nicolás de la Cerda, su yerno y sobrino, debido a que esa actitud habría sido irresponsable como jefe de familia y no corresponde.

En junio de 1818 llegó a Valparaíso en la Fragata Ontario de la flota de guerra de los Estados Unidos de

América, un emisario del Virreinato de Lima don Félix Ochavarriague y Blanco, con la misión de canjear prisioneros de la revolución por patriotas que se encontraban detenidos en el norte de Chile o en el Perú. José se ilusionó en demasía y le pidió a su hijo José Joaquín, que le llevara una carta al emisario para ver la posibilidad de que pudiera irse a Lima con el beneficio del intercambio. Joaquín aceptó de inmediato y cabalgó toda la noche para lograr su objetivo de entregar la carta a tan destacado funcionario del Virreinato. Al llegar a Valparaíso, Joaquín fue detenido por soldados patriotas y llevado a un despacho, donde fue interrogado por un alto funcionario militar del puerto. Joaquín le explicó con qué motivo se dirigía raudo al puerto para entrevistarse con el emisario del Virreinato antes que zarpara. El interrogatorio pasó a mayores y Joaquín fue violentamente golpeado y tuvo que pasar la noche en el calabozo del recinto militar, razón por la cual sus cefaleas le regresaron causándole gran conmoción y sin que le otorgaran atención alguna para su doloroso padecimiento. Al día siguiente, pidió hablar con Manuel de Salas y se le permitió regresar a Santiago, pero sin lograr su objetivo de entregar la misiva y solicitud al emisario del Virrey. Al llegar a Santiago trató de ubicar a don Manuel de Salas, pero este se encontraba muy ocupado y tuvo que esperar horas custodiado por el personal militar que vigilaba el lugar. Transcurridas tres horas y media, don Manuel de Salas recibió al muchacho y se disculpó por la tardanza en atenderlo. Adicionalmente le ofreció un vaso de agua, ya que su semblante indicaba que no pasaba por un buen momento de salud. Joaquín le explicó que su padre deseaba acogerse al intercambio de prisioneros con el emisario del Virreinato del Perú. Pero Salas le tiro un balde de agua fría, señalándole que ni O'Higgins ni San Martín habían aceptado tales trueques, debido a que los prisioneros que estaban en poder de Marcó del Pont, ya habían fallecido. Todo esto, porque los cadáveres fueron encontrados en el norte y sin vida. Además, le recalcó que él estaba preocupado de la situación de su padre, pero aun no le tenía novedades.

Fue entonces que Joaquín le agradeció a don Manuel de Salas la preocupación y le pidió que no claudicara para encontrar una salida a su situación. El joven muchacho se retiró del lugar y se dirigió de inmediato a la casita donde se encontraba su familia, llegando exhausto y recostándose para aliviar sus dolores de cabeza. Luego de un par de horas, su padre preocupado por su salud, le pidió que permaneciera con ellos y que durmiera todo lo necesario, ya que entre dormido, Joaquín se quejaba continuamente de los dolores. Pero el joven comunicó inmediatamente las gestiones realizadas y lo padecido a su señor padre, mientras éste desmoralizado, lo escuchaba con atención y desconsuelo. Una vez más, las noticias para José se tornaban desalentadoras y sin solución alguna. A la mañana siguiente el juez fue a saludar y agradecer a don Manuel de Salas por la preocupación por su persona. El señor Salas lo recibió con mucha deferencia y le prometió que no iba a claudicar hasta sacarlo del país, para tranquilidad del oidor y la de toda la familia de Santiago Concha y también para los de la Cerda. Entonces José de Santiago Concha lo invitó a salir al exterior a lo cual accedió Manuel de Salas y lo llevó donde se encontraban unos peones de la Chacra de Ñuñoa, quienes en dos calesas, habían transportado unos 325 volúmenes que de Santiago Concha le ofreció al Manuel de Salas que además era director de la Biblioteca Nacional creada por don José Miguel Carrera en 1811 cuando ostentaba la primer magistratura. Le comentó que dada su situación, estos textos los quería donar a la Biblioteca, que de seguro dirigía su amigo con mucha excelencia. También recalcó José, que muchos de aquellos volúmenes, versaban sobre asuntos legales y que los había solicitado a España directamente, cuando oficiaba de presidente de la Real Audiencia y que de seguro, serían de gran ayuda a aquellos alumnos de abogacía y leyes que no contaban con los medios ni los contactos para obtener esos importantes textos, además de manera gratuita. Salas agradeció infinitamente la entrega y le juró que le mencionaría al Director Supremo Bernardo O'Higgins de este donativo tan generoso y desinteresado. Se despidieron con un abrazo como antiguos amigos y José procedió a retirarse a su casa con el ánimo un tanto más optimista que cuando llegó.

El lunes 14 de septiembre de 1818 José Joaquín, que ya contaba con 19 años, vio recrudecer su hemicránea, y debió ser internado en el Hospital San Juan de Dios, donde todo el mundo conocía a su padre y le tenían un gran aprecio. Esta dolencia se transformó en una cefalea que los médicos no supieron resolver ni curar. José permanecía día y noche con él, con la esperanza de que se restableciera y pudiera regresar a casa con su familia. Nicolás, que había regresado de sus tierras en La Ligua, hizo venir a los mejores médicos de Santiago, utilizando sus enormes influencias como empresario rico y poderoso, pero no le pudieron calmar los dolores que se tornaban cada vez más intensos. El miércoles 23 de septiembre por la noche, junto a su padre José de Santiago Concha, José Joaquín dejó de existir en una fría sala del Hospital que hasta hace menos de dos años, administraba su padre. El muchacho, con su juventud a cuestas, dejó este mundo ante el dolor y sufrimiento de su padre. El juez caminó cabizbajo y sollozando hasta la morada donde vivían actualmente para avisarle a su esposa María Josefa y a su hija Rosa, que se encontraba haciéndole compañía. La escena de dolor era desgarradora, de modo que José se dirigió de inmediato a la Chacra de Ñuñoa a darles la mala noticia a sus hermanos y a Nicolás. La familia completa entró en histeria al realizar el anuncio, provocando el llanto de sus hermanos menores que le querían mucho. José Joaquín, primogénito de José, era un joven con mucho futuro, al cual le tocó vivir en una época inadecuada y todo le costó mucho. Pero era un buen muchacho, querido por todos, risueño y alegre y con muchas cualidades personales y de intelecto que seguramente en otras circunstancias, lo habrían convertido en un extraordinario abogado como su padre, abuelo y bisabuelo. Su cuerpo fue llevado a la Chacra de Ñuñoa donde se le realizó el velatorio con cantos a lo humano y a lo divino, y donde lo visitaron sus compañeros de Universidad y todos quienes lo conocieron. José, María Josefa y sus hermanos presentes, estaban destruidos y jamás los padres se repondrían de tamaña pérdida. Finalmente, la misa fúnebre de José Joaquín de Santiago Concha y de la Cerda, se realizó en la pequeña capilla de la Chacra de Ñuñoa al igual que las exequias que depositaron los restos en algún lugar del campo destinado para ellos.

De esa forma concluyó aquel fatídico año 1818 y el siguiente transcurrió de la misma forma en torno a las diversas solicitudes y gestiones desarrolladas por el juez en relación a su destierro clamado en muchas ocasiones. A todo este panorama, había que agregarle las penurias por la pérdida de su primogénito y aquellas humillaciones vividas por no ser partidario de la revolución. En el año 1819, continuó la danza de escritos y misivas a distintas autoridades y amigos que pudieron ayudarle a conseguir su deportación, ya que este confinamiento lo estaba desanimando y desalentando aún más, día a día, al punto de desear tirar todo por la borda y echarse a morir en este reino de insurgentes. Pero su joven esposa y sus hijos pequeños, lo instaban a continuar insistiendo una y otra vez en sus propósitos. El Director Supremo Bernardo O'Higgins nunca lo recibió, provocando en José una nueva desilusión con las rebeldes autoridades. Él pensaba que José Miguel Carrera habría hecho algo por su situación y ya tendría una solución. Pero el pobre debía estar deshecho con la muerte por fusilamiento de su hermano mayor y su hermano menor de tan solo 26 años. Otra noticia desalentadora, fue la firma de un tratado de unión entre el Ejército chileno y el de las Provincias Unidas del Río de La Plata que se comprometían a lograr la independencia, terminando con el Virreinato del Perú y derrocando al Virrey Joaquín de la Pezuela y Sánchez. Para ello, crearían un Ejercito Libertador a cargo de José de San Martín, comprobando con esto José, que realmente O'Higgins no tenía poder de mando ni independencia en las huestes patriotas. De modo que sus planes se abortaron definitivamente y Lima ya no fue un destino seguro de destierro donde podría haberse reencontrado con sus hermanos y con su hijo Melchor, ahora el mayor, después de la muerte de José Joaquín. Ya no había otra salida que apuntar a una travesía al Janeiro (Rio de Janeiro) y allí se pondrían todas las fichas para lograr ese anhelado viaje. Para ello fue fundamental la ayuda de Manuel de Salas quien lo acompañó en variadas oportunidades al despacho del Ministro del Interior José Joaquín Echeverría Larraín, quien había sido Presidente del Congreso Nacional en 1811 y era muy amigo de su yerno y sobrino Nicolás de la Cerda, quien también los acompañó a su despacho y le aseguró a su amigo que el viaje de su suegro era absolutamente necesario, y que él cuidaría de su esposa y de sus pequeños hijos. José se retiró del despacho del Ministro muy satisfecho y optimista, con el convencimiento de que en esta ocasión si podría resultar el destierro. También colaboró, bien adentrado el año 1819, el Oficial Mayor de la Secretaría de Estado del Gobierno de Chile, don Ignacio de Torres, quien era escribano en el Edificio del Consulado cuando funcionaba allí la Real Audiencia de Santiago, durante muchos años en que José fue Juez de Alzada, y ahora le estaba tendiendo una mano para facilitarle los trámites de destierro.

Comenzó entonces la cuenta regresiva para José de Santiago Concha Jiménez y Lobatón, todo esto debido a que los trámites y diligencias que efectuó el oidor, fueron rindiendo buenos resultados y todo se fue dando para que el juez pudiera viajar al exilio. Por las noches en su pequeña casa, conversaba con María Josefa sobre la separación momentánea y de que forma la llevarían a cabo, proponiendo el oidor que dos de sus hijos lo acompañaran a su travesía y breve estancia en el

Janeiro. María Josefa no estaba de acuerdo en separarse voluntariamente de sus hijos mayores, obviando la partida de Melchor a Perú y la de Pedro, que no era su hijo, a Illapel. Argumentaba para ello que la travesía en barco por el Estrecho de Magallanes, era muy peligrosa y arriesgada y que no había que exponer a los niños a un riesgo de esa envergadura y que ellos no estaban acostumbrados a tamaña inseguridad en ninguna aventura. Pero lo que no podía argumentar José, era que la salud de su esposa no le permitiría estar a cargo de tantos hijos y al llevarlos consigo, el padre estaba aliviando la salud tan débil y quebrantada de su mujer, que resultó de su último parto hace casi dos años. De Santiago Concha no quería dejarle gastos de su familia a Nicolás de la Cerda, ya que este tenía que entregar una contribución de 10 mil pesos al gobierno insurgente, a modo de retribución por no haberle causado males teniendo un fiel representante de la corona como cuñado. Así es que, Nicolás debía trabajar arduamente en sus negocios de La Ligua, para poder pagar pronto este abuso y normalizar su vida financiera. José vendió todo lo que tenía y finiquitó algunas asesorías que estaba llevando a cabo con la ayuda de José Antonio Rodríguez Aldea, juez de la Real Audiencia colega suyo, que ahora contaba con la confianza del Director Supremo Bernardo O´Higgins y que tenía a su cargo el proyecto de reactivación del Instituto Nacional. Juntó algún dinero para el viaje al Janeiro y para sobrevivir con sus dos hijos en esas latitudes. En los primeros días de 1820 se rumoreaba que su amigo José Antonio Rodríguez Aldea sería nombrado Ministro de Hacienda para ordenar los caudales y reconstruir y ordenar la administración económica y fiscal de Chile. Su colega le prometió que antes de acceder a ese delicado cargo, le iba a tener novedades de su partida. El 4 de enero José se entrevistó nuevamente con Manuel de Salas y el Ministro Echeverría, recibiendo las buenas noticias que su viaje estaba listo y que no se preocupara por el costo, ya que era un regalo de sus amigos. Eso sí, debía cancelar el valor de los billetes de sus hijos, ya que no había presupuesto para ese desembolso.

Antes de partir, Nicolás de la Cerda, su sobrino, cuñado y yerno, le entregó una buena suma de dinero, bromeando con la situación en el sentido que le recalcaba que debía devolvérselo, pero cuando estuviera de regreso. Mientras tanto él cuidaría de todo el resto de su familia, sin olvidar que María Josefa era su hermana. Los de la Cerda le realizaron una fiesta campestre de despedida a José, José Melitón y a Manuel, para que recordaran que ese lugar esperaba por ellos. Nicolás se había encariñado mucho con la familia de su suegro y ambas castas estaban más unidas que nunca. Él se encargaría de alquilar la pequeña casa de Santiago, que serían recursos para que la esposa pudiera disponer de algún dinero para gastos menores y privados de la familia. José no paraba de observar a María Josefa, ya que esta, no pasaba por su mejor momento médico y las enfermedades se le presentaban complicándolo todo. No deseaba ni siquiera imaginar que aquella sería la última vez que la viera con vida. Trató de pasar el mayor tiempo posible con ella, mimándola y siendo muy cariñoso, mientras disimuladamente derramaba algunas lágrimas por su rostro. José cumpliría 60 años en unos meses más y sentía que estaba en una encrucijada muy grande en su vida, ya que se marchaba a un lugar donde nadie lo conocía y de donde no había certeza de regresar. Él sabía que mientras O'Higgins fuera Director supremo, no había retorno posible y además, era un hombre de 41 años, que tampoco iba a morir. Todo estaba listo para viajar a Valparaíso. El viaje se hará vía Cabo de Hornos hasta Montevideo donde estarán una o dos semanas, antes de abordar otro navío para el Janeiro. La principal preocupación de José, es ahora que sus hijos no sufran con el rigor del viaje y lleguen sin novedad al primer destino que por ahora será Montevideo.

En la mañana del domingo 30 de enero de 1820, el afligido padre y sus dos hijos, tomaron rumbo a Valparaíso, en una calesa con conductor que les facilitó Nicolás de la Cerda, vehículo en el cual cruzaron los valles de Curacaví y Casablanca, para llegar en la noche a Valparaíso y esperar tranquilos el amanecer del siguiente y crucial día. El lunes 31 de enero de 1820, los esperaba en el principal sitio del Puerto, la fragata Inglesa Juan y Jorge que se veía imponente con su Capitán en la pasarela, esperando y saludando a sus pasajeros junto a la tripulación. Manuel de Salas y José Antonio Rodríguez Aldea, sus amigos y en ocasiones colegas, lo fueron a despedir al puerto y a darle una voz de aliento, por las penurias vividas y los buenos deseos para su estadía en Brasil. José de Santiago Concha y Jiménez de Lobatón, abordó el barco rumbo a Montevideo acompañado de sus hijos José Melitón de Santiago Concha y de la Cerda, de 14 años y Manuel de Santiago Concha y de la Cerda de 13 años llevando adelante una difícil travesía por el Cabo de Hornos y el Estrecho de Magallanes con peligro eminente de naufragio, pero con destino intermedio a Montevideo y al final del trayecto, a Rio de Janeiro. Con aquello, José se marchó al Atlántico, sabiendo que aún le quedaban amigos en Chile y que todo no era negativo en esos tópicos. El viaje hasta la zona austral del país, no sólo fue tranquilo, sino que además, sin la presión sufrida día a día debido a las hostilidades que le provocaban los nuevos gobernadores de Chile, pudo apreciar la belleza en los paisajes que maravillaban a todos los pasajeros de aquella embarcación, que sin duda no habían presenciado jamás. Pero eso duró sólo hasta la salida de Calbuco en Chiloé, pues Puerto Montt aun no existía como ciudad, y solo los huilliches ocupaban el lugar. José pensaba en que aquel territorio, era quizá el único en manos de las fuerzas realistas, pero que de seguro no permanecería así por mucho tiempo, ya que muchos de los insurgentes estaban obsesionados con la Isla de Chiloé y su incorporación definitiva al territorio de Chile. Ya al sur de Chaitén, ingresando al negativamente afamado Golfo de Las Guaitecas, las condiciones de la navegación cambiaron drásticamente y el peligro comenzó a rondar en la mente de José y de sus adolescentes hijos. Las inmensas olas que sobrepasaban largamente la altura de la fragata, golpeaban con una fuerza nunca antes experimentada, haciendo parecer a la gran embarcación, como un juguete. El padre y sus hijos, estaban impresionados al ver a tripulantes que se ataban a algún mástil para no ser arrastrados por el torrente hacia el mar.

Al día siguiente, con un frío que calaba los huesos, mientras los dedos, orejas y nariz parecían quebrarse, hubo un momento de quietud, pero esa aparente tranquilidad, se disipó muy pronto con las siguientes palabras del capitán, donde los instó a prepararse para enfrentar el Cabo de Hornos.

- No todos los barcos que cruzan el Estrecho de Magallanes en el Cobo de Hornos, lo hacen con éxito- les manifestó la autoridad naval. Y así lo pudieron comprobar, ya que al entrar al Estrecho, las condiciones climáticas recrudecieron y a cada metro que avanzaba la nave, habia una alerta de naufragio por parte de los subalternos del capitán. Todos los pasajcros se encontraban en las barracas, pero ninguno podía conciliar el sueño, debido al horroroso estruendo que provocaba el viento en los mástiles y el torrente de agua que arrojaban las inmensas olas que golpeaban la embarcación. Traspuesto ese paso difícil, el capitán avisó que ya se encontraban en el Océano Atlántico y que a pesar de que no iba a ser un viaje tranquilo, las condiciones ahora iban a mejorar enormemente. El martes 29 de febrero de 1820, José de Santiago Concha y sus hijos Melitón y Manuel, arribaron a Montevideo donde tendrían que esperar un par de semanas al arribo de otra embarcación que los llevaría a Rio de Janeiro. Su estadía en Montevideo no presentó mayores problemas excepto la escasez de recursos para poder llevar una vida parecida a la que acostumbraban en Santiago. Es así como en mayo pudieron atracar en el Janeiro y comenzar a contar los días de deportación con los dedos de las manos. Más no sería corta la espera. Rio de Janeiro era la Capital del Imperio portugués, que estaba atestada de nobles y portugueses de la realeza que habían escapado de Napoleón y que establecieron una sucursal de Portugal en Rio de Janeiro. Pero, al igual que en el resto de América, las voces y acciones independentistas ya se hacían oír y el ambiente político, no era precisamente una taza de leche. Recién llegados a Río y establecidos en una pequeña casa en la planicie, los de Santiago Concha se enteraron de que Marcó del Pont había muerto en un confinamiento carcelario en Chacabuco Argentina, donde fue encarcelado por José de San Martín hasta su muerte.

Sin embargo, pese a la congoja como realista por la muerte de su superior e importante personaje de la administración colonial que llegó a ser Gobernador de Chile, a mediados del año 1820, la familia de Santiago Concha que se encontruba en Rio de Janeiro, recibió una misiva desde Chile, con el remitente de su cuñado, yerno y sobrino Nicolás de la Cerda, en que lamentándose mucho, le comunicaba con sentimiento de congoja, que su hermana María Josefa, o sea la mujer de José y madre de los pequeños Melitón y Manuel, había fallecido en los primeros día de junio y que sus lamentables problemas posterior al último parto, no pudieron aliviarse nunca. En la misiva le informa también que les envió la noticia a sus dos hijos que se encuentran lejos, uno en Lima y el otro en Illapel. El infortunio de estar lejos y no poder despedir a su amada esposa, provocó en José un estado depresivo enorme que casi lo aniquila, pero pasados unos días tuvo que sobreponerse y emprender la búsqueda de asesorías o algún trabajo en la justicia para poder sobrevivir. Afortunadamente algunos amigos suyos le tendieron una mano y se pudo mantener junto a sus hijos en una relativa austeridad. Pero en la segunda mitad del año 1820, la situación de Brasil cambiaría drásticamente ya que Pedro de Alcántara se adhirió a las fuerzas independentistas la gran colonia y con esto se allanaba el camino de la independencia del coloso sudamericano. Finalmente los brasileños triunfaron y el 7 de septiembre de 1822 declararon la Independencia de Brasil. José, que había visto peligrar su fuente laboral, le conversó a sus amigos cercanos y a sus hijos, que elevaría una solicitud para regresar a Chile, ya que no tenía sentido permanecer en aquella colonia si ya no tenía ribetes reales y lo mejor sería el regreso a Chile. Entonces le despachó una misiva dirigida a su amigo Rodríguez Aldea, que se había convertido en el brazo derecho del Director Supremo Bernardo O'Higgins Rodríguez Aldea le respondió que haría todas las gestiones que estuvieran a su alcance y que le solicitaría una pensión para él al gobierno. También le manifestó que la marcha del liderazgo de O'Higgins estaba pendiendo de un hilo, ya que el pueblo se había puesto en su contra y no era seguro que la situación pudiera cambiar

26.- Regreso a Chile y muerte de José de Santiago Concha y Lobatón

A fines de 1822, la situación política de Chile era caótica y en los distintos círculos de debate se hablaba incluso de una guerra civil. El General Ramón Freire formó un Ejército paralelo en Concepción y se disponía a marchar a la zona central para terminar con la dictadura de O'Higgins. En sus dos períodos constitucionales, el Director Supremo plasmó en los ensayos de cartas fundamentales su autoritarismo tan criticado. Un senado de cinco miembros que eran designados por él y un período indeterminado de Gobierno sin democracia, le provocó la pérdida de adeptos y la proliferación de sus contrarios. También influía en su poca popularidad, el hecho de tener como Ministro del Interior a José Antonio Rodríguez Aldea, personaje realista en su tiempo y primer ministro de Marcó del Pont. Pero sin dudas, la redacción del Proyecto Constitucional de 1822 que abolía el Senado y creaba una Cámara de Diputados designados por el Director Supremo, donde se le autorizaba a permanecer en el alto cargo por diez años más, se convirtió en el detonante que provocó la reacción del General en Jefe del Ejército del Sur e Intendente de Concepción Ramón Freire Serrano, quien al mando de su ejército, amenaza con arribar a Santiago para destituir a O'Higgins y terminar con su mandato cueste lo que cueste. Rodríguez Aldea, mantenía muy informado a José sobre la marcha de los acontecimientos, hasta que en una de las correspondencias le dio la buena noticia de que el congreso había dictado una ley de amnistía en que él era favorecido para regresar a Chile y reunirse con su familia. La familia De Santiago Concha, comenzó a planificar el regreso a Santiago desde Rio de Janeiro, cuando en febrero de 1823, una nueva carta informa al juez de la abdicación de O'Higgins y la formación de un nuevo gobierno donde Rodríguez Aldea no tenía participación. Sin embargo, le recalca que la ley de amnistía no sufrió variación y que la legislación vigente permite su retorno a la ciudad donde se encuentran sus hijos menores. Le comunica también que ha regresado de Lima su hijo mayor Melchor, quien dará su examen para convalidar el título de Abogado en la Corte Suprema de Justicia de Chile. Agrega que él está muy bien considerado por los moderados de Santiago y que pronto se incorporará al gobierno de restauración en algún cargo de importancia.

José de Santiago Concha no podía despreocuparse de la actitud tomada por Melchor en cuanto a integrar este gobierno surgido desde la rebeldía y la anarquía.

- ¿Cuánto iría a durar un gobierno así? ¿Qué va a ser de él cuando cambie el gobierno? ¿Irá a sufrir el destierro o el confinamiento al igual que lo sufrí yo? Eran las interrogantes que rondaban en el pensamiento de José con respecto a su hijo mayor Melchor y culpaba a la distancia con su padre, el haber obtenido y adquirido este pensamiento liberal. De seguro que José Joaquín jamás habría caído en esas ideologías.

- Hijos, preparen todas sus pertenencias, ya que ha caído el usurpador O'Higgins y podemos regresar a casa. Lleven sólo lo necesario, ya que el bulto y peso excesivo nos va a demandar un costo alto en el boleto de transporte- ordenó el juez y padre.

Apenas si alcanzó a despedirse de sus amigos, también de quienes lo habían ayudado a ganarse la vida, y se embarcaron en una fragata pequeña pero rápida, que los dejara lo antes posible en Valparaíso. Antes de eso, le había escrito a su yerno Nicolás, para que los fuera a recibir al Puerto señalándole que al fin se terminaba esa penosa pesadilla y que se encontraba feliz, como hace mucho tiempo no lo estaba. Sólo que sería difícil compatibilizar una vida en Chile sin su adorada esposa María Josefa. Los primeros días de abril de 1823 José de Santiago Concha de Jiménez y Lobatón, junto a sus hijos José Melitón y Manuel, arribaban al Puerto de Valparaíso después de más de tres años de destierro y soledad en un extraño país con diversas costumbres que no eran las de ellos. Se reencontró con su querido yerno Nicolás de la Cerda al que le guardaba un agradecimiento eterno, y ya en casa, abrazó a su hija y a los otros hijos menores que tanto había extrañado. También abrazó a su hijo Melchor quien le sugirió que de inmediato matriculase a los adolescentes en el Instituto Nacional que era una maravilla de colegio. Pensó José en solicitar la devolución de la casa que tenía alquilada en Santiago para vivir allí, pero Nicolás le solicitó que permaneciera en la Chacra de Ñuñoa con sus hijos menores y que si deseaba trabajar en Santiago, podía ocupar las calesas que lo llevarían en pocos minutos al centro de la capital de Chile. Melchor le contó orgulloso a su padre, que pronto asumiría como diputado suplente por Chiloé, en reemplazo de Fray Camilo Henríquez, que se encontraba un tanto delicado de salud. Preguntó en innumerables ocasiones por su hermano Pedro, respondiéndole el juez que no lo veía hace ya más de diez años. La familia de

Santiago Concha se encontraba reunida después de largos años y sólo faltaba Pedro para que la felicidad fuera total. Melchor le mencionó a su padre, la posibilidad de visitar a Pedro en Illapel, sabiendo que estaba viviendo en casa de Gregorio Cordovez, que era un gran amigo de la familia y que había sido Alcalde de La Serena hace algunos años y hoy se desempeñaba como diputado por Ovalle e Illapel. Le recordó que Gregorio debe encontrarse en Santiago y que por consiguiente debe viajar en carromato a Illapel los fines de semana. Sería una buena oportunidad para visitar a Pedro y compartir con él un fin de semana. José estuvo de acuerdo pero su entusiasmo no pasó a mayores y Melchor decidió trasladarse solo a Illapel a reencontrarse con su querido hermano menor.

Al día siguiente, José se dirigió a Santiago con la intención de reunirse con José Antonio Rodríguez Aldea y poder solicitar la pensión que le correspondería después de tantos años de trabajo judicial en la Real Audiencia de Chile. Rodríguez se alegró mucho de verlo y le comentó que ya había realizado varias gestiones para obtener su salario, pero que aún no se cristalizaban. Sin embargo, le ofreció un cargo de ayudante en el bufete de abogados Rodríguez y Tocornal, del cual era su dueño. Aunque ese trabajo no tuvo mucha duración, debido a que Rodríguez fue elegido senador suplente y eso significó que su buró pasó a manos de Tocornal en su totalidad, le sirvió a de Santiago Concha para tener alguna entrada extra a la del alquiler de la casa de Santiago mientras sus hijos menores aún estudiaban. En el intertanto, Melchor salió con su domingo 7, es decir, de un día para otro, solicitó la mano de Rosario de la Cerda, su sobrina, hija de su hermana Nicolasa y de Nicolás de la Cerda, yerno de José. Al parecer, a los jóvenes los sorprendieron en una situación incómoda con la niña de 12 años y los obligaron a casarse. Claro está, que si ustedes recuerdan los relatos anteriores de Nicolás y Nicolasa, estos se casaron cuando la niña había nacido y tenía casi un año, por lo tanto la edad de Rosario era de 13 años y por cumplir 14. Esto parecía ya un ataque frontal entre las familias De la Cerda y De Santiago Concha, pero lo cierto es que la niña contrajo matrimonio en septiembre de 1827 cuando Melchor ya era diputado por Chiloé y había sido ministro. Muy pronto sería coautor del ensayo Constitucional de 1828. O sea, un muy buen partido. Finalmente, Nicolás y Nicolasa lograron que la pareja contrajera matrimonio, pero no contaban con la desdicha que se dejaría caer sobre la pequeña Rosario. Todas estas tramas y problemas que se producían entre ambas familias por llevar la batuta y ser los mejores, afectaban mucho el ánimo de José y lo deprimían al extremo de ya no querer participar en las reuniones familiares entre ambas alcurnias.

Melchor apareció un día cualquiera en la Chacra de Ñuñoa para comentarle a su padre que finalmente había ido a visitar a Pedro a Illapel y que se encontraba muy bien, pasando un excelente momento en su vida, y que era altamente probable que se presentara de candidato a Diputado con Gregorio para integrar la futura Asamblea Parlamentaria Provincial de Coquimbo, en donde tenía muchas posibilidades de triunfar. También le contó a su padre que Pedro no hizo muchos esfuerzos en relación a desear ver a su padre y más bien le cambió el tema y lo llevó a otros tópicos. Su padre se enteró en ese momento que pretendían instalar una gigantesca empresa minera en sociedad con la Familia Tocornal. José escucho todo lo que le relató su hijo Melchor y se dio cuenta que sus varones se habían transformado en patriotas y que ya no recordaban seguramente al monarca español. Analizaba el actuar de sus hijos concluyendo que ya eran chilenos y que jamás volverían a ser realistas. Después de un momento escuchando a Melchor, José le dijo que se encontraba un tanto cansado y que se retiraría a su recámara a descansar. Lo de Pedro le había dolido como una estaca en el corazón. Pero, ¿que podría esperar de él? Nunca le dijeron la verdad con respecto a sus orígenes y sobre todo, confesarle que María Josefa no era su madre y que debido a eso ella mantenía mucha distancia con el hijo de su esposo. ¿Acaso no fue su padre el que lo envió lejos? ¿No fue tomada esa decisión para evitar un problema familiar, al ser incapaz de enfrentarlo? Por más que se argumente que era un amigo, y que la familia lo consideraba mucho, lo envió a una casa desconocida y lejos de sus padres. Ni siquiera era capaz de aconsejar a Melchor, que estaba llevando una vida disipada y poniendo en serio peligro su reciente matrimonio.

Un par de años más tarde, sus dos hijos mayores fueron parlamentarios. Pedro Diputado por Illapel en alianza con su mentor Gregorio Cordovez. Finalmente contrajo matrimonio con la joven Carmen Moreno Escobar, la muchacha que le dio un hijo llamado Mateo Pedro, pero llevando su matrimonio con las mismas riendas que su hermano Melchor, o sea, por el camino incorrecto y derecho al fracaso rotundo. Melchor mientras tanto, fue elegido Senador por Concepción, lo que le había significado trasladarse al sur del país casi todo el año 1828 y rehusándose a llevar consigo a su esposa, que comenzó a decaer física y mentalmente, sin que sus padres pudieran revertir la situación médica ni psíquica. Junto con comenzar Melchor el trabajo legislativo como senador de la república en el sur de Chile, su joven esposa de tan solo 17 años enfermó gravemente y murió estando lejos del hombre que la había desposado. Esto fue un balde de agua fría para José, que no pudo nunca entender la situación y justificar a Melchor por haber tomado la decisión de casarse y viajar tan lejos de su seno familiar. Los cónyuges no alcanzaron a tener hijos, no teniendo la certeza de que alguna vez hubiesen intimado. Rosario era una niña que hablaba poco, casi nada, temiendo sus padres Nicolás y Nicolasa, que tuviera algún problema de sordomudez. Nunca se van a consolar con su partido. Este drama trajo graves consecuencias a la familia De la Cerda De Santiago Concha, ya que Nicolás entró en cólera contra Melchor jurando que nunca más lo quería ver ni en su casa ni en ninguna parte. Sólo dejó que José siguiera viviendo en la Chacra de Ñuñoa dado que era su suegro, el padre de su esposa, y que no tenía responsabilidad en los que había ocurrido con la pequeña Rosario. En conclusión, sus hijos eran hombres exitosos en la política y en los negocios. Pero, ¿qué hay cuando esa pequeña dosis de fortuna se agota y uno necesita de la familia para afrontar los problemas y salir a flote a base de voluntad y sacrificio?

José, con sus sesenta y nueve años a cuestas, ya no salía de su habitación y sólo cuando Nicolás no se encontraba presente, le pedía a su hija Nicolasa que lo acompañara a caminar por el campo. Nada de lo

ocurrido fue culpa de José, sin embargo él sentía que su hija con su yerno lo culpaban a él y eso le destrozaba la vida. Prácticamente, sus hijos menores eran hijos de Nicolás y Nicolasa, ya que él no los veía nunca y se hallaba siempre solo en su habitación. Nadie iba a visitarlo porque no se encontraba en su casa y por las mañanas se dirigía a la capilla de la chacra a rezar por su familia y por sus hijos que habían perdido el rumbo. El único amigo que iba a visitarlo era José Antonio Rodríguez quien le comentaba el panorama político que se estaba desarrollando en el país y las proyecciones de la política con el actuar de los protagonistas, entre ellos, Melchor, que era toda una figura nacional como senador y Juez de la república en el máximo tribunal, como lo era la Corte Suprema de Justicia de Chile. Pero también le aportaba un alto grado de chismes acerca de sus hijos, principalmente de Melchor, que se le había visto acompañando frecuentemente a la nieta de don Mateo de Toro y Zambrano, la hermosa Damiana Toro. Al parecer ya se había olvidado del drama que le produjo la muerte de su adolescente esposa Rosario De la Cerda y ahora se encontraba cortejando a esta hermosa joven acaudalada de la alta sociedad de Santiago. Y por si fuera poco, le chismeaba también de su hijo Pedro, a quien lo vinculaban con Carmen Moreno Escobar, sobrina de un gran amigo de Pedro y de toda la Familia como era don Emeterio Moreno. También le confidenciaba Rodríguez que su hijo Pedro era un don Juan y que tenía encandilada a Candelaria Gajardo Munizaga, hija de Tomás Gajardo Garín, empresario de la zona norte y esposa de Francisco Aguirre, uno de los hombres más adinerados de La Serena. Una mujer madura cuyo romance con Pedro ha remecido las castas

familiares moralistas de la provincia de Coquimbo y la noticia aparece hasta en los periódicos como un gran escándalo. En fin, José se quedaba analizando todo lo que le contaba Rodríguez, y sólo pensaba que le quedaba poco tiempo de vida y que le gustaría reunirse pronto con su esposa María Josefa, el amor de su vida.

José Antonio Rodríguez Aldea, un hombre cuestionado por sus vaivenes en las lealtades políticas, y por ser el hombre de hierro en la política de represión de O'Higgins, era el último amigo que le quedaba a José. Por lo menos una vez por semana lo iba a visitar a la Chacra de Ñuñoa, aunque no era del agrado de Nicolás de la Cerda. Pero Rodríguez era un fornido físicamente, bonachón y simpático para contar anécdotas y chismes de la arena política que entretenían, distraían y relajaban a José. Mientras tomaban el té, en las cercanías de la casa patronal, Rodríguez sacaba una petaca que le habían traído de España y le dejaba caer unas gotas en el té a su tocayo, que se transformaba en cómplice y aumentaba sus risas a raudales. En seguida le comentaba al juez el acontecer político.

- Mira tocayo. Creo que después de la guerra civil que azotó a Chile, los liberales han dejado de existir y ahora son los conservadores los dueños del país y lo están gobernando muy bien, ya que la figura de Diego Portales, pone orden y progreso político para el país. Pero lamentablemente no quiere a tus hijos, ya que Pedro anda en agitaciones y creando desórdenes junto con Carlos Rodríguez el hermano del guerrillero. Los liberales ya casi no tienen representación y la constitución del año 26 quedó borrada de un plumazo, esa que escribió tu hijo Melchor. Ahora en este país se

Guillermo Stoltzmann Concha

ve el orden y la tranquilidad ya se nota en las calles de Santiago, a pesar de los revoltosos que quieren destruir todo lo que Portales ha ordenado en este tiempo.- recalcó con vehemencia Rodríguez Aldea al Juez.

- Llama a mi hija Nicolasa, porque no me siento bien.- le dijo el juez a su amigo con la voz un tanto temblorosa y sollozante.

- Claro amigo. Voy de inmediato a la casa a buscar a tu hija- titubeó Rodríguez.

A los pocos segundos apareció Nicolasa con una de sus hermanas y tomaron de la cintura a su fatigado padre, para llevarlo a sus aposentos para que descansara. A José se le notaba la respiración muy agitada y la hija decidió que trajeran un médico a la chacra. La espera se hizo eterna. Rodríguez Aldea se precipitó a su carromato y se dirigió a Santiago, para ver si podía contactarse con sus hijos y así informarles de lo que estaba ocurriendo con su padre en el campo. Al primero que vio fue a Melchor a quien informó lo sucedido y este quedó perplejo, asegurando a Rodríguez que ubicaría a su hermano Pedro para hacerle una visita. Unas horas más tarde, Melchor se reunió con Pedro, que estaba un poco renuente a visitar a su padre y considerando que Nicolás no deseaba ver a Melchor, se inclinó por permanecer en Santiago. Pero Melchor le pidió que hicieran un esfuerzo para poder pasar un rato con su progenitor, ya que no sabían cuando lo volverían a ver y hasta cuando viviría. Pedro aceptó a regañadientes y ambos hermanos se dirigieron a la chacra.

Al llegar al campo, todos los hermanos salieron a recibir a Pedro, a quien no veían hace muchos años, incluso había quienes no lo conocían. Melchor le pidió a su hermano que entrara en primer lugar, ya que su padre se pondría muy feliz de verlo. Así lo hizo Pedro e ingresó a la habitación donde se encontraba muy delicado José.

- Hola padre ¿Cómo estás? Mmmm. No se te ve nada bien. Es un honor verte de nuevo después de 22 años- agregó el desplazado hijo con un tono de malicia.

- ¡Hijo mío. Qué alegría verte! Tantos años sin saber de ti. Bueno, ahora último me he enterado de algunas de tus actividades- le comentó con muchas dificultades su padre.

- Así es padre. Han pasado muchos años. Tengo un pequeño hijo de más de un año de edad, que se encuentra en Illapel, donde vivimos. Pero lamentablemente no lo veo tanto como quisiera, ya que debido a mi trabajo, debo permanecer mucho tiempo en Santiago y en La Serena. Al parecer no lo vas a conocer, ya que es muy pequeñito para traerlo en un viaje tan largo- agregó el resentido hijo.

- Pero tú debes hablarle de mí para que conozca a su abuelo y también se interiorice de sus antepasados. ¿Tú harías eso por mí, hijo?- suplicó el anciano abuelo.

- Si padre. Así lo haré. Te lo prometo que lo haré- le aseguró el hijo pródigo.

- En estos momentos en que mi vida está llegando al final, siento que debo pedirte perdón, por mi falta de carácter para mantenerte a mi lado, como siempre debiste estar. Sólo deseo oír tu perdón antes de marcharme y estar reunido con tu madre. Y recuerda que yo siempre te amé.- Imploró el arrepentido padre moribundo.

- No tengo de qué perdonarte padre. Los hijos jamás deben juzgar a sus padres por los errores cometidos en algunas disyuntivas, ya que los hijos aún no han vivido las vicisitudes que el destino te arroja al camino para que se vuelva pedregoso. Sólo te pido, que ahora que sientes que la vida se te va, me digas la verdad de lo que deseo saber. ¿María Josefa, era mi madre? Si o no consultó enérgico Pedro a su padre.

- Si. Era tu madre, porque madre es la que cría, no la que engendra- sentenció el anciano juez.

- Mmmm. Me quedó más que claro. Entonces mi padre es Gregorio Cordovez, que me ha mantenido y criado los últimos veinte años- concluyó Pedro dándole un beso en la frente a su moribundo padre y retirándose de la cercanía del lecho de muerte.

Pedro llegó a la sala de estar con evidentes muestras de emoción y con los ojos llenos de lágrimas. Le hizo un ademán a Melchor para que fuera a despedirse de su padre y se sentó en un sofá de la gran sala donde otros hijos esperaban reunirse con su anciano padre. Muchas historias y acontecimientos rondaban la cabeza de Pedro, pero tenía una sensación de alivio en su conciencia que antes no lo dejaba vivir. Mientras Melchor se despedía de su padre, llegó a la casa de campo, Nicolás de la Cerda, quien saludó escuetamente a su cuñado Pedro a quien no veía hacía ya muchos años. Pedro le respondió de igual manera y Nicolás le hizo un ademán a su esposa Nicolasa para que conversaran en privado. En su alcoba, Nicolasa explicó a su esposo que su padre se había agravado y que lo tuvieron que llevar a la alcoba, mientras ella envió por un médico que aún no había llegado. Cuando le mencionó que Melchor se encontraba en la habitación de su padre, Nicolás entro en cólera y alzó la voz retirándose del lugar y ordenando que le avisaran cuando Melchor se hubiere retirado. En primera instancia señaló que no quería ver a ese hombre en su casa, argumentando que nadie sabía qué le había hecho a su amada hija Rosario, que por una tremenda desgracia se convirtió en su esposa mártir. Agregó que Melchor era un vividor y que su hija Rosario no merecía tener un marido como él. Al finalizar, le puso la guinda al pastel afirmando que es muy probable que él la haya matado con métodos que aprendió en Perú y que los abogados saben utilizar muy bien, para no ser descubiertos. Nicolasa le pidió que se calmara y que pronto se retirarían ambos junto a Pedro, ya que sólo vinieron a despedirse de su padre. Después de varias palabrotas expresadas al viento, Nicolás balbuceó que a Pedro no lo considera fuera de la familia, pero tampoco es de su agrado, ya que se había enterado de que tenía una amante en La Serena y que hasta un hijo habían traído al mundo. Fue entonces que recibió unas caricias por parte de su esposa Nicolasa y se dirigieron juntos a la alcoba matrimonial en espera de que los hermanos de Santiago Concha se hubieren marchado. En el atardecer de aquel apesadumbrado día, la servidumbre de la chacra, le dio aviso a los esposos De la Cerda, que estaba llegando mucha gente a despedir al juez oidor, y que los hermanos Pedro y Melchor de Santiago Concha, ya se habían marchado de la hacienda. Fue entonces que Nicolás y su esposa regresaron al salón a saludar a los deudos y amigos presentes y procedieron a preparar lo que serían las visitas del día en cuestión.

El martes 31 de marzo de 1835 por la mañana, dejó de existir el Oidor, Juez y Presidente de la Real Audiencia de Santiago, Juez del Crimen de Lima y Gobernador de Chile José de Santiago Concha Jiménez de Lobatón, hijo de Melchor de Santiago Concha y Errazquín y nieto de José de Santiago Concha y Salvatierra fundador de Quillota y Gobernador de Chile. Murió en la Chacra de Ñuñoa, donde fue desterrado y confinado a vivir sus últimos años. Pero finalmente ese lugar se convirtió en su última morada, donde permaneció rodeado de sus hijos menores y de su esposa María Josefa mientras esta estuvo con vida. Hubo gente que lo fue a despedir y a rezarle el último rosario durante el velatorio en la Chacra de Ñuñoa, donde Nicolás hizo realzar la capilla ardiente del campo llevando incluso lloronas desde la capital que dieron alaridos y quejumbrosos llantos durante toda la noche. Pero en general José estuvo muy solo los últimos años de su vida. Se le realizó una hermosa misa fúnebre en la Catedral de Santiago y luego sus restos fueron depositados en el recientemente creado Cementerio General de Santiago, obra de Bernardo O'Higgins mientras fue Director Supremo de Chile. Allí, se encontraban su hijo Melchor, quien hizo uso de la palabra a nombre de la familia, su hijo Pedro que estaba acompañado de Carlos Rodríguez, Nicolás y Nicolasa, sus amigos José Antonio Rodríguez Aldea y Manuel de Salas, quienes lo despidieron a nombre del gobierno de Chile. Bueno y también se encontraban presentes todos sus hijos menores quienes lo disfrutaron y lloraron hasta el final. Una banda de músicos interpretó algunas marchas fúnebres antiguas y muchas Calesas tiradas por caballos blancos le daban majestuosidad a la ceremonia. Luego todos los asistentes se retiraron a sus labores habituales y los familiares regresaron a la Chacra de Ñuñoa donde aún vivían algunos hijos de José. Mientras tanto, Pedro y Melchor se dirigieron caminando y conversando hacia el centro de Santiago donde seguramente prepararían sus retornos a La Serena y Concepción respectivamente.

Así finaliza la historia de José de Santiago Concha. Para muchos un personaje importante de la historia de Chile, tanto en la colonia como en la reconquista. Para otros, un realista que jamás aceptó la derrota de su monarca en las colonias de Sudamérica. No nos corresponde a nosotros juzgar las conductas que hemos descrito en estos apuntes de su vida, ya que la historia lo hará con sus pruebas y argumentos, si es que ya no lo ha hecho. Lo cierto es que su nombre ya quedó plasmado en la historia de esta colonia, reino o república con sus aciertos y errores que han dado vida a la narrativa que tienen en frente y a lo que puedan agregar los historiadores. Lo único cierto es que los tres personajes protagonistas de esta historia, se encuentran inmortalizados en los episodios de la vida política de este joven país llamado Chile.

Índice

Esta novela se terminó de editar, en Comarca de Letras, Valparaíso, Chile, el 23 de noviembre de 2024

Made in the USA
Columbia, SC
07 February 2025